Sabine Hofmann

KOPFGELD

atb aufbau taschenbuch

Sabine Hofmann wurde in Bochum geboren, studierte Romanistik und Germanistik und ist promovierte Sprachwissenschaftlerin. Gemeinsam mit Rosa Ribas schrieb sie drei Romane über die Nachkriegszeit in Spanien. Heute lebt sie in Erbach im Odenwald.

Im Aufbau Taschenbuch erschienen bisher von ihr: »Trümmerland« und »Totenwinter«.

Bochum, 19. Juni 1948: Der Termin für die Währungsreform steht, und die Menschen treffen Vorbereitungen. Die Journalistin Edith Marheinecke erwirbt mit ihren letzten Reichsmark einen Film. Anton Krusmann versucht, einen Koffer bald wertloser Reichsmarkscheine loszuwerden. Selma und Max Winterstein sind in die Stadt gekommen, um etwas über das Schicksal ihrer deportierten Eltern zu erfahren. Konrad Garthner ist fest entschlossen, ein neues Leben zu beginnen. Sein Bruder Helmut, soeben aus britischer Internierungshaft zurückgekehrt, ist von der Kühle seiner Ehefrau irritiert, aber ansonsten bester Laune, da ihn seine neue Liebschaft und die Pläne für den Ausbau seines Bekleidungsgeschäfts glücklich machen. Oberinspektor Dietrichs sieht der Währungsreform gelassen entgegen, denn was Mord und Totschlag angeht, wird sich seiner Ansicht nach nichts ändern.
Am folgenden Tag herrscht Hochbetrieb vor der Geldausgabestelle. Edith ist für ihre Zeitung unterwegs und fotografiert. Max und Selma Winterstein geraten mit einer ehemaligen Nachbarin in Streit und werden dabei von Edith aufgenommen, ebenso wie Krusmann und Konrad Garthner, die ihre vierzig DM Kopfgeld abholen. Im Laufe des Vormittags stirbt einer von ihnen: Konrad Garthner wird unter eine Straßenbahn gestoßen, den Täter hat im Gedränge angeblich niemand gesehen. Doch Edith ist sich da nicht so sicher.

Sabine Hofmann

KOPF GELD

ROMAN

atb aufbau taschenbuch

MIX
Papier | Fördert
gute Waldnutzung
FSC® C083411
FSC
www.fsc.org

ISBN 978-3-7466-4062-4

Aufbau Taschenbuch ist eine Marke der
Aufbau Verlage GmbH & Co. KG

1. Auflage 2023
© Aufbau Verlage GmbH & Co. KG, Berlin 2023
www.aufbau-verlage.de
10969 Berlin, Prinzenstraße 85
© Sabine Hofmann, 2023
Umschlaggestaltung www.buerosued.de, München
unter Verwendung eines Fotos von © Hans Kripgans/Vintage Germany
Satz Greiner & Reichel, Köln
Druck und Binden CPI books GmbH, Leck, Germany

Printed in Germany

1

Das Letzte, was Konrad Garthner sah, waren die grauen Wolken am Bochumer Himmel.

Das Vorletzte war der runde Kopf eines mittelalten Mannes, der sich mit erwartungsvollem Gesicht über ihn beugte.

Konrad wollte ihm etwas sagen, doch sein Brustkorb machte nicht mehr mit. Die Rippen taten höllisch weh, und irgendwie klappte es mit dem Atmen auch nicht mehr richtig. Vollkommen ramponiert, dachte er, der Triebwagen hatte ganze Arbeit geleistet.

Im Krieg hatte er genug Kameraden gesehen, denen die Latüchte ausgeblasen worden war. Die vor sich hin röchelten und stöhnten, bevor sie endgültig den Löffel abgaben. So wie die Dinge lagen, war es mit dem Röcheln, dem Stöhnen und dem Löffelabgeben nun auch für ihn so weit. Nichts mehr mit neues Geld, neuer Anfang.

Er strengte sich an, seinen Kopf zu heben, auch wenn es furchtbar schmerzte. Er musste dem Kugelköpfigen etwas sagen. Warum es so wichtig war, war ihm nur noch halb klar. Vielleicht, damit man ihn nicht für einen dämlichen Trottel hielt, der nicht einen Fuß vor den anderen setzen konnte. Vielleicht, damit der Kugelköpfige verstand, was sich abgespielt hatte, und der Drecksskerl nicht ungeschoren davonkam. Irgendeiner von den vielen Leuten, die mit ihrem frischen Geld in der Tasche hier herumrannten, musste ihn doch gesehen haben.

Konrad Garthner unternahm einen letzten Versuch. Den Kopf bekam er nicht mehr hoch, aber für die paar Atemzüge, die er für seine Sätze brauchte, reichte es. Er schluckte hinunter, was ihm den Hals hochstieg, und presste Luft in seine blessierte Lunge.

Angestrengt bewegte er die Lippen. Der Kugelköpfige kapierte und brachte sein Ohr ganz nah an seinen Mund. Konrad konnte die grauen Stoppeln an seinem Kopf genau erkennen. Sauberer Mann, guter Mann, dachte er kurz. Unter Mühen bekam er heraus: »Irgendein Dreckskerl hat mich gestoßen.«

Der Kugelköpfige hob seinen Kopf. Er war so anständig, zu nicken, um ihm klarzumachen, dass er verstanden hatte. Er sagte auch etwas, doch das konnte Konrad nicht mehr verstehen. Er schaute an ihm vorbei in den Himmel. Ohne dass er es gewollt hätte, fielen ihm die Augen zu. »Das war's dann wohl«, dachte er.

Samstag, 19. Juni 1948

2

Edith Marheinecke erwachte aus traumlosem Schlaf, schlug die Augen auf und betrachtete den Mann neben ihr. Die Sonne fiel auf seinen hellen Körper zwischen den zerknautschten Laken.

Er hatte sich halb zur Seite gedreht, den einen Arm über dem Kopf angewinkelt, die Hand verschwand im Gewirr der dichten, dunklen Haare. Das Morgenlicht modellierte die sanfte Wölbung der Muskeln unter der Haut und zeichnete Schatten in die Einbuchtungen von Lenden und Achselhöhle. Die rechte Wange ruhte auf dem Laken, die andere Gesichtshälfte wurde von der Sonne ausgeleuchtet: das Profil mit der geraden Nase, im Schlaf leicht geöffnete Lippen, ein Satz dunkler, ewig langer Wimpern, die sacht die linke Wange berührten. Das Gesicht des Schläfers war glatt und ein wenig entrückt, die Instanz, die tagsüber für ein ständiges und bewegtes Mienenspiel sorgte, hatte im Moment Pause.

Der Mann war eine Schönheit, keine Frage.

Behutsam tastete Edith auf dem Nachttisch herum und fand, was sie suchte. Sie richtete sich vorsichtig auf und schob sich am Kopfteil des Bettes hoch, bis sie aufrecht saß.

Ihre Finger arbeiteten geschwind, stellten Blende, Belichtungszeit und Entfernung ein. Sie hob die Kamera vor ihr Auge, rutschte so weit wie möglich von dem Schläfer weg und suchte nach einem Ausschnitt, der die hellen und die verschatteten Seiten seines Körpers ungefähr zu gleichen Teilen zeigte. Kritisch blickte sie durch den Sucher, drehte noch einmal am Objektiv und drückte ab, als sie sicher war, die beste aller möglichen Einstellungen erwischt zu haben. Das satte Klicken sorgte dafür, dass Tristan sich auf den Bauch drehte und weiterschlief.

Oder so tat als ob, dachte Edith.

Sie richtete die Kamera auf die Haut seines Unterarms. Feine Härchen hoben sich ab und ließen die nackte Haut zart und fast verletzlich aussehen. Sie drehte am Objektiv und drückte wieder auf den Auslöser. Diesmal hatte das Klicken zur Folge, dass Tristan die Augen öffnete und sich ihr zuwandte.

»Fotografierst du mich schon wieder?«

Edith ließ die Kamera sinken und lachte leise.

»Ja, sicher.«

»Bekommst du nicht irgendwann genug davon?«

»Nein, niemals«, sagte sie und ließ ihren Zeigefinger über die Haut seines Unterarmes gleiten. Tristan sah ihrem Finger zu, wie er langsam zu seiner Schulter hinaufkroch.

»Du bist verrückt«, erklärte er. Verrückt nach dir, meinst du, dachte sie. Das war sie vermutlich, und Tristan hatte nichts dagegen. Ganz im Gegenteil.

»In einem gewissen Maße, ja«, sagte sie.

»Wann kann ich die Bilder anschauen?«

Edith schaute auf das Zählwerk.

»Bald, der Film ist fast voll.«

Tristan lächelte und streckte träge die Glieder.

»Dann kannst du ja noch einige Aufnahmen von mir machen.«

Er setzte sich auf, strich sich die Haare aus dem Gesicht, öffnete weit die Augen und richtete den Blick auf etwas, das anscheinend weit jenseits der Rosentapete von Ediths Zimmer lag. In seinem Gesicht erschienen Melancholie und unendliches Sehnen.

Tristan war ein Profi, und er wusste, was er tat.

»Hör auf, das Foto gibt es in hundertfacher Ausführung!« Sie machte keine Anstalten, die Kamera erneut zu heben.

»Tatsächlich? Wo denn?«

»Im Programmheft des Schauspielhauses, rund zweihundertmal gedruckt. Es ist dein übliches Gesicht: Tristan Wegener, der junge Held des Ensembles.«

Der Ausdruck auf Tristans Gesicht wechselte von Sehnsucht zu Schmerz.

»Ich bin ein Abklatsch meiner selbst«, verkündete er in Bühnenlautstärke.

Edith hoffte, dass er die übrigen Bewohner der Wohnung nicht geweckt hatte. Fritzi war entgegen ihrer Gewohnheit schon früh aus dem Haus gegangen.

Das Ehepaar Koppitz rumorte üblicherweise zu dieser Zeit in der Küche, da Frau Koppitz ihrem magenkranken Mann Haferschleim kochte, doch heute war es still in der Dreizimmerwohnung. Und es blieb still, als Tristan noch einmal ausrief: »Ein Abklatsch.«

Er sank dramatisch in sich zusammen.

»Sind wir das nicht alle?«, gab Edith zurück. »Irgendein schwacher Abklatsch unseres besseren und schöneren Selbst?«

Nicht so edel, so hilfreich und so gut, wie man es gern hätte, weder so klug noch so schön, sondern im besten Fall ein mittelprächtiges Gemisch.

Tristan verwandelte sich wieder zurück in einen ganz gewöhnlichen Samstagmorgen-Tristan.

»Wahrscheinlich«, stimmte er zu. »Was gibt es zum Frühstück?«

»Brot und Rübenkraut.«

Falls Herr Koppitz noch etwas übrig gelassen hatte. Der zähe, braune Sirup wurde in seinem Pappbecher auch ohne ihr Zutun weniger, da Herr Koppitz sich heimlich daran bediente. Sie hatte ihn einmal ertappt, als er in seiner braunen Samtjacke in der Küche stand, das schlechte Gewissen in seinem Mienenspiel genauso deutlich wie der teerdunkle Fleck des Zuckerrübensirups am Kinn. Sie hatte die Gelegenheit genutzt und von der kaputten Lampe in ihrem Zimmer gesprochen. Einen Tag später hatte sie wieder geleuchtet, denn Herr Koppitz war Chef der Lichttechnik im Theater.

»Keine Butter?«

»Keine Butter. Selbst die Kühe scheinen auf den Tag X zu warten.«

»Begrüßen wir freudig den Tag X«, sagte Tristan und sprang aus dem Bett, als wollte er unverzüglich und höchstpersönlich besagten Tag X in Empfang nehmen. Er schlüpfte in Hemd und Hose.

»Apropos Tag X. Kannst du mir vierzig Mark leihen?«

Edith schüttelte den Kopf.

»Tut mir leid.«

Ihr letztes Geld war in der Kasse des Fotoateliers gelandet. Sie hatte Glück gehabt. Einen guten Fitsch gemacht, wie die Leute hier sagten. Lehmann, der Fotohändler, hatte sich vor einer Woche überreden lassen, ihr Filme zu verkaufen, was weder ihrem Verhandlungsgeschick noch den Bündeln Reichsmark zu verdanken war, die sie auf seiner Ladentheke gestapelt hatte, sondern vielmehr den zwei Päckchen Zigaretten, die am Ende der Verhandlungen dem Geld Gesellschaft geleistet hatten. Zum Schluss war sie mit drei Rollfilmen in der Tasche aus dem Laden spaziert.

»Wirklich nicht? Bist du sicher?«

Edith lachte. Tristan hatte eine komische Verzweiflung auf sein Gesicht gezaubert, die vermutlich seine Unverfrorenheit etwas abmildern sollte.

»Sehr sicher. Bist du sicher, dass du wirklich nichts hast?«

Tristan drehte die Taschen seiner Hose nach außen.

»Nichts. Nada. Niente.«

Er schaute sie mit schief gelegtem Kopf wie ein betrübtes Kind an.

»Dito«, gab Edith zurück.

Sein Blick glitt zu ihrer Tasche, aber er wagte es nicht. Er hob die Hände zum Himmel: »Macht nichts. Bis morgen ist ja noch Zeit. Bis dahin werde ich es noch auftreiben. Mach dir keine Gedanken.«

Edith war weit entfernt davon, sich Gedanken zu machen, zumindest nicht über Tristans Geldprobleme. Für diese fand sich in der Regel rasch eine Lösung. Irgendjemand würde ihm die vierzig Mark für den Umtausch borgen, vielleicht mit bärbeißiger Gutmütigkeit angesichts des stets klammen Tristan, vielleicht voller Hoffnung, eine Portion von dem Leuchten abzubekommen, das ihn zumeist umgab.

Sie stand ebenfalls auf und zog einen rotsamtenen Morgenmantel über, den sie auf dem Schwarzmarkt erstanden hatte.

»Es gab einen regelrechten Ansturm auf die Theaterkarten«, erklärte Tristan einen Moment später, als sie in der Küche der noch halbwegs unversehrten Wohnung saßen.

»Alle wollen ihr altes Geld loswerden«, fuhr er fort. »So viel Andrang hatten wir noch nie. Die Vorstellungen für die nächste Woche sind ausverkauft.«

»Verflixt.«

»Wieso?«, fragte Tristan. »Volle Vorstellungen – « Er brach ab und setzte erneut an. »Volle Vorstellungen sind großartig. Aber – «

»Wenn man damit nichts verdient – «, fiel Edith ein.

»Dann ist es Mist«, vollendete er ihren Satz. »Denn essen muss auch ein Künstler. ›Was macht die Kunst?‹ ›Sie geht nach Brot‹«, deklamierte er.

Tristan kehrte zu seiner normalen Stimmlage zurück. »Eure Zeitungen verkauft ihr nicht im Voraus, oder?« erkundigte er sich.

»Nein. Auch die Abonnenten zahlen ab der nächsten Woche mit neuem Geld.«

Tristan nickte.

»Sag mal, hast du wirklich nicht die vierzig Mark zum Eintauschen?«

Edith legte den Kopf schräg. Hatte sie. Exakt vierzig Reichsmark, ihr Kopfgeld. Sie schwieg.

»Du hast«, stellte Tristan befriedigt fest. »Wenn wir halbe-halbe machen? Die anderen zwanzig Mark könnten wir uns ja irgendwo leihen.«

Sei nicht so kleinlich, sagte sein Blick, kleinlich und kleinbürgerlich, du klebst am schnöden Mammon. Das traf nun wirklich nicht zu. Bürgerlich war sie vielleicht einmal gewesen, wenn sie an ihre Kindheit in Ostpreußen dachte, Edith Marheinecke, einzige Tochter des Apothekers Georg Marheinecke, wohlbehütet und wohlbestallt, höhere Schule, Abitur und ein Sprachstudium, Klavierunterricht und mütterlicherseits Anweisungen, wie sich eine wohlerzogene junge Dame zu verhalten hatte, damit sie sich vom gemeinen Volk unterschied. Eine solche Edith gab es nicht mehr, wie es auch alles Übrige nicht mehr gab: die Apotheke, die Glaubenssätze ihrer Mutter und das treue Parteigängertum ihres Vaters. Sie schob den Gedanken daran beiseite.

»Prima, so machen wir das«, sagte Edith. »Leih du doch mal die vierzig Mark, und dann machen wir halbe-halbe. Ich leihe dir zwanzig, du leihst mir zwanzig, und die anderen geliehenen zwanzig behältst du einfach.«

Tristan kniff die Augen zusammen. Dann lachte er.

»Du bist und bleibst eine bourgeoise Krämerseele.«

3

Geld ist ein silbriger Fluss. Der Gedanke stellte sich ein, kurz bevor Helmut Garthner aufwachte. Der Gedanke blieb und hielt sich, als Garthner wach war. Geld ist ein silbriger Fluss. So war es, dachte Garthner, Geld muss fließen. Das tat sein Geld, in welcher Währung auch immer.

Geld liebte ihn, und er liebte Geld. Man musste das Geld allerdings zu lenken wissen; wissen, in welchen Bahnen es munter plätschernd seinen Lauf nehmen sollte; planen, wohin der Strom fließen und wann er sein Geschäft wieder verlassen sollte, damit das Geld klingend wieder in die Kassen zurückkehrte und später erneut hinausströmte, Ware in den Laden zurückspülte und bald darauf wieder zurückkam, in weit mächtigerer Welle.

Die Wege allerdings, die das Geld nahm, hatten sich in den letzten Jahren gravierend verändert. Geld zirkulierte lange Zeit nicht mehr in Form der feinen Cheques und Bankanweisungen, die er mit raschem Schwung unterzeichnet hatte, damit sich die Schleusen seines Kontos öffneten. Nein, ganz und gar nicht. In den letzten Jahren ging ohne Tausch nichts mehr, Zigaretten waren als Leitwährung auf den Plan getreten, aber im Grunde blieb es dabei: Wesentlich waren Umsicht, Bewegung und ein geschicktes Steuern des Stroms.

Er lächelte, als er sich an den letzten Transfer erinnerte. Vor ein paar Wochen hatte er Konrad einen Koffer packen lassen, voll mit Reichsmarkscheinen, und Konrad hatte ihn durch die Stadt getragen. Es war nicht gerade das, was man sich landläufig unter einem seriösen Geldfluss vorstellte, doch was die Leute sich vorstellten und was tatsächlich geschah, waren ohnehin zwei unterschiedliche Dinge. Auch dieses Geld würde er zurückbekommen, mehr noch: Das Geld würde seine

Gestalt wandeln, die alten, abgegriffenen Scheine würden zu dem frischen, neuen Geld werden, das sie in Amerika für sie gedruckt hatten. Die Amerikaner hatten es begriffen: Geld musste fließen, und wenn es alt und müde war, musste es ersetzt werden.

Müdes Geld. Garthner lächelte. Im morgendlichen Dämmer wurde er nahezu poetisch. Er reckte sich.

Charlotte schlief im Zimmer nebenan. Helmut Garthner schürzte nachdenklich die Lippen. Aus ihr wurde er im Augenblick nicht recht schlau. Sie hatte sich ganz offenkundig gefreut, als er vor drei Wochen aus dem Internierungslager zurückgekehrt war, aber inzwischen war die Freude einer Gereiztheit gewichen, für die er keinen Grund ausmachen konnte.

Möglicherweise war es eine Sache der Gewöhnung. Früher hatten sie immer gut miteinander harmoniert, Charlotte und er. Als gemischtes Doppel waren sie vor dem Krieg im Tennisklub Rot-Weiß unschlagbar gewesen. Sie war das, was er sich gewünscht hatte: eine Gefährtin. Und das würde sie hoffentlich auch bald wieder werden, ohne Wenn und Aber. Sie war nicht immer mit ihm einer Meinung, doch das war sie auch früher nicht gewesen. Sie hatten diskutiert, Charlotte war alles andere als dumm und hatte oft gute Ideen und kluge Einwände, die er zu schätzen wusste. Was jedoch neu war, war ihr Blick. Es war kein freundlicher, sondern ein abschätziger Blick, der ihn von der Seite traf, dazu hin und wieder eine ungeduldige Bemerkung, fast scharf im Ton, eine Tasse, die lauter auf den Tisch geknallt wurde, als eigentlich nötig gewesen wäre, bevor Charlotte aufstand und mit spitzen Ellenbogen das Geschirr abräumte.

Garthner überlegte einen kurzen Moment, ob er sie wecken sollte, entschied sich aber dagegen. Er würde noch ein wenig mit seinen Gedanken allein bleiben. Er dachte an sein Geheimnis, zart und glänzend. Nur er wusste davon, und er würde wie immer dafür sorgen, dass es so blieb. Ein Geheimnis wie ein schillernder Stein, den man ab und an, wenn man ganz allein war, aus der Tasche holte, um sich darüber zu freuen.

Nach einer Weile stand er auf und nahm den Tag in Angriff.

4

Selma Winterstein wachte in einem Hotel auf.

Ein paar Meter von ihr, auf dem Sofa in der Zimmerecke, lag Max. Ihr Bruder hatte es sich in Straßenkleidung auf dem Sofa bequem gemacht. Selbst die Schuhe hatte er anbehalten, zumindest einen, sein rechter Fuß baumelte in einem braunen Budapester über der Sofalehne. Er selbst lag auf dem Rücken, den Mund leicht geöffnet und atmete geräuschvoll. Die Ursache für seinen lamentablen Zustand lag nicht allzu weit entfernt: eine leere Flasche auf dem Fußboden. Sie war ihm aus der vom Sofa herabhängenden Hand gerutscht.

Die Flasche hatte er gestern in einem Spirituosenladen erstanden. Zunächst hatte der Verkäufer ihnen versichert, dass alle Vorräte leider, leider zur Neige gegangen seien. Max hatte schon einiges intus gehabt und war unwirsch geworden. Er glaubte, man wolle ihn nicht bedienen, und hatte sich brüsk umgedreht, um den Laden zu verlassen. Doch Selma hatte getan, was sie immer getan hatte, seit sie diese Reise mit Max machte: Sie hatte dafür gesorgt, dass sie bekamen, was sie wollten. Sie hatte rasch ihr Bedauern ausgedrückt und anschließend vorgegeben, in ihrer Geldbörse etwas zu suchen. Dabei hatte sie ihre grünen Dollarscheine aufblitzen lassen, die sie auf der Bank in Manchester gegen ihr Erspartes getauscht hatte.

Schlagartig hatte sich das Verhalten des Verkäufers geändert. Er hatte Max' Wunsch artig wiederholt: »Was war es doch gleich, der Herr? Weinbrand?« Eilfertig hatte er hinzugefügt: »Oder darf's ein Cognac sein?«

Aus Knappheit war angesichts der Dollarnoten auf wundersame Weise Überfluss geworden, und im Lager hatte sich eine Flasche gefunden, die gegen einen grünen Schein den Besitzer gewechselt hatte.

»Siehst du, in diesem Land dienern sie jetzt für Geld und winden sich vor dir«, hatte Max laut zu Selma gesagt. »Geld sorgt dafür, dass sie dir in diesem Land geben, was du willst.«

In diesem beschissenen Land, hatte er hinzugefügt, das auch mit einer gehörigen Alkoholmenge im Blut kaum zu ertragen war. Sie hatte rasch bezahlt und Max aus dem Laden gezogen.

Sie betrachtete Max und erwog, ein Kopfkissen oder ihren Hausschuh nach ihrem Bruder zu schleudern, es war besser, ihn seinen Rausch ausschlafen zu lassen, das hatte sie in den letzten Tagen gelernt. Für das, was sie vorhatten, brauchte sie Max mit einem klaren Kopf.

Selma stand auf. Sie schaute aus dem Fenster des Hotels. Auf dem Vorplatz war der Schutt beiseitegeräumt und zu zwei hohen Haufen getürmt worden, die mit den bunten Plakaten auf der Litfaßsäule daneben kontrastierten. Auf der linken Seite des Platzes gähnten die leeren Fensterhöhlen einer zerstörten Häuserzeile, und rechts konnte sie über ein Trümmerfeld bis zum Bahnhofsgebäude schauen. Sodom und Gomorrha. Die britischen Bomber waren gründlich gewesen, Selma erkannte die Stadt kaum wieder.

Der Bahnhof und die umliegenden Häuser waren das Letzte gewesen, das sie von der Stadt vor gut zehn Jahren gesehen hatte. Ihre Eltern hatten sie an einer stillen Ecke des Vorplatzes abgeliefert, auf den Bahnsteig hatten sie sie nicht begleiten dürfen. Nur Fräulein Hirsch und Fräulein Philipp waren dort gewesen, hatten noch einmal überprüft, ob jedes Kind und jeder Jugendliche die runde Pappkarte mit seiner Kennnummer trug, hatten bei den Kleineren die eine oder andere Nase geputzt, zur Ruhe gemahnt und darauf gedrängt, dass sie rasch einstiegen, als der Zug hielt. Schließlich hatte er sich Richtung Hoek van Holland in Bewegung gesetzt. Die Fahrt über hatte Selma das große Einmaleins aufgesagt, um nicht zu heulen, denn mit vierzehn heulte man nicht mehr. Danach hatte sie sich die Primzahlen vorgenommen und war bis in die hohen Tausender gekommen, als sie die Fähre nach Dover bestiegen.

Auf dem Platz unter ihr wieselten trotz der frühen Stunde Menschen herum. Männer mit Hüten und der unvermeidlichen Aktentasche unter dem Arm, in die wohl – das hatte sie gestern beobachtet – eher auf dem Schwarzmarkt erstandene Waren als Akten wanderten. Frauen mit Taschen und Rucksäcken, die Richtung Bahnhof strebten. Eine Gruppe Kinder, zerlumpt und barfüßig, wühlte in einer Mülltonne nach Essen. Zwei halbwüchsige Mädchen hatten in einem Hauseingang in kurzem Rock und eindeutiger Pose Stellung bezogen.

Selma beobachtete, wie zwei weitere Kinder, um die zehn Jahre alt, auf einen Mann zugingen und ihm im Schatten der Litfaßsäule Zeitungen anboten. Sie umringten ihn und zeigten ihm die auseinandergefalteten Blätter. Selma ging davon aus, dass das dünne Papier ihnen einen Sichtschutz lieferte, um darunter unbemerkt in seine Tasche zu greifen.

Sie stützte sich auf die Fensterbrüstung und schaute zu.

Ebenso plötzlich, wie sich die Kinder dem Mann aufgedrängt hatten, ließen sie wieder von ihm ab und machten sich in Windeseile davon. Der Mann ging weiter, nach ein paar Schritten tastete er nach etwas in der Brusttasche seines Mantels. Augenscheinlich tastete er vergeblich, denn er blieb stehen und blickte sich um. Die Kinder waren längst im Eingang eines zerstörten Hauses verschwunden.

Selma hörte eine Bewegung in ihrem Rücken und drehte sich um. Max war wach geworden und hatte sich aufgesetzt. Er stützte sich mit der rechten Hand auf der Sitzfläche des Sofas ab, den Arm etwas verdreht, so dass der Handrücken auf dem Stoff auflag und die Finger nach hinten deuteten. Kaum jemand stützte sich so ab, nur sie und ihr Bruder. Sie wunderte sich wieder über die Geste. Sie kam ihr vor wie der Ausdruck eines geheimen Bandes, das sie beide im Körper trugen, auch wenn ihr Bruder ihr ansonsten fremd war.

Sie sah zu, wie Max langsam zu sich kam, sich herabbeugte und ein wenig hilflos nach seinem zweiten Schuh tastete. Nachdenklich wickelte sie sich eine ihrer Locken um den Finger.

In England hatten sie sich nicht allzu häufig gesehen, zu Beginn, weil sie in unterschiedlichen Städten untergebracht worden waren, später, weil Max beim Militär war.

Er setzte sich erneut auf, die Hand abermals verdreht. Es ist nur eine Geste, dachte Selma, nichts anderes, als auf eine bestimmte Art, die Hand zu verdrehen. Sie bedeutet nichts weiter, lediglich, dass ihre Körper blind und instinktiv auf dieselbe Weise arbeiteten.

»Was ist draußen los?«, fragte Max.

»Nichts Besonderes«, antwortete sie.

5

Der Platz neben Oberinspektor Bernd Dietrichs war leer. Das war er nicht immer gewesen. Früher hatte er Emma gehört, bis sie bei einem der Bombenangriffe umgekommen war, doch das war lange her. Jetzt lag da immer mal jemand, Frauen, die eine ordentliche Portion Hartnäckigkeit besaßen und es schafften, bei ihm einzuziehen, weil er nachgab und für eine Weile zu dem Schluss gelangte, dass es gut war, wenn eine Frau im Haus war. Irgendwann knurrte er sie weg, weil sie doch nicht waren wie Emma. Die letzte war vor vier Wochen mit viel Geschimpfe ausgezogen.

Er betrachtete das bauschig aufgeschüttelte Kopfkissen neben sich. Irgendwann würde die nächste kommen und mit ihrem Kopf dort einen Abdruck hinterlassen. Alles würde wieder laufen wie gehabt: Zufriedenheit am Anfang, dann nagende Zweifel, später Wegknurren, Gezeter und Geschrei am Schluss, und es würde zu einem guten Teil an ihm liegen.

Er stand auf. Auf ihn wartete ein Arbeitstag. Gestern hatte es endlich in der Zeitung gestanden, auch im Radio hatten sie es ständig wiederholt. Der Tag X, der Tag, über den seit Wochen alle Welt spekulierte, stand fest: Sonntag, der 20. Juni. Natürlich war klar gewesen, dass sie das konkrete Datum nur kurz vor knapp nennen würden, damit nicht alle wie die Kaninchen vor der Schlange auf den Tag schauten, an dem es das neue Geld geben würde – ihre Waren horteten oder auf Teufel komm raus ihr altes Geld loswerden wollten. Aber seit drei Wochen stellten sich die Leute ohnehin darauf ein. Es hatte sich herumgesprochen, dass das neue Geld in Bremerhaven angelandet und mit Sonderzügen nach Frankfurt verfrachtet worden war, auch wenn die Sache strikt geheim gehalten werden sollte. In Frankfurt war es eingelagert, in den Tresoren der ehemaligen Reichsbankhauptstelle. Von dort war es in den letzten Tagen auf die Länder der westlichen Besatzungszonen verteilt worden. In Bochum waren die Kollegen von der Schutzpolizei zur Bewachung des Geldes abgestellt.

Den ersten Gelddiebstahl hatten sie auch schon zu verzeichnen. Als der Direktor der Sparkasse durch seinen Tresorraum geeilt war, in dem die für die Stadt bestimmten Säcke untergebracht waren, hatte er ihn entdeckt. Jemand hatte einen Geldsack aufgeschlitzt und sich bedient. »Mitgenommen, soviel er tragen konnte«, hatte der Direktor kommentiert. Die Kollegen vom Diebstahl waren noch dabei, Träger, Fahrer und Sparkassenangestellte zu verhören. Diskret, hatte der Polizeichef ihnen eingeschärft, weil nicht nach außen dringen sollte, dass das neue Geld schon gestohlen wurde, noch bevor es in Umlauf kam.

Dietrichs war die Sache mit dem Währungsschnitt gleichgültig.

Für seine Arbeit hatte es keine Folgen. Altes Geld, neues Geld – die Leute würden sich weiterhin die Köpfe deswegen einschlagen. Wie in dem Fall, den er hoffentlich heute zum Abschluss bringen würde. Eine klare Sache, eigentlich.

Stratmann von der Schwarzmarktbekämpfung dagegen ging davon aus, dass es mit dem Schwarzhandel bald vorbei sein würde. »Kein Mensch wird den Schwarzmarkt mehr brauchen«, hatte Stratmann in den letzten Wochen getönt. »Das neue Geld wird wieder was wert sein, und die Leute werden sich alles kaufen können.«

»Werden sie nicht«, hatte Kleinert dagegengehalten. »Sie werden nämlich kaum noch Geld haben.« Kleinert wollte immer was Besseres, war nie mit dem zufrieden, was gerade war, und hoffte auf die Zukunft. Kleinert war ein Sozi. Und ein passabler Kollege, mit dem es sich halbwegs ordentlich zusammenarbeiten ließ.

Aber Kleinerts Einwand war Stratmann egal gewesen. Er hatte gesagt: »Und ich werde in eine andere Abteilung wechseln müssen.« Wohin er wollte, war klar: dahin, wo Dietrichs war, zu den Tötungsdelikten.

Dietrichs wollte nirgendwohin, Dietrichs blieb, wo er war. Das neue Geld machte auch keinen Unterschied. Es ging einfach immer weiter, egal, welche großartige Zukunft, welcher kurz bevorstehende Aufbau oder absoluter Neuanfang gerade angekündigt wurde. Er hielt alles für hohles Getöne. Er hatte entschieden, jegliches Getöne zu ignorieren, und sah für seinen Teil zu, dass er die Dinge so gut hinbekam wie möglich.

Dietrichs stand auf.

6

Anton Krusmann war zeitig aufgestanden, weil er angenommen hatte, dass er auf diese Weise einer der Ersten sei. Weit gefehlt. Die Schlange vor der Bank zog sich schon bis zur nächsten Straßeneinmündung. Krusmann stöhnte und stellte sich hinten an. Im Schneckentempo rückte er mit den übrigen Wartenden vor. Eine Stunde Wartezeit, schätzte er.

Die meisten von ihnen waren still. Normalerweise wurde in den Schlangen geredet. Man stand beieinander und verkürzte sich die Zeit, indem man die stechende Sonne, den kalten Regen oder den beißenden Wind kommentierte, anfing, über die hohen Preise, die Lebensmittelrationierung, den Währungsschnitt und die da oben zu palavern. Aber hier nicht, hier herrschte Schweigen. Bekannte wurden lediglich mit einem verbissenen Nicken gegrüßt, stellte er fest.

Offenbar hatten sie alle vor, was er vorhatte. Er rieb sich verärgert das linke Auge. Was hieß vorhaben? Vorhaben war nicht das richtige Wort. Wenn es nach ihm gegangen wäre, würde er jetzt nicht in dieser Schlange stehen, mit einem lächerlichen Koffer und seinem noch lächerlicheren Inhalt in der Hand. Er fragte sich wieder einmal, ob er vielleicht doch das Angebot des Schwarzmarkthändlers hätte annehmen sollen. Doch das war schlicht erbärmlich gewesen.

Deshalb war das jetzt die letzte Gelegenheit. Wer hier wartete, hatte eine Niederlage eingefahren. War nicht schnell genug gewesen, nicht schlau genug, nicht ausreichend auf Zack.

Krusmann musterte die übrigen Wartenden. Sie waren besser angezogen und wohlgenährter als der Durchschnitt, auch besser angezogen und wohlgenährter als er selbst, der hier in seinem alten guten Anzug stand, der um ihn herumschlotterte wie ein leerer Kohlensack.

Alle waren sie mit Handkoffern, Aktentaschen oder prall gefüllten Handtaschen ausgerüstet. Es fehlten dagegen die Mütterchen mit den Einkaufsnetzen, die Arbeiter mit ihren Schiebermützen, stattdessen warteten hier Sommermäntel und Anzüge oder, wie es bei der Frau drei Plätze vor ihm der Fall war, Damenkostüme. Am Handgelenk des Mannes vor ihm in der Reihe blitzte eine schwere goldene Uhr, die Schuhe waren zweifarbig und glänzten.

Das Gewicht zog Krusmanns Arm in die Länge, und der Griff des Koffers schnitt ihm in die Hand. Er setzte ihn zwischen seinen Füßen ab. Es würde wohl niemand vorbeikommen und ihn wegreißen, denn was sollte derjenige damit anfangen? Kein Dieb, der seine fünf Sinne beieinanderhatte, würde hier etwas stehlen.

Therese hatte ihre fünf Sinne im entscheidenden Augenblick jedenfalls nicht beieinandergehabt. Er hatte heftig an sich halten müssen, als sie ihm mit ihrer melodiösen Stimme, die seinen Vater so bezaubert hatte, davon erzählte. All die wohlgewählten Worte, die Therese deutlich moduliert hatte, hatten nicht darüber hinwegtäuschen können, dass sie nicht das Geringste verstanden hatte. Sie hatte sich schlichtweg über den Tisch ziehen lassen. Früher wäre ihr das nicht passiert, da hatte sie über ein scharfes Augenpaar verfügt, dem nichts entging, und einen ebenso scharfen Verstand, den niemand hinters Licht führen konnte. Doch sie hatte sich in den sechs Jahren verändert, in denen er sie nicht mehr gesehen hatte.

Nachdem er verstanden hatte, worauf sie sich eingelassen hatte, hatte er sie angefahren und war kurz davor gewesen, sie zu schlagen. Der ängstliche Blick aus den wässerig blauen Altfrauenaugen hatte ihn abgehalten. »Entschuldigung«, hatte er gemurmelt, während sie anfing, stumm vor sich hin zu weinen.

Sie hatte nichts begriffen, und sie würde auch nichts mehr begreifen. Reden konnte sie immer noch, aber sie fing an, stets dasselbe zu erzählen, so, als erzähle sie es zum ersten Mal, weil sie die übrigen Male vergessen hatte. Meist ließ er sich nicht anmerken, dass er die Geschichte schon fünfmal gehört hatte. Er hatte auch bei seiner Rückkehr aus der Kriegsgefangenschaft begonnen, sie bei ihrem Vornamen zu nennen, weil sie ihm erklärt hatte, dass Mutter sich so pathetisch anhöre. Es war eine ihrer schrägen Ideen, die bei den übrigen Menschen nur verständnislose Gesichter und hochgezogene Augenbrauen verursachten. Trotzdem tat er ihr den Gefallen, wie sein Vater ihr auch die meisten Gefallen getan hatte.

Weil sie ihre fünf Sinne nicht mehr beieinanderhatte, stand er nun hier, mit einem Koffer voller Geld, das er im letzten Moment einzahlen wollte, wie all die anderen hier in der Reihe.

Denn nur Geld, das auf einem Bankkonto lag, konnte umgetauscht werden, zu einem lächerlich geringen Teil. Am Montag würde der Inhalt seines Koffers keinen Pfifferling mehr wert sein. Gut, etwas mehr als einen Pfifferling, für den Inhalt seines Koffers würden ihm 307,45 Deutsche Mark gutgeschrieben werden.

Wenn Therese auf der Höhe gewesen wäre, hätte sie ein Vielfaches der Summe dafür bekommen können.

So hatten sie ihre Schwäche gnadenlos ausgenutzt, ihr einen Preis geboten, der lächerlich war, in einer Situation, in der man am besten gar nichts verkaufte.

Zorn stieg wieder in ihm hoch. Er hatte versucht, die Sache rückgängig zu machen, doch das war ein Schlag ins Wasser gewesen. Er hatte beim Notar lediglich indigniertes Staunen und Herablassung geerntet. »Ein gültiger Vertrag«, hieß es. Der Käufer hatte erst gar nicht mit ihm sprechen wollen, angeblich war er nicht zu Hause gewesen.

Und jetzt stand er hier und sah zu, dass er das Geld loswurde und einzahlte. Verdammt, er hatte nicht drei Jahre in einem russischen Kriegsgefangenenlager überlebt, um auf diese Weise abgespeist zu werden. Er rieb sich wieder sein linkes Auge, das zu zucken begonnen hatte.

»Na, Penunzen auf den letzten Drücker einzahlen?«

Das galt nicht ihm, sondern dem Mann vor ihm in der Reihe. Der schien nicht allzu erfreut über die Ansprache zu sein und brachte lediglich ein verkniffenes Ja hervor. Dem anderen, einem gedrungenen, nahezu quadratischen Kerl, schien es nichts auszumachen. Sein rosiges, auch ziemlich quadratisches Gesicht verzog sich zu einem breiten Grinsen, ein Goldzahn blinkte in der Sonne.

»Na, Montach geht es weiter. Allet wieder auf null gestellt. Aber wir werd'n das Kind schon schaukeln. Wir sind ja auf Zack.«

»Klar.« Dabei beließ der Mann es und schaute stur geradeaus.

»Und dann geht et wieder los«, sagte der andere.

Er verabschiedete sich und stapfte an der Schlange entlang. Krusmann drehte sich neugierig um, um zu sehen, ob er sich hinten anstellte. Doch das tat er nicht, sondern marschierte weiter die Straße hinunter.

Was ihn betraf, so ging es auch wieder bei null los. Ihm fehlte schlicht das Startkapital, weil Therese alles andere als auf Zack war. Ohne ihre Transaktion hätte er es gehabt: ein Grundstück in bester Lage, das er sicher gut hätte verkaufen können.

Er rückte mit der Schlange abermals ein paar Schritte vor und fluchte leise.

7

»Alles wie neu!«

Fritzi strahlte Edith an, hob die Hand und berührte sanft ihre frisch gelegten Wellen, die kastanienbraun in der Junisonne leuchteten. Das also hatte Fritzi früh am Samstagmorgen aus dem Bett und aus der Wohnung getrieben.

»Beim Friseur ist der Affe los. Seit endlich raus ist, dass wir am Montag mit der Reichsmark unsere Wände tapezieren können, steht halb Bochum beim Salon Schneider auf der Matte. Schnell noch eine Wasserwelle für die olle Reichsmark. Deshalb ist es bei mir ein bisschen später geworden.«

Fritzi lächelte entschuldigend. »Hast du lange gewartet?«

»Eine halbe Stunde«, sagte Edith trocken. Fritzi hakte sie gut gelaunt unter, sie roch eindeutig nach Friseur.

»So, dann lass uns schauen, wie wir unsere letzten Bestände noch umsetzen können«, verkündete sie und ging rascher.

Was Fritzi auch tat, sie tat es schnell. Sie redete schnell, sie ging schnell, sie aß schnell und traf schnell ihre Entscheidungen. Eine von ihnen hatte darin bestanden, sich nicht mehr Friederike rufen zu lassen, sondern sich Fritzi zu nennen, nachdem der Krieg zu Ende war. »Es klingt einfach flotter«, hatte sie Edith erklärt. Flott war Fritzis Lieblingswort, es bedeutete nicht nur schnell, sondern auch schick und modern. Friederike war Konzertpianistin gewesen, mit einer Ausbildung am Konservatorium in Köln und einem Faible für Bachs Goldberg-Variationen. Fritzi hingegen spielte an drei Abenden pro Woche in einer Bar Klavier, sie hatte es tatsächlich geschafft, den Barbesitzer zu überreden, sie statt eines männlichen Klavierspielers zu engagieren. Seitdem saß sie dort auf ihrem Klavierhocker, angetan mit einem hochgeschlossenen Kleid, damit keine Missverständnisse aufkamen, und spielte, was verlangt wurde: amerikanische Schlager.

Dort hatte Edith sie getroffen, und bald hatte sich herausgestellt, dass Fritzi ein Zimmer frei hatte. Edith hatte kurz gezögert und war bei Fritzi eingezogen.

Gemeinsam schlenderten sie durch die Straßen im Stadtzentrum. Zwischen den Häusern klafften die Lücken der Trümmergrundstücke; bei manchem Geschäftshaus, von dem lediglich die Fassade stand, ging der Blick direkt auf den Schutt, der sich hinter den hohlen Schaufenstern auftürmte. Der Trümmerkran war im Einsatz und schaufelte Ziegelsteine, zerborstene Dachpfannen und verkohlte Balken in die Waggons der Trümmerbahn. Viele der Schaufenster waren wieder verglast, hinter einer der Scheiben verrenkte sich ein Lehrmädchen und wienerte das Glas blitzblank. Die Auslagen dahinter waren karg bis nicht vorhanden. In den letzten Wochen hatte es nicht nur einen Ansturm auf Friseurläden gegeben; wer mehr Geld hatte als Fritzi, die sich die flüchtige Freude einer neuen Frisur leistete, investierte in Schmuck, Uhren, Kunst, Antiquitäten. Mancher Schwarzhändler schleppte einen Tafelaufsatz, eine Jugendstilfigur oder auch ein mächtiges Bild mit röhrendem Hirsch und vergoldetem Rahmen nach Hause, in der Hoffnung, sein Geld in Beständiges investiert zu haben. Doch solche Gelegenheiten waren inzwischen von den Schaufenstern in die Hinterzimmer gewandert.

»Komm!«

Fritzi zog sie am Ellenbogen und steuerte mit ihr auf Miederwaren Garthner in der unteren Kortumstraße zu. Der Laden war die erste Adresse für Wäsche und Miederwaren bester Qualität. Die beiden großen Schaufenster waren leer. Aber der Dekorateur hatte es nicht bei der Leere belassen. Er hatte die Leere in Szene gesetzt, so dass sie Verheißung wurde. Die Podeste, auf denen sonst ausgewählte Stücke lagen, waren von einem weich fließenden Stoff verdeckt, genauso wie die beiden Schaufensterpuppen, die nur darauf zu warten schienen, enthüllt zu werden und die Kostbarkeiten, die sie trugen, zur Schau zu stellen. Wenn die Schaufenster Verheißung waren, war die Tür Einladung. Lautlos und leicht schwang sie auf, als Fritzi den polierten Griff anstieß. Eine junge Verkäuferin kam eilfertig auf sie zu und erkundigte sich nach ihren Wünschen. Fritzi erklärte ihr freundlich, dass sie sich umschauen wollten.

Kundinnen strichen durch die Gänge oder begutachteten die Waren auf den recht spartanisch bestückten Tischen. Wer hoffte, die letzten Reichsmark in eine schicke Corsage, ein seidenes Strumpfband oder hauchzarte Nylons umzusetzen, wurde enttäuscht. Einzig schlichte Leibwäsche war zu sehen, viele der Regale und Vitrinen waren leer.

Fritzi peilte einen Tisch an. Wir verhalten uns wie Tiere auf der Jagd; dort, wo schon ein anderer Interessent lauert, findet sich die fetteste Beute, dachte Edith. Sie folgte ihr zu dem Tisch, an dem schon zwei Kundinnen Witterung aufgenommen hatten. Zwei Frauen mittleren Alters, angetan mit zwei hellen Sommerkostümen, die sich nur durch ihre Farbe – Taubengrau und Sandbeige – unterschieden, befingerten die Wäschestücke und tauschten halblaut Kommentare aus.

Fritzi stellte sich dazu und griff nach einem Wäschestück.

Eine weitere Frau kam aus einer der Kabinen und suchte sich ebenfalls einen Platz an dem Tisch. Sie schien sich jedoch weniger für die Ware als vielmehr für die Messingreling zu interessieren, die um den Verkaufstisch herumlief. Zumindest strichen die Finger ihrer behandschuhten Hand unablässig über das schimmernde Metall.

Edith betrachtete sie. Sie war etwas jünger als sie, hochgewachsen und eine auffällige Erscheinung. Dunkle, halblange Haare kontrastierten mit heller Haut, die Augen leuchteten goldbraun, und die Augenbrauen sahen aus wie mit Tusche gezogen. Sie ließ die Reling los und wickelte sich eine ihrer dunklen Locken um den Finger.

Edith fragte sich, was sie in dem Laden wollte, Miederwaren waren es anscheinend nicht.

Fritzi hielt ein Wäschestück hoch. Ein Schlüpfer von immenser Größe, der gut und gern zwei Fritzis Platz bieten würde.

»Größe zweiundfünfzig«, murmelte sie enttäuscht. »Und die anderen sehen nicht kleiner aus.«

Nahezu unverkäufliche Ware, dachte Edith. Es gab auch hier ein Angebot, allerdings eines, das niemand kaufen würde, das jedoch die Hoffnung auf bessere, passendere Stücke in nächster Zeit aufrechterhielt.

»Na, wenn das kein Ladenhüter ist«, sagte Fritzi mit gesenkter Stimme, damit die Verkäuferin, die ein paar Meter weiter stand und eine Vitrine abstaubte, sie nicht hören konnte. »Größe zweiundfünfzig, wem soll das wohl passen, klapperdürr, wie wir alle sind.«

Die Frau neben ihr erwachte aus ihrer Starre. Sie sah sich um, als wäre sie auf einem fremden Erdteil unterwegs.

»Klapperdürr«, wiederholte sie leise.

Fritzi entgegnete friedlich: »Klar, hat doch keiner mehr was auf den Rippen hier. Seit Jahren sind wir alle auf Diät.«

Eine der beiden Frauen auf der anderen Seite des Tisches lachte, die andere seufzte.

»Dat können Se laut sagen. Ich leb' nur noch von Milchsuppe und Muckefuck.«

Die junge Frau legte den Kopf schief, so dass ihr elegantes Hütchen fast hinabzurutschen drohte. Sie betrachtete die beiden Damen, dann drehte sie sich abrupt um.

»Was ist denn mit der los?«

»Völlig plemplem, vielleicht zu lange unter Trümmern gelegen«, kommentierte die größere der beiden Frauen. Zu lange unter den Trümmern gelegen – eine ungebetene Erinnerung blitzte auf. Edith verscheuchte den Gedanken.

Sie sah der Frau nach. Sie marschierte ohne einen Blick auf die ausliegende Ware auf den Kassentisch zu, dort traf sie auf eine weitere Verkäuferin, die gerade aus einem der Hinterzimmer des Geschäfts kam. Sie redeten kurz miteinander, die junge Frau nahm ein Stück Papier entgegen, dann verließ sie den Laden.

Fritzi drehte eine weitere Runde um die Tische, um festzustellen, dass sich das Angebot wirklich nicht lohnte.

Beim Hinausgehen drehte sie sich um und deutete auf die verhüllte Schaufensterpuppe.

»Ich bin neugierig, was sie am Montag anhat.«

8

»Ich war's nicht. Glauben Sie mir, Herr Oberinspektor«.

Dietrichs seufzte leise. Der Mann log. Adelheid Beckmann, die das Verhör mitstenografierte, erkundigte sich mit einem fragenden Blick, ob sie den Satz, den Cordsen zum dritten Mal äußerte, noch einmal ins Protokoll aufnehmen sollte. Dietrichs bejahte mit stummem Nicken. Samstagmittag, er saß im Präsidium und hörte sich zum zehnten Male Cordsens Lügen an.

Franz Cordsen hatte seinen Vermieter Gustav Hüttner getötet, Dietrichs war sich sicher und hatte den Staatsanwalt überzeugt, einen Haftbefehl zu beantragen. Die Sachlage war klar.

Am vergangenen Sonntag waren Dietrichs und sein Kollege frühmorgens in die Feldsieper Straße gerufen worden. »Normalerweise hör ich den Hüttner morgens immer über mir rumwetzen«, hatte der vierschrötige Metzgergeselle gesagt, der sie an der Haustür empfangen hatte. »Klock, klock, wie bekloppt rennt der mit seinen Holzpantinen durch die Wohnung. Aber heute Morgen: nix. Totenstille. Den ganzen Tag über: nix. Da hab' ich gedacht: guckse mal nach. Der Hausmeister hat die Tür aufgeschlossen. Dann ham wir ihn gefunden. Im Kleiderschrank.«

Der Mann war tatsächlich in seinen Kleiderschrank gezwängt worden, und der Metzgergeselle hatte ihn entdeckt, weil er die Blutlache auf dem Boden gesehen hatte.

Nicht aufzufinden und verschwunden war dagegen Franz Cordsen, der Untermieter des Toten.

Also hatten sie Cordsen zur Fahndung ausgeschrieben und eine Personenbeschreibung in die Zeitung setzen lassen. Fünf Tage später, am gestrigen Freitag, hatte sich ein Kneipenwirt gemeldet.

»Ich hab ihn, euren Mörder.«

»Mutmaßlichen Mörder«, hatte Dietrichs korrigiert und dem Zeitungsgeraschel auf der anderen Seite der Leitung gelauscht. Dann drang aus der Muschel: »Sechzig Jahre alt, jünger aussehend, ein Meter fünfundsechzig bis eins siebzig groß, schlank, frisches Gesicht, dunkelblondes in der Mitte gescheiteltes Haar, niedrige Stirn, Augen grau, Nase gradlinig, Lippen wulstig, dreiteiliger Straßenanzug mit Nadelstreifen, blau gestreiftes Hemd. Der sitzt bei mir vorn im Gastraum und trinkt 'n Pils.«

Und genau so war es gewesen.

Die Personenbeschreibung war in der Tat treffend. Cordsen trug immer noch seinen Dreiteiler und das blau gestreifte Hemd. Der Kragen war inzwischen zerknittert und schmutzig, da Cordsen es nicht mehr gewagt hatte, in sein Zimmer zurückzukehren. Jetzt fischte er ein Taschentuch aus seiner Hosentasche und tupfte sich damit die rosige Stirn.

»Sie haben ihn erstochen und haben sich aus dem Staub gemacht«, behauptete Dietrichs.

Cordsen schwieg.

»Ihre Nachbarn haben einen lautstarken Streit gehört. Außerdem hat einer gesehen, dass Sie kurz danach die Wohnung verlassen haben.«

Das war der Metzgergeselle gewesen. Er hatte erklärt: »Sie hatten heftigen Zoff. Danach isser die Treppe runtergepoltert und nix wie weg.«

Außerdem hatte eine Mieterin aus dem Erdgeschoss gesehen, wie Cordsen gegen acht in seinem dreiteiligen Anzug und mit seiner großen Tasche das Haus verlassen hatte. Vermutlich hatte er darin seine blutige Kleidung aus dem Haus getragen und irgendwo versteckt. Finden würden sie diese wohl kaum. Auf den Trümmergrundstücken gab es ausreichend Verstecke, in denen man auch eine große Tasche problemlos verschwinden lassen konnte.

»Warum haben Sie ihn in den Kleiderschrank gepackt? Damit man ihn nicht auf den ersten Blick sieht?«

Cordsen betrachtete seine Fingernägel und sagte keinen Ton.

»Leider haben Sie nicht daran gedacht, dass aus so einer Stichwunde Blut läuft. Und ein Kleiderschrankboden Ritzen und Spalten hat. Mann!« Dietrichs wurde laut. »Und da meinen Sie, dass Sie mit der Geschichte durchkommen.«

Cordsens Gesicht blieb ausdruckslos.

»Legen Sie ein Geständnis ab, und der Richter wird Ihre Reue wohlwollend berücksichtigen.«

Cordsen schüttelte den Kopf.

»Ich war's nicht.«

Cordsens Taktik war nicht die schlechteste. Stumpfes, mechanisches Leugnen war wirkungsvoller, als sich ein Lügengespinst auszudenken, das irgendwann doch zerriss. Aber auch mit seinem Leugnen würde er nicht durchkommen.

Dietrichs fragte nach dem Grund für die Auseinandersetzung und erhielt zur Antwort:

»Es ging um Geld. Hüttner hatte Schulden bei mir und wollte sie nicht zurückzahlen.«

Dietrichs glaubte ihm kein Wort. Wahrscheinlich war es umgekehrt gewesen. Unter den Dielen von Hüttners Schlafzimmer, verborgen vom Bettvorleger, hatten sie ein Versteck mit Schmuck und Uhren gefunden, die Früchte erfolgreichen Schwarzhandels, nahm Dietrichs an. Es war Hüttner, der Geld hatte, nicht Cordsen.

»Was waren das für Schulden?«

»Schulden halt.«

Cordsen schob die Unterlippe vor und verfiel in Schweigen.

Dietrichs seufzte. Diesmal laut und deutlich, wie man eben seufzt, wenn man merkt, dass die gutwilligsten Bemühungen nur mit Missachtung bestraft werden, und man möchte, dass das Gegenüber Bescheid weiß.

»Wie Sie wollen. Wir brauchen kein Geständnis. Was wir haben, reicht für viele Jahre im Bau. In Ihrer Haut möchte ich nicht stecken.«

Er klappte die Akte zu. Das Verhör war vorbei, Cordsen sollte begreifen, dass er seine Chance gehabt und vertan hatte. Cordsen saß wie festgenagelt auf seinem Stuhl. Dietrichs wartete.

Cordsen rutschte auf die Vorderkante seines Stuhls.

»Hüttner hatte am Nachmittag Besuch.«

Versuchte Cordsen es doch mit einer Lüge?

Dietrichs setzte ein gelangweiltes Gesicht auf.

»Ein Mann mit einem Handkoffer, einem blauen Segeltuchkoffer.«

»Wie außergewöhnlich.« Dietrichs sorgte dafür, dass der Spott in seiner Stimme nicht zu überhören war. Männer mit Koffern gab es in dieser Stadt zuhauf. Schwarzhändler, Hamsterer, selbst Otto Normalverbraucher lief in der Hoffnung auf ein günstiges Angebot auf seinem Weg mit Stoffbeuteln, Aktentaschen oder Handkoffern umher.

»Der Koffer war voller Geld. Reichsmark. Er wollte sie Hüttner andrehen. Wollte dafür Schmuck kaufen.«

»Woher wissen Sie davon?«

»Ich – ich hab's im Flur gehört.«

Gelauscht? Dietrichs glaubte nicht daran. Cordsen dachte sich die Geschichte aus.

»Hüttner hat den bloß ausgelacht«, sagte Cordsen jetzt. »›Wat soll ich mit dem gammeligen Geld?‹, hat Hüttner gefragt.«

Das gammelige Geld war in der Tat ein Problem. Manche Schwarzhändler waren auf die Idee gekommen, es in die Ostzone zu verschieben, dort behielten die alten Scheine ihre Gültigkeit, weil die Kommunisten da drüben sich nicht an der Währungsreform beteiligen wollten. Inzwischen wurde an der Zonengrenze scharf kontrolliert, Personen ebenso wie Güter, und die Schmuggler hatten es schwer. Manche sagten, dass die Sowjets den Schmuggel zum Vorwand nahmen, um die Grenzen zwischen den Zonen abzuriegeln. Aber das war Politik.

»Und weiter?«, fragte Dietrichs.

»Sie haben herumdiskutiert, schließlich hat Hüttner ein Angebot gemacht, das der andere abgelehnt hat. Er hat aber nicht lockergelassen.«

»Sie standen aber lange im Flur«, bemerkte Dietrichs. Cordsen ignorierte die Bemerkung.

»Und danach«, Cordsen brach ab und nahm einen neuen Anlauf, »und danach hat Hüttner dem anderen gesagt, er hätte eventuell was für ihn, aber er müsse noch was klären. Er soll am Abend, um halb neun wiederkommen. Dann kann er ihm Bescheid geben.«

Dietrichs betrachtete Cordsen. Wenn Cordsen sich die Geschichte ausgedacht hatte, hatte er gute Arbeit geleistet. Sie machte den Unbekannten mit dem Koffer zu einem Verdächtigen und klang nicht vollkommen aus der Luft gegriffen.

»Warum erzählen Sie mir das erst jetzt?«, schnauzte Dietrichs ihn an.

»Weil – ich erst jetzt daran gedacht habe.«

»Das soll ich Ihnen abnehmen? Sie tischen uns hier ein Märchen auf.«

»Bestimmt nicht, Herr Oberinspektor.«

Eine nette Geschichte, dachte Dietrichs. Er war sich nach wie vor sicher, dass der Mord auf Cordsens Konto ging. Doch das half nichts, sie mussten die Aussage überprüfen. Falls es den Fremden mit dem Koffer gab und er am Abend erneut das Haus besucht hatte, hatten die aufmerksamen Nachbarn ihn wahrscheinlich gehört. Aber das hieß noch lange nicht, dass Cordsen aus dem Schneider war.

Dietrichs rief den Schupo herein, der vor dem Vernehmungsraum wartete.

»Abführen!«, sagte er. »Zurück in die Zelle.«

9

»Erkennst du mich nicht mehr, Onkel Helmut?«

Die junge Frau blickte ihn herausfordernd an, ein kecker Blick unter einem schicken Hütchen.

Helmut Garthner kniff die Augen zusammen. Ja, er erkannte sie. Und dass sie an diesem Nachmittag in seinem Haus aufgetaucht war, gefiel ihm nicht sonderlich.

Früher war sie ein mageres Geschöpf gewesen, ein Mädchen, das hauptsächlich aus spindeldürren Armen und Beinen zu bestehen schien. Auf Letzteren war sie steif und ungelenk durch das Geschäft gestakt. Eine Erinnerung weckte die nächste. Ging es um Zahlen, war Selma Winterstein alles andere als ungelenk oder ungeschickt. In ihrem Kopf wohnte eine Rechenmaschine, die schneller rechnete als die Registrierkasse und – das hatte Verkäuferinnen und Verkäufer in Angst und Schrecken versetzt – auch exakt die Preise gespeichert hatte. Wehe dem, der den Preis für ein Strumpfband oder ein Leibhemd falsch eingab oder gar vergaß – die kleine Selma rieb es ihm unerbittlich unter die Nase.

Garthner zwang sich zu einem Lächeln.

»Natürlich. Du hast dich ziemlich verändert. Bist eine junge Dame geworden.«

Tatsächlich eine Dame, dachte Garthner, zumindest was Kleidung und Auftreten anging. Ein Kostüm, wie sie es trug, gab es hier nicht zu kaufen. Noch nicht, musste man vielleicht sagen. Der Schnitt war elegant, der Stoff von guter, obgleich nicht von allerbester Qualität. Das gesamte Ensemble mit der brombeerfarbenen Bluse war sorgfältig ausgewählt und harmonierte ausgezeichnet mit ihrer hellen Haut und den dunklen Haaren.

»Eine junge Dame«, wiederholte sie seine Worte, ohne das Lächeln zu erwidern. »Ja, das ist wohl aus mir geworden.«

Vorsicht, dachte Garthner, sei auf der Hut. Vorsicht war für ihn nichts Neues, er war fast sein ganzes Leben lang auf der Hut gewesen, daran war er gewöhnt.

»Und du musst Max sein«, sagte er freundlich zu dem jungen Mann, der neben Selma mit düsterem Gesicht an seinem Esstisch Platz genommen hatte. Max Winterstein beschränkte seinen Gruß auf knappes Senken des Kinns.

Max hatte, wenn er mal im Laden auftauchte, die Nase immer recht schnell in ein Buch gesteckt. Im Gegensatz zu Selma war ihrem ein Jahr älteren Bruder das Geschäft gleichgültig gewesen. Garthner hatte immer gedacht, dass der alte Winterstein eigentlich enttäuscht sein müsse, weil die Gaben so ungleich und im Grunde ungünstig auf Mädchen und Junge verteilt waren. Als er einmal vorwitzig genug gewesen war, eine entsprechende Bemerkung zu machen, hatte ihm der alte Winterstein klargemacht, dass er erstens stolz auf seine Tochter sei und es ihm zweitens nicht zustehe, derartige Urteile zu fällen. »Da kannst du hundertmal Substitut sein, Helmut, das geht dich nichts an.«

Garthner ignorierte Max' Unfreundlichkeit und lächelte.

»Was darf ich euch anbieten? Kaffee, Tee? Oder darf es etwas Stärkeres sein?«

Garthner lächelte weiter und erhob sich halb.

»Nichts, danke.« Selma sprach erneut für beide Geschwister.

Garthner ließ sich auf seinen Stuhl sinken.

Max' Aufmerksamkeit schien mehr dem Esszimmer als seinem Gegenüber zu gelten. Sein Blick wanderte über Wände und Einrichtung. Garthner war klar, was Max sah: Möbel aus Walnussholz, eine Kredenz, hinter deren Glastüren sich das Sonnenlicht in Kristallgläsern brach, die beiden Ölbilder an der Wand. Vor den Fenstern der Garten, ein purpur blühender Rhododendron, auf dem Klavier die Beethovenbüste, Symbol bürgerlicher Bildung, und die Bronzestatuette des Merkur, Götterbote und Schutzpatron der Kaufleute, auf dem Fensterbrett. Charlotte mochte solche Dinge.

»Schön hast du's hier«, sagte Max.

»Ja, ich hatte Glück.«

Max schob die Unterlippe vor und wiegte den Kopf. »Glück«, murmelte er.

»Weißt du, was aus ihnen geworden ist?«, fragte Max. Selma saß kerzengerade am Tisch, ihre braunen Augen hatten ihn fest im Blick.

Garthner lag ein »Aus wem?« auf den Lippen, er sprach es nicht aus.

»Nein«, sagte er. Das entsprach weitgehend der Wahrheit. Er konnte sich allerdings seinen Teil denken. Er schaute wieder die junge Frau an. Ihr Gesicht war papierweiß, die Haut über den Wangenknochen spannte, und sie presste die Lippen aufeinander, als wollte sie auf diese Weise dafür sorgen, dass ihr Gesicht nicht in tausend Teile zerfiel.

Ihr Bruder ergriff das Wort.

»Das weißt du nicht? Du warst doch die ganze Zeit hier, oder?«, fragte Max. Seine Hände spielten mit einem Zipfel der Zierdecke, die Charlotte aufgelegt und sorgfältig glatt gestrichen hatte.

»Die allermeiste Zeit«, gab Garthner zu.

Weil er sich um die Ausrüstung der Wehrmacht gekümmert hatte, Stoffe aller Art besorgt hatte. Er hatte nicht das große Rad gedreht, aber er war gut darin gewesen, Geld fließen zu lassen und es in Warenströme zu verwandeln. Er hatte Beziehungen spielen lassen und Material aufgetrieben, wo es scheinbar nichts mehr aufzutreiben gab.

»Wann hast du sie das letzte Mal gesehen?«

»Im Sommer einundvierzig.«

Auch das entsprach der Wahrheit.

»Nachdem sie in die Horst-Wessel-Straße umgezogen sind.« Er korrigierte sich. »In die Kanalstraße, meine ich.«

»Umgezogen«, murmelte Max. Er tat wieder so, als müsse er über die Bedeutung des Wortes nachdenken, und würde sie letztendlich verwerfen. Schließlich sagte er: »In das Judenhaus, richtig?«

Richtig, in das Judenhaus. Garthner erinnerte sich an den Umzug. Ada und Wilhelm Winterstein hatten von ihren Besitztümern aus der großzügigen Sechszimmerwohnung über dem Laden nur einen geringen Teil mitnehmen dürfen, so gering, dass es problemlos in einen Handwagen passte. Garthner kannte die Wohnung gut, die sie verlassen mussten, denn er war besonders in den letzten Jahren vor ihrem Auszug dort häufig zu Gast gewesen. Ihre Einrichtungsgegenstände waren auf einer Auktion versteigert worden. Er selbst hatte ein Bild erstanden, ein Stillleben, Charlotte hatte es in ihr Schlafzimmer gehängt.

Im Judenhaus waren die Räume eng, dunkel und feucht, nichts für Adas ohnehin angegriffene Lunge, hatte ihm Wilhelm gesagt, als sie sich kurz nach ihrem Einzug auf der Straße getroffen hatten. Zwölf Personen in einer Wohnung, in der vier ausreichend Platz gehabt hätten. Es gab Lärm, Streit, Krankheiten, alles war Gift für Ada und ihre Gesundheit. Er hatte ihr ein paarmal Medizin in der Apotheke besorgt, aber die Lebensumstände hatte er nicht ändern können.

Garthner überlegte, ob er den Kauf des Medikaments erwähnen sollte, doch sein Gefühl sagte ihm, dass es bei Max schlecht ankäme. Jetzt war es wichtig, keine Fehler zu machen.

Mit gedämpfter Stimme stellte er eine Frage. »Wann habt ihr das letzte Mal von ihnen gehört?«

»Dezember einundvierzig.« Selma wickelte eine dunkle Haarsträhne um ihren Finger. »Ein Brief«, sagte sie.

»Und dann nichts mehr?«, fragte Helmut Garthner.

»Nein – aber du hast dich sicher nach ihnen erkundigt.« Max machte eine kleine Pause, bevor er ein träges »Onkel Helmut« nachschob.

»Du warst ja noch hier, Vater hat geschrieben, dass er dich ein- oder zweimal in der Stadt getroffen hat.«

Nein, erkundigt hatte er sich nicht. Natürlich nicht. Er legte keinen Wert darauf, dass sich herumsprach, dass Helmut Garthner, Parteimitglied, Anwärter auf den Platz des Vizepräsidenten der Gauwirtschaftskammer und Lieferant kriegswichtiger Güter, alte Bekannte im Juden-haus besuchte und sich nach ihrem Verbleib erkundigte. Aber er ahnte, was aus ihnen geworden war.

»Sie sind wahrscheinlich in den Osten, nehme ich an«, sagte er.

»In den Osten.« Wieder so ein Wort, das Max auf die Goldwaage zu legen schien. »In den Osten.«

Der Osten war so etwas wie ein riesiger Schlund, hatte Helmut Garth-ner in den letzten Jahren gedacht, in dem die Menschen verschwan-den. Oder fortgeräumt wurden, wie immer man die Sache sehen wollte. Furchtbares passierte dort mit ihnen, die Frontsoldaten hatten darüber getuschelt.

Garthner erwiderte ruhig: »Ich weiß es nicht. Ich vermute es nur.«

»Hast du eine Ahnung, wohin sie gebracht worden sind?«

Garthner schüttelte den Kopf. Nach Polen, ins Baltikum, nach Weiß-russland. Wer wusste das schon?

Max Winterstein wollte noch etwas sagen, aber seine Schwester ließ ihn nicht zu Wort kommen. Sie fuhr mit der Hand durch die Luft, als wolle sie das Thema wegwischen.

»Was ist mit dem Geschäft?«

Das war die zweite Frage, mit der er gerechnet hatte und die leichter und glatter zu beantworten war. Er beantwortete sie präzise: »Dein Vater hat es mir verkauft. Im September sechsunddreißig. Deine Eltern haben mit euch sicher nicht über geschäftliche Dinge gesprochen.«

Max hatte die Augen halb geschlossen, die junge Frau sah ihn auf-merksam an. Sie war auf Zahlen aus. Es hätte ihn gewundert, wenn es anders gewesen wäre.

»Du warst häufig bei uns in der Wohnung und hast mit Vater über Ge-schäftliches gesprochen«, sagte sie. »Ich glaube, er war froh, dass du das Geschäft übernommen hast.«

Das mochte sein. Garthner hatte regelmäßig seine Raten gezahlt, und die Familie hatte das Geld gebraucht.

»Was hast du für den Laden bezahlt?«, fragte Max.

»Das ist kompliziert«, sagte Garthner. Das war es wirklich gewesen. Komplizierte Geldflüsse, die er geschickt gelenkt hatte. Kompliziert würde es aller Voraussicht nach bleiben.

◆◆◆

»Das ist kompliziert«, sagte Helmut Garthner. Selma fragte sich, ob das eine Ausrede war.

Garthner hatte sich nicht nennenswert verändert. Die Haare, die er nach hinten gestrichen trug, waren immer noch dunkel und voll, sein Gesicht, ein freundliches Allerweltsgesicht, erinnerte sie an ein Milchbrötchen, glatt und rund, wie es war. Geblieben war auch der Blick, mit dem er sie bedachte, offen und klar, wie damals, wenn er ihre Fragen zu Preisen oder Stoffen beantwortet hatte, ausführlich, geduldig und mit Begeisterung für die Sache.

Es schmerzte, über die Eltern zu sprechen. Deshalb hatte sie nach dem Laden gefragt. Sie hatte keinesfalls vor, vor Garthner in Tränen auszubrechen.

»Das Geschäft war schon seit Jahren nicht besonders gut gelaufen. Euer Vater hat mehrere Hypotheken aufgenommen«, erklärte er.

Sie dachte an den Laden, die Bilder aus ihrer Kindheit kamen wieder. Beleibte Damen, die sich von den Verkäuferinnen ihres Vaters beraten ließen und anschließend zufrieden mit ihren Päckchen den Laden verließen. Laufkundschaft, die in der Innenstadt ihre Einkäufe machte und von der Auslage angezogen wurde. Auch jetzt machte der Laden einen ausgesprochen guten Eindruck, wie sie heute Morgen gesehen hatte.

»Ich kann mich an viele Stammkundinnen erinnern.«

»Ja«, sagte Garthner sanft. »Es gab viele Kunden, die dem Geschäft lange die Treue gehalten haben. Ware und Bedienung waren erstklassig. Aber es gab auch Probleme.«

»Welche Probleme?«

Garthner beantwortete ihre Frage willig.

»Es ging gleich dreiunddreißig los. Als es im März den ersten Boykott der Warenhäuser gab, war Miederwaren Winterstein mit von der Partie. Es war zwar kein Warenhaus, aber die Verkaufsfläche war groß, und das Geschäft gehörte einem Juden. Also ist der Pöbel mit seinen Plakaten auch vor eurem Geschäft aufgetaucht. ›Keinen Pfennig den jüdischen Warenhäusern.‹ ›Die jüdischen Warenhäuser schaden dem deutschen Mittelstand.‹ ›Als ob ich kein deutscher Mittelstand wäre‹, hat dein Vater immer kopfschüttelnd gesagt. Einmal hat er sogar seine Orden aus dem Krieg ins Schaufenster gelegt. Viele der Kundinnen sind weiterhin gekommen. Mindestens ebenso viele sind jedoch fortgeblieben und zu Pörksen in der Brückstraße abgewandert. Der hatte schnell die Plakette im Schaufenster hängen: Deutsches Geschäft.«

»Und du hast treulich zu unserem Vater gestanden«, bemerkte Max. Selma erwartete, dass er noch einmal »treulich« sagen und auf dem Wort herumkauen würde, um es auf seine Echtheit zu überprüfen. Aber Max war verstummt.

»Sicher, was hätte ich auch sonst tun sollen.« Garthner lächelte.

»Klar, einen eigenen Laden aufmachen konntest du wahrscheinlich nicht.« Wieder Max.

»Nein, das konnte ich nicht.«

Selma ahnte, was Max damit sagen wollte: Vermutlich hatte ihm dazu das Geld gefehlt, ihrem Onkel Helmut. Er war natürlich nicht ihr richtiger Onkel, sie hatten ihn jedoch so genannt, solange sie denken konnte. Er hatte ihr und Max Bonbons zugesteckt, wenn sie in den Hinterzimmern des Ladens herumsaßen. Später hatte er ihr die Stoffe gezeigt. »Hier, fass mal an. Mako, feinste ägyptische Baumwolle. Das Beste, was auf dem Markt ist.« »Damenstrümpfe. Schau mal, die sind eher billig, schau dir die Verarbeitung des Zwickels an.«

Sie hatte hingeschaut, hatte sich gemerkt, was er sagte. Nicht weil sie Damenwäsche besonders interessiert hätte, sondern weil sie grundsätzlich neugierig war. Auch über Preise hatten sie geredet, über die Differenz zwischen Einkaufs- und Verkaufspreis, über Kosten und Kalkulation. Die Erinnerung gehörte zu den guten Erinnerungen, die sie an ihre Kindheit hatte.

»Dann hast du Vaters Laden übernommen«, sagte sie.

»Ja, so war es. Für einen Juden war es kaum mehr möglich, ein Geschäft zu führen. Es gab ständig diese Boykottaufrufe. ›Kauft nicht bei Juden.‹ Ich weiß nicht, wie oft die Lehrmädchen die Schmiererei von der Scheibe geputzt haben. Und das war erst der Anfang.«

Selma erinnerte sich. Ihr Vater hatte sie beruhigt, ihr den Arm um die Schultern gelegt, als wolle er sie vor dem drohenden Ungemach beschützen. Er hatte wie immer nach holzig-frischem Rasierwasser und Pfeifentabak gerochen und hatte gemurmelt: »Irgendwann ist der Spuk vorbei.«

Nach einer Weile hatte das Gemurmel aufgehört, aber der Spuk war weitergegangen. Sie erinnerte sich daran, vor dem Laden einen älteren Mann mit einer Gruppe Jugendlicher gesehen zu haben. Ein Mann mit Krawatte und Anzug, kein Braunhemd. In den Händen hielten der Mann und drei der Jugendlichen Kameras, und sie fotografierten die Kunden, die den Laden trotz der Boykottaufrufe betraten. Onkel Helmut hatte sie gefragt, was sie da trieben, und der ältere Mann hatte erklärt, dass er Gewerbeschullehrer sei und mit seinem Fotokurs dokumentiere, wer immer noch bei Juden einkaufe. Garthner war mit betretenem Gesichtsausdruck zurückgekommen und hatte davon berichtet. Ihr Vater hatte nur resigniert mit den Schultern gezuckt und den Blick zum Himmel gehoben.

Garthner redete weiter: »Der Gauwirtschaftsberater saß uns im Nacken, redete von Entjudung der Geschäfte. Die Alsfeld haben das große Warenhaus abgegeben, es lief dann unter Kortum weiter. Daher haben wir beschlossen, dass ich das Geschäft übernehmen sollte. Damit es fortbestehen und Einkünfte bringen konnte. Die brauchtet ihr ja zum Leben.«

Onkel Helmut, der Kümmerer, dachte Selma. Manches von dem, was er sagte, deckte sich mit ihren Erinnerungen. Irgendwann, es konnte tatsächlich nach dem Sommer mit den Olympischen Spielen gewesen sein, war ihr Vater nicht mehr ins Geschäft hinabgestiegen. Stattdessen war Helmut Garthner ein- oder zweimal in der Woche in der Wohnung erschienen und hatte sich mit ihrem Vater in dessen Arbeitszimmer zurückgezogen, um Geschäftliches zu bereden, wie ihre Mutter erklärt hatte.

Sie blickte zu Max. Er sah aus dem Fenster, als gingen ihn Garthners Worte nichts an.

Garthner wandte sich ihr zu.

»Es ist dabei alles mit rechten Dingen zugegangen«, sagte er.

»Sicher«, sagte Selma. Garthner nickte bestätigend, und Selma hatte den Eindruck, dass er erleichtert war. Max tat noch immer so, als habe er mit der Sache nicht das Allergeringste zu tun.

»Könnten wir vielleicht den Vertrag sehen?«, fragte Selma. Sich an Fakten halten, das Geschäft war sicheres Terrain. Erinnerungen, gute und schlechte, beide verschwanden, wenn sie sich mit Zahlen beschäftigte.

Außerdem war es gut, die Dinge schwarz auf weiß zu sehen, all die Vereinbarungen, die Fristen, die Klauseln. Es war weitaus besser, als zu spekulieren, ob jemand die Wahrheit sagte oder mit einer immensen Lüge aufwartete. Die Eltern hatten mit ihnen nie über den Verkauf gesprochen, geschweige denn ihnen erklärt, was der Vertrag im Einzelnen enthielt.

»Natürlich.«

Garthner zögerte einen Moment. Er schien etwas fragen zu wollen, dann aber sagte er: »Ich kann euch die Unterlagen raussuchen. Anfang der nächsten Woche habe ich alles zusammen.«

»Erst nächste Woche?«

Garthner lächelte wieder sein freundliches Lächeln. »Ich muss erst einmal alles sichten. Es war, wie gesagt, recht kompliziert. Ich habe ihm das Warenlager und das Geschäft abgekauft, wir haben Abschläge, Ratenzahlungen und die Möglichkeit von Sondertilgungen vereinbart. Wie lange bleibt ihr in der Stadt?«

Max sah ihn unfreundlich an.

»Können wir noch nicht sagen«, erklärte er brüsk. »Wann sagst du, war der Verkauf?«

»Im Spätsommer sechsunddreißig«, antwortete Garthner. »Wie gesagt.«

Selma rechnete nach. Danach hatten sie noch zwei, zweieinhalb Jahre in Bochum gewohnt, in der Wohnung über dem Laden, bis sie in den Zug Richtung Holland gestiegen und von dort nach England gelangt waren.

Sie sah, dass Garthner Max betrachtete. Doch Max erwiderte nichts, sondern grinste ihn lediglich an.

◆◆◆

Nachdem die beiden die Wohnung verlassen hatten, rieb Helmut Garthner sich die Schläfen. Er war ohne Zweifel dem alten Spruch »Aus den Augen, aus dem Sinn« aufgesessen, obgleich ihm hätte klar sein müssen, dass dies ein Trugschluss war. Die beiden waren wieder da und stellten Fragen. Manche konnte er nicht beantworten, andere beantwortete er besser nicht, und bei wieder anderen hatte er selbst keine Antwort und war auch nicht besonders erpicht darauf, eine zu haben.

Andererseits hatte er in seinem Leben viele Schwierigkeiten gemeistert, und er würde auch diese meistern. Der Junge schien unberechenbar, aber das Mädchen sprach die Sprache der Zahlen. Das bedeutete einerseits, dass er sie nicht hinters Licht führen konnte, andererseits gab es mit denen, die an Zahlen glaubten, immer einen Weg der Einigung. Egal, was in der Vergangenheit passiert war, es war immer besser, nach vorn zu blicken. Und auf der Hut zu sein.

10

Falscher Glanz tippte Edith und betätigte den Zeilenschalthebel. Das Papier in der Maschine rutschte nach oben, sie schob den Wagen nach rechts und begann mit der ersten Zeile der Meldung.

Es ist nicht alles Gold, was glänzt. Dies musste Josef J. erkennen, als er seine Ersparnisse in Wertbeständiges investieren wollte und einen glänzenden Barren zu günstigem Preis erstand. Ernüchterung trat ein, als das gute Stück zu Boden fiel.

Edith hob den Kopf. Sollte sie eine launige Bemerkung im Sinne von »Dies also war des Pudels Kern« folgen lassen?

Sie ließ ihren Blick nachdenklich durch die Redaktion schweifen. Das Redaktionsbüro bestand aus einem einzigen Raum, in dessen Mitte ein ausladender Holztisch stand, Arbeitstisch für acht Redakteure. Zwischen Wand und Tisch war kaum Platz, selbst der dünne Bürobote musste sich verrenken, wenn er sich hindurchzwängte, um die Post zu verteilen.

Zwei der Kollegen hackten ihre Artikel in die Maschinen, nur Gericke, der Verantwortliche für den Wirtschaftsteil, und Jansen, der Politikredakteur, standen nicht weit von ihr am geöffneten Fenster, rauchten und stritten sich. Edith hörte mit halbem Ohr zu. Jansen wetterte gegen die Preisfreigaben, Gericke war dafür, eine Neuauflage der Diskussion, die sie schon seit zwei Wochen führten.

»Es trifft den kleinen Mann. Der wird sich ab Montag für sein Geld weit weniger kaufen können. Wenn dann noch die Preise freigegeben werden, wird es bei ihm richtig leer im Portemonnaie« sagte Jansen, hob die hagere Hand mit der Zigarette und schwenkte sie Richtung Gericke.

Der schüttelte den Kopf und blies einen Rauchkringel aus, der majestätisch und rund durch den Raum schwebte.

»Es wird eine Durststrecke geben, ein wenig Kaufkraftverlust, aber dann geht es steil aufwärts. Der Markt wird es richten.«

»Und ich sage dir, wir brauchen Preisbindungen, sonst gibt es hier eine Katastrophe. Der Dicke mit der Zigarre ist auf dem Holzweg.«

Gericke fehlte heute Nachmittag offenbar der Elan, Ludwig Erhard, den Vorsitzenden des trizonalen Wirtschaftsrates, zu verteidigen. Stattdessen wandte er sich an Edith.

»Ah, Fräulein Marheinecke!«, rief er über den Tisch hinweg. »Auf der Suche nach Inspirationen für die nächste Lokalmeldung? Oder ist Ihnen ein Polizeibericht auf den zarten Magen geschlagen?«

Die Lokalredaktion stand nicht sonderlich hoch im Kurs, die anderen Redakteure betrachteten sich als Spezialisten, wenn nicht gar als Koryphäen auf ihren Gebieten, während sie und Roggenkämper in ihren Augen Alleskönner oder – was auf dasselbe hinauslief – Dilettanten waren, zuständig für Banalitäten wie Polizeimeldungen, Vereinswesen und Lokalpolitik. Gedöns, nannten es manche von ihnen. »Das, was unsere Leser am ehesten interessiert«, pflegte hingegen Roggenkämper, ihr Chef, zu sagen.

Edith erwiderte: »Reizend, dass Sie sich Sorgen um meinen Magen machen. Sie haben wohl heute Ihren Kavalierstag. Plötzlich und unerwartet.«

Jansen feixte. Gericke war bekannt für seine Direktheit, die häufig genug in Unhöflichkeit umschlug.

Gericke stutzte, dann lachte er und stieß dabei ein Geräusch aus, das nach mittelgroßer Gerölllawine klang.

Die beiden wandten sich von ihr ab, und Edith beugte sich wieder über ihre Meldung. Kein Goethe, kein Pudels Kern entschied sie. Sie widmete sich erneut dem zu Boden gefallenen Barren und schrieb: *Lack splitterte.*

Weiter kam sie nicht.

»Fräulein Marheinecke!«, tönte es durch den Redaktionsraum.

Sachs, der Chefredakteur, stand in der Tür.

»Hätten Sie zwei Minuten für mich?«, rief er ihr über die Köpfe der tippenden Kollegen zu. Er kehrte in sein Büro zurück, ohne ihre Antwort abzuwarten.

Natürlich hatte sie Zeit. Wenn der Chefredakteur rief, gab es kein Zögern. Zugegebenermaßen rief er sie selten, normalerweise erhielt sie von Roggenkämper ihre Anweisungen.

Edith stand auf und strich ihren Rock glatt. Während sie sich an den Stühlen vorbeiwand, rief Gericke ihr vom Fenster aus nach: »Wahrscheinlich gibt es einen neuen Auftrag. Vielleicht mal was für die Küchenecke?«

Edith blieb stehen.

»Küchenecke? Das wäre eher Ihr Bereich. Versorgungslage, Inflation, Preisfreigabe – gehört doch alles ins Wirtschafsressort!«

Gericke lachte wieder sein Gerölllachen.

Sachs stand neben seinem Schreibtisch. Der Chefredakteur war ein zierlicher Mann in den mittleren Jahren, dem man Kraft und Zähigkeit auf den ersten Blick nicht ansah. Nicht zu übersehen hingegen waren der scharfe Blick hinter den flaschenbodendicken Gläsern der Hornbrille und die knappe Gestik, mit der er Redakteure, freie Mitarbeiter und Besucher in sein Büro fegte und wieder hinauswedelte.

Einen guten Teil seines Lebens hatte er in London verbracht, da er gleich 33 ins Exil gegangen und 45 mit den Briten als Presseoffizier zurückgekommen war. Er hatte an den ersten Zeitungen gearbeitet, die die Besatzungsmacht herausgegeben hatte, um die Bevölkerung zu informieren. Als vor gut zwei Jahren die ersten Lizenzzeitungen erschienen und das *Bochumer Morgenblatt* gegründet worden war, hatte ihm der Verleger prompt den Posten des Chefredakteurs angeboten. Sachs hatte angenommen.

Edith war ihre Stelle mehr oder weniger vor die Füße gefallen, und sie hatte danach gegriffen. Mit einem Stich im Herzen, aber sie war der Ansicht gewesen, dass es darauf nicht ankam. Sie hatte genommen, was sie bekommen konnte, auch wenn es nur ein Trostpreis war. Leidenschaft und Liebeskummer waren ein Luxus, den sie sich zurzeit nicht leisten konnte, hatte sie sich gesagt und den Vertrag unterschrieben. Nun arbeitete sie seit mehr als einem Jahr für die Zeitung.

Sachs winkte sie heran. Einen Sitzplatz bot er ihr nicht an, ein langes Gespräch würde es somit nicht werden. Sie fragte sich, ob er ihr auf die Schliche gekommen war.

»Sie leisten gute Arbeit, Fräulein Marheinecke,« sagte er.

»Danke.«

Um ihr dies mitzuteilen, hatte er sie sicher nicht gerufen. Möglicherweise war es ein freundlicher Einstieg, dem bald ein Aber und die Anklage folgen würden. Sachs war äußerst korrekt, um nicht zu sagen pingelig, was die knappen Mittel und ihren Einsatz anging.

Sie wappnete sich. Viel würde sie zu ihrer Verteidigung nicht vorbringen können.

»Es geht um Westhoff.«

Treffer, dachte Edith. Westhoff war der Pressefotograf und Herrscher über Labor und Dunkelkammer. Sie konnte sich jedoch nicht vorstellen, wie Sachs dahintergekommen war, Westhoff hatte sicher nichts verraten. Es mochte sein, dass einer der Kollegen sie angeschwärzt hatte.

»Westhoff ist krank.«

Sie schaffte es, ernst und betroffen dreinzuschauen, obwohl ihr ein dicker Stein vom Herzen fiel.

»Wir brauchen Bilder vom Umtausch. Können Sie das übernehmen?«

Das wollte er also.

»Selbstverständlich«, sagte sie, ohne die Miene zu verziehen. Allzu große Freude an den Tag zu legen, hätte nur Sachs' Misstrauen geweckt.

»Für die Titelseite«, sagte Sachs. »Von einem zentralen Ort.«

»Das Hauptpostamt«, schlug Edith vor. »Ich denke, dass die Schlangen dort beachtlich sein werden, da alle zwanzig Schalter als Geldausgaben fungieren.«

Die Schalterhalle war zudem groß und hell, so dass sie auch im Inneren des Gebäudes gute Aufnahmen machen konnte.

»Einverstanden«, sagte Sachs. »Sie haben ja schon häufiger für Westhoff Fotos gemacht, oder?«

Edith nickte.

Westhoff war ein ausgezeichneter Fotograf, und wenn er guter Laune war und sein Alkoholspiegel nicht allzu hoch, beantwortete er gern und ausführlich ihre Fragen zu allem, was mit Fotografie zu tun hatte. Nicht ganz uneigennützig, wie sich schnell herausgestellt hatte. Er hatte sie in den letzten Wochen gebeten, den einen oder anderen Termin wahrzunehmen, wenn der Alkohol ihn in seinen Krallen hatte und er nicht mehr aus dem Haus kam. Ihre Bilder, mit Westhoffs Namen darunter, waren bei diesen Gelegenheiten ohne Beanstandung gedruckt worden.

Offenkundig hatte Sachs auf irgendeine Weise von diesem Teil ihres Arrangements erfahren. Dass Westhoff sie ihre eigenen Fotos in der Dunkelkammer entwickeln ließ und ihr dabei auch großzügig Chemikalien und Papier zur Verfügung stellte, wusste er anscheinend nicht, dachte sie erleichtert.

Sachs fischte einen Rollfilm aus der Schublade.

»Ein Ersatzfilm. Gehen Sie sorgfältig damit um. Sie wissen ja, dass Material knapp ist.«

»Gewiss.« Edith schob die Rolle in die Jackentasche.

»Viel Erfolg.«

Sachs wandte sich den Papieren auf seinem Schreibtisch zu. Die Unterredung war beendet.

Den Weg zu ihrem Platz legte sie zurück, ohne dass Gericke eine Bemerkung machte.

Edith zwängte sich hinter ihre Maschine und nahm den Faden ihres Textes wieder auf. Sie schrieb:

und zutage trat der bleierne Kern des falschen Goldbarrens. Josef J. informierte die Polizei, die den sauberen Händler festnahm und das Lager mit den trügerischen Waren aushob.

Sie las den Text noch einmal, die Kommata saßen, wo sie hingehörten. Sie zählte die Zeilen. Der Artikel konnte in den Satz.

11

An der Seltersbude in der Feldsieper Straße war an diesem Nachmittag wenig Betrieb. Dietrichs kannte die Gegend nicht, er wusste aber, dass sich samstagnachmittags die Budenbesitzer über zahlreiche Kundschaft freuen konnten.

Budenbesitzer waren eine gute Informationsquelle. Einerseits zumindest: Sie hockten den ganzen Tag in ihren kleinen Häuschen, verborgen hinter Dosen und Schachteln, aus denen sie Salmiakpastillen oder Himbeerbonbons fischten, und bekamen alles mit, was in der Nachbarschaft vor sich ging. Andererseits aber galt: Ebendiese Nachbarschaft war ihre Stammkundschaft, deshalb hüteten sie sich, allzu viel zu erzählen.

Dietrichs hatte Cordsens Aussage überprüft. Zwei der Hausbewohner hatten tatsächlich am Tag von Hüttners Tod einen unbekannten Mann mit einem Handkoffer ins Haus gehen sehen. Die eine war die Nachbarin aus dem Erdgeschoss, die bereits ausgesagt hatte, dass sie beobachtet habe, wie Cordsen um halb neun das Haus verlassen hatte. Der andere Zeuge war der Metzgergeselle aus dem 1. Stock, er hatte den Koffermann ebenfalls kommen sehen. Was den Zeitpunkt anging, waren sie sich einig: nachmittags, gegen vier.

Es gab ihn also wirklich, den Mann mit dem Koffer, von dem Cordsen gesprochen hatte, und er hatte das Haus am Nachmittag betreten, als Hüttner noch putzmunter gewesen war, zumindest putzmunter genug, um sich gegen acht mit Cordsen zu streiten. Wann der Koffermann wieder gegangen war, wussten die Zeugen nicht zu sagen. Auch hatte keiner der Hausbewohner bemerkt, dass der Mann mit dem Koffer am Abend wiedergekommen war.

»Man hat ja wat anderet zu tun, als den ganzen Tach aus'm Fenster zu gucken«, hatte die Nachbarin aus dem Erdgeschoss erklärt, die durchaus einige Zeit am Fenster zubringen musste, zog man das Federkissen auf ihrer Fensterbank in Betracht.

Der Budenbesitzer schob die Luke hoch, durch die er seine Waren nach draußen reichte. Er fixierte ihn mit dem linken Auge, das rechte war von einer schwarzen Augenklappe verdeckt. Falls es überhaupt noch existierte, dachte Dietrichs, die Narbe auf der linken Wange ließ Übles ahnen. Dem Alter nach musste der Mann ein Veteran des Ersten Weltkriegs sein. Erwin Fischer hieß er, so stand es wenigstens auf dem kleinen Schild, das an einem der Fenster pappte.

»Tach, wat darf et sein?«, begrüßte ihn der Mann.

»Knickerwasser, gelb«, sagte Dietrichs. Ein Bier wäre ihm lieber gewesen, aber die Seltersbuden hatten in der Regel keine Schanklizenz.

»Ich weiß nich, ob ich da noch wat …«

»Was dahabe?«, beendete Dietrichs den Satz. »Bestimmt. Sie wollen doch für den morgigen Tag gerüstet sein, wenn alle hier mit ihrem Kopfgeld auflaufen.«

Er kassierte einen misstrauischen Blick.

»Und Waren horten wollen Sie ganz bestimmt nicht.«

»Sie sind vonne Polizei«, sagte der Budenbesitzer säuerlich und stellte die Glasflasche mit der gelben Brause auf den Tresen.

Dietrichs bezahlte.

Dem Mann war anzusehen, dass er Dietrichs samt seiner Flasche weit weg wünschte. Dietrichs stieß die Glaskugel nach unten in den Flaschenhals. Die Kohlensäure entwich mit einem leisen Zischen, der Druck ließ nach, die Kugel sank herab. Dietrichs nahm einen tiefen Schluck, trank und seufzte behaglich.

»Samstag vor einer Woche«, sagte Dietrichs, »war da auch so wenig los wie jetzt?«

»Nee, Gott sei Dank nich. Wenn dat immer so wär wie jetzt, könnte ich den Laden dichtmachen.«

»Samstagnachmittag, zwischen vier und sechs«, sagte Dietrichs. »Haben Sie da einen Mann mit einem Handkoffer gesehen?«

Der Budenbesitzer kratzte sich am Kopf.

»Anzug, mittelgroß, blauer Handkoffer aus Segeltuch«, präzisierte Dietrichs.

Der Budenbesitzer lachte unfroh. »Anzug, na ja, Anzugträger rennen hier samstags nich' so viele rum.«

Er dachte erneut nach.

»Ja, hab' ich. Samstagnachmittag kam der hier lang. Der war nich' von hier, ausser Nachbarschaft. Der kam von woandersher.«

Er schien Glück zu haben, dachte Dietrichs. Wenn der Mann aus dem Viertel gewesen wäre, hätte der Budenbesitzer vermutlich nicht so freizügig Auskunft erteilt.

»So um fünf. Im Radio waren gerade die Nachrichten dran.«

Nach einigem Nachfragen kam heraus, dass der Anzugträger aus der Richtung von Hüttners Wohnung gekommen war und in Richtung Innenstadt gelaufen war. Er war also dort gewesen und hatte die Wohnung wieder verlassen.

»Hat sich bei mir ein Selterswasser gekauft. Ich kann mich noch an den erinnern, weil der am Auge immer so gezuckt hat. Na ja, is' besser dran als ich.« Er zeigte auf seine schwarze Augenklappe. »Der hat wenigstens noch wat zum Zucken.«

»Und später, so gegen halb neun, haben Sie ihn da noch mal gesehen?«

Der Budenbesitzer überlegte.

»Nee, habe ich nicht. Kann aber trotzdem sein, dass der bei mir vorbeigegangen ist. Gegen Abend war hier ziemlich viel Betrieb. Die wollten alle für ihre Reichsmark noch wat kaufen, weil se Lunte gerochen haben. Die wussten, dat die ihr altet Geld bald in die Tonne kloppen können.«

Dietrichs hakte nach. Ob vielleicht einer der Kunden den Koffermann später am Abend gesehen habe.

»Von meine Kunden? Nee, dat glaub' ich nicht.«

Dietrichs erklärte ihm, dass es doch recht erstaunlich sei, wenn er wisse, was seine Kunden gesehen haben und was nicht, wenn er doch in seiner Bude gehockt habe und ihm dieselben Kunden den Blick auf die Straße versperrt hätten. Er forderte die Namen der Kunden. Der Budenbesitzer erklärte, dass er nicht das Finanzamt sei und auch kein Hotel, in dem man seine Adresse abliefern müsse.

Dietrichs nahm einen weiteren Schluck von dem sonnengelben Getränk aus seiner Flasche. Süß und klebrig, ein Genuss.

»Hören Sie auf mit dem Quatsch. Sie notieren die Namen der Leute, die am Samstag hier standen, und ich sage den Kollegen von der Gewerbepolizei nicht, dass sie hier vorbeischauen sollen.«

Erwin Fischer verzog das Gesicht und kramte einen Block hervor.

»Namen und Adressen«, befahl Dietrichs.

Mit flüssiger Schrift füllte Erwin Fischer ein Blatt, riss es ab und reichte es Dietrichs.

»Sind das alle?«

»Ja.«

Dietrichs hätte einen ganzen Kasten Brause gewettet, dass die Liste nicht vollständig war. Aber immerhin, Fischer hatte sich Mühe gegeben. Sechs Namen standen nebst Adresse auf dem Papier, die die Kollegen abklappern konnten. Der Haftrichter hatte den Haftbefehl genehmigt, Cordsen saß in Untersuchungshaft. Sollte sich jedoch herausstellen, dass der Koffermann Hüttner noch einmal besucht hatte, würden sie Cordsen laufen lassen müssen.

Dietrichs seufzte, nahm den letzten Schluck und stellte die leere Flasche auf den Tresen.

Sonntag, 20. Juni 1948

12

Das neue Geld war da. Dietrichs Kopfgeld steckte in seiner Brieftasche. Es waren zwölf Scheine, selbst fünfzig Pfennige gab es als Schein. Er hatte keine großartigen Pläne damit, keine Wünsche, die er sich damit erfüllen würde. Das Einzige, was er sich in den letzten Jahren geleistet hatte, waren eine Lokomotive und einige Personenwagen für seine Eisenbahn gewesen, die er auf dem Schwarzmarkt gegen Dauerwürste seiner Tante aus dem Münsterland eingetauscht hatte.

Er schritt die Stufen vor dem Hauptpostamt hinunter. Normalerweise war an einem Sonntagmorgen um halb zehn an diesem Ort nichts los. Niemand ging in das Rathaus, einen wuchtigen Klotz auf der gegenüberliegenden Straßenseite. Niemand besorgte sich im Hauptpostamt Briefmarken oder gab Pakete auf, niemand besuchte die Geschäfte in den nahen Einkaufsstraßen, und nur wenige zuckelten mit der Straßenbahn durch die zerstörte Innenstadt oder stiegen an den Haltestellen in eine andere Linie um.

Heute aber herrschte Hochbetrieb. Vor dem Hauptpostamt standen die Leute in langer Reihe an. Die Warteschlange zog sich an der Schlegelbrauerei entlang und krümmte sich um die nächste Straßenecke. Auf dem weitläufigen Platz vor dem Rathaus tummelten sich Passanten. Dazwischen waren Schupos unterwegs; sie sollten dafür sorgen, dass es bei der Geldausgabe keine Schwierigkeiten gab und niemand auf die Idee kam, die Ausgabestelle zu überfallen. Auch den hinteren Eingang, über den die Geldsäcke angeliefert worden waren, überwachten Schupos. Dietrichs hatte kaum Leute gefunden, die nach Zeugen für den Besuch des Koffermanns suchen konnten. Wer nicht im Einsatz war, holte sein Geld ab.

Im Moment schien auf dem Platz alles ruhig zu sein, die Leute standen brav in Reih und Glied und warteten geduldig, bis sie sich ins Postamt schieben konnten.

Unten auf dem Bürgersteig entdeckte er Stratmann, der hager und schlaksig vor der Klinkermauer des Gebäudes stand, ausgerüstet mit einer Zeitung. Stratmann las nicht, Stratmann spähte mit seinen eng beieinanderstehenden Augen über den Zeitungsrand auf den Platz. Dietrichs nickte ihm zu und wollte an ihm vorübergehen. Stratmann jedoch winkte ihn mit einem bittenden Blick und einer raschen Kinnbewegung herbei.

Dietrichs unterdrückte ein Seufzen und ging auf ihn zu. Er hatte keinen blassen Schimmer, was Stratmann von ihm wollte. Stratmann gehörte nicht zu den Kollegen, die gern einen Plausch hielten, und auch bei den Umtrünken der Kollegen wurde er meist nicht eingeladen. Genauso wenig wie Dietrichs, allerdings aus anderen Gründen. Stratmann galt als Korinthenkacker, der sich stets an seiner Dienstordnung festhielt, er selbst hingegen als Eigenbrötler, der am liebsten für sich war. Keiner im Präsidium kannte seinen Vornamen, im Grunde nannte ihn kaum jemand bei seinem Vornamen.

Stratmann faltete die Zeitung zusammen, ein wenig zu zackig für einen harmlosen Passanten, fand Dietrichs.

»Guten Morgen«, begrüßte Stratmann ihn. Das »Herr Oberinspektor« schien er gerade noch rechtzeitig zu verschlucken. Dietrichs grüßte knapp zurück.

Stratmann fing an, über das Wetter zu reden, den grauen Himmel, aus dem sicher noch der eine oder andere Schauer kommen werde, die mäßigen Temperaturen, die nicht wirklich sommerlich seien. Unvermittelt senkte er die Stimme. »Da. Auf der anderen Straßenseite.«

Dietrichs betrachtete die Passanten auf dem Rathausvorplatz. Sie strömten zur Geldausgabe in der Hauptpost oder kamen von dort zurück. Manche unterhielten sich in kleinen Grüppchen, weil sie Bekannte getroffen hatten und weil es gerade keinen Regenschauer gab.

Ein schlanker Mann in hellem Trenchcoat lehnte an einer Laterne und betrachtete das Treiben. Das eine Bein hatte er anmutig angewinkelt und gegen den Laternenpfahl gestützt, die Hände drehten flink eine Zigarette.

»Der im Trenchcoat?«, fragte Dietrichs.

»Welchen meinen Sie?«, gab Stratmann zurück.

Dietrichs stellte fest, dass seine Frage unsinnig gewesen war, auf dem Platz waren mindestens vier Trenchcoatträger unterwegs.

»Den an der Laterne.«

»Genau, das ist er.«

Dietrichs hatte wieder den Eindruck, dass Stratmann den Oberinspektor nur mit Mühe wegließ.

»Theo Lange. Taschendieb. Ziemlich gewitzt und verflixt geschickt«, erklärte Stratmann.

Dietrichs verstand. Tag und Ort waren ein Geschenk für jeden Langfinger: Massen von Menschen, bei denen klar war, was sie in der Tasche hatten: vierzig Deutsche Mark. Keine Frage, Theo Lange wartete auf eine Gelegenheit, sein persönliches Kopfgeld aufzustocken.

»Die Post wird er sicher nicht überfallen. Aber wenn ich ihn in flagranti erwische, wäre es ein netter Beifang. Dann könnte ich ihn eine Zeit lang aus dem Verkehr ziehen. Zweimal hat er schon gesessen.«

Stratmann hatte einen unverfänglichen Plauderton angeschlagen, der jedem Vorübergehenden wohl klarmachen sollte: Sie waren lediglich zwei Männer, ein kräftiger mittleren Alters mit raspelkurzem Haar und ein dünner, jüngerer, die sich angelegentlich auf der Straße unterhielten.

»Da«, sagte Stratmann wieder. »Können Sie für einen Moment die Stellung halten?«

Dietrichs nickte und sah zu, wie Theo Lange mit einer schnellen Bewegung sein Rauchzeug in der Manteltasche verschwinden ließ.

»Jetzt«, flüsterte Stratmann. Dietrichs registrierte, dass er sich straffte. Laut sagte er: »Demnächst bekommen wir bestimmt ein paar heiße Tage.«

Drüben auf dem Platz steuerte Lange mit lässigem Schritt auf ein älteres, gut gekleidetes Ehepaar zu, das langsam über den Platz trippelte.

»Gleich spricht er sie an oder stößt ganz zufällig mit ihnen zusammen«, murmelte Stratmann.

Lange näherte sich drüben dem Ehepaar.

»Schauen Sie, auf der rechten Seite.«

Auf der rechten Seite kam ein Mann in einer abgewetzten Lederjacke und mit einer Schiebermütze auf die beiden alten Leutchen zu.

»Das ist sein Blocker. Der lenkt die beiden ab, damit Lange sie bequem bestehlen kann.«

Stratmann schlenderte zum Straßenrand.

Dietrichs blieb, wo er war. Er sah, dass Stratmann die Muskeln anspannte, bereit, die fünfzig Meter, die ihn noch von Lange trennten, im Sprint zurückzulegen, sobald Lange mit dem Ehepaar auf Tuchfühlung ging und es um sein Geld erleichterte.

Lange machte noch ein paar Schritte auf die alten Leute zu, Stratmann drehte den Kopf nach rechts und nach links, um sich zu vergewissern, dass die Straße frei war, bereit loszustürzen und den auf frischer Tat ertappten Lange festzusetzen.

Da blieb Lange stehen, sein schlanker Körper drehte sich um neunzig Grad. Er wandte sich ihnen zu. Er hob die Hand und lüpfte den Hut. Sein schmales Gesicht war nun klar zu erkennen. Der Mund war zu einem Grinsen verzogen, das nahezu von einem Ohr zum anderen reichte. Wem das Grinsen galt, war klar.

Der Taschendieb hob die Hand und winkte ihnen von der anderen Straßenseite zu.

Stratmann überquerte mit weit ausholenden Schritten die Fahrbahn. Dietrichs blickte ihm nach. Stratmann redete auf Lange ein, hob den Arm wie ein Schiedsrichter und deutete auf die Bongardstraße, eine der Straßen, die vom Rathausplatz wegführten. Eindeutig Platzverweis für Lange. Der nickte unterwürfig und trollte sich, nachdem er eine Verbeugung angedeutet hatte.

Stratmann kam zu ihm zurück, sichtlich verärgert. Er zischte: »Er hat uns gesehen.«

Dich, Stratmann, dich hat er gesehen, dachte Dietrichs, aber er sagte nichts, weil er fand, dass Stratmann zu der Blamage nicht noch eins auf den Deckel brauchte.

Zerknirscht murmelte Stratmann: »Tut mir leid, Herr Oberinspektor.«

»Das nächste Mal ist er dran«, sagte Dietrichs mit aller Überzeugung, die er aufbringen konnte.

»Ganz bestimmt.«

13

Der Ausschnitt war gut, Edith war zufrieden.

Die Warteschlange vor der Geldausgabe in der Hauptpost wand sich im wahrsten Sinne des Wortes durch das Bild, krümmte sich um zwei Straßenecken und war in ihrer gesamten Länge zu sehen, weil die Straße durch ein weites Trümmerfeld verlief, auf dem kein Haus mehr die Sicht auf die Windungen der Schlange verbarg.

Zwei Jungen in kurzen Hosen liefen ihr durchs Bild, in langen Hopsern sprangen sie an den Wartenden vorbei. Ihre Sprünge würden sich gut machen, sie bildeten einen Kontrast zu der trägen Schlange. Edith hörte in Gedanken wieder Westhoffs brüchige Stimme, während sie die Kamera ausrichtete.

»Spannung, Mädchen, Spannung. Bring Spannung ins Bild.« – »Tu ich, Westhoff, tu ich«, antwortete sie ihm in Gedanken und drückte auf den Auslöser.

Sie verstaute die Kamera in ihrem Futteral und stieg von ihrem Aussichtspunkt herab.

Die Fotografie war ein unerwarteter Glücksstreffer. Westhoff hatte ihr irgendwann eine Kamera in die Hand gedrückt, damit sie ihn während eines seiner Ausfälle vertreten konnte, und sie hatte festgestellt, dass ihr das Fotografieren gefiel, so sehr, dass sie sich auf dem Schwarzmarkt einen eigenen Apparat besorgt hatte.

Sie liebte es, die Linse zwischen sich und die Welt zu schieben. Die Welt ging dabei auf wunderbare Weise auf Distanz, und sie selbst wurde von einer möglichen Mitspielerin zur Beobachterin und Dokumentarin. Sie wählte aus, was von der Welt zu sehen sein sollte, bestimmte durch die Perspektive, welche Personen oder Gegenstände besonders scharf hervortraten, legte fest, was in der Nähe war und was in der Ferne. Ich mache mir die Welt zuhanden, dachte sie manchmal.

Dazu kam das Vergnügen, die Bilder zu entwickeln; die Freude, wenn im Bad die ersten Schemen auf dem Papier auftauchten, langsam an Kontur gewannen und sie die Abzüge nach einer Weile herausfischen konnte, wenn aus Umrissen und Flecken scharfe Bilder geworden waren. Immer häufiger gerieten sie so, wie Edith es geplant und gewünscht hatte. Meistens wurden sie schlechter, wenige Male sogar besser, weil die Bilder Dinge – Details, Stimmungen, Beziehungen – offenbarten, die sie selbst zuvor nicht gesehen hatte.

Edith machte sich auf den Weg in die Schalterhalle. Neben dem Eingang stand ein alter Bekannter, Dietrichs von der Kripo, der sich mit einem weiteren Beamten in Zivil unterhielt. Die beiden bemerkten sie nicht, weil sie irgendetwas gebannt betrachteten, das sich gegenüber, auf dem Vorplatz des Rathauses, abspielte. Edith stieg die Stufen hoch.

Den Eingang zur Halle bewachte ein Schupo, er sorgte dafür, dass es beim Eintritt durch die beiden Flügeltüren kein Gedrängel und keine Handgreiflichkeiten gab. Als Edith an den Wartenden vorbei in die Halle schlüpfen wollte, ertönte Gemurre.

»Nich' vordrängeln!«, »Hinten anstellen!«. Sie sagte laut »Presse« und präsentierte dem Schupo ihre Kamera, die an einem Riemen über ihrer Brust hing, wie einen Passierschein. Der Schupo zögerte, dann beschied er etwas widerwillig: »Durchgehen!« Die Wartenden rückten beiseite.

Ein Spaßvogel rief: »Dann mach mal 'n schönes Foto von mir.« »Nee«, sagte ein anderer. »Wenn du auffe Titelseite bist, kauft doch kein Mensch die Zeitung.«

Edith betrat die Schalterhalle. Der Raum war groß und hell, wie Sachs angekündigt hatte. Sie begann zu fotografieren. Auch hier gab es wieder Schlangen, kleine Warteschlangen vor jedem Schalter. Dahinter arbeiteten eifrig die Geldausteiler. Daumen in noppigen Gummikappen fuhren durch die Geldbündel. Menschen nahmen das neue Geld in Empfang. Wenn sie sich umdrehten und von den Schaltern zum Ausgang strebten, waren auf ihren Gesichtern allerdings nicht nur Freude und eitel Sonnenschein zu erkennen.

Edith konnte der Versuchung nicht widerstehen. Sie setzte das Fernobjektiv auf die Kamera. Sie fotografierte Gesichter, schätzte die Entfernung ab und drückte auf den Auslöser, fing Resignation, Misstrauen, Freude und Hoffnung ein. Vertieft in ihre Arbeit machte sie Aufnahme um Aufnahme, bis sie unsanft mit einem kräftigen Körper zusammenstieß.

»Passen Sie doch auf, Frollein.«

Die Stimme, tief für eine Frauenstimme, gehörte einer beleibten Dame, die empört ihre Handtasche schwenkte. Edith hielt inne, entschuldigte sich und senkte die Kamera.

Es war genug, sie hatte ihren Auftrag erledigt und darüber hinaus eine Vielzahl von Aufnahmen gemacht, die selbst bei großzügigster Auslegung nicht Bestandteil ihres Auftrags waren. Sie verließ das Postamt.

Unten auf der Straße nahm ein neues Motiv ihren Blick gefangen. Es war eine regelrechte Szene, die sich ihren Augen bot. Ein junges Paar stand auf der Fahrbahn, außerhalb der den Bürgersteig einnehmenden Schlange.

Der junge Mann hatte die Beine gespreizt und fest auf den Asphalt gestemmt. Er redete mit ausholenden Gesten auf eine Frau in einem marineblauen Kostüm ein. Diese wich vor ihm zurück, die Handtasche wie einen Schutzschild vor den Leib gepresst. Ein Mann im dunklen Regenmantel war halb aus der Schlange herausgetreten und ragte wie ein Turm neben der Marineblauen auf, bereit, sie vor was auch immer zu schützen. Die vierte Beteiligte war die junge Frau aus dem Wäschegeschäft. Sie hatte den Arm des jungen Mannes gegriffen und drehte sich halb von der Szene weg, als wolle sie selbst den Ort verlassen und den jungen Mann mit sich fortziehen. Im hellen Sommerlicht waren ihre Konturen scharf, die Schatten auf dem hellgrauen Asphalt verdoppelten die Szene und waren gestochen scharf wie ein Scherenschnitt. Die übrigen in der Warteschlange waren dort, wo es ausreichend Platz gab, einen Schritt zurückgewichen und schauten sich das Spektakel an.

Edith hob die Kamera, stellte ein und drückte auf den Auslöser.

14

Hier stand er wieder einmal im dicksten Gedrängel und spielte für seinen Bruder den Laufburschen, allerdings zum letzten Mal. Konrad Garthner blickte zum Himmel. Stumpfes Blaugrau, dicke Wolken. Vielleicht würde er den Schirm doch noch brauchen.

»Könntest du mir den Gefallen tun?«, hatte Helmut gefragt.

Es folgte ein Helmutlächeln, bei dem sein Bruder seine blitzweißen Zähne zeigte, dann kam die Fortsetzung: »Holst du unser Kopfgeld? Genau genommen bist du doch der Haushaltsvorstand.«

Noch mal ein fettes Grinsen und blitzweiße Zähne. Haushaltsvorstand. Dass er nicht lachte. Als ob er etwas zu sagen hätte, nachdem Helmut wieder aufgekreuzt war.

Obwohl ihm der Groll bis zum Hals gestanden hatte, hatte er gesagt: »Ja, klar, kann ich machen.« Die Bombe hatte er erst danach platzen lassen.

Helmut markierte den großen Max, seitdem er aus dem Lager zurück war. Internierungslager für Kriegsverbrecher, weil Helmut in der Wirtschaftskammer ein hohes Tier gewesen war, während er an der Ostfront im Dreck herumgekrochen war. Helmut hatte schon immer gewusst, wie man sich herauswand.

Im Lager war es gelaufen, wie es bei Helmut immer gelaufen war. Er hatte ruckzuck Freunde gefunden und genauso ruckzuck angefangen zu handeln. In seinen Briefen hatte er, raffiniert verklausuliert, um Dinge wie fünfzig Stopfnadeln oder dreißig Rasierklingen gebeten. Charlotte, die zugegebenermaßen ziemlich helle war, hatte die Botschaften entziffert, und sie hatten ihm Päckchen mit Lebensmitteln ins Lager geschickt, darin versteckt seine Bestellungen. Helmut hatte einen Handel aufgezogen, wie auch immer ihm das gelungen war. Irgendwie hatte er es auch hingekriegt, dass ihn die Briten wieder freiließen.

Konrad Garthner rückte ein Stück in der Schlange vor.

Helle und gewieft, das war er, sein Bruder. Und mutig. Eigentlich hätte Helmut sich ständig vor Angst in die Hosen machen müssen, immer über die Schulter gucken müssen. Aber so war das nicht. Helmut guckte über die Schulter, trotzdem sah er auch nach vorn und tat, was er wollte. Wickelte die Menschen um den kleinen Finger, roch die Schwierigkeiten und räumte sie aus dem Weg, noch bevor andere überhaupt mitbekommen hatten, dass es sie gab. So war es meistens gewesen. Doch bei einer Sache hatte er sich geirrt. Gründlich geirrt, dachte Konrad mit Genugtuung.

Er machte einen weiteren Schritt nach vorn. Inzwischen war er die Treppen zum Haupteingang des Postamts hochgestiegen.

Eine junge Frau mit einer Baskenmütze auf dem Kopf und einer Kamera um den Hals überholte die Wartenden. Allgemeine Empörung. Normalerweise hätte er ihr laut die Meinung gesagt, während die anderen nur murrten – jemand, dem die Regeln schnurzpiepe waren und der einfach an den anderen vorbeizog. Heute hielt er den Mund. Heute war es das letzte Mal, dass er für Helmut einen Botengang machte. Gewissermaßen seine Abschiedsvorstellung, da konnte er ruhig großzügig sein, großzügig gegenüber Helmut und großzügig gegenüber dieser drängelnden Frau, die gerade erklärte, dass sie von der Presse komme.

Anscheinend war sie eine von diesen Frauen, die arbeiteten. Auch etwas, was sich nicht gehörte. Zugegeben, Charlotte arbeitete auch, gemeinsam hatten sie den Laden geschmissen. Charlotte hatte die Finanzen im Auge gehabt, und das hatte sie gut hinbekommen. »Ich hab ein Händchen dafür«, hatte sie manches Mal gesagt und ihn mit ihren grünen Augen und ihrem hübschen Katzengesicht angeschaut. Ihre Wimpern hatten geflattert wie Wäsche auf der Leine. Ein freundliches Winken und Wedeln, aber er hatte so getan, als sehe er es nicht.

Glücklicherweise waren sie nicht ausgebombt gewesen, und Charlotte und er hatten den Laden auf Vordermann gebracht, nachdem die Briten im Frühjahr 1946 spitzgekriegt hatten, wer oder, besser, was Helmut war, und ihn ins Lager verfrachtet hatten. Charlotte hatte sich wirklich nicht dumm angestellt und war mit der Zeit immer besser geworden. Er hatte sogar den Eindruck, dass sie Spaß daran hatte, ohne Helmut zu schalten und zu walten, wie es ihr passte. Er dachte an ihr Gespräch mit dem Vermieter, kurz bevor Helmut wiedergekommen war.

»Sie wollen mich hinters Licht führen. Wie können Sie es wagen!«, hatte Charlotte gesagt, als der Vermieter bei der Ladenmiete dreißig Prozent aufschlagen wollte, weil die Zeiten so schlecht waren. »Wie können Sie es wagen!« Charlotte wuchs um fünf Zentimeter, ihre Nasenflügel vibrierten, als sie ausatmete. »Wir arbeiten hier und geben unser Bestes, zahlen pünktlich und sind grundsolide. Und Sie verhalten sich wie ein Wucherer.« Ihr raffinierter Haarknoten vibrierte vor Empörung. Der Vermieter protestierte und rückte kein Stück von seiner Forderung ab, bis Charlotte andere Saiten aufzog. »Aber wenn Sie darauf beharren, kann Miederwaren Garthner sich auch ein anderes Ladenlokal suchen.«

In diesem Moment hatte Konrad die Luft angehalten. Ladenlokale waren in der zerstörten Stadt Mangelware. Charlotte hatte ihn wortlos gebeten, sie allein zu lassen, und den Vermieter auf eine weit geringere Erhöhung heruntergehandelt.

Sie hatte ihre Sache gut gemacht. Sie beide hatten ihre Sache gut gemacht, er und Charlotte, keine Frage.

Aber das hieß noch lange nicht, dass alles so weiterlaufen musste wie bisher. Jetzt war er mal dran. Er hatte eine Chance, und er würde sie nutzen.

Helmut würde wieder aus seinem Leben verschwinden. Ihm fiel eine Szene ein. Er war dreizehn und Helmut fünfzehn gewesen. Helmut hatte ihn dazu gebracht, einen lebenden Frosch hinunterzuschlucken. Als er fertig war und auf Helmuts Lob wartete, hatte ihn Helmut mit einem kühlen, verächtlichen Blick bedacht. »Ich hätte nie gedacht, dass du das wirklich machst.«

Er hatte sich damals für seine Dummheit in Grund und Boden geschämt. Aber bald hatte er herausgefunden, was dagegen half. Er wurde groß und stark, und es gab viele, die nicht so groß und stark waren wie er. Sie hatten gut zusammengearbeitet, er und Helmut. Helmut war der Händlerkönig auf dem Schulhof, hatte günstig Bonbons und Schokolade eingekauft und sie in der Pause wieder verkauft. Wenn jemand ihm zu nahe rückte oder seine Schulden nicht bezahlte, kam er ins Spiel. Er war gewissermaßen Helmuts Mann fürs Grobe. Schnell hatte sich herumgesprochen, dass mit ihnen nicht gut Kirschen essen war, und bald war ihnen niemand mehr in die Quere gekommen.

Neues Geld, neuer Anfang, dachte Konrad. Da konnte Helmut toben, wie er wollte.

Er war am Schalter angelangt. Er legte die 120 Reichsmark auf die Theke und reichte ihre Lebensmittelkarten hinüber.

»Bitte den Ausweis«, sagte der Beamte hinter dem Schalter, ein älterer Mann mit einer Halbglatze. Mit seinem Gummidaumen fuhr er durch die Geldscheine, zählte und schob ihm wortlos die neuen Geldscheine zu.

»Bitte hier quittieren.«

Es folgte ein Formular, Konrad unterschrieb und ließ die knisternden Scheine in seiner Brieftasche verschwinden. Neues Geld, neuer Anfang, dachte er wieder. Was für die ganze deutsche Wirtschaft gelten sollte, galt für ihn heute im Besonderen.

Der Schalterbeamte nahm das Formular entgegen. Konrad bedankte sich, wandte sich ab und schickte sich an, das Postamt zu verlassen.

»Herr Garthner«, hörte er eine Stimme hinter sich rufen. Konrad Garthner wandte sich um. Der Schalterbeamte deutete auf seinen Schirm, den er mit der Krücke an das Brett vor dem Schalter gehängt hatte.

Garthner holte sich sein Eigentum. Als er an den Wartenden vorbeiging, blickte er in eine Reihe gleichgültiger Gesichter. Nur das Gesicht des zweiten in der Schlange, eines Mannes in einem hellen Trenchcoat, starrte ihn an. Mit einem Ausdruck, der alles andere als gleichgültig war. Blanke Wut lag darin.

15

Max blieb abrupt stehen. Sie passierten gerade den Eingang zum Hauptpostamt. Selma hielt ebenfalls inne. Seit sie hier unterwegs waren, brodelte es in Max, ab und an brach es aus ihm heraus. Die Ausbrüche
konnten Ärger bringen, in diesem Land, dachte Selma, ganz besonders
in diesem Land. Deshalb bemühte sie sich, ihn zu beschwichtigen. Sie
legte ihre Hand begütigend auf Max' Unterarm.

Max schüttelte die Hand ab.

»Die Frau dort, erkennst du sie?«, fragte er.

Er deutete mit dem Kinn auf eine Frau mittleren Alters. Ihr Gesicht
unter den dunklen, am Hinterkopf zu einem Knoten zusammengenom-
menen Haaren war rund. Geduldig stand sie mit ihrem marineblauen
Kostüm und weißer Bluse in der Schlange und wartete, den Blick ins
Nirgendwo gerichtet. Die Frau kam ihr vage bekannt vor.

»Nein«, antwortete sie, »komm weiter.«

Sie standen vor der Schlange wie auf dem Präsentierteller und liefer-
ten den Wartenden ein Schauspiel. Schon hatten sich einige Köpfe zu ihnen hingedreht und beäugten sie interessiert. Selma hasste es, im Mittel-
punkt der Blicke zu stehen. Sie hatte es immer gehasst, in der höheren
Schule, als sie auf einmal das Judenmädchen war und zur Zielscheibe
für hässliche Bemerkungen wurde. In England, als sie die Deutsche war,
deren Englisch zu merkwürdig klang. Aber in England hatte sie wenigstens etwas dagegen tun können: Sie hatte sich alle Mühe gegeben, dass
ihr Englisch sich anhörte wie das der anderen und sie wie ein Chamä-
leon mit ihrer Umgebung verschmolz.

»Komm weiter«, sagte sie wieder, auch wenn sie wusste, dass sie bei
ihm auf taube Ohren stieß.

Max blieb stehen, als wollte er auf dem Asphalt der Fahrbahn Wurzeln schlagen.

»Das ist Frau Fricke. Sie hat gegenüber gewohnt.«

Die Erinnerung kam: Frau Fricke, die gern im Geschäft ihres Vaters einkaufte, mit zahlreichen Päckchen beladen hinausstolzierte, zufrieden mit Ware und Bedienung. Ihr Vater, der sich bedankte und sie höflich verabschiedete: »Beehren Sie uns bald wieder, Frau Fricke«, und freundlich blieb, wenn er auf die Bezahlung der Rechnung warten musste. Später war es Onkel Helmut gewesen, der die Diener machte und die beflissenen Worte murmelte, um dafür zu sorgen, dass die Kundin sich als Königin fühlte.

Max trat auf Frau Fricke zu.

»Guten Morgen, Frau Fricke«, begrüßte er sie.

Die Frau lächelte unsicher und erwiderte den Gruß. Zwischen ihren Augen erschien eine steile Falte, sie dachte offenbar darüber nach, wer der junge Mann war, der sie so artig grüßte. Artigkeit war kein Grund zur Entwarnung, im Gegenteil, Artigkeit war bei Max ein Alarmzeichen. Selma zupfte ihn sanft am Ärmel, um ihn zum Weitergehen zu bewegen.

»Woher kennen wir uns?«, fragte die Frau schließlich.

»Max Winterstein, wir waren früher Nachbarn.«

Der Frau entfuhr ein Oh. Max nickte bekräftigend.

»Können Se sich an mich erinnern?« Max' Ton war familiärer geworden, er hörte sich mehr an wie die Leute von hier, sprach das breite Ruhrpott-Deutsch, das Selma vertraut war wie ein Paar ausgetretener Pantoffeln.

»Ja«, sagte die Frau vorsichtig. »Miederwaren Winterstein.«

»Richtig«, sagte Max ermunternd, als sei Frau Fricke eine gelehrige, aber etwas schüchterne Schülerin, die soeben eine treffende Antwort gegeben hatte. »Da war'n Se immer einkaufen. Heißt gezz Miederwaren Garthner.«

Die Frau kniff die Lippen zusammen. Der vor ihr Wartende hatte sich umgedreht und machte aus seiner Neugierde keinen Hehl.

Max fuhr unbeirrt fort.

»Tja, dat waren schlimme Zeiten.«

»Schlimme Zeiten«, echote die Frau. »Für uns alle.«

»In der Tat, schlimme Zeiten.«

Er sprach nun hartes Hochdeutsch, die Silben kamen klirrend aus seinem Mund. Die Frau schwieg. Sie machte einen halben Schritt zurück, weiter kam sie wegen der Warteschlange nicht.

»Mein Vater ist im November achtunddreißig das erste Mal abgeholt worden. Eine Truppe von SA-Schlägern hat ihn aus der Wohnung gezerrt.«

Selma schloss kurz die Augen. Die Erinnerung an die Nacht stieg in ihr hoch. Sie hörte wieder das Gejohle des Mobs in der Straße, aus den Fenstern im ersten Stock sahen sie den roten Himmel, weil die Synagoge in der Wilhelmstraße brannte, sie spürte die schlecht verborgene Angst ihrer Eltern, die Hauseingang und Wohnungstür verrammelten. Sie hörte das Geräusch von zersplitterndem Glas, als die Schaufensterscheibe des Geschäfts eingeschlagen wurde. Sie hatten das Fenster zerschlagen und waren über den Laden hoch in die Wohnung gelangt. In der Wohnung hatten sie Schubladen herausgerissen, sich über die zarte Wäsche ihrer Mutter mokiert, Geschirr zertrümmert. Danach war ihr Vater dran. Der eine hatte ihm einen Schlag ins Gesicht verpasst, dass er gegen den Küchenschrank taumelte und ihm ein Zahn ausbrach, dann hatten sie ihn mit sich geschleppt. Nach drei Wochen im KZ Dachau war er wiedergekommen.

Max hatte inzwischen die ungeteilte Aufmerksamkeit der Warteschlange in seiner Nähe.

»Das müssten Sie eigentlich gesehen haben.«

Die Frau schüttelte den Kopf.

»Nicht?« Max mimte Ungläubigkeit. »Sie standen doch am Fenster, haben den Vorhang etwas beiseite geschoben, um besser hinausblicken zu können.«

Die Frau schüttelte erneut den Kopf.

»Jetzt lassen Sie mal die arme Frau in Ruhe. Die kann doch nix dafür.«

Der Mann vor ihr, ein kräftiger Mittvierziger in einem dunklen Regenmantel, hatte sich eingemischt.

»Nein, Sie waren nicht bei der SA«, sagte Max sanft zu Frau Fricke. »Ebenso wenig hat jemand erwartet, dass Sie sich todesmutig den Schlägern entgegenstellen und ihnen meinen Vater entreißen. Aber – « Max machte eine Pause und blickte kurz in die Runde – »auch danach haben Sie sich nicht gemuckt. Nicht gefragt, wie es uns geht. Weggeschaut, wenn meine Mutter und wir Ihnen auf der Straße begegnet sind. Nichts mehr mit ›Bitte, lieber Herr Winterstein, noch ein kleiner Zahlungsaufschub, bei uns ist jetzt ein wenig eng‹.«

Das runde Gesicht von Frau Fricke zog sich zusammen wie ein zerknülltes Blatt Papier.

»Jetzt rcicht's aber. Sie sehen doch, die Dame will nicht mit Ihnen sprechen.«

Der Mann im dunklen Regenmantel war aus der Warteschlange herausgetreten und baute sich vor Max auf. Er war einen halben Kopf größer als dieser, und in einem Handgemenge würde ihr Bruder unweigerlich den Kürzeren ziehen. Wie es aussah, würde ihnen keiner der Umstehenden zu Hilfe eilen. Selma blickte in neugierige, aber unbeteiligte Gesichter.

Der im dunklen Regenmantel machte einen weiteren Schritt auf Max zu.

»Verschwinde, Freundchen.«

Aus der Schlange war ein halblautes »Juda verrecke« zu hören, das jemand anderes mit einem »Psst« übertönte.

»Was ist hier los?«

Neben Selma tauchte ein Schupo mit schwarz glänzendem Tschako auf.

Der im Regenmantel schwang sich zum Ankläger auf.

»Der Mann hier belästigt die Dame.«.«

Der Schupo blickte in die Runde und wandte sich an Selma.

»Stimmt das, Frollein?«

Selma zuckte zusammen und ärgerte sich darüber. Sie hatte jahrelang um deutsche Polizisten einen Bogen gemacht, gehofft, dass sie sie übersahen, sich jedes Mal gewünscht, unsichtbar zu sein, wenn sie einem von ihnen begegnete. Danach hatte die Angst in einer verborgenen Ecke in ihr gehockt, fast vergessen; dort hatte sie all die Jahre überlebt, um bei den ersten Worten eines deutschen Uniformträgers wieder hervorzukommen und Radau zu machen.

Selma schaffte es, mit fester Stimme zu sagen: »Nein, der junge Mann belästigt mich keineswegs. Er ist mein Bruder.«

»Es geht nicht um die …« Der Mann brach ab und schluckte etwas hinunter, höchstwahrscheinlich ein hässliches Wort. »Es geht um diese Dame hier.«

Der Schupo seufzte und wandte sich an Frau Fricke.

»Und?«

Frau Fricke schaute auf ihre Schuhspitzen.

»Nein«, sagte sie. »Doch, ja.«

»Was denn nun? Ja oder nein.«

»Ja, aber …« Frau Fricke wedelte unentschlossen mit der Hand herum.

»Und ich bin eingeschritten«, erklärte der im dunklen Regenmantel. Der Schupo runzelte die Stirn.

»Weitergehen«, beschied er Selma und Max. »Hier herrscht Ordnung.«

Selma zog Max fort. Dann blickte sie zu den Stufen hinüber, die vom Eingang der Hauptpost auf den Gehweg führten, und zuckte zusammen.

16

Edith verließ den Rathausplatz mit der Hauptpost und nahm Kurs auf die Kreuzung, die alle Leute nur die Drehscheibe nannten. Hier überschnitten sich zwei Straßen, zudem kreuzten sich auch die Straßenbahnlinien, die von Ost nach West fuhren, mit derjenigen, die die nördlichen und südlichen Stadtteile verband. Eine Ampel mitten über der Kreuzung signalisierte, wann Menschen, Autos und Bahnen die Straße zu überqueren hatten.

Die Versuchung erfolgte diesmal in Gestalt einer schwarzen Krähe, die sich auf der hoch hängenden Ampel niedergelassen hatte. Die Krähe war so freundlich, zu warten, bis Edith das Fernobjektiv eingesetzt hatte. Sie wartete immer noch, als Edith scharf stellte. Kurz bevor sie auf den Auslöser drückte, flog die Krähe flatternd davon. Enttäuscht ließ Edith die Kamera sinken.

In diesem Moment tippte ihr jemand von hinten auf die Schulter.

Sie drehte sich um und blickte in ein strahlendes Gesicht. Die Besitzerin des Gesichts grinste von einem Ohr zum anderen und war offensichtlich hocherfreut, sie zu treffen.

»Hella, lange nicht mehr gesehen.«

Edith hatte den Eindruck, dass das Mädchen in der Zwischenzeit ein Stück gewachsen war. Die dünnen Beine unter dem blauen Faltenrock schienen noch länger geworden zu sein, und mit ihrer weißen Bluse und der quer über der Brust hängenden Ledertasche wirkte Hella ernsthaft und geschäftig, als sei sie geradewegs dabei, sich zu einer seriösen, verantwortungsbewussten und rundherum mustergültigen Erwachsenen zu entwickeln.

»Stimmt. Seit du ausgezogen bist«, erwiderte Hella.

Edith spürte den Anflug eines schlechten Gewissens. Nach ihrer Ankunft in Bochum war Edith bei Hella und ihrer Mutter einquartiert gewesen. Sie hatten sich durch die ersten Jahre geschlagen, hatten organisiert, was sie zum Überleben brauchten, auf mehr oder weniger krummen Wegen. Wegen besagter krummer Wege waren sie mehrmals in Gefahr geraten.

»Gefällt es dir in dem neuen Zimmer? Ist wahrscheinlich richtig schnieke. Viel schnieker als bei uns«, sagte das junge Mädchen.

Aus Hellas Bemerkung sprach keine Bitterkeit. Hella selbst betrachtete die Wohnung in Hamme als vorübergehenden Zustand und hatte ihren eigenen Auszug schon fest im Blick, zumindest hatte sie das Edith mitgeteilt, während diese vor einem halben Jahr ihren Koffer die Stufen hinunterbugsiert hatte.

»Ja, ein bisschen schicker«, gab Edith zu. Die Wohnung war heller und geräumiger als die Arbeiterwohnung, Räume mit hohen Decken und Stuckverzierungen, für die vier Bewohner gab es sogar ein Bad, dessen Benutzung ein eng getakteter Plan regelte.

»Kannst mich ja mal besuchen und dir alles anschauen«, sagte sie, »Friederikastraße vierunddreißig.«

Die Einladung war nicht neu. Hella war ihr bislang nicht gefolgt, und Edith hatte nicht bei Martha und ihrer Tochter vorbeigeschaut, auch wenn sie sie ab und an vermisste. Anderes Stadtviertel, anderes Leben, dachte sie manchmal und nahm sich vor, wirklich bald die beiden zu besuchen.

Hella nickte eifrig.

»Mach ich bestimmt. Wenn ich demnächst mal Zeit habe. Im Moment …«

Edith wartete darauf, dass Hella ihr erklärte, was ihre Zeit im Augenblick so in Anspruch nahm, aber die Vierzehnjährige ließ den Satz in der Luft hängen.

»Wie geht es deiner Mutter?«, fragte Edith.

»Geht so«, sagte Hella in knappem Ton, der weitere Nachfragen verbot. Sie richtete mit düsterem Gesicht den Riemen an ihrer Tasche, umständliches, schweigendes Geraderücken der Tasche. Hellas Mutter war ganz offensichtlich kein Thema, das Hella vertiefen wollte. Auf ihrem Gesicht erschien ein geschäftstüchtiges Lächeln.

»Hast du schon eine Wochenkarte? Für die neue Woche, meine ich?«, fragte sie.

Edith bejahte. Hatte sie.

»Warum möchtest du das wissen?«

»Weil ich dir sonst eine verkauft hätte.«

»Arbeitest du jetzt bei der Bogestra?«

»I wo«, sagte das Mädchen. »Ich arbeite nicht bei der Straßenbahngesellschaft. Ich bin gewissermaßen selbstständig. Ich habe günstig eingekauft.«

Sie grinste breit und fügte hinzu: »Am Freitag, für Reichsmark. Es ist eine Karte für die nächste Woche.«

»Wie viel nimmst du dafür?«

Edith amüsierte sich. Hella war schon immer findig gewesen, wenn es darum ging, Geld zu verdienen oder irgendetwas aufzutreiben.

»Den halben Preis«, antwortete das Mädchen. »In neuer Währung. Wenn du sie morgen am Schalter kaufst, kostet sie dich das Doppelte.«

Sie sah Edith erwartungsvoll an.

»Wie gesagt, ich brauche im Moment keine. Aber die Idee ist nicht schlecht.«

Hella nahm das Kompliment mit huldvollem Lächeln entgegen und blieb beharrlich.

»Vielleicht kennst du jemanden, der eine brauchen könnte?«

»Leider nein.«

»Aber falls dir noch jemand einfallen sollte, kannst du ihm ja Bescheid sagen. Es ist ein wirklich günstiges Angebot.«

Edith versprach es ihr. Hella nickte und wechselte das Thema.

»Ich habe jetzt Fische. Fünf Stichlinge und bald vermutlich noch mehr. Eines von den Weibchen hat den Bauch voller Eier.«

Edith beglückwünschte sie zum kommenden Fischnachwuchs.

»Ist gar nicht so einfach, sich um sie zu kümmern. Ich muss häufig das Wasser wechseln und ihnen Spezialfutter besorgen.«

Ihr Blick fiel auf die Kamera.

»Tolle Kamera, die du da hast. Darf ich sie mal anschauen?«

»Klar.«

Edith streifte den Trageriemen ab und hängte ihn Hella um den Hals. Hella nahm den Apparat in die Hand.

»Hier muss ich draufdrücken, wenn ich knipsen will.« Ihr Finger hatte zielsicher den Auslöser gefunden.

»Richtig. Du kannst mal durch den Sucher schauen, wenn du willst. Aber mach bitte keine Fotos.«

»Klar.«

Hella hob die Kamera. Sie kniff ein Auge zu und blickte durch den Sucher. Die Kamera vor Augen drehte sie sich um die eigene Achse. Dann hielt sie inne.

»Da, die Straßenbahn.« Die Bahn hatte die Haltestelle auf der gegenüberliegenden Seite verlassen und zuckelte nun über die Kreuzung.

»Jetzt ist sie ziemlich groß im Bild. Fast nur noch Straßenbahn zu sehen«, meldete das Mädchen hinter der Kamera. Edith konnte sie kaum verstehen, weil die gelbe Bahn mit ihren zwei Wagen geräuschvoll an ihnen vorbeizog.

Hella ließ den Fotoapparat sinken.

Edith freute sich über ihr Vergnügen und fuhr mit ihren Erklärungen fort: »Schau, wenn du hier am Objektiv drehst, kannst du scharf stellen. Hier im Sucher siehst du zwei Bilder. Wenn sie sich überlagern, stimmt die Entfernung.«

Das Mädchen folgte ihren Ausführungen über Belichtungszeit, Blenden und Tiefenschärfe. Dann nahm sie die Kamera wieder auf und schaute erneut durch den Sucher.

»Da drüben genehmigt sich einer einen Schluck. Steht im Hauseingang und meint, keiner sieht ihn.«

Das stimmte, der Mann im Hauseingang auf der anderen Seite setzte gerade eine Flasche an den Mund. So ist es, dachte Edith: Der Sucher beschränkt das Sichtfeld, dachte Edith, und macht Dinge sichtbar, die du sonst übersiehst.

Hella hatte sich inzwischen ein Stück von Edith weggedreht, die Kamera immer noch vor dem Auge. Edith hörte das Klicken des Auslösers, allerdings nur im Ansatz.

»Oh, tut mir leid«, entfuhr es Hella. »Ich wollte kein Foto machen!«

»Zeig mal her.«

Edith nahm die Kamera wieder in Empfang und stellte fest, dass sie sich nicht getäuscht hatte.

»Du hast nichts aufgenommen, der Film war ohnehin voll. Ich muss ihn wechseln.«

Hella begleitete sie zu einem Hauseingang ein paar Meter weiter entfernt, Edith setzte sich auf eine der Stufen und begann, den Film zurückzuspulen. Hella sah ihr auf die Finger, während sie flink das Rückspulrad kreisen ließ, den Film aus der Kamera entfernte und einen neuen einlegte. Auch eine der Lehren des alten Westhoff: »Immer den Film wechseln. Das beste Motiv läuft dir vor die Linse, wenn du keinen Film drin hast.« Sie hatte eingewendet, dass sie in diesem Fall dann wohl nie dazu käme, das beste Motiv aufzunehmen, und hatte von Westhoff ein bärbeißiges »Red keinen Stuss, Mädchen« geerntet.

Sie ließ den Apparat in seinem Futteral verschwinden.

Sie blickte Hella an. Das Mädchen starrte wieder mit düsterer Miene vor sich hin und malträtierte seine Unterlippe mit den Zähnen. Irgendetwas bedrückte Hella.

Konrad Garthner überquerte die Straße und nahm Kurs auf die Straßenbahnhaltestelle an der Drehscheibe. Die hundertzwanzig Deutsche Mark für Charlotte, Helmut und ihn selbst steckten in seiner Brieftasche.

Den Kerl, der ihn gerade so wütend im Postamt angestarrt hatte, hatte er noch nie gesehen. Er hatte keinen blassen Schimmer, warum der so zornig gewesen war. Sicher, wenn er ehrlich war, gab es genug Leute, die Grund hatten, auf ihn sauer zu sein. Aber der Mann in der Hauptpost gehörte nicht dazu. Wahrscheinlich hatte der Kerl ihn verwechselt, dachte er und schwenkte munter seinen Schirm, um den unangenehmen Gedanken zu verscheuchen.

Kurz darauf stieß er mit einem Arbeiter mit einer Schiebermütze und einer abgewetzten Lederjacke zusammen, der unvermittelt aus einem Hauseingang hervorpreschte. Er blieb abrupt stehen, so dass der Mann hinter ihm quasi auf ihn auflief.

Der Arbeiter rückte seine Mütze gerade. »Alles in Ordnung, Meister?«, fragte er.

Konrad ranzte ihn an: »Passen Sie doch auf, Mann!«

Der Mann entschuldigte sich und fügte friedfertig hinzu: »Gerade Kopfgeld abgeholt? Na, gezz sin' wir alle gleich. Jeder hat datselbe inner Tasche.«

Konrad knurrte unwillig und dachte bei sich: Heute vielleicht. Morgen kann das schon wieder ganz anders aussehen.

Was ihn anging, würde es morgen auf jeden Fall anders aussehen. Seine Laune hob sich. Helmut konnte nichts gegen ihn unternehmen. Das Recht war sozusagen auf seiner Seite, die Sache war wasserdicht.

An der Straßenbahnstelle stand eine Traube von Menschen, alle proper und fein angezogen, weil ja Sonntag war; die meisten palaverten mit ihrem Nachbarn. Die Frauen hielten ihre Handtaschen fest, die Männer trugen wahrscheinlich alle ihr Kopfgeld in der Brieftasche. Alle datselbe inner Tasche, kamen ihm die Worte des Arbeiters wieder in den Kopf.

Er stellte sich zu den Wartenden und schaute nach links, in die Richtung, aus der seine Bahn kommen musste. Jemand stieß ihn im Gedränge an. Er drehte sich nach ihm um, um sich zu beschweren oder zumindest eine Entschuldigung entgegenzunehmen, doch da war der blöde Rüpel schon in der Menge verschwunden.

Er richtete den Blick wieder nach links. Tatsächlich rumpelte nun eine Bahn heran. Konrad Garthner kniff die Augen zusammen und versuchte, die Nummer über dem Führerhäuschen zu erkennen. Erfreut stellte er fest, dass es seine Linie war. Die Straßenbahn näherte sich der Haltestelle und hatte schon ihre Geschwindigkeit verringert.

Konrad blieb zufrieden, wo er war. Die Chancen standen nicht schlecht, dass er gerade die Stelle erwischt hatte, an der sich gleich die Türen der Bahn öffnen würden. Auf diese Weise würde er unter den Ersten sein, die in den Waggon hineindrängten, und er würde wahrscheinlich einen Sitzplatz ergattern, zumindest würde er nicht draußen auf dem Trittbrett stehen und sich an einem der Türgriffe festkrallen müssen. Erwartungsvoll stellte er sich auf die Zehenspitzen, um die Bahn besser zu sehen, die klingelnd in die Haltstelle einfuhr.

Er spürte einen kräftigen Stoß in den Rücken. Mit einem Schritt nach vorn versuchte er sich zu fangen, sein Fuß landete jenseits der Bordsteinkante im Leeren, er verlor das Gleichgewicht. Er taumelte und fiel kopfüber den Schienen entgegen.

Konrad Garthner hörte noch das schrille Quietschen, als der Fahrer eine Vollbremsung versuchte. Dann erwischte ihn der Triebwagen.

Das Kreischen der Bremsen war gellend laut, ebenso der Schrei der Menge, der unmittelbar darauf einsetzte. Theo Lange nutzte die Gunst der Stunde und legte zwei Meter Abstand zwischen sich und sein letztes Zielobjekt. Dann hielt er wieder Ausschau nach Heinz. Doch der war und blieb wie vom Erdboden verschluckt. Lange fluchte leise und machte sich daran, die Lage zu peilen.

Der Straßenbahnführer saß mit bleichem Gesicht im Führerhäuschen, quasi sein eigenes Gespenst. Als ob er das Ganze ungeschehen machen wollte, setzte er die Bahn zurück, die ihr Opfer freigab – ein nicht mehr ganz junger, schwerverletzter Mann. Lange erkannte ihn. Es war der Mann, dem er vor ein paar Minuten die Brieftasche gestohlen hatte.

Er blickte um sich. Die Leute auf dem Platz kamen in Bewegung, zwischen allen, die sich nun zu dem Verletzten aufmachten, war von Heinz nichts zu sehen. Stattdessen tauchte jemand auf, auf den Theo Lange gut und gern hätte verzichten können. Der dünne junge Polizist, der ihn schon vor dem Postamt auf dem Kieker gehabt hatte, erspähte ihn aus der Ferne und hatte ihn ganz offensichtlich wieder im Visier. Es war zu spät, um sich noch aus dem Staub zu machen.

Theo Lange reagierte, wie er immer reagierte, wenn die Situation brenzlig wurde: Er hörte auf seinen Instinkt. Der gab ihm ein, das zu tun, was er in vier Kriegsjahren immer getan hatte, ohne groß nachzudenken, genauso automatisch, wie seine Hände in vielversprechend aussehende Taschen fuhren. Er drehte sich um und eilte zu dem Verletzten. Der arme Kerl machte einen hundserbärmlichen Eindruck. Das linke Bein war fast vom Körper abgetrennt, helles Blut sprudelte daraus hervor. Der Brustkorb hatte auch gehörig etwas abgekommen, eingedrückt wie eine leere

Zigarettenpackung im Rinnstein, dachte Theo. Der Schirm, der einen Meter von ihm entfernt lag, sah fast unanständig heil aus.

Theo zögerte nicht lange, riss seine Krawatte ab und schnürte sie um das Bein. Er zog die Schlinge zu, aber immer noch quoll Blut hervor und vermischte sich mit dem Straßenstaub. Auch wenn die Ärzte den Brustkorb zusammenflicken konnten, würde er verbluten, wenn das Blut weiter so aus ihm herauslief. Theo nahm seinen Knirps, schob den Taschenschirm unter die Krawatte und drehte ihn wie einen Uhrzeiger, so dass das Stoffband sich darunter aufzwirbelte und die Bandage um den Oberschenkel sich straffte. Der Blutfluss ließ nach. Nach einer weiteren halben Drehung hörte er auf.

»Halten Sie mal«, sagte er laut zu einem Mann in einem grauen Sommeranzug, dessen Jacketttasche ihn unter anderen Umständen durchaus interessiert hätte. Der Mann im grauen Anzug erledigte widerspruchslos, was Lange ihm auftrug: Er kniete neben dem Verletzten nieder, hielt den Taschenschirm in seiner Position und sorgte dafür, dass Theos beste Krawatte den Blutfluss stoppte. Theo lauschte. Der Verletzte gab keinen Piep von sich, aber er schien noch zu atmen.

»Passen Sie gut auf«, ermahnte Lange seinen Helfer laut. »Nicht loslassen.« Der dünne Polizist war inzwischen herangekommen.

Langes Hände fuhren rasch unter das Jackett des Verletzten. Was er ertasten konnte, fühlte sich nicht gut an, matschig und splitterig.

Ein Mann schob sich durch die Menge und gesellte sich zu ihnen. Mit markigem Ton sprach er Lange an, der seine Hände immer noch in der Anzugjacke des Verletzten hatte.

»Ich bin Arzt. Kollege?«

Theo schüttelte den Kopf.

»Nein, Sanitätseinheit, elfte Panzerdivision …«

»Gut gemacht«, lobte ihn der Arzt, jetzt, nachdem die Verhältnisse klar waren und er wusste, wer der Arzt war und wer der Sani.

Lange stand auf und überließ dem Arzt die Versorgung des Verletzten. Er wischte sich die Hände an seinem Taschentuch ab und hielt wieder Ausschau nach Heinz. Der dürre Polizist schoss nun wie ein geölter Blitz auf ihn zu.

»Stehen bleiben!«, rief er.

Der nächste Ruf galt den Umstehenden: »Lassen Sie diesen Mann nicht entkommen.«

Theo Lange blieb stehen. Er breitete in einer resignierten Geste die Hände aus. Handflächen nach oben – ich füge mich in mein Schicksal, das mich in Gestalt dieses Zivilbullen ereilt hat.

»Herr Kommissar«, sagte er. »Was kann ich für sie tun?«

Höflichkeit und Unterwürfigkeit waren jetzt das Mittel der Wahl, alles andere hatte keinen Zweck. Und er hatte erledigt, was zu erledigen war.

»Komm her«, sagte der Polizist.

Theo Lange ging langsam auf ihn zu.

»Er hat die Erstversorgung bei dem armen Kerl hier vorgenommen«, sagte der Arzt, der nun neben dem Verletzten kniete. »Der Mann hier gehört schleunigst in ein Krankenhaus«, fügte er hinzu.

Der dünne Polizist winkte einen Schupo herbei und redete leise mit ihm. Anschließend sagte er: »Krankenwagen ist unterwegs.«

Er wandte sich wieder Lange zu.

»Du bleibst.«

»Aber selbstverständlich, Herr Kriminalkommissar«, sagte Theo Lange.

Der dünne Zivilpolizist sah ihn misstrauisch an. Wahrscheinlich überlegt er, ob ich mich über ihn lustig mache, dachte Lange.

Neben dem Dünnen tauchte nun ein zweiter auf, ein kräftigerer und älterer Mann. Der Dünne erklärte ihm: »Jemand ist unter die Straßenbahn geraten, Lange hier hat sich an ihm zu schaffen gemacht.«

»Ich hab ihm geholfen. Ich habe das Bein abgebunden, die Oberschenkelarterie ist gerissen«, sagte Lange. »Fragen Sie den Herrn Doktor hier.«

Der Dünne ignorierte ihn.

»Haben Sie gesehen, wie sich das Unglück abgespielt hat?«, fragte der Ältere.

»Nein, ich habe nur das Quietschen der Bremsen und das Geschrei gehört«, antwortete Lange. Sie stellten ihm weitere Fragen zum Hergang, Lange erklärte ihnen, dass er nichts gesehen habe. Dann mischte sich der Schupo ein.

»Gestolpert ist er. Vielleicht ein falscher Schritt von der Bordsteinkante.«

Der Ältere schaute skeptisch. Theo Lange konnte es ihm nicht verdenken. Man trat zurück von der Kante, wenn eine Bahn sich näherte, man machte keinen Schritt nach vorn.

»Kommen Sie bitte mal«, rief der Arzt ihnen zu. »Jemand von der Polizei, meine ich. Bitte rasch.«

Ohne zu zögern, ging der Ältere hinüber. Der Jüngere wich Lange nicht von der Seite.

»Du bleibst schön hier, Freundchen«, sagte er.

Lange nickte lammfromm. Natürlich würde er bleiben, die vielen Schupos hier würden ihn ratzfatz wieder einfangen.

Der Arzt deutete auf den Verletzten, der noch einmal wach geworden war, denn er hatte den Kopf leicht angehoben.

Der Ältere ging in die Knie und nahm seinen Hut ab. Er beugte sich zu dem Verletzten, bis sein Ohr fast an dessen Mund lag. Der schien etwas zu sagen. Lange hatte genug Sterbende gesehen, die meisten riefen nach jemandem, in der Regel nach einer Frau, der Mutter oder der Geliebten. Der hier sagte hoffentlich: »Lange war es nicht.«

Der Kopf des Mannes sackte wieder auf den Asphalt. Der Ältere schob seine Hand in die Brusttasche des Schwerverletzten, anschließend tastete er seine Kleidung ab. Nach einer Weile erhob er sich, setzte sich den Hut auf das raspelkurze Haar und kam zu ihnen herüber.

»Lassen Sie die Personalien der Umstehenden aufnehmen«, sagte er zu dem Dünnen. Bevor er davoneilte, wandte er sich an Lange.

»Und Sie«, ein rundlicher Zeigefinger deutete auf Lange, »zeigen dem Kollegen mal, was Sie in den Taschen haben.«

Lange nickte wieder lammfromm, schlüpfte aus seinem Trenchcoat und hielt ihn dem Dünnen hin. Der zog Langes Brieftasche hervor und untersuchte sie.

»Vierzig Deutsche Mark.«

»Mein Kopfgeld«, sagte Lange und strengte sich an, um nicht zu grinsen wie ein Honigkuchenpferd. Es galt, diese Bullen nicht zu provozieren.

Er holte sein Taschentuch und seine Haustürschlüssel aus den Hosentaschen und stülpte sie um, bis sie wie zerknitterte Ohren von seiner Hose abstanden. Dann öffnete er willfährig sein Jackett und zeigte die Brusttasche auf der rechten Innenseite vor. Auch hier gähnende Leere. Er überlegte, ob er sich aus eigenem Antrieb die Hosenbeine aufkrempeln und seine Socken präsentieren sollte, er entschied sich jedoch dagegen. Es war gut, die Polizisten abzulenken, aber es war schlecht, wenn sie merkten, dass sie abgelenkt werden sollten. Also wartete er, bis der Dünne »Strümpfe« sagte. Bereitwillig raffte er seine Hosenbeine in die Höhe und zeigte seine hellen Socken, auch hier steckte nichts. Er war sauber. Es war knapp gewesen, ultraknapp, doch er war sauber. Dafür hatte er gesorgt. Die in die Ärmel seines Trenchcoats eingenähten Taschen, praktische kleine Zwischenlager, waren ebenfalls leer, aber die Bullen mussten sie nicht unbedingt finden.

Er ließ die Hosenbeine wieder über die Socken fallen und wartete ab. Der Dünne sagte: »Sie kommen mit.«

Lange unterdrückte einen Fluch.

19

Für Edith war das Quietschen der Bremsen ein Geräusch unter vielen. Es war der Schrei der Menge, der sie aufmerksam werden ließ. Um sie herum brachen die Gespräche ab, Köpfe drehten sich – genauso wie ihrer – in Richtung Straßenbahnhaltestelle.

In der Stille, die sich nun ausbreitete, war zu hören, dass die Bahn sich wieder in Bewegung setzte. Der Stromabnehmer glitt an der Oberleitung ein paar Meter zurück, und die Bahn bewegte sich stockend über die Gleise, dann stoppte sie.

»Ein Unfall«, sagte Hella und wollte sie von dem Hauseingang, vor dem sie standen, über die Straße ziehen. Die Leute um sie herum begannen, dasselbe zu sagen wie Hella: »Ein Unfall.«

In Windeseile bildete sich ein Kreis von Schaulustigen um die Bahn herum.

Edith holte die Kamera hervor und ging auf die Unfallstelle zu. Allem Anschein nach würde sie ein Foto für die Zeitung brauchen. Sie fing die Menschenmenge und die stehende Bahn ein.

Der Fahrer saß noch auf seinem Platz, das Gesicht ein blasser Fleck. Edith blickte durch das Teleobjektiv wie durch ein Fernrohr. Sie schaute in ein Paar weitaufgerissener Augen, die Augäpfel drängten als helle Halbkugeln nach vorn. Seine Iris waren zwei dunkle Punkte, darüber wölbten sich die Brauen in fast perfekter U-Form, der Mund ein langgezogenes, klaffendes Oval. Edith spürte sein Entsetzen. Einen Wimpernschlag lang war ihr, als würde auch ihr Gesicht sich zu einer Grimasse verzerren, würden ihre Glieder erstarren und würde ihr eigenes Herz zu rasen beginnen.

Sie sah wieder die Wülste in dem faltigen, ausrasierten Nacken vor sich, beleuchtet von einem goldenen Flecken Sonnenlicht aus der Dachluke, das Seil, das die Haut hochgeschoben hatte und irgendwo im Dunkel der Decke an einem Balken endete. Sie war bei dem Anblick erstarrt, hatte aufgehört zu atmen, und die Zeit hatte sich ausgedehnt zu einer dumpfen Ewigkeit. Schließlich hatte sie ihr Entsetzen hinuntergeschluckt, wieder geatmet und getan, was ihr nötig schien: die Leiche von dem Balken abgeschnitten und den schweren Körper aus dem Raum gezerrt. Dann hatte sie gepackt, was sie greifen konnte, war aus dem Haus gestürzt, um einen der letzten Züge aus der Stadt zu erwischen, bevor die Rote Armee einmarschierte.

Mechanisch schraubte sie das Fernobjektiv auf, richtete die Kamera aus, holte Luft und drückte auf den Auslöser. Das Klicken holte sie ins Hier und Jetzt zurück. Sie schaute erneut durch den Sucher, justierte die Schärfe und nahm ein weiteres Foto auf: dasselbe Motiv, dasselbe fremde Entsetzen in all seiner Nacktheit, säuberlich in die Bildmitte gesetzt.

Dann atmete sie tief aus, die Anspannung löste sich.

Hella berührte sie leicht am Arm, sie war wieder an ihrer Seite erschienen.

»Da ist jemand unter die Bahn gekommen«, vermeldete sie. »Es hat ihn übel erwischt. Willst du ein Bild von ihm machen?«

»Nein, auf keinen Fall.«

Offenbar hatte ihre Ablehnung schroff geklungen, Hella schaute sie verdutzt an.

»Wir fotografieren keine Unfallopfer, geschweige denn, dass wir ihre Fotos in die Zeitung setzen, wegen der Angehörigen«, erklärte Edith.

Sachs war in diesem Punkt kategorisch. Keine Sensationspresse, und sie führten auch nicht das Leid fremder Leute vor. Aber sie hatte es aufs Bild gebannt, dachte Edith, das Leid fremder Leute. Nicht den Unglücksraben, der unter die Bahn geraten war, sondern das Entsetzen des Straßenbahnfahrers. Weil es sie getroffen hatte. Und weil sie hoffte, dass es ein großartiges Foto sein würde.

Die beiden Polizeibeamten in Zivil, die vorhin vor dem Hauptpostamt gestanden hatten, eilten an ihnen vorbei. Der ältere von beiden, Dietrichs, erkannte sie und tippte leicht an seinen Hut.

»Ich bleibe noch einen Moment«, sagte sie zu Hella.

»Du willst mit den Polizisten reden, stimmt's?«

Hella grinste, mit all der Weisheit der Halbwüchsigen, die für sich in Anspruch nehmen, die Erwachsenenwelt mit ihren Tricks durchschaut zu haben.

»Du hast es erfasst. Das gehört zu meiner Arbeit.«

Wer immer dort einen Unfall hatte, würde in einer Kurzmeldung erscheinen; genauer gesagt: in einer Kurzmeldung, die sie innerhalb der nächsten drei Stunden verfassen und in den Satz geben würde. Bei den Polizisten konnte sie wahrscheinlich ein paar Dinge in Erfahrung bringen: den Namen, den sie nicht in voller Länge abdrucken würden, und vor allem, wie sich der Unfall ereignet hatte.

»Vielleicht wollte ihm jemand übel und hat ihn gestoßen«, sagte Hella.

»Vielleicht«, erwiderte Edith. Auch das würden die Polizisten ihr mitteilen können. Falls sie es ihr mitteilen wollten.

Nach kurzem Überlegen erklärte Hella: »Meine Mutter sagt immer, ich soll mich nicht so nah an die Bordsteinkante stellen.«

»Deine Mutter ist eine kluge Frau«, sagte Edith.

Hella verzog den Mund, offenkundig nicht in der Stimmung, die Weisheit ihrer Mutter zu preisen.

Dann runzelte sie wieder die Stirn und verfiel in dumpfes Schweigen. Edith betrachtete sie. Hella brütete über irgendetwas, möglicherweise hatte es wieder einmal Krach mit ihrer Mutter gegeben, weil sie ihre eigenen Wege einschlug und ihre Mutter davon alles andere als begeistert war.

Erneut nestelte Hella an dem Riemen ihrer Tasche herum, bis er genau auf der Mitte ihrer Schulter zu liegen kam.

»Ich muss weiter«, sagte sie.

»Vergiss nicht, mich zu besuchen«, erinnerte sie Edith.

»Bestimmt nicht. Friederikastraße vierunddreißig«, sagte Hella und strahlte. »Ich komme ganz sicher. Bestimmt schon bald!«

Edith wunderte sich über ihre Begeisterung. Sie erwiderte: »Prima. Wir trinken dann zusammen einen Tee oder Muckefuck.«

»Nee, echten Bohnenkaffee, den wir mit echtem, gutem Geld kaufen werden.«

»Das tun wir«, gab Edith zurück. »Wie zwei feine Damen.«

Hella lachte. »Was heißt hier ›wie‹? Wir sind zwei feine Damen.«

Sie stob davon.

20

»Der Mann ist tot.«

»Danke für die Auskunft«, sagte Edith trocken.

»Nicht der Rede wert«, antworte Dietrichs.

Damit hatte der Oberinspektor wohl recht, dachte Edith. Was der Kripobeamte sagte, war tatsächlich nicht der Rede wert, denn dass der Mann tot war, war unübersehbar. Die herbeigerufenen Sanitäter hatten den Körper des Verletzten vollständig mit einem Tuch bedeckt und trugen ihn gerade auf einer Bahre fort.

Schupos und Zivilpolizisten befragten die Umstehenden und nahmen eifrig Adressen auf. Als sie fragte, ob ein Fremdverschulden vorliege, da doch offensichtlich nach Zeugen gesucht werde, erntete sie ein knurriges »Kein Kommentar«.

»Also ja«, sagte sie.

Dietrichs überhörte ihre Bemerkung.

»Schreiben Sie, dass wir nach Zeugen suchen, die den Unfallhergang beobachtet haben.« Der Polizist schob im letzten Moment ein »Bitte« nach.

Das konnte er haben, außerdem würde sie schreiben, dass die Polizei nicht ausschließe, dass es sich um ein Tötungsdelikt handele.

Wenig später war Edith auf dem Weg in die Redaktion. Während sie die zerstörte Innenstadt durchquerte, entstand die Meldung in ihrem Kopf. Die Sätze fügten sich zu einem Text, und sie nickte sich selbst zufrieden zu, als ihr der Artikel druckreif schien.

Dann passierte, was häufig geschah, seit sie fotografierte: Sie sah die Welt in Bildern, Ausschnitte boten sich an, Perspektiven öffneten sich, mögliche Motive traten hervor und ließen den Rest der Umgebung zur

Kulisse werden: Drei alte Männer an dem im Schatten einer übriggebliebenen Hauswand aufgestellten Tisch, sie tranken Bier und spielten Karten, als säßen sie in ihrer Stammkneipe.

Edith holte die Kamera hervor, überprüfte die Lichtverhältnisse, stellte Blende, Belichtungszeit und Distanz ein. Sie blickte durch den Sucher und fand nach einer kurzen Weile den richtigen Ausschnitt. Die Männer nahmen keinerlei Notiz von ihr. Auch dieses Foto hatte nichts mit ihrem Auftrag zu tun.

Ein paar Schritte weiter konnte sie bei der weißen Katze, die vor einer brandgeschwärzten Wand saß, nicht widerstehen. Wie ein bleiches Gespenst, dachte sie, oder wie ein Schlupfloch in der Mauer, durch das entgegen aller Hoffnung eine Flucht möglich ist, eine Flucht, die gegen alle Erwartungen gelingt.

Sie schob die Bilder, die in ihrem Inneren aufstiegen, beiseite und konzentrierte sich auf ihre Kamera, blickte durch den Sucher, drehte an den Rädchen, kalkulierte die leichte Verschiebung des Bildausschnitts mit ein.

Sie wollte gerade den Auslöser betätigen, als sie jemanden hinter ihrem Rücken spürte. Woher dieser Jemand gekommen war und wie er sich ihr genähert hatte, hätte sie nicht sagen können. Vielleicht war er aus einem Hauseingang getreten, vielleicht war er ihr auch schon die ganze Zeit gefolgt und sie hatte ihn nicht wahrgenommen, weil sie mit ihren Gedanken und ihrer Kamera beschäftigt gewesen war. Nun aber stand er dicht hinter ihr, viel zu dicht für einen harmlosen Passanten.

Bevor sie sich umdrehen und nach ihm sehen konnte, handelte der andere schon. Mit einem Ruck wurde ihr die Kamera aus der Hand gerissen. Sie versuchte noch, den Riemen zu erwischen, der in der Luft baumelte, statt um ihren Hals zu liegen und die Kamera dort zu sichern. Der Riemen wurde mit energischem Schwung weggezogen, ihre Hand griff ins Leere. Nahezu gleichzeitig erfolgte ein kräftiger Stoß gegen ihre Schulter und ließ sie nach rechts, in Richtung einer Hauswand, taumeln. Sie verlor das Gleichgewicht und geriet ins Stolpern. Ihre Hände fuhren nach vorn, suchten und fanden Halt an den Backsteinen der Häuserwand. Sie stützte sich ab und konnte gerade noch vermeiden, dass sie auf dem grauen Pflaster des Bürgersteigs landete.

Sobald sie wieder festen Boden unter den Füßen hatte, wirbelte sie herum, in der Hoffnung, den Dieb zu erwischen. Doch der war schon einige Meter von ihr entfernt. Alles, was sie sah, war der Rücken einer schlanken Gestalt, die eilig davonstrebte.

»He, bleiben Sie stehen«, rief Edith laut.

Vergeblich, die Gestalt dachte nicht daran, ihr den Gefallen zu tun, sondern bog flink um die nächste Straßenecke. Die Skatspieler hoben gerade einmal den Kopf, als sie ihr Rufen hörten, um daraufhin ungerührt weiterzuspielen.

Edith stürmte los. Der Zorn auf den Dieb und auf sich selbst – wie hatte sie nur so nachlässig sein können? – verlieh ihr Flügel. Doch das half ihr nicht weiter: Als sie die Ecke erreichte, hinter der die Gestalt verschwunden war, lag die Seitenstraße dahinter grau und leer im Mittagslicht.

Zwischen den wenigen Häusern am Straßenrand erstreckten sich Trümmergrundstücke, unübersichtlich, weil sie mit Schutt, Ruinen und wuchernden Ranken bedeckt waren, großartig, wenn man spurlos verschwinden wollte.

Genau das war dem Dieb gelungen, dachte Edith. Keine Spur war von der Gestalt im hellen Trenchcoat zu sehen, ganz zu schweigen von der Kamera. Von ihrer Kamera. Sachs würde alles andere als entzückt sein, wenn sie ihm berichtete, dass sie sich den Film mit dem Foto von der Straßenbahn hatte stehlen lassen. Aber das Ärgerlichste war die Kamera. Sie fluchte laut und undamenhaft.

21

Seit mehr als einer Stunde ließen sie ihn hier schon schmoren. Nicht, dass er etwas anderes von der Polente erwartet hätte. Langsam fragte sich Theo Lange, ob es eine gute Idee gewesen war, den heiligen Samariter zu spielen. Er hatte zwar erledigen können, was er erledigen musste, aber sie hatten ihn trotzdem mitgenommen. Und was den Mann anging: So wie sich der Brustkorb angefühlt hatte, würde er sowieso sterben, wenn er nicht schon tot war. Da war der Druckverband aus seiner besten Krawatte schlicht überflüssig gewesen.

Und jetzt saß er da wie bestellt und nicht abgeholt, auf einer dieser elend harten Bänke in den Gängen des Präsidiums, mit einer Handschelle an die Seitenlehne gefesselt, damit er bloß nicht auf den Gedanken kam, sich aus dem Staub zu machen. Sie mussten sein Talent in dieser Hinsicht als besonders groß einschätzen. Zusätzlich zu den Handschellen hatten sie noch einen Schupo postiert, der gelangweilt neben ihm auf der Bank saß und sich über jedes Schwätzchen mit einem vorbeikommenden Beamten freute.

Lange schloss müde die Augen.

»Mitkommen«, sagte eine fipsige Stimme.

Damit war wohl er gemeint. Lange hob die Lider.

Der dünne Kripomann mit den eng beieinanderstehenden Augen stand vor ihm und schloss ihm die Handfessel auf. Lange rieb sich das linke Handgelenk und folgte ihm in einen ihrer Verhörräume. Hier waren sie besonders knickerig mit Mobiliar. Nur Tisch und Stühle, natürlich ihre Lampen, mit denen sie manchmal die Leute blendeten, weil sie »Licht in die Sache bringen« zu wörtlich nahmen. An einem der Tische saß schon der ältere Polizist.

»Setzen«, sagte der Dünne.

Lange gehorchte.

»So eine Haltestelle ist praktisch«, sagte der Ältere. »Menschen, die dicht gedrängt stehen. Die Hälse recken, um zu sehen, wann ihre Bahn kommt. Zu den Wagentüren strömen. Menschen, die abgelenkt sind und nicht darauf achten, was um sie herum geschieht.«

Was er sagte, traf zu. Lange hütete sich jedoch, ihm beizupflichten. Was der Kripomann mit dem kugelrunden, kurz geschorenen Kopf da von sich gab, gehörte gewissermaßen zu seinen eigenen professionellen Erwägungen.

Lange sagte: »Ich habe dort auf meine Bahn gewartet. Die Zehn.«

Der ältere Polizist schürzte die Lippen, der jüngere schüttelte den Kopf. Sie glaubten ihm nicht. Aber das machte nichts. Wenn sie ihm nichts nachweisen konnten, mussten sie ihn wieder gehen lassen.

Der Jüngere stellte ihm Fragen. Ob er gesehen habe, wer in der Nähe des Toten gestanden habe, ob er jemanden bemerkt habe, der sich zu ihm durchgedrängt habe, ob er gesehen habe, dass jemand den Mann gestoßen habe.

Nichts hatte er gesehen. Er hatte sich lediglich auf einen älteren Mann mit einer runden Brille konzentriert, dem er die Brieftasche aus der Manteltasche angeln wollte. Doch das würde er der Polente nicht auf die Nase binden.

Jetzt sagte der Dünne: »Vielleicht hast du ihn ja bestohlen, er hat dich bemerkt und wollte gerade Alarm schlagen, da hast du ihm einen Stoß verpasst.«

Wenn Theo Lange arbeitete, bemerkte man ihn nicht, weil er gewissenhaft vorging. Meistens zumindest. Auch das konnte er hier nicht zum Besten geben, dann würden sie ihn gleich einbuchten. Er versuchte es mit Logik.

»So etwas würde ich nie tun. Und mit Verlaub, ich würde ihm doch nicht helfen, wenn ich ihn unter die Bahn gestoßen hätte. Mit Verlaub, das hört sich für mich nicht ...« Er machte eine Pause, als müsse er nach einem Wort suchen, denn es war nicht gut, wenn sie ihn für einen Klugscheißer hielten. »… passend an, unlogisch irgendwie.«

Die Polizisten hielten sich nicht lange mit seinem Einwurf auf.

»Warum hast du an ihm herumgefummelt?«, fragte der Dünne.

»Weil ich ihm helfen wollte.«

»Wolltest du ihn beklauen?«

Nein, ganz im Gegenteil, dachte Lange. Er sagte: »Aber nein, Herr Kommissar. Ich bestehle niemanden. Am allerwenigstens einen Schwerverletzten.«

»Stratmann, untersuch ihn noch mal«, sagte der Ältere.

Er vertiefte sich in irgendein Papier, während der Dünne ihn filzte. Diesmal gründlicher als an der Drehscheibe. Lange ließ die Leibesvisitation geduldig über sich ergehen. Was wollten sie finden? Das Geld, das er davor eingesackt hatte? Oder wollten sie ihm nur klarmachen, wer hier das Sagen hatte? Dass sie ihn bis zum Sankt-Nimmerleins-Tag dabehalten und filzen konnten?

»Nichts«, sagte der Bulle, der Stratmann hieß. Er ließ von ihm ab. Lange zog sich wieder an. Natürlich war nichts zu finden, auch wenn Heinz sich nicht hatte blicken lassen. Er war sauber, er war ja kein Idiot.

Der dünne Polizist mit den eng beieinanderstehenden Augen offenbar auch nicht. Er stellte eine Frage, die Lange nicht gern hörte:

»Wo ist denn dein Partner?«

Das fragte er sich auch, seit er an der Haltstelle gestanden hatte. Dem Polizisten gab er die einzig mögliche Antwort, die im Grunde genommen keine Antwort war, sondern eine Frage.

»Welcher Partner?«

Der Ältere schlug mit der Hand auf den Tisch.

»Hör auf, uns zu verscheißern. Du hast einen Partner. Wo war er, als der Mann unter die Bahn geraten ist?«

Das war eine Frage, auf die Lange auch gern eine Antwort gewusst hätte. Doch auch das behielt er für sich.

22

Helmut Garthner und seine Frau reagierten auf ähnliche Weise, als Dietrichs ihnen mit seinem Kollegen Kleinert die Nachricht überbrachte: Schweigen, bestürztes Gesicht, zusammengezogene Augenbrauen bei ihm, eine vor den Mund geschlagene Hand bei ihr. Sie waren ein gut aussehendes Paar, Helmut Garthner mit seinen dunklen, nach hinten gekämmten Haaren und seinem glatten Gesicht, Charlotte aschblond, hochgewachsen und blauäugig.

Die beiden saßen Kleinert und ihm in ihrem Esszimmer gegenüber, einem hellen, großzügigen Raum. Ein Raum für wohlhabende Leute, die zeigen wollten, wie wohlhabend sie waren, dachte Dietrichs. Dass sie nicht nur wohlhabend waren, sondern auch Geschmack und Kultur hatten, demonstrierten sie mit ein paar Bildern an der Wand, Büsten und Statuen auf Fensterbrettern, Klavier und Kaminsims und einem hohen Regal, auf dessen oberen Brettern sich ein vierundzwanzigbändiger Brockhaus breitmachte.

»Ihr Bruder ist noch an der Unfallstelle seinen schweren Verletzungen erlegen«, sagte Dietrichs in seinem besten Aktendeutsch. Das war seiner Erfahrung nach in einer solchen Situation die annehmbarste Lösung.

Er nahm die beiden fest in den Blick und fuhr fort: »Bei dem Unglück handelt es sich nicht um einen Unfall.«

Auf Garthners Stirn vertiefte sich die Falte zwischen den Augenbrauen, Charlotte Garthner riss ihre blauen Augen noch ein kleines Stück weiter auf.

»Was soll das heißen: Es war kein Unfall?«, fragte Garthner.

Charlotte Garthners Hand wanderte von ihrem Mund zum Unterarm ihres Mannes, als ob sie dort Halt suchen würde.

»Er hat kurz vor seinem Tod noch einmal das Bewusstsein wiedererlangt«, erklärte Dietrichs. »Er hat uns gesagt, dass er gestoßen worden ist.«

»Von wem?«, fragte Helmut Garthner.

»Das fragen wir uns auch«, sagte Dietrichs.

Möglicherweise war es der Taschendieb gewesen. Stratmann vermutete, dass Konrad Garthner ihn bei dem Diebstahl ertappte und dieser mit dem Stoß unter die Bahn seine Entdeckung verhindern wollte.

»Aber«, sagte Frau Garthner, »es muss doch Zeugen geben. Wenn Konrad gestoßen wurde, muss es doch irgendjemand beobachtet haben.«

»Wir sind noch dabei, die Zeugen zu befragen«, erklärte Kleinert freundlich. Kleinert war oft freundlich und höflich, so dass Zeugen und Verdächtige meinten, dass sie mit ihm leichteres Spiel hätten als mit Dietrichs.

Sie hatten bereits eine große Anzahl Personen befragt. Das Einfachste waren die Schupos gewesen, die an dem Morgen vor Ort Dienst hatten. In dem Geschiebe an der Haltestelle hatte jedoch niemand gesehen, wer Konrad Garthner den Stoß verpasst hatte, weder die Polizisten noch die übrigen Zeugen, mit denen sie gesprochen hatten.

Es standen noch einige Befragungen aus, doch Dietrichs hatte keine große Hoffnung, dass irgendjemand den Täter beschreiben konnte. Die Zeugen hatten bislang meist nicht einmal sagen können, wie diejenigen aussahen, die neben ihnen gestanden hatten.

»Denken Sie«, fragte Helmut Garthner, »dass es Absicht war? Ich meine, dass jemand willentlich Konrad unter die Bahn gestoßen hat, um ihn zu töten?«

Seine Frau wandte ihm ihr Gesicht zu, in dem weiterhin Bestürzung stand.

»Wer sollte so etwas tun?«, flüsterte sie.

Kleinert sagte ruhig: »Wir würden uns gern einzeln mit Ihnen unterhalten.«

Charlotte Garthners blaue Augen richteten sich auf Kleinert.

»Sind wir für Sie Verdächtige?«, sagte sie mit gepresster Stimme. Garthner legte seine Hand auf ihre.

»Ich denke nicht. Das ist nur das übliche Verfahren, nehme ich an«, sagte Garthner.

Das konnte man so sehen, dachte Dietrichs. Es war das übliche Verfahren, insbesondere bei Verdächtigen. Es war ein Gemeinplatz: Die Täter stammten aus der nächsten Nähe – Geliebte, Ehepartner, Familienmitglieder, Freunde, Verwandte. Und wie Gemeinplätze es so an sich hatten, traf auch der hier häufig zu.

»Wir würden gern mit Ihnen beginnen, Frau Garthner«, sagte er.

Helmut Garthner stand auf.

»Ich ziehe mich zurück«, sagte er und verließ den Raum.

Charlotte Garthner drehte an ihrem Ehering, dann blickte sie hoch. Die Befragung begann. Frau Garthner beantwortete die Fragen prompt und präzise. Ihr Schwager wohnte bei ihnen im Haus, er kam und ging jedoch häufig durch die Kellertür, so dass sie nicht immer wahrnahm, wann er das Haus betrat oder verließ. Die Mahlzeiten nahmen sie in der Regel gemeinsam ein. Sie hatte ihn Samstagmittag zum letzten Mal gesehen, am Sonntagmorgen hatte er vor ihr gefrühstückt, sie hatte das benutzte Geschirr in der Küche vorgefunden.

»Danach ist er wohl zum Geldumtausch gegangen«, sagte sie. Kleinert fragte, was sie am Sonntagmorgen getan habe.

Sie legte einen Moment den Kopf schief, lächelte kurz und sagte: »Das ist nun wohl der Teil, der zum üblichen Verfahren gehört. Der, um den wir uns keine Sorgen machen müssen.«

»Ja«, sagte Kleinert und lächelte zurück. Frauen mochten Kleinert in der Regel, auch wenn Dietrichs nicht hätte sagen können, warum. Kleinert war mittelgroß, eher sehnig als kräftig und stand in der Regel unter Spannung wie eine Kupferspule. Daran konnte es vermutlich nicht liegen. Dietrichs tippte auf sein freundliches Grinsen. Für ihre Befragungen war das ein Vorteil, dachte Dietrichs.

Mit einem weiteren Lächeln für Kleinert sagte sie: »Ich bin gegen acht aufgestanden, da war Konrad wahrscheinlich schon aus dem Haus. Ich habe meine Toilette gemacht und anschließend gefrühstückt. Danach habe ich ein wenig gelesen. Gegen zwölf habe ich mit den Vorbereitungen für das Mittagessen begonnen.«

»Allein?«, fragte Dietrichs.

»Das Kochen, ja. Gefrühstückt habe ich mit meinem Mann.«

»Hat Ihr Mann anschließend das Haus verlassen?«, fragte Dietrichs.

»Nein«, sagte sie. »Er war hier. Im Wohnzimmer. Wir« – sie brach ab und schien sich zusammenzureißen, bevor sie weitersprach – »wir haben auf Konrad gewartet.«

Der nicht gekommen war. Dietrichs fragte nach dem Verhältnis zwischen Konrad und seinem Bruder. Was er geliefert bekam, war die glatte Version für die Vitrine oder den Kaminsims: Helmut, der große Bruder, war ein Vorbild für den Jüngeren, zwischen den beiden herrschte in der Regel bestes Einvernehmen. Als Helmut in Gefangenschaft gewesen sei, habe sich Konrad rührend um sie und das Geschäft gekümmert. Dietrichs fragte sich, wie dieses Kümmern ausgesehen hatte.

»Wie war denn das Verhältnis zwischen Ihnen und Konrad?«

»Ausgezeichnet! Wie gesagt, er war für mich da, während Helmut in Gefangenschaft war. Es ist nicht einfach, plötzlich ein Geschäft führen zu müssen.«

»In Gefangenschaft?«, hörte er Kleinert fragen. »Meinen Sie in Kriegsgefangenschaft?«

Charlotte schaute einen Moment auf ihre Hände, die locker auf ihrem Tisch lagen, die linke über der rechten.

»Im Internierungslager«, antwortete sie. »In Esterwegen. Helmut hat für die Wehrmacht Material besorgt und ist kurz vor dem Ende Vizepräsident der Gauwirtschaftskammer geworden. Daher haben die Engländer ihn ins Lager gesteckt. Es war für uns nicht ganz einfach.« Sie schickte einen leisen Seufzer hinterher und musterte ihre Gesichter, offenbar auf der Suche nach Verständnis.

Letzteres würde sie bei Kleinert nicht finden. Der Kollege war 33 suspendiert worden, hatte Lagerhallen bewacht, war eingezogen worden, und erst im Sommer 45 hatten die Briten ihn wieder eingestellt. Hinter Kleinerts Rücken sagten die Kollegen immer noch, dass ihm die zwölf Jahre fehlten und Kleinert daher das eine oder andere nicht verstehe.

Was Dietrichs selbst anging, so hielt er nichts von all denen, die erzählten, dass es früher besser gewesen sei, man von den Besatzern ständig ins Unrecht gesetzt werde, obwohl man doch einfach nur seinen Dienst gemacht habe. Dietrichs hatte seinen Dienst ebenfalls gemacht, den Kopf eingezogen und weggeschaut, allerdings hatte er auch nicht »Hier!« geschrien, wenn es ums Karrieremachen ging. Manches war ihm gehörig gegen den Strich gegangen, trotzdem hatte er dabei gestanden und zugesehen.

»Im März ist er zurückgekommen«, sagte die Garthner.

»Und Konrad hat ihm das Zepter wieder übergeben.«

Dietrichs machte aus seinem Misstrauen keinen Hehl.

»Ja, das hat er. Konrad ist kein Geschäftsmann, wissen Sie. Er ist eher froh gewesen, dass er sich nicht mehr weiter mit dem Laden beschäftigen musste. Er wollte lieber etwas Handfestes machen, in dem Beruf arbeiten, den er gelernt hat. Er war Elektriker.«

Zehn Minuten später erzählte Helmut Garthner im Großen und Ganzen dasselbe, flüssig und beredt. Nur als Dietrichs ihn fragte, wo er am Vormittag gewesen sei, zögerte er einen Moment, ehe er sagte: »Zu Hause.«

Dietrichs setzte nach: »Kann Ihre Frau das bestätigen?«

»Sicher«, antwortete Garthner, nun ohne Zögern. »Wir haben zusammen gefrühstückt.«

Wie es aussah, hatte Helmut Garthner dank seiner Frau ein Alibi.

Kleinert fragte nach Feinden. Auch diese Fragen hatten sie Frau Garthner gestellt, doch sie hatte nur den Kopf geschüttelt. »Nicht, dass ich wüsste.«

Dasselbe sagte nun Garthner: »Nicht, dass ich wüsste.«

»Aber irgendjemand hat ihn unter die Straßenbahn gestoßen«, sagte Kleinert sanft.

»Ja.« Garthner verfiel in Schweigen.

»Ich habe nicht die leiseste Idee«, sagte er schließlich.

»Herr Garthner«, sagte Dietrichs, »könnten wir ein Foto von Ihnen haben?«

»Von mir?« Helmut Garthner war perplex, dann begriff er. »Sie denken, ich war es.«

»Wir ermitteln in alle Richtungen«, sagte Dietrichs.

»Das übliche Verfahren, ich verstehe.« Garthner klang bitter.

»Ja«, sagte Dietrichs.

In den letzten Jahren war es fast schon ein Klassiker: Der Mann kehrte zurück, meist aus der Kriegsgefangenschaft, die Familie hatte sich ohne den Ernährer durchgeschlagen, sich arrangiert und sich in einem neuen Leben eingerichtet, in dem es häufig keinen Platz für den Rückkehrer gab. Weil sich die Daheimgebliebenen verändert hatten. Weil sich der Heimkehrer verändert hatte. Weil es einen neuen Mann gab. In der Folge hatte dann häufig die Kripo ihren Auftritt: weil die Familie den Heimkehrer ausgeschaltet hatte. Weil der Heimkehrer den Rivalen ausgeschaltet hatte. Oder die untreue Ehefrau getötet hatte.

Dietrichs stand auf und wählte eines der Fotos auf dem Kaminsims aus. Es war neueren Datums und zeigte Helmut Garthner im dunklen Anzug neben seiner Frau.

»Den Rahmen benötigen wir nicht«, sagte er und reichte Garthner das Bild.

Garthner löste das Foto aus dem Rahmen und reichte es ihnen.

»Sie können es behalten«, sagte er mit einer höflichen Verbeugung.

Dietrichs überhörte die Bemerkung.

◆◆◆

Kurze Zeit später verließen sie das Haus. Sobald sie außer Hörweite waren, sagte Kleinert: »Kain hat Abel unter die Straßenbahn geschubst, und Frau Kain gibt ihrem Mann ein Alibi.«

Kleinert sah ihn schräg von unten an, wie er es immer tat, wenn er von Dietrichs' Überlegungen nicht überzeugt war, und redete dann weiter: »Das ist es doch, was du denkst.«

Dietrichs schwieg. Kleinert war ständig erpicht darauf, die Dinge nach rechts und links zu wenden, hatte gegen alles ein Aber einzuwenden. Nichts war für ihn, was es schien, hinter allem vermutete er Täuschungsmanöver und geheime Beweggründe, bei den Fällen genauso wie bei den Kollegen. Er bewegte sich durch die Welt wie jemand, der auf dünnem Eis lief und argwöhnte, dass es bald einbrechen werde.

Natürlich war es richtig, nicht alles für bare Münze zu nehmen, aber Kleinerts Argwohn war maßlos, dachte Dietrichs. Zudem hatte er die Neigung, alles mit Dietrichs zu diskutieren. Dietrichs dagegen behielt seine Gedanken gern für sich.

»Es ist das Naheliegende«, brummte er schließlich.

Kleinert dachte nicht daran, sich mit seinen Spekulationen zurückzuhalten.

»Den Bruder mit einem Stoß unter die Straßenbahn zu beseitigen, kommt mir allerdings sehr waghalsig vor.«

»Es sei denn, Garthner hat einen günstigen Moment genutzt.«

Natürlich würde niemand planen, seinen Bruder auf diese Art zu beseitigen. Es gab zu vieles, was nicht vorauszusehen war, angefangen damit, dass niemand ahnen konnte, dass Konrad Garthner sich in der Menschenmenge recht nah an die Bordsteinkante stellen würde. Es war eher die Gelegenheit, die man ergriff, wenn sie sich bot.

Kleinert blieb hartnäckig.

»So günstig ist der Moment auch nicht. Die Wahrscheinlichkeit, dass ihn jemand dabei gesehen hat, ist groß.«

»Bislang haben wir niemanden gefunden, der die Tat beobachtet hat«, gab Dietrich zurück.

Im Gedränge hatte jeder auf sich selbst geachtet, möglicherweise hatte der Täter das registriert und sich unbeobachtet gefühlt.

»Und was die Frau angeht, meinst du wirklich, sie hat sich mit Konrad Garthner eingelassen?«

Konnte sein, dachte Dietrichs. Gelegenheit macht Liebe. Er gab jedoch keine Antwort. Kleinert ließ sich durch sein Schweigen nicht entmutigen.

»Wahrscheinlich nicht. Die Eheleute schienen ein Herz und eine Seele zu sein.«

»Ja«, knurrte Dietrichs. »Und deshalb deckt sie ihn.«

Kleinert lachte auf.

»Sie betrügt ihn. Er bringt den ehebrecherischen Bruder um. Dann deckt sie ihn. Das passt hinten und vorn nicht zusammen. Du hast dich in etwas verbissen.«

Dietrichs zuckte mit den Schultern und vergrub die Hände in den Taschen seines Sommermantels. Konnte sein. Sie gingen schweigend die Straße entlang. Es war Kleinert, der das Schweigen brach.

»Und Lange? Wenn er tatsächlich für Garthners Tod verantwortlich ist, wäre es dumm von ihm, vor Ort zu bleiben und dem Schwerverletzten zu helfen.«

»Stratmann sagt, er hätte nicht verschwinden können. Er hätte ihn im Visier gehabt.«

»Ein sehr kühnes Täuschungsmanöver«, kommentierte Kleinert. »Oder?«

Kleinert mochte recht haben, aber es half nicht, darüber zu spekulieren. Was sie brauchten, waren Zeugenaussagen.

»Wir zeigen Helmut Garthners Foto herum«, sagte Dietrichs entschieden.

Und dann schauen wir mal bei der Zeitung vorbei, dachte Dietrichs. Doch das behielt er für sich.

23

»Nein, Ihre Briefe müssen verloren gegangen sein. Es tut mir sehr leid.«

Siebenmann war bekümmert. Von seinen Mundwinkeln zogen sich zwei Falten nach unten, die bei seinen Worten noch tiefer wurden.

Max und Selma Winterstein saßen am Sonntagnachmittag an Siebenmanns Wohnzimmertisch und nippten an dem Tee, den ihnen seine Frau gebracht hatte. Der Vorsitzende der jüdischen Gemeinde hatte kein Büro, sondern erledigte seine Arbeit in einer kleinen, mit Bücher und Aktenregalen vollgestopften Zweizimmerwohnung. Allerdings war die jüdische Gemeinde auch nicht sehr groß, Selma hatte nach der Zahl der Mitglieder gefragt: fünfundfünfzig hatte Siebenmann geantwortet.

»Wie hießen Ihre Eltern, sagten Sie?«, erkundigte er sich nun.

»Ada und Wilhelm Winterstein, meine Mutter ist eine geborene Grünberg«, gab Selma zur Antwort.

Siebenmann rückte seine Brille zurecht und notierte die Namen auf einem Zettel.

»Wenn Sie einen Moment warten wollen – ich schaue in den Listen nach.«

Er verschwand im Nebenzimmer, dem anderen Zimmer der kleinen Wohnung.

Nach Kriegsende hatten sie gewartet, ob sich die Eltern melden würden. Sie hatten Verwandte und Freunde angeschrieben. Keiner hatte ihnen sagen können, was aus ihren Eltern geworden war. Einzig ein Vetter, der aus Theresienstadt zurückgekehrt war, wusste, dass die Eltern mit einem der Transporte in den Osten deportiert worden waren. Wohin genau und was dann mit ihnen geschehen war, wusste er nicht. Sie hatten es über das Rote Kreuz und über das Refugee Children's Movement versucht, ebenfalls ohne Erfolg.

Zweimal hatten sie an die jüdische Gemeinde in Bochum geschrieben. Aber wie es aussah, waren die Briefe nicht angekommen. Briefe verschwanden vermutlich in diesem zerstörten Land, in dem es kaum noch Hausnummern gab. Vielleicht nahm es der Postbote mit den Briefen an den Vorsitzenden der jüdischen Gemeinde auch nicht so genau, weil er fand, dass das Judenpack keine Post bekommen sollte, hatte Max kommentiert.

Also waren sie selbst gekommen. Und vielleicht, vielleicht – irgendwo in Selmas Hinterkopf rumorte die Hoffnung – lebten ihre Eltern ja noch irgendwo und konnten ihnen keine Nachricht schicken.

Sie hörten Siebenmann im Nachbarzimmer herumkramen. Schließlich kam er zurück.

»Riga«, sagte er.

»Das Ghetto«, sagte Max.

Siebenmann bejahte.

»Ihre Eltern sind im Januar zweiundvierzig mit dem ersten Transport aus Bochum deportiert worden. Winterstein, Wilhelm, geboren am dreizehnten Dezember achtzehnhundertneunundachtzig in Bochum. Winterstein, Ada, geborene Grünberg, geboren am sechsundzwanzigsten August achtzehnhundertsechsundneunzig in Essen.«

Er sah auf und wartete auf eine Bestätigung. Selma bejahte.

»Ihre Eltern wurden am sechsundzwanzigsten Januar vom Bochumer Nordbahnhof nach Dortmund gebracht. Vom Dortmunder Hauptbahnhof ging der Zug am nächsten Tag und kam am ersten Februar in Riga an.«

Fünf Tage Fahrt durch halb Europa. In einem Güterwaggon, dachte Selma. Bei Minusgraden, ohne dass die Leute sich rühren konnten.

»Wie viele?«, fragte sie.

»Tausenddrei aus den Regierungsbezirken Arnsberg und Münster«, antwortete Siebenmann.

»Und dann?«, fragte Max.

»Die Leute wurden im Rigaer Ghetto untergebracht.«

Über tausend Menschen, die hinzukamen. In den Ghettos im Osten hatten die Menschen dicht auf dicht gelebt. Sie hatte keine Zahlen, um zu rechnen, aber um Platz für die Neuankömmlinge musste es schlecht bestellt gewesen sein, wenige Quadratmeter, und das wiederum bedeutete Ungeziefer, Seuchen, Hunger, wahrscheinlich auch Wasserknappheit.

Siebenmann schien ihre Gedanken gelesen zu haben, denn er sagte: »Das Ghetto ist freigemacht worden, um die Juden aus dem Reich unterzubringen.«

»Freigemacht.« Max war wieder dabei, an den Wörtern herumzukauen, damit sie ihre entsetzliche Bedeutung freigaben.

»Die vorherigen Bewohner sind getötet worden, oder?«, fragte Selma leise, obwohl sie die Antwort wusste.

»So war es. Die SS hat die lettischen Juden innerhalb von zwei Tagen in einem Wald in der Umgebung erschossen. Mehr als siebenundzwanzigtausend Menschen.«

Selma überschlug die Zahl im Kopf und kam zu dem Schluss, dass diese Menschen eine Schlange von mehr als dreizehn Kilometern gebildet haben mussten.

»Um Platz zu machen für die Reichsjuden«, fuhr Siebenmann fort. »Jemand hat erzählt, dass das Geschirr der Toten noch auf dem Tisch stand, als die Neuankömmlinge in die Häuser kamen; und die Öfen waren noch warm.«

Sie schwiegen. Selma sah einen winterlichen Wald vor sich, kahle Stämme, schneebedeckten Boden. Und Gruben, riesige Gruben auf den Lichtungen. Fünfzig Zentimeter Breite pro Person, Länge je nachdem, und wenn man stapelte, vielleicht vierzig Zentimeter Tiefe für jeden. An dem Punkt streikte Selmas Verstand und weigerte sich auszurechnen, wie groß die Gruben für die mehr als siebenundzwanzigtausend Menschen gewesen sein mussten.

In den englischen Zeitungen waren nach dem Krieg die Berichte über die Lager und Massenerschießungen im Osten erschienen.

»Was ist aus unseren Eltern geworden?«, fragte sie.

»Dass sie bei dem Transport nach Riga dabei waren, ist gewiss. Sie standen auf der Liste. Und die Gestapo hat dafür gesorgt, dass sie tatsächlich fuhren.«

Siebenmann hielt inne. Er ließ keine trügerische Hoffnung zu.

»Wenn es ihnen gelungen wäre, sich zu verstecken, um sich der Deportation zu entziehen, wäre es mir zu Ohren gekommen.«

Selma schaute zu Max, Max sah starr geradeaus. Sie wandte sich dem Vorsitzenden der jüdischen Gemeinde zu.

»Sie wurden am siebenundzwanzigsten Januar von Dortmund aus deportiert, sagen Sie?«, fragte sie.

Siebenmann bejahte stumm.

»Ich habe einen Brief von ihnen bekommen, datiert vom zehnten Januar. Das ist das Letzte, was wir von ihnen gehört haben.«

Selma holte das Papier aus ihrer Tasche. Die letzten Briefe waren keine richtigen Briefe mehr gewesen, sondern nur noch Nachrichten von maximal fünfundzwanzig Wörtern, die sie über das Rote Kreuz verschicken konnten. Sie öffnete den kleinen Bogen vorsichtig, an den Faltstellen war das Papier sehr dünn geworden.

Sie las vor.

»*Geliebtes Kind! Letzte Nachricht vom September. Inhalt sehr erfreulich. Weiter Glück. Hoffen Dich gesund und zufrieden. Wir sind es auch. – Sorge Dich nicht. Küsse, Vati und Mutti.*«

Sie schaute auf, Siebenmann betrachtete sie, schweigend und mit verhaltenem Mitgefühl. »Sie wussten zu dem Zeitpunkt schon, dass sie deportiert werden würden«, sagte Selma.

»Ja«, sagte Siebenmann. »Wir haben die Listen schon im Dezember erstellt, und Ihre Eltern haben Anfang Januar Bescheid bekommen.«

Sie sah ihre Eltern vor sich, mit gepackten Koffern und voller Angst, wie sie an ihre Tochter in England schrieben: »Hoffen Dich gesund. Sorge Dich nicht.«

Sie grub die Zähne in die Lippen. Das Weinen hatte sie sich abgewöhnt, seit sie in diesen Zug eingestiegen war.

»Sorge Dich nicht.«

Max erwachte aus seiner Starre und wandte sich an Siebenmann: »Sie sagten: Wir haben Listen erstellt? Was soll das heißen?«

Sein Ton war scharf. Siebenmann sah ihn mit einem offenen Blick an.

»Die jüdischen Gemeinden wurden aufgefordert, Listen für die Transporte zusammenzustellen. Umsiedlung in den Osten.«

»Und das haben Sie getan?«, sagte Max.

»Ja«, sagte Siebenmann.

»Sie haben Ihre eigenen Leute auf die Listen der Nazis gesetzt?«

»Was blieb uns anderes übrig?«

»Warum haben Sie sich nicht gewehrt?«

»Wir hätten keine Chance gehabt«, sagte Siebenmann.

Selma schaute ihren Bruder an.

»Max, hör auf. Die Nazis haben das Ganze geplant. Und Heerscharen von deutschen Helfern haben sie unterstützt. Leute, die sich extra dazu gemeldet haben. Herr Siebenmann kann am wenigstens etwas dafür.«

»Wie Schafe zur Schlachtbank geführt«, sagte Max. »Und die Schafe sind dorthin getrottet.«

»Ich bin mit dem letzten Transport gefahren«, sagte Siebenmann. »Nachdem meine erste Frau gestorben ist.«

»Sie sind offensichtlich zurückgekommen und haben überlebt. Unsere Eltern nicht.«

Siebenmann sagte müde: »Und Sie, haben Sie nicht auch überlebt?«

»Ja«, sagte Max düster. Weil ihre Eltern sie mit einem der Kindertransporte nach England geschickt hatten. Anschließend saßen die Eltern in Deutschland in der Falle, konnten das Land nicht mehr verlassen.

»Wollen wir uns jetzt gegenseitig unser Überleben vorwerfen?«, fragte Siebenmann.

»Wie die Schafe«, murmelte Max.

»Unsere Eltern?«, sagte Selma in fragendem Ton. Sie sah wieder kahle Äste, Gruben in einem Winterwald.

»Was mit ihnen im Ghetto und danach geschehen ist, weiß ich nicht«, sagte Siebenmann. »Aber das lässt sich unter Umständen herausfinden.« Er schaute sie an, aus wässrigen, rot geränderten Augen. Wie oft er hier wohl saß und solche Gespräche führte? Mit Leuten wie ihnen, die auf der Suche nach ihren Angehörigen waren.

»Sie sind wahrscheinlich tot«, sagte sie leise. »Würden sie noch leben, hätten sie sich längst gemeldet.«

Siebenmann widersprach nicht. Selma wusste, was er dachte. Ihre Eltern waren nicht mehr die Jüngsten gewesen, die Mutter war zudem krank.

»Offizielle Stellen helfen uns nicht weiter«, sagte Siebenmann sachlich. »Die Listen aus den Ghettos, die Dokumentationen über die Transporte vom Ghetto ins Lager sind für uns nicht greifbar. Die SS hat sie zumeist vernichtet, bevor sie abrückte, außerdem kommen wir an die Archive im Osten im Moment nicht heran.«

Die Geschwister nickten. Was immer dieser müde alte Mann herausfinden würde, es würde etwas Fürchterliches sein. Aber sie hätten Gewissheit. Im besten Fall.

»Ich werde Erkundigungen einziehen, Leute fragen, die ebenfalls in Riga waren. Sobald ich etwas weiß, melde ich mich bei Ihnen.«

Er ließ sich von ihnen erklären, wo sie untergebracht waren, und versicherte noch einmal, dass er von sich hören lassen würde.

Er begleitete sie hinaus und sah ihnen nach, während sie durch das Treppenhaus hinabstiegen.

24

Schon im Eingang konnte sie den Dunst von Druckerschwärze und Blei riechen, der von der Druckerei im Keller das Treppenhaus hochzog. Edith mochte den Geruch. Weil ich die Arbeit mag, dachte sie manchmal. Weil das hier ein Platz ist, an dem ich eine Weile bleiben möchte.

Sie hastete die Stufen hoch. In der Tür des Redaktionsraums stand Gericke, der Wirtschaftsredakteur, und begrüßte sie mit breitem Grinsen: »Ah, das verlorene Schaf kehrt zur Herde zurück!« Sein Grinsen wurde hämisch. »Sachs erwartet Sie schon.«

Er wich zur Seite, als sie entschlossen mit raschem Schritt auf ihn zutrat. Sie ließ Gericke und den Redaktionsraum links liegen und steuerte auf Sachs' Büro zu.

Durch die Glasscheibe in der Tür sah sie, dass der Chefredakteur schnell und energisch in die Sprechmuschel seines Telefons sprach. Als er mit einem verschmitzten Lächeln aufgelegt hatte, klopfte sie und betrat sein Büro.

Bei ihrem Anblick war die gute Laune des Chefredakteurs vorüber.

»Sie sind spät«, sagte Sachs.

»Ja. Es ist etwas sehr Ärgerliches passiert.«

Sachs zog überrascht eine Augenbraue hoch.

»Mir ist die Kamera gestohlen worden, damit auch der zweite Film. Die meisten Aufnahmen sind allerdings auf dem ersten hier.«

Sie legte die Filmrolle auf Sachs' Schreibtisch. Sachs übersah sie.

»Wie ist das passiert?«

Sie berichtete, Sachs sparte sich einen Kommentar. Es war klar, was er dachte: Sie war unglaublich dämlich gewesen.

»Was haben Sie eigentlich fotografiert, als Ihnen die Kamera gestohlen wurde?«

Edith schwieg. Dann sagte sie: »Eine weiße Katze vor einer rauchgeschwärzten Mauer. Ein guter Kontrast.« Dass die Katze auf den ersten Blick ausgesehen hatte wie ein bleiches Gespenst oder wie ein Schlupfloch in der dunklen Wand, durch das Entkommen oder Hoffnung möglich waren, verschwieg sie wohlweislich.

»Nicht das, was wir in der Zeitung drucken. Trotz des guten Kontrasts«, sagte Sachs trocken.

»Es ist meine Kamera.« Gewesen, setzte sie in Gedanken hinzu.

Sachs überhörte ihre Bemerkung. Die Fotografen benutzten alle ihre eigenen Apparate auf eigenes Risiko. Es war Sachs schon hoch anzurechnen, dass er den Film besorgt hatte.

»Haben Sie den Diebstahl angezeigt?«

»Ja, im nächsten Polizeirevier.«

Sie hatte dort lange gewartet, bis schließlich jemand ihre Anzeige aufgenommen hatte.

Wenn sie Glück hätte, würde die Kamera bei einem Hehler oder auf dem Schwarzmarkt wieder auftauchen, hatte der Beamte gesagt. Wenn sie sehr viel Glück hätte, hatte er hinzugefügt.

»Da wäre noch etwas.«

»Ist Ihnen noch etwas gestohlen worden?« Sachs klang bissig. Er mochte keine mangelnde Professionalität.

»Nein.« Edith blieb kühl. »Es gab ein Unglück. Ein Passant ist an der Drehscheibe unter die Straßenbahn geraten. Die Polizei geht von Fremdverschulden aus.«

Sachs blickte auf.

»Gut, dann schreiben Sie die Meldung. Ein Foto gibt es nicht, nehme ich an?«

Sachs war immer noch bissig.

»Nein.«

Edith ärgerte sich über ihre Nachlässigkeit

Die Fotos, die sie von der Straßenbahn und den Umstehenden gemacht hatte, waren auf dem Film in der Kamera.

»Schade«, sagte Sachs und wandte sich wieder seinem Schreibtisch zu.

◆◆◆

Zwei Stunden später kam sie nach Hause, in der Wohnung herrschte Hochbetrieb. Ein junger Mann, der auf Fritzi wartete, saß im Wohnungsflur auf einem Stuhl, Fritzi selbst hängte im Bad ihre Wäsche auf, Herr und Frau Koppitz hatten die Küche in Beschlag genommen. Mit einigem Gewese leerten sie eine Konservendose und brieten den Inhalt auf dem Herd an. Es roch nicht schlecht, dachte Edith.

Sie holte Brot und Rübenkraut aus ihrem Schrank und machte sich ein Brot. Die beiden Koppitz schaufelten sich jeweils eine Fleischportion auf den Teller, dazu gab es Brot und ein paar Gewürzgurken. Edith bemühte sich, nicht allzu auffällig auf ihre Teller zu schielen. Auch ihre Mitbewohner vermieden den Blick auf Ediths weitaus spärliche Mahlzeit. Bevor er den ersten Bissen zum Mund führte, bot Herr Koppitz ihr etwas halbherzig von seinem Teller an. Edith lehnte ab und verfluchte einen Augenblick später ihre gute Erziehung, als sie wieder den Geschmack von Margarine und Rübenkraut im Mund verspürte. Schließlich entschuldigte sie sich mit Kopfschmerzen und stand auf. Beim Hinausgehen beäugte sie die Konservendose im Mülleimer, Corned Beef stand darauf. Die Koppitz hatten offenbar eines der heißbegehrten Care-Pakete bekommen.

Mit ihrem Teller verzog sie sich in ihr Bett, vertilgte ihr Brot und dachte an den vergangenen Tag.

Sie sah wieder das entsetzte Gesicht des Straßenbahnfahrers vor sich. Ihr eigenes Entsetzen war verschwunden. Weil sie es aufs Bild gebannt hatte? Wohl kaum, so magisch war Fotografie nicht. Das Fotografieren hatte sie abgelenkt, abgelenkt von ihrem Entsetzen und abgelenkt von ihrem eigenen Bilderkabinett. Außerdem hatte es das Entsetzen an sich, schwächer zu werden. Der Schreck und der Schock kamen jedes Mal, aber sie blieben nicht lange. Wie auch? Es galt zu überleben, sich im Treck vor den Tieffliegern und dem brüchigen Eis in Sicherheit zu bringen, die nächste Mahlzeit zu besorgen, das Feuerholz, das Wasser am Hydranten. Oder sich eine Schiffspassage zu besorgen.

Vielleicht war es nicht schlecht, dass der Schock sich doch noch jedes Mal einstellte, schneidend und zuverlässig. Auch wenn er dann wieder rasch verschwand. Wie dem auch sein mochte – sie hatte überlebt, sie war noch einmal davongekommen: mit dem Zug weg aus Allenstein, weiter mit dem Treck, weil im Westen schon die Rote Armee bis zur Ostsee durchgebrochen war, über das Frische Haff zum Hafen nach Pillau. Und von dort aus weg über die Ostsee.

Dann dachte sie an den Diebstahl. Sie hatte sich die Kamera wegreißen lassen wie ein blutiger Anfänger. Der Dieb hatte einfach die Gelegenheit genutzt. Im Grunde war das nichts Besonderes. Sie hätte schlicht besser aufpassen müssen. Aber Selbstvorwürfe im Nachgang hatten keinen Sinn.

◆◆◆

Als die Junidämmerung einsetzte, beschloss Edith, auszugehen. Es war keine schlechte Idee, zu erkunden, was es mit dem neuen Geld auf sich hatte, und zu überprüfen, ob es sich umsetzen ließ, sagte sie sich, die Probe aufs Exempel machen sozusagen. Hintergrundrecherche, dachte sie amüsiert und schlüpfte in ein Sommerkleid.

Sie machte sich zurecht, zog sich vor dem Spiegel die Lippen nach und brach auf.

Die Bar bei dem provisorischen Theater im Stadtpark war halb voll, als sie eintraf.

Edith nahm die Gäste in den Blick. Zuschauer, dachte sie, bislang nur Zuschauer. Sie strömten nach der Vorstellung hinein, ließen sich auf den

Hockern an einem der vielen runden Tische oder an der blank polierten Zinkbar nieder. Die Schauspieler kamen später, sie besetzten zwei der hinteren Tische, die der Wirt ihnen immer freihielt. Die Leute aus dem Publikum genossen es, auf Tuchfühlung mit denjenigen zu sein, die sie vor einer oder zwei Stunden auf der Bühne gesehen hatten und bei denen manchmal ein geschwärzter Augenrand, ein Puderrest am Hals oder eine ölige Strähne noch von dem Auftritt zeugten. Die Schauspieler hingegen ließen sich ein bisschen bewundern, zum einen oder anderen Glas einladen und saßen ganz am Ende des Abends, wenn die meisten Zuschauer gegangen waren, eine Weile in ihrer Ecke.

Edith orderte ein Glas Weißwein und schob einen der Markscheine, die sie am frühen Morgen abgeholt hatte, über den Tresen. Der Wein schimmerte, das Glas war von der Kühle beschlagen.

Mein persönlicher Einstieg in die Währungsreform, dachte sie und prostete sich zu. Der Wein war gut. Der vergangene Tag rückte in angenehme Ferne.

Sie betrachtete die Umstehenden. Ein hagerer Herr in einem etwas fadenscheinigen Dreiteiler, der zwei Frauen und einem weiteren Herrn seine Ansichten zum Stück des Abends kundtat. Sein rechter Arm beschrieb vor der Brust einen Viertelkreis und verharrte eine kleine Weile in der Luft. Er gab ein gutes Motiv für ein Foto ab, wie er da stand, die Hand ausgestreckt, die Handfläche nach oben gedreht, ein Bild der Selbstgewissheit. Sie hörte ihn sagen: »Tyrannenmord. Von einer Frau, die ihr Heiligstes gegeben hat, vollzogen. Was für ein Stück!«

Er sprach ziemlich laut. Wenn man den abgetragenen Anzug hinzunahm, konnte man auf Lehrer tippen, dachte Edith.

Eine der beiden Frauen nickte zustimmend, die andere murmelte: »Nach dem« – sie suchte ein Wort und sagte schließlich – »Beischlaf den Kopf abschlagen, ich weiß nicht so recht.« Unsicher fügte sie hinzu: »Das bekommen auch nur Juden hin.«

Der Hagere bedachte sie mit einem strafenden Blick. »Darum geht es nicht, Gerda.«

Darum ging es vermutlich wirklich nicht, überlegte Edith. Hebbels »Judith« gehörte gewiss nicht zu den Stücken, mit denen sich die angebliche Perfidie der Juden vorführen ließ. Im Programmheft hieß es, dass man es als eine Ehrenpflicht betrachte, das Stück auf die Bühne zu bringen, das anno 1938, »in den Jahren der Verfolgung«, verboten worden sei. Die Gründe für das Verbot lagen auf der Hand: Der assyrische Feldherr Holofernes war ein übler Tyrann, in dem sich der eine oder andere hätte wiedererkennen können, und die Titelfigur war eine mutige Jüdin, die ihr Volk von ihm befreite.

Der andere Mann, ein gedrungener Glatzkopf, schaltete sich ein.

»Ich teile deine Begeisterung nicht«, sagte er zu dem Hageren. »Den Kopf abschlagen! Die Frauenfigur ist unglaubwürdig. Frauen sind so nicht, sie handeln nicht auf diese Weise.« Auch ein Studienrat, dachte Edith, vielleicht ein Oberstudienrat.

Der Erste schien seinen Einwand schlicht zu überhören. Er sagte: »Die Fein war wie immer großartig. Was für eine Leistung! Ihre Judith erhebt sich über sich selbst, über ihre Schwäche, ihr Frausein, und jeder Zentimeter ist Mut und Kampfgeist.«

Der andere schüttelte den Kopf. »Frauen taugen nicht zum Übermenschen. Ich meine, wo bleibt das Weib in ihr? Das Fühlende, das Liebende, das sich Hingebende?«

Wo das Weib in Judith abgeblieben war, hörte Edith nicht mehr, denn Irene Dodel trat durch die Tür, die Darstellerin von Judiths Zofe. Sie war die Erste des Ensembles, die sich hier sehen ließ. Die junge Frau machte ein paar Schritte auf die Bar zu. Ihr leichter Sommerschal glitt ihr von den Schultern, schwebte in Richtung Boden und wurde von einem eifrigen Verehrer abgefangen. Er überreichte ihn ihr mit einer Verbeugung.

Wenn Irene Dodel da war, musste Tristan auch bald kommen. Er spielte den glücklosen Verehrer der mutigen Judith.

Edith spürte, dass sie sich nach ihm sehnte, nach seinem Lachen, seiner Leichtigkeit, seiner Wärme. Sie ertappte sich dabei, dass sie immer wieder zur Tür spähte.

Nach einer Viertelstunde scharte sich nahezu das gesamte Ensemble um die beiden Tische, nur von Tristan war keine Spur zu sehen. Er hatte noch etwas vor, erklärte ihr Irene auf ihre Frage hin. Edith forschte nicht weiter nach. Sie fragten einander nicht, sie zürnten einander nicht. Wenn Tristan da war, war es gut, wenn nicht, war das kein Grund für ein Drama. Für Dramen abseits der Bühne waren es nicht die Zeit und nicht der Ort. Dramen taten nur weh.

Sie trank ihren Wein mit Tristans Kolleginnen und Kollegen, scherzte und bemerkte dankbar, dass ihr der Alkohol Nackenmuskeln und Stimmung lockerte, trank ein zweites Glas. Bald machte ihr der Darsteller des Holofernes Avancen, die sie höflich zurückwies. Spät in der Nacht trat sie leicht beschwipst mit zwei der Schauspielerinnen den Heimweg an.

Der Tag X war für sie vorbei.

Montag, 21. Juni 1948

25

Am Hauptbahnhof war an diesem Morgen weit weniger Betrieb als sonst, stellte Edith fest. Die Straßenbahnen auf dem Vorplatz waren allenfalls zur Hälfte besetzt. In den vergangenen Wochen hatten die Leute dicht an dicht, wie Sardinen in einer Büchse, gestanden. Selbst außen an den Türen hatten gewöhnlich noch Passagiere gehangen, halsbrecherisch auf die Trittbretter geklemmt.

Auch in der provisorisch hergerichteten Bahnhofshalle herrschte Leere. Die Beamten hinter den Fahrkartenschaltern schauten gelangweilt auf die wenigen Passagiere, die zu den Bahnsteigen eilten.

Am Eingang bot die Blumenfrau wie immer ihre Ware feil. »Heute frisch geschnitten« verkündete ein Schild, das an einem Blumeneimer lehnte. Ein Strauß weißer oder zartrosafarbener Rosen konnte mit einer Deutschen Mark erstanden werden, die bunten Sommersträuße kosteten die Hälfte. Doch niemand war an dem Stand zu sehen.

Edith fragte nach dem Gang der Geschäfte. Die Blumenhändlerin winkte ab.

»Heute Morgen mau«, sagte sie. »Gestern ham se mir noch fast die Eimer umgerannt, heute will keiner mehr wat kaufen.«

Ihr Blick heftete sich hoffnungsvoll an einen jungen Mann, der mit langen Schritten die Halle durchquerte. Kurz vor dem Blumenstand drehte er jedoch ab und nahm Kurs auf die Bahnhofstoiletten.

Die Blumenhändlerin hob resigniert die Schultern.

»Na ja, hat keiner wat inne Tasche. Brauch' ich auch hier nicht rumbrüllen und meine Blumen anpreisen wie sauer Bier.«

Mit der Einschätzung lag sie wohl richtig, dachte Edith. Die Leute verwendeten ihr Kopfgeld für das Nötigste.

Sie machte sich ein paar Notizen für ihren Artikel. Vielleicht konnte sie mit der Blumenfrau und ihrer verderblichen Ware beginnen, die gestern noch Hochkonjunktur hatte und die heute niemand mehr wollte.

Edith entschied, dass Blumen ohne jede Frage zum Nötigsten gehörten, und kaufte der Frau einen Strauß Rosen ab. Sie dufteten, wie sie aussahen: leicht süß und nach Frühsommer.

In der Einkaufsstraße dagegen hingen die Menschen in dichten Trauben vor den wenigen Schaufenstern. Dort hatte sich über Nacht ein wahres Wunder ereignet.

Edith schob sich durch einen Pulk von Schaufensterguckern vor einem Haushaltswarengeschäft.

Wo am Samstag noch Kargheit und Leere regiert hatten, stapelten sich nun Töpfe und Pfannen. Sie inspizierte die Preise. Für einen Suppentopf galt es 17 DM hinzulegen, eine elektrische Doppelkochplatte schlug mit 80 DM zu Buche.

Hier wurde ebenfalls erklärt, dass es sich um frische Ware handelte. »Alles heute früh neu eingetroffen« hieß es auf einem Schild, das auf einem großen Einmachtopf thronte.

Wer's glaubt, wird selig, dachte Edith. Sie notierte die Preise und auch den Wortlaut der Ankündigung. »Wer's glaubt, wird selig«, würde sie nicht schreiben können, doch sie würde von ihrem großen Staunen angesichts des Schildes sprechen, und ihre Leser würden nicht staunen, sondern verstehen, dass sie auf die Warenhortungen anspielte, die seit Wochen beklagt wurden.

Vor dem Tabakladen staute sich gleichfalls die Menge.

»Dat kann doch nich wahr sein«, hörte sie jemanden sagen. »Wo ham die denn plötzlich die ganzen Pfeifen her?« Frisch angelieferte Ware, erklärte ein Schild.

Der Zeitungskiosk war regelrecht umlagert. Zeitungen gingen weg wie geschnitten Brot. Und wer nicht kaufte, der las schwarz. Männer in gebückter Haltung, häufig die Lesebrille auf der Nasenspitze balancierend, studierten die Ansichtsexemplare im Zeitungsständer. Edith reckte ebenfalls den Hals und begutachtete die Titelseiten der lokalen Blätter. Sie entdeckte das *Bochumer Morgenblatt*. Auf der Titelseite prangte eines ihrer Bilder. Was noch besser war: Sie hatten tatsächlich das Bild ausgewählt, das ihr selbst das liebste war: das Bild mit den beiden Jungen, die an der Schlange vorbeiliefen.

Ein leises Glücksgefühl stieg in ihr auf.

Miederwaren Garthner hatte geöffnet und zog zahlreiche Passantinnen an. Edith schob sich vor, ignorierte Rippenstöße und ein gezischeltes »He, nicht vordrängeln«, bis sie schließlich vor dem Schaufenster stand. Auf den Podesten, die am Samstag noch von Tüchern umhüllt gewesen waren, lagen nun zarte Wäschestücke: Züchtige Nachthemden auf dem einen, ein Stapel Hemden auf dem anderen. Auch die Schaufensterpuppen hatten ihre Stoffhülle verloren und präsentierten sich ungeniert im Fenster. Beide trugen sie teuer aussehende Morgenröcke. Als Edith sich vorbeugte, um den Preis auszumachen, bekam sie wieder einen Stoß. Auf ihre Beschwerde hin hörte sie: »Hier darf jeder mal gucken.«

Sie konstatierte, dass die Dame von Welt für einen Morgenrock ein anderthalbfaches Kopfgeld hinlegen musste. Ein Hemd war günstiger und für acht DM zu haben. Sie trat den Rückzug an, machte eine Notiz und durchblätterte ihren Block. Es reichte, sie hatte genug Material für ihren Bericht.

◆◆◆

In der Redaktion verschaffte ihr Gericke ein Déjà-vu-Erlebnis. Wieder lehnte der Wirtschaftsredakteur im Türrahmen, wieder erklärte er mit hämischem Grinsen: »Sachs erwartet Sie schon.«

Edith bedankte sich kühl und schob sich an ihm vorbei ins Redaktionszimmer. Es war das dritte Mal innerhalb kurzer Zeit, dass der Chefredakteur sie zu sich bestellte. Sie legte ihren Mantel ab, ließ Wasser in ein Einmachglas laufen und versorgte ihre Rosen. Letzteres trug ihr eine weitere Bemerkung von Gericke ein. Lautstark verkündete er, dass da sicher ein Verehrer sein Kopfgeld gut angelegt habe.

Nein, korrigierte Edith ihn in Gedanken, sie selbst hatte ihr Kopfgeld gut angelegt. Der Verehrer war gestern Abend ausgeblieben, also hatte sie selbst für sich gesorgt.

Steubert, der Sportredakteur, lachte kurz und pflichtschuldig über Gerickes schalen Witz. Am liebsten hätte Edith Gericke eine Ohrfeige versetzt, doch sie gab vor, seine Bemerkung nicht zu hören, und betrat Sachs' Büro.

Der Chefredakteur hatte in der Tat Neuigkeiten.

»Die Polizei war hier«, teilte er ihr nach kurzer Begrüßung mit. »Zwei Kripobeamte.«

Die Frage, ob die Kamera wiedergefunden worden sei, lag ihr auf der Zunge, aber sie schluckte sie rasch hinunter. Sie legte keinerlei Wert darauf, vor Sachs das hoffnungsfreudige Sterntalermädchen zu geben, das wider alle Vernunft auf goldene Sterne in seinem Schürzchen wartete.

Sachs' nächste Bemerkung machte ihr klar, dass die Hoffnung in der Tat trügerisch war. Die Beamten waren keineswegs gekommen, um die gestohlene Kamera zurückzubringen.

»Sie haben Abzüge Ihrer Fotos mitgenommen.«

Sie ließ sich ihre Überraschung nicht anmerken, sondern fragte: »Haben sie gesagt, warum?«

Sachs sah sie durch seine dicken Brillengläser spöttisch an.

»Die Herren von der Kriminalpolizei haben es vorgezogen, mich nicht in ihre Pläne einzuweihen.« Sachs hielt nichts von Beamten: »Treue Staatsdiener, die jedem Regime blind und loyal dienen«, hatte er einmal Gericke in einer Diskussion erklärt.

Ihr gegenüber ließ er sich nicht weiter über den Besuch der Polizisten aus und wechselte das Thema.

»Was machen Ihre Eindrücke vom Tag danach?«

»Der Artikel dürfte in einer Stunde fertig sein.«

»Wir brauchen einen Zweispalter. Danach gehen Sie zur Polizei.«

Sie erschrak. Sie hatte nichts dagegen, die Beamten um Informationen zu bitten, das war Teil ihrer Arbeit. Als sie jedoch das letzte Mal als Zeugin im Präsidium gewesen war, wäre sie fast in einer Zelle gelandet. Der Schrecken musste sich in ihrem Gesicht abgezeichnet haben, denn Sachs betrachtete sie neugierig.

Edith sah zu, dass sie möglichst gelassen klang, und fragte: »Haben die Beamten gesagt, was sie von mir wollen?«

»Auch was das anlangt, haben die Herren von der Kriminalpolizei mich nicht eingeweiht«, sagte der Chefredakteur.

26

»Am helllichten Tag! Auf offener Straße!«

Der Zeuge rückte mit einer energischen Bewegung die runde Brille auf seiner knolligen Nase zurecht und starrte Oberinspektor Dietrichs empört an. Der Mann war einer von denen, die sich auf den Zeitungsartikel von Edith Marheinecke im Präsidium hin gemeldet hatten.

Gert Lohse hieß er. Die meisten dieser Zeugen hatten nicht viel zu berichten. Sie alle hatten gehört, wie die Bahn mit kreischenden Bremsen angehalten hatte, viele hatten den schwer verletzten Garthner auf der Straße liegen sehen, einige hatten auch beobachtet, wie er auf die Schienen fiel und von der Bahn erfasst wurde, niemand jedoch hatte sagen können, wer Konrad Garthner im Gedränge gestoßen hatte.

»Unglaublich. Früher hätte es das nicht gegeben.«

Das war ein Satz, bei dem Kleinert für gewöhnlich fuchtig wurde und anfing, mit den Leuten über dieses Früher zu streiten.

»Was möchten Sie melden?«, fragte Dietrichs schnell, bevor Kleinert wieder loslegen und erklären konnte, was an dem Früher alles schlecht gewesen war.

»Einen Kerl, unverfroren wie sonst was. Ich finde, Sie sollen auf jeden Fall davon erfahren.«

Dietrichs lehnte sich zurück, und Kleinert fragte: »Was hat er denn getan?«

»Er wollte mich beklauen. Kurz bevor die Straßenbahn kam. Ich hatte das Portemonnaie schon in der Manteltasche, weil da meine Wochenkarte drin steckte. Ich wollte sie schnell parat haben, verstehen Sie?«

Der Zeuge machte eine Pause und schien tatsächlich darauf zu warten, dass sie ihm verständnisvoll zustimmten.

»Und?«, sagte Dietrichs ungeduldig.

Lohse fuhr eifrig fort. »Ich hab' nach der Bahn geguckt, da merke ich, dass mir jemand im Gedränge auf die Pelle rückt. Richtig dicht. Dichter als nötig. Ich hab sofort gewusst, was los war, und habe meine Hand schnell auf die Manteltasche gelegt. Und da war dann noch eine.«

»Noch eine was?«, fragte Kleinert.

»Noch eine Hand«, sagte der Zeuge. »Aber wie gesagt: nicht mit mir. Ich hab mich umgedreht, und da habe ich ihn gesehen, den Kerl. Dünn, heller Trenchcoat.«

»Geht's ein bisschen genauer?«, knurrte Dietrichs.

Der Zeuge blickte ihn irritiert an. Dann runzelte er die Stirn und gab sich Mühe.

»Schmales Gesicht. Mitte dreißig ungefähr. Mehr habe ich nicht gesehen, dann fing nämlich der Tumult mit der Straßenbahn an. Ich hab' in Richtung Bahn geguckt, als ich die Bremsen hörte. Danach war der Kerl verschwunden.«

Wenn der Zeuge die Wahrheit sagte, war er zu dem Zeitpunkt, als Konrad Garthner unter die Bahn gestoßen worden war, mit dem Taschendieb und dessen Hand in seiner Tasche beschäftigt. Trotzdem fragte Dietrichs: »Haben Sie gesehen, wie der Mann unter die Straßenbahn gekommen ist?«

Der Zeuge schüttelte bedauernd den Kopf.

»Tut mir leid. Die Stelle, an der er gefallen ist, war ein gutes Stück weit weg.« Er überlegte, sichtlich von dem Gedanken getrieben, ihnen zu erklären, warum er ihnen nicht mehr nützen konnte. »Acht Meter vielleicht«, sagte er schließlich.

Als Kleinert ihn bat, ihnen genau zu beschreiben, wo er gestanden hatte, tat er das mit Eifer. Am Ende skizzierte Kleinert die Haltestelle, die Entfernungsangaben stimmten.

»Danke«, sagte Dietrichs schließlich. »Sie haben uns geholfen. Ich muss Sie jedoch bitten, sich noch für einen Augenblick zur Verfügung zu halten.«

Das Lob kassierte Lohse mit einem zufriedenen Lächeln, Dietrichs' Bitte quittierte er mit einem großzügigen Nicken.

◆◆◆

»Stellen Sie sich mal dahin. Und den Hut aufsetzen.«

Theo Lange tat, was der Kripomann sagte. Es war der mit den drahtigen Haaren, der ihn irgendwie an einen Foxterrier erinnerte.

Der Polizist wies auf eine Lücke zwischen den Männern. Sie sahen alle ein bisschen aus wie er, zumindest trugen sie alle einen hellen Trenchcoat und einen Hut. Und sie waren mittelgroß und schlank, wie er.

Die Prozedur kannte er. Er fragte sich, wen sie diesmal hinter dem Spiegel postiert hatten. Einer von denen, denen er Geld abgenommen hatte, nahm er an, und der ihn beschreiben konnte. Er ging seine Opfer vom Sonntagmorgen durch. Drei hatte er an diesem Sonntagmorgen bestohlen, eines davon fiel weg, da verstorben. Also zwei.

Wahrscheinlich war es die Frau mit dem Puderdöschen. Heinz hatte sie am frühen Morgen angerempelt, während sie sich die Nase puderte, und er hatte ihr aufgeholfen und das Portemonnaie aus der noch offenen Handtasche geangelt.

»Laufen Sie mal ein Stück.«

Lange ergab sich in sein Schicksal.

Wie ein Mannequin auf einem Laufsteg trottete er vor ihm her, lüpfte den Hut, machte ein paar Schritte nach vorn, setzte den Hut wieder auf, drehte sich zur Seite und machte dabei klägliche Versuche, nicht auszusehen wie er selbst: Er blickte finsterer und ging schleppender, als er es normalerweise tat.

Als er seinen rechten Mundwinkel herunterdrückte, damit er aussah, als hätte er einen Schlaganfall hinter sich, fing er sich einen scharfen Verweis des Polizisten ein.

»Hören Sie auf mit den Mätzchen, wir sind hier nicht bei der Schauspielschule.«

Er hob den Mundwinkel, genesen vom Schlaganfall.

Dann setzten sie ihn wieder auf den Flur, mit den üblichen Schikanen: mit Handschellen, die ihn an die Seitenlehne der Bank fesselten, und einem Schupo, der ihn bewachte.

◆◆◆

»Mitkommen.«

Diesmal war es der kugelköpfige Polizist. Er baute sich vor Lange auf, der uniformierte Schupo neben ihm machte ihn los und führte ihn in eines der karg eingerichteten Zimmer, in denen sie die Leute befragten.

Der Kugelköpfige baute sich hinter einem Tisch auf.

»Der Zeuge hat Sie eindeutig identifiziert.«

Na großartig, dachte Lange. Er hatte sich vermutlich zu lange mit Madame Puderdöschen aufgehalten und leider einen bleibenden Eindruck hinterlassen. Als Nächstes sagte der Kripomann etwas, mit dem Lange nicht gerechnet hatte.

»Sie können gehen.«

Lange senkte den Kopf, damit der Polizist nichts von seiner Überraschung mitbekam. Dann drehte er sich um, um den Raum zügig zu verlassen. Es war besser, sich davonzumachen, bevor sie es sich anders überlegten.

»Eine Sache noch.«

Lange wandte sich wieder dem Polizisten zu. Kamen Sie jetzt auf den letzten Drücker mit der nächsten dämlichen Anschuldigung?

»Ja bitte?«, sagte er höflich.

»Warum haben Sie dem Verletzten geholfen?«, fragte der Kripomann.

Weil er keine andere Wahl gehabt hatte. Nachdem der Mann, dem die Geldbörse so verführerisch und gerade noch in seiner Reichweite aus der Manteltasche geschaut hatte, ihn fast erwischt hätte, wollte er sich aus dem Staub machen. Oder zumindest die Beute von dem Diebstahl davor an Heinz übergeben. Doch da war leider der Polizist mit den eng beieinanderstehenden Augen, Stratmann hieß er, aufgetaucht. Dieser Stratmann hatte ihn entdeckt und fixierte ihn. Lange hatte kapiert, dass er keine Chance hatte, ihm zu entwischen. Die Brieftasche, die er dem Toten aus der Tasche gezogen hatte, brannte in seinem Mantel wie Feuer. Von Heinz, bei dem er sie hätte loswerden können, keine Spur. Also hatte er die Flucht nach vorn angetreten und etwas getan, was er noch nie getan hatte: Er hatte die Beute zurückgegeben. Während er den Verletzten untersuchte, hatte er die Brieftasche wieder an ihren Platz wandern lassen. Zum Glück, denn natürlich hatte ihn Stratmann sofort durchsucht. Aber er war sauber gewesen.

»Er war schwer verletzt«, sagte Lange. »Ich wollte ihm helfen. Ich war doch Sanitäter.«

27

Der Zweispalter kroch ruckelnd aus der Schreibmaschine, Stück für Stück herausgetrieben vom Stakkato der Tasten, die Edith rasch betätigte. Die Klingel schlug hell am Zeilenende an. Edith drückte den Umschalter, doch bevor sie mit der nächsten Zeile beginnen konnte und die Anschlagtasten mit ihrem Gehämmer fortfuhren, hörte sie eine Stimme.

»Guten Tag zusammen.«

Edith ließ die Blumenverkäuferin Blumenverkäuferin sein und hob den Blick. In der Tür stand Leo Mantler.

»Leo, altes Haus«, rief Gericke. »Mal wieder im Lande?«

»Wie man sieht«, antwortete Mantler. Edith stellte fest, dass Leo Mantler noch genauso dünn und schlaksig wie vor einem Jahr war, denselben jungenhaften Charme hatte und die Fältchen um die grünen Augen immer noch auf höchst ansehnliche Weise mitlächelten, wenn Leo Mantler lächelte. Das tat er gerade ausgiebig.

Sie stellte sich vor, ein Foto von ihm zu machen. Lächeln, Charme und das freundliche Schlenkern der Arme froren ein. Der gesamte Leo Mantler rückte für einen kurzen Augenblick in angenehme Distanz. Die angenehme Distanz löste sich allerding in Luft auf, als er sich in den Raum hineinbewegte.

Er machte die Runde um den großen Holztisch, den sich die Redakteure teilten. Er bekam von Gericke ein paar kernige Scherzworte und einen Schulterklopfer, ein Händelschütteln von Roggenkämper und einen freundschaftlichen Boxhieb auf den Oberarm von Steubert, dem Sportredakteur.

Edith war als Letzte an der Reihe. Sie vermutete, dass Leo Mantler es so eingerichtet hatte. Sie reichte ihm die Hand, die Leo unverbindlich schüttelte.

Anschließend sollte der Neuankömmling erzählen: von der Fahrt von Frankfurt her, von den Entwicklungen in der hessischen Metropole, die ja, wie Steubert zweimal sagte, die heimliche Hauptstadt der Bizone sei. Gericke fragte ihn nach Neuigkeiten vom Wirtschaftsrat. Roggenkämper wollte wissen, wie Mantler die Folgen der Währungsreform für die Einheit Deutschlands einschätze. Mantler antwortete schnell und lebhaft, erntete Zustimmung und Einwürfe, lachte kurz über Steuberts Witze, pflichtete nickend bei oder widersprach mit heftigem Kopfschütteln. Leo Mantler war in seinem Element, und die anderen schätzten und mochten ihn offensichtlich.

Schließlich verebbte das Gespräch, und Mantler lehnte sich an die Wand neben Ediths Schreibtisch.

»Wie geht es dir?«, fragte er halblaut.

»Ach«, tönte die laute Stimme von Gericke über den Tisch, »er ist mit unserer Lokalreporterin schon auf du und du. Das hat bislang noch keiner geschafft.«

»Wir kennen uns von früher«, sagte Mantler und drehte Gericke den Rücken zu.

»Entschuldigung«, murmelte er und errötete leicht. »Ich wollte dich nicht in Verlegenheit bringen.«

»Halb so wild.«

Edith sah auf die Uhr über der Tür. Die Zeit wurde allmählich knapp. Mantler verstand. »Der Text muss vor Redaktionsschluss fertig sein, oder?«

Edith bejahte.

»Wollen wir danach einen Kaffee trinken gehen?«, fragte er mit gesenkter Stimme.

»Um über die alten Zeiten zu plaudern?«, gab Edith mit leiser Ironie zurück.

»Nicht unbedingt«, antwortete er. »Obwohl ich nichts dagegen hätte.« Er lächelte schüchtern.

Ich, dachte Edith, ich habe etwas dagegen. Die alten Zeiten waren eine Sache für sich, und grundsätzlich schien es ihr eine gute Idee, sie vergangen sein zu lassen. Sie sagte: »Tut mir leid, ich habe noch einen Termin im Polizeipräsidium.«

»Diebstahl von neuem Geld?«, fragte er interessiert.

»Nein. Ein Tötungsdelikt.«

Bevor Leo Mantler weitere Fragen stellen konnte, wandte sie sich ihrer Maschine zu. Es war ratsam, in Mantlers Gegenwart mit Informationen sparsam umzugehen.

Er verabschiedete sich.

»Vielleicht bis später«, sagte er und zwängte sich durch den schmalen Raum zwischen Stühlen und Wand hinaus.

Nachdem er die Redaktion verlassen hatte, hob Edith die Schultern, schöpfte einmal tief Atem und stieß die Luft aus ihren Lungen.

Dann machte sie sich daran, weiter über Schaufenster und Preise zu berichten.

28

Sie war spät gekommen, aber immerhin war sie erschienen, so wie Dietrichs es vom Chefredakteur verlangt hatte. Sie hatte höflich um Entschuldigung gebeten und saß nun mit ihrer Baskenmütze auf dem Kopf vor seinem Schreibtisch auf der Stuhlkante, ganz Freundlichkeit, ganz Aufmerksamkeit.

»Die Aufnahmen stammen von Ihnen«, sagte Dietrichs.

Die Marheinecke bejahte.

Er forderte sie auf, die Fotos auf seinem Schreibtisch anzusehen. Es waren zwölf Abzüge. Bilder von der Warteschlange vor der Hauptpost. Die schemenhafte, ziemlich breite Gestalt vor dem Gebäude war wohl er selbst, dachte Dietrichs. In der Schalterhalle hatte sie eine ordentliche Anzahl von Aufnahmen gemacht. Die Menschenmenge vor den Schaltern, dazu viele einzelne Gesichter, auf denen sich Freude, Skepsis oder Gleichgültigkeit abzeichneten.

Konrad Garthner war auf einem Foto deutlich zu erkennen. Die Marheinecke hatte ihn in der Warteschlange aufgenommen. Dietrichs zeigte auf sein Gesicht.

»Haben Sie diesen Mann später noch einmal gesehen? Hat er mit jemandem gesprochen?«

»Ist das der Tote?«, fragte die Marheinecke zurück.

Dietrichs ignorierte ihre Frage und wiederholte seine.

»Nein.« Sie überlegte. »Ich habe ihn gesehen, als er die Schalterhalle verließ. Zu diesem Zeitpunkt war er allein. Danach habe ich ihn nicht mehr gesehen.«

Auch wenn er allein die Post verlassen hatte, konnte er durchaus ein paar Minuten später jemanden getroffen haben.

Dietrichs bat sie, die Bilder in eine zeitliche Reihenfolge zu bringen. Mit flinken Bewegungen ordnete sie die Aufnahmen auf seinem Schreibtisch. Das letzte Bild zeigte eine Auseinandersetzung: Ein junges Paar stritt ganz offensichtlich mit jemandem in der Warteschlange.

»Kennen Sie diese Leute?«, fragte er.

»Nein.« Edith lächelte schwach. »Ich habe sie fotografiert, weil mich die Szene angesprochen hat.«

Dietrichs betrachtete die Gruppe: zwei Männer, die wie Kampfhähne einander gegenüberstanden, aufgerichtet und die Federn gesträubt. Er hatte in seinem Leben genug mit Raufbolden zu tun gehabt, um zu wissen, dass die beiden hier ihr Gefieder sträubten, aber nicht handgreiflich werden würden. Er selbst hatte die vier bemerkt, als er mit Stratmann vor dem Hauptpostamt stand.

Mit Konrad Garthners Tod schienen sie jedoch nichts zu tun zu haben. Zu dem Zeitpunkt, als die Marheinecke die Aufnahme gemacht hatte, musste er das Gebäude schon verlassen haben. Wahrscheinlich war Garthner auch an ihm selbst vorbeigegangen, obwohl Dietrichs sich nicht erinnern konnte, ihn gesehen zu haben. Der Bildausschnitt war so gewählt, dass diejenigen, die die Post verließen, auf dem Bild nicht zu sehen waren.

»Ist schon bekannt, wer der Tote ist?«

Der Zeigefinger der Marheinecke deutete auf Konrad Garthner.

Dietrichs unterdrückte ein Seufzen. Er hatte mit keinem Wort davon gesprochen, dass das Foto den Toten zeigte.

»Hübscher Versuch«, sagte er zu der Journalistin. Die Marheinecke tat, als habe sie ihn nicht gehört.

»Sie haben noch weitere Bilder gemacht«, stellte er fest. Das hatte ihm der Chefredakteur gesagt.

»Ja, der Film steckt noch in der Kamera, die mir gestohlen worden ist.« Auch das hatte ihm der Chefredakteur mitgeteilt.

Er ließ die Marheinecke den Dieb beschreiben. Was er bekam, war eine mickrige Auskunft: eine schmale Gestalt, heller Mantel. Die Beschreibung konnte auf fünfzig Leute passen, die an dem Morgen dort unterwegs gewesen waren.

Wahrscheinlich, dachte Dietrichs, war es ein Dieb, der die günstige Gelegenheit genutzt hatte. Kameras waren neu kaum zu bekommen und entsprechend teuer.

»Was war auf dem Film?«

Die Marheinecke schloss wieder für einen Moment die Augen.

»Ich habe die Straßenbahn fotografiert, nachdem der Unfall geschehen ist. Die Aufnahme zeigt die Menschenmenge an der Unfallstelle. Die Passanten umringen den Toten und den ersten Straßenbahnwaggon. Von diesem ist nur der obere Teil erkennbar, von vorn, so dass das etwas erhöhte Führerhäuschen zu sehen ist. Den Toten selbst habe ich nicht aufgenommen, er wird von den Umstehenden verdeckt. Die meisten von ihnen haben sich dem Toten zugewendet, so dass hauptsächlich Rücken auf dem Foto zu sehen sind.«

Sie schien noch etwas sagen zu wollen, doch dann überlegte sie es sich anders.

Dietrichs hakte nach.

»Was haben Sie noch fotografiert?«

»Die Führerkabine der Bahn.«

»Warum?«, fragte er. Irgendetwas verschwieg sie ihm.

Nach kurzem Zögern antwortete sie.

»Weil mich das Gesicht des Fahrers schockiert hat. Es zeigte das blanke Entsetzen. Ich habe es aufgenommen.«

Die Marheinecke schien das für ein Geständnis zu halten, zumindest senkte sie für einen Moment den Blick, auch wenn Dietrichs nicht den Schimmer einer Ahnung hatte, was es da zu gestehen gab.

»War irgendetwas darauf zu sehen, was für den Fall von Bedeutung sein könnte?«, fragte er.

Sie schüttelte den Kopf.

»Haben Sie vor dem Unfall Fotos gemacht?«

Sie musste nicht lange überlegen.

»Nein. Nicht von der Unfallstelle. Ich hatte meine Bilder sozusagen schon im Kasten. Erst nach dem Unglück habe ich wieder fotografiert. Ich wusste, dass wir eine Meldung darüber bringen und eventuell ein Foto brauchen würden.«

Dietrichs holte das Bild hervor, das er von Garthner mitgenommen hatte.

»Haben Sie diesen Mann am Sonntagmorgen gesehen?«

Die Marheinecke betrachtete das Bild.

»Nein«, sagte sie schließlich. »Er sieht dem Toten ein wenig ähnlich, nicht wahr? Eine Familienähnlichkeit?«

Dietrichs sparte sich eine Antwort.

Die Marheinecke schloss die Augen. Sie schien noch einmal ihre Erinnerungen durchzugehen, die ergaben offenbar nichts Neues, denn sie öffnete die Augen und sagte: »Ich habe ihn nicht gesehen. Jedoch bedeutet das nicht, dass er nicht dort gewesen ist.«

Dietrichs knurrte. Das brauchte sie ihm wirklich nicht zu sagen, er wusste nur zu gut, wie viele Menschen an dem Sonntagmorgen unterwegs waren und wie wenig die Einzelnen gesehen hatten.

Er überlegte kurz und sagte dann: »Garthner.«

Das brachte ihm einen verständnislosen Blick von der Marheinecke ein. Er erklärte: »Das Opfer hieß Konrad Garthner. Und ja, Ihr Foto zeigt ihn kurz vor seinem Tod.«

Die Marheinecke lächelte leicht.

»Und noch mal: Ja, Sie können den Namen des Toten ruhig in Ihrer Zeitung nennen. Wir ermitteln, möglicherweise hat ihn jemand mit seinem Mörder zusammen gesehen.«

»Selbstverständlich«, erwiderte die Marheinecke und lächelte immer noch. »Das tun wir gern.«

Sie redete nicht so, als ob sie seine Erlaubnis zu würdigen wusste. Vielmehr führte sie sich auf, als ob sie ihm einen Gefallen täte.

Der Blick der Marheinecke wanderte zu dem Bild mit den Streitenden.

»Und?«, fragte Dietrichs. »Ist Ihnen noch etwas eingefallen?«

Die Antwort kam schnell und präzise.

»Die junge Frau hier habe ich am Samstagnachmittag in Garthners Miederwarengeschäft gesehen. Wahrscheinlich ist das lediglich ein Zufall.«

Damit mochte sie recht haben. Vermutlich war halb Bochum am Sonntagmorgen an der Geldausgabe gewesen, darunter sicherlich auch einige von Garthners Kundinnen.

»Wahrscheinlich«, sagte er. Er fügte hinzu: »Falls ich irgendwelche Spekulationen über Familienähnlichkeiten, gleiche Namen oder anderes in der Art in der Zeitung lesen sollte, mache ich Ihnen die Hölle heiß.«

Die Marheinecke grinste ihn unter ihrer Baskenmütze an.

»Wir spekulieren nicht, das wissen Sie genau.«

»Das würde ich Ihnen auch nicht raten.«

»Darf ich das als Angriff auf die Pressefreiheit verstehen?«

Dietrichs machte eine wegwerfende Handbewegung.

»Aber nein. Eher als freundschaftliche Warnung.«

Er stand auf, die Befragung war von seiner Seite aus beendet.

»Sie wollen ja sicher noch häufiger Informationen von uns«, sagte er, während er ihr die Tür öffnete. Die Marheinecke ging hinaus. Im Rahmen drehte sie sich um.

»Und Sie wollen ja sicher noch häufiger, dass wir das eine oder andere publik machen.«

29

Das Gespräch mit den beiden Garthners war ergiebig.

Der Erste, dem sie die Bilder zeigten, war Helmut Garthner. Kleinert blätterte sie wie ein Kartenspieler auf dem glänzenden Esstisch auf.

Dietrichs hatte den Eindruck, dass Garthner erleichtert war. Wahrscheinlich freute er sich, dass er nur Fotos anschauen sollte, und meinte, dass er sich von einem Verdächtigen in einen Zeugen verwandelt hatte. Damit lag er nicht ganz falsch. Sie hatten Garthners Foto verschiedenen Zeugen gezeigt, und keiner von ihnen hatte ihn wiedererkannt. Damit war Helmut Garthner längst nicht aus dem Schneider, doch bislang konnten sie ihm noch nicht einmal nachweisen, dass er an Ort und Stelle gewesen war.

Garthner schob sich eine Brille auf die Nase und sah sich die Bilder mit Interesse an. Seinen Bruder identifizierte er sofort. Er hob den Papierabzug.

»Das ist er, Konrad. Wohl das letzte Bild von ihm«, sagte er mit rauer Stimme.

Sein Blick glitt zum Kamin, auf dem ein paar Fotos standen, darunter auch eines, auf dem die Brüder Arm in Arm zu sehen waren, Konrad in Uniform, Helmut in einem Anzug.

Dietrichs fragte sich, ob die Trauer echt war.

»Wir gehen davon aus, dass er von der Post direkt zur Haltestelle gegangen ist«, sagte Kleinert.

»Von der Haltestelle gibt es keine Bilder?«, fragte Garthner.

»Wir warten noch auf die Abzüge.«

Kleinert konnte mit seiner Widerborstigkeit und seinem ewigen Argwohn eine Nervensäge erster Klasse sein, aber bei Befragungen war auf ihn Verlass. Garthner brauchte nicht zu wissen, dass die übrigen Fotos der Marheinecke futsch waren, verschwunden mit der Kamera.

Der Geschäftsmann nahm das Bild mit den beiden Streithähnen in die Hand.

»Kennen Sie die Personen auf dem Bild?«, fragte Dietrichs.

Garthner richtete seinen Blick auf ihn, einen klaren Blick aus grauen Augen, die Ehrlichkeit in Person, dachte Dietrichs. Was Garthner ohne jede Frage verdächtig machte.

»Ich glaube nicht.«

Garthner beobachtete ihn forschend, um zu erkunden, wie die Aussage ankam. Dietrichs verzog keine Miene.

»Sicher nicht?«, hakte er nach. Die Marheinecke hatte ausgesagt, dass sie die junge Frau in Garthners Geschäft gesehen hatte.

»Nein, ich denke nicht.«

Dietrichs hatte das Gefühl, dass Garthner sich zu einer Lüge durchgerungen hatte. Er fragte sich, warum. Vielleicht hatte ihn einer der vier Beteiligten an der Drehscheibe gesehen. In dem Fall würde ihnen Garthner kaum den Namen des Betreffenden nennen und ihnen den Belastungszeugen auf dem Silbertablett präsentieren.

Dietrichs bat Garthner, seine Frau herbeizurufen.

◆◆◆

Auch Charlotte Garthner betrachtete die Fotos genau. Sie hob jedes einzelne hoch, kniff die Augen zusammen und fixierte die Bilder aus verschiedenen Entfernungen.

Ihren Schwager hatte sie ebenfalls rasch ausgemacht.

»Armer Konrad«, sagte sie »Er wird uns fehlen.«

Sein Tod schien ihr nahezugehen. Dietrichs fragte sich wieder, ob Konrad Garthner ein toter Liebhaber war, den sie betrauerte.

»Tatsächlich?«, sagte er und erntete einen bösen Blick.

»Noch einmal unser aufrichtiges Beileid«, sagte Kleinert. Dietrichs wunderte sich, woher sein Kollege auf einmal die butterweiche Kondolenzstimme nahm.

Er schob ihr die Aufnahmen der Gesichter zu. Sie steckte eine Strähne zurück in ihren Knoten.

»Die Aufnahmen haben etwas Besonderes«, sagte sie nach einer Weile. »Sie berühren einen. Wie Zeitungsfotos sehen sie jedoch nicht aus.«

Mit beidem hatte sie recht. Die Marheinecke machte keine schlechten Fotos, und ein guter Teil von ihnen war wirklich keine Zeitungsfotos, zumindest hatte er solche Aufnahmen noch nie in der Zeitung gesehen. Edith Marheinecke schien aus purem Spaß an der Freude zu fotografieren.

»Erkennen Sie jemanden?«, fragte er. »Außer Ihrem Schwager?«

»Ich glaube, das hier ist eine Verkäuferin aus unserer Bäckerei.«

Sie deutete auf eine Mitdreißigerin, die mit zufriedenem Ausdruck vom Geldwechseln kam.

Sie griff nach einer der Aufnahmen von der Warteschlange.

»Und hier, zwei Plätze hinter Konrad steht jemand, den ich schon einmal gesehen habe.«

Ein baumlanger Mann in einem hellen Sommermantel und mit einem Hut. Die Umstehenden überragte er um mindestens einen halben Kopf.

»Seinen Namen kenne ich nicht. Aber er war vor anderthalb Wochen hier, um Konrad zu sprechen.«

Sie wandte sich an Kleinert.

»Er war erbost, sehr erbost. Ich habe ihm gesagt, dass mein Schwager nicht da ist. Er hat mir nicht geglaubt.«

Sie machte eine kleine Pause.

»Ich hatte leichtsinnigerweise die Türkette nicht vorgelegt, als ich die Haustür geöffnet habe. Er machte den Eindruck, als wäre er am liebsten gleich ins Haus gestürmt, um sich selbst davon zu überzeugen, dass Konrad nicht anwesend war.«

Sie hatte sich wieder an Kleinert gewandt. Dietrichs war Luft für sie.

»Weshalb wollte er Ihren Schwager sprechen?«, fragte sein Kollege.

»Das weiß ich nicht. Ich habe ihn gefragt, ob ich etwas ausrichten kann. Er hat brüsk den Kopf geschüttelt und gesagt, dass er die Angelegenheit mit Konrad persönlich bereden müsse.«

»Haben Sie eine Vermutung, worum es gegangen sein könnte?«, fragte Kleinert.

»Nein.«

»Haben Sie mit Ihrem Schwager über den Besuch gesprochen?«

»Ja, aber Konrad konnte sich keinen Reim darauf machen. Er meinte, es liefen ja genug Verrückte hier herum.«

Wie kam Konrad darauf, dass es ein Verrückter gewesen war? Dietrichs fragte nach.

»Es war einer von diesen zerrütteten Kriegsheimkehrern, ziemlich abgemagert und etwas zitterig. Zudem hatte er einen Tick. Sein linkes Auge zuckte unablässig. Zunächst habe ich gedacht, es sei eine Art verzerrtes Blinzeln, doch dann habe ich festgestellt, dass sein Gesicht quasi im Sekundentakt zuckte.«

Ob Konrad und der Besucher danach miteinander gesprochen hatten, wusste sie angeblich nicht zu sagen.

Wenig später verließen sie das Haus.

◆◆◆

»Ein geheimnisvoller Fremder also«, sagte Kleinert. »Ich frage mich, warum sie erst jetzt von ihm erzählt.«

»Weil sie sich erst jetzt wieder an ihn erinnert hat.«

Das war zumindest das Naheliegende.

Kleinert sah ihn schräg von der Seite an.

»Auf jeden Fall lenkt sie mit Abels geheimnisvollem Besucher von Kain ab«, sagte er. »Sie stellt damit deine Lieblingstheorie infrage: Garthner hat seinen Bruder getötet.«

Dietrichs hatte keine Lieblingstheorie. Was jedoch nicht von der Hand zu weisen war, war, dass sie mit ihrem Hinweis einen neuen Verdächtigen ins Spiel brachte.

Laut sagte er: »So geheimnisvoll ist der Fremde nicht, wenn er in der Schlange nicht weit hinter Konrad Garthner gestanden hat.«

»Wieso?«

Kleinert schaute ihn interessiert von der Seite an. Dann fiel der Groschen. »Ach, das meinst du?«

Dietrichs bejahte.

»Immer vorausgesetzt, dass die an der Abgabestelle korrekt Buch geführt haben«, sagte Kleinert.

»Genau, vorausgesetzt, dass sie richtig Buch geführt haben.«

30

»Ich habe es für euch aufbewahrt.«

Das ist nun schon meine dritte Lüge, dachte Helmut Garthner. Die erste hatte er von sich gegeben, als die beiden wieder vor seiner Tür standen.

»Wie schön euch zu sehen! Herzlich willkommen«, hatte er gesagt und die Tür weit aufgerissen, um Selma und Max Winterstein mit einladender Geste ins Haus zu bitten, auch wenn ihm ihr Besuch in keiner Weise behagte. Zuerst die Polizei, jetzt noch die beiden Geschwister, dieser Tag war kein guter Tag.

Sie hatten wieder an dem Esstisch Platz genommen. Max hatte nicht allzu viel gesagt, sondern sich nur abschätzig im Wohnzimmer umgesehen.

»Habt ihr etwas über den Verbleib eurer Eltern herausgefunden?«, fragte Garthner, als sie saßen.

»Sie sind deportiert worden. Ins Rigaer Ghetto«, antwortete Selma mit einer Stimme wie ein ausgeblichenes Wäschestück. Sie schluckte und fügte genauso tonlos hinzu: »Mit dem ersten Transport aus Bochum, im Januar zweiundvierzig.«

»Und was ist aus ihnen geworden?«, fragte Garthner und dämpfte ein wenig die Stimme. Zu der Frage hatte er sich zwingen müssen, die Antwort würde vermutlich schlecht ausfallen. Dass die Juden nicht in einen Erholungsurlaub geschickt worden waren, war klar. Umsiedeln nannten sie es. Von offizieller Seite war nichts zu erfahren, immer wieder gab es jedoch Gerüchte: über die überfüllten Ghettos im Osten, über Massenerschießungen in den eroberten Gebieten, über sogenannte Vernichtungslager. Er war sich sicher, dass er die Details nicht wissen wollte.

Es gehörte sich jedoch, zu fragen, weil das Thema für die Geschwister wichtig war, überdies galt es, auf der Hut sein und die beiden nicht unnötig zu verärgern.

»Wir wissen es noch nicht«, sagte Selma. »Der Vorsitzende der jüdischen Gemeinde will sich umhören.«

Sie klemmte die Unterlippe zwischen die Schneidezähne. Dann schien sie sich einen Ruck zu geben und sagte: »Wir wollten doch über den Vertrag sprechen.«

»Aber selbstverständlich, gern.«

Das beflissene »Gern« war Lüge Nummer zwei gewesen.

Er hatte den Kaufvertrag herausgesucht, ebenso seine Kontoauszüge.

»Euer Vater hat mir sechsunddreißig euer Geschäft verkauft. Wir haben uns auf folgendes Vorgehen geeinigt: Ich habe eine Anzahlung von fünfzehntausend Reichsmark geleistet, die restliche Zahlung erfolgte in Raten, zahlbar jeweils zu Beginn des Monats.«

Er tippte auf die entsprechende Stelle im Vertrag. Was er sagte, entsprach der Wahrheit. Er hatte tatsächlich die ausgemachte Summe angezahlt, insgesamt hatten sie vierzigtausend Reichsmark vereinbart, fünfzehntausend für das Geschäft, fünfundzwanzigtausend für das Warenlager. Der Gesamtbetrag war angesichts des Werts gering. Es war ein guter Fitsch, ein Schnäppchen, eines der vielen Schnäppchen, die damals mit den jüdischen Geschäften in der Bochumer Innenstadt zu machen waren.

Für ihn war die Summe jedoch kein Pappenstiel gewesen. Charlottes Eltern hatten ihnen das Geld für die Anzahlung gegeben. »Gewissermaßen als Vorgriff aufs Erbe«, hatte Charlottes Vater, ein dicker, Zigarre rauchender Bestattungsunternehmer, gesagt.

Winterstein hätte gern einen Teil der Summe in bar gehabt, weil er gefürchtet hatte, dass die Bankkonten jüdischer Kunden bald blockiert werden würden.

Damals hatte Garthner sich nicht darauf eingelassen. »Es muss alles seine Ordnung haben«, hatte sein Schwiegervater ihm eingeschärft, und mit Bedauern und demselben Argument hatte er das Ansinnen seines ehemaligen Chefs abgebügelt. Winterstein hatte eingewilligt. Als Geschäftsmann hatte er gewusst, wann er in einer schwachen Position war.

Selma sagte kühl: »Darf ich?«, und hatte im nächsten Moment schon die Liste mit den Ratenzahlungen in der Hand. Sie ging die Zahlenkolonnen durch.

»Die Zahlungen enden im Sommer einundvierzig«, stellte sie fest. »Die Gesamtsumme ist noch nicht abgezahlt. Warum hast du die Zahlungen ausgesetzt?«

Max bedachte ihn mit einem interessierten Blick.

»Die Zahlungen landeten auf einem Sperrkonto. Sie hätten kaum etwas von dem Geld gehabt.«

Das entsprach ebenfalls der Wahrheit.

»Ich habe ihnen Naturalien zukommen lassen. Ebenso Medikamente.«

Auch das stimmte. Tabletten für Adas schwache Lunge, Lebensmittel, als sie im Judenhaus lebten. Allerdings lag der Wert der Naturalien weit unter dem der fälligen Rate. Winterstein hatte es hingenommen. Was hätte er auch anderes tun sollen?

Max hatte den Blick abgewandt und sah aus dem Fenster. Selma biss sich wieder in die Unterlippe. Sie streckte einen Moment lang den Rücken, als ob sie sich abermals einen Ruck geben würde, und beugte sich wieder über die Zahlenkolonnen.

»Du hast also die Zahlungen eingestellt«, sie machte eine kurze Pause, bevor sie hinzufügte: »Onkel Helmut.«

»So ist es.«

Daraufhin äußerte Garthner seine dritte Lüge: »Ich habe es für euch aufbewahrt.«

Das hatte er natürlich nicht getan. Es war sinnlos, Geld aufzubewahren. Geld war ein silbriger Fluss. Es musste fließen. Wenn man es in eine Schachtel sperrte und es einschloss, wurde es stumpf und leblos. Er dagegen hatte es fließen lassen und war dabei sehr erfolgreich gewesen. Er hatte Leute geschmiert, um an Aufträge zu kommen, Material eingekauft, zu einem guten Preis wieder verkauft. Und rechtzeitig daran gedacht, Waren in einem Stollen einzulagern, bis der Zeitpunkt kam, um sie günstig loszuschlagen.

»Wann wolltest du es uns zurückgeben?«

Selmas Frage klang sachlich. Garthner war sich nicht sicher, ob sie ihm auch zu verstehen geben wollte, dass er ihnen das Geld längst hätte zurückzahlen sollen. Er beschloss, diese Botschaft zu ignorieren, und sagte genauso sachlich: »Das ist leider nicht so ohne Weiteres möglich. Meine Bankkonten sind eingefroren, wegen der Währungsreform.«

Garthner wollte ein bedauerndes Gesicht aufsetzen. Das ließ er bleiben, als er Max' verächtlichen Blick sah, und beschränkte sich darauf, die Handflächen in einer Geste der Hilflosigkeit nach oben zu drehen.

»Ich komme derzeit an mein Geld nicht heran. Selbst wenn ich wollte.«

»Deine letzte Zahlung auf das Konto erfolgte im August einundvierzig. Damit hast du nur vierzig Prozent des ausstehenden Betrags getilgt. Du schuldest uns fünfzehntausend Mark zuzüglich der vereinbarten sechs Prozent Zinsen.«

Sie rechnete. Das Rechnen schien ihr Erleichterung zu verschaffen, ihr Gesicht entspannte sich.

»Das wären dann noch einmal 7423,10 Mark.«

»Reichsmark«, sagte Garthner sanft. »Reichsmark. Bei einem Umtauschkurs von eins zu zehn wären es ungefähr 2250 neue Deutsche Mark.«

Selbst wenn der Betrag mit dem Währungsschnitt geringer ausfiel: Er brauchte das Geld für etwas anderes. Er hatte Pläne.

Max lachte auf. Garthner setzte schnell hinzu: »Wir werden eine Lösung finden. Ich könnte euch das Geld in Tranchen zahlen.«

Garthner vermied das Wort Raten. Max ließ ihn nicht davonkommen.

»In Raten, meinst du?«, fragte er.

»Exakt.« Garthner überging den Hohn. »Wir könnten über eine Erhöhung der Verzinsung reden. Ich weiß, das bringt eure Eltern nicht zurück. Ihr bekämt jedoch, was euch zusteht.«

Die Geschwister schwiegen. Garthner hoffte schon, dass das Mädchen eine Forderung aussprechen würde, ihm einen hohen Zinssatz aufbrummen würde, um allem Genüge zu tun, dem Schäbigen, der Trauer und der Schuld, und er könnte es tatsächlich in die Zukunft verschieben, den Betrag abstottern und hätte seine Schulden dann irgendwann getilgt.

Er hatte sich geirrt.

»Wir möchten es jetzt. Wenn du es nicht bar zahlen kannst, gibt es sicher andere Wege. Dein Laden geht ja recht gut.«

»Willst du meine Waren pfänden lassen?«

Garthner tat so, als sei es eine absurde Idee.

»Vielleicht. Oder du nimmst einen Kredit auf«, antwortete Selma.

Das würde er keinesfalls tun. Natürlich konnte er einen Kredit aufnehmen, ja, er würde sogar einen Kredit aufnehmen, aber gewiss nicht, um die beiden auszuzahlen. Sein Kreditvolumen brauchte er für etwas anderes. Nicht umsonst hatte er Konrad mit einem Koffer voller Geld losgeschickt.

»Ich könnte das Geld zusammenbringen, dafür brauche ich jedoch etwas Zeit.«

Wenn sie darauf bestanden, konnte er den Betrag in Deutschen Mark notfalls irgendwie zusammenkratzen. Im Grunde spielte ihm dieser Währungsschnitt in die Hände. Eine Abwertung von zehn zu eins. Im Grunde, dachte er wieder, klang das nach einer Lösung. 2250 DM. Das würde sich unter Umständen bewerkstelligen lassen.

Max, der aus dem Fenster geschaut hatte, wandte sich ihnen wieder zu.

»Wann hast du das Geschäft gekauft, sagst du?«

»Im September sechsunddreißig.«

Hier war Lügen sinnlos. Der Kaufvertrag enthielt die korrekten Daten.

»Ein Jahr nach den Nürnberger Gesetzen, nicht wahr?«

Max bleckte seine Zähne und lächelte. »Das ist ein Stichtag, nicht wahr?«

Garthner wusste, was er meinte. Er hatte Erkundigungen eingezogen, nachdem die Geschwister zum ersten Mal bei ihm gewesen waren.

Max fuhr fort: »Wenn du nach diesem Termin gekauft hast, gilt es als unberechtigte Entziehung von Eigentum. Vater musste verkaufen. Als Jude war es ihm kaum möglich, das Geschäft zu führen. Er wurde mit Boykotten, Werbeverboten, Einschüchterungen drangsaliert und hatte keine andere Möglichkeit, als das Geschäft zu veräußern.«

So war es gewesen. Und Garthner war zur rechten Zeit am rechten Ort gewesen und hatte die Gunst der Stunde genutzt, wie es ein guter Geschäftsmann eben tat.

»Wir haben einen Anspruch auf Rückgabe. Nicht nur auf die Zahlung von ausstehenden Raten.«

Garthner straffte sich. Er begriff. Das Ganze war ein Vorgeplänkel gewesen. Erst jetzt hatte Max seinen Trumpf auf den Tisch gelegt. Er zückte seinen.

»Das ist in der amerikanischen Zone so. Die Briten haben eine solche Verordnung nicht«, gab er zurück.

»Sieh an, du hast dich informiert. Du hast die Zwangslage unserer Eltern ausgenutzt. Auch hier wird bald so eine Verordnung kommen. Ansprüche können wir jetzt schon anmelden. Dann wirst du uns den Laden zurückgeben müssen.«

»Und bis dahin gehört er mir.«

»Nein«, sagte das Mädchen und sagte in demselben nüchternen Ton, in dem sie ihm ihre Rechnungen präsentiert hatte. »Du bist deinen Zahlungsverpflichtungen nicht nachgekommen.«

Garthner schaffte es, gelassen den Kopf zu schütteln.

»Damit werdet ihr nicht durchkommen.«

»Das werden wir sehen«, sagte Max.

◆◆◆

Nachdem die beiden gegangen waren, dachte Garthner nach.

Ihre Forderung nach einer Rückgabe war aberwitzig. Nicht umsonst hatte er sich all die Jahre um das Geschäft gekümmert, dafür gesorgt, dass Geld in die Kasse floss. Allerdings galt es zu bedenken, was den Besatzern noch alles einfallen würde. Die Briten taten in der Regel das, was die Amerikaner ihnen vormachten. Somit würden sie vermutlich bald eine ähnliche Verordnung für die Rückgabe von ehemals jüdischem Eigentum erlassen. Doch noch war es nicht so weit.

Zudem neigten die alliierten Besatzer dazu, immer mehr in deutsche Hände zu geben, wie die Sache mit den Spruchkammern vor einem Jahr. Sie hatten sich selbst nicht mehr um die Entnazifizierung kümmern wollen, sondern hatten Spruchkammergerichte eingesetzt, in denen unbelastete Deutsche darüber urteilten, wer von ihren Landsleuten unbescholten, ein Mitläufer, ein Minderbelasteter, ein Belasteter oder ein Hauptschuldiger war. Die Laienrichter waren in der Regel mild und ließen Erklärungen von Leumundszeugen gelten. Leider hatte ihn selbst noch die britische Militärpolizei erwischt und ins Internierungslager gesteckt.

Es war mithin in jedem Fall besser, auf Zeit zu spielen. Je mehr Zeit verstrich, desto größer war seine Chance, bei den Behörden auf Verständnis zählen zu können.

Problematischer war, dass sie Geld wollten, das er ihnen tatsächlich schuldete und das er nicht ohne Weiteres auftreiben konnte.

Er wiegte den Kopf. Auch hier ließ sich gewiss eine Lösung finden.

31

Gegen Abend kam Tristan zu Besuch. Sie saßen in der Küche, die im Grunde ihr Salon war. Hier aßen sie, hier redeten sie, hier empfingen sie Gäste. Ein Wohnzimmer gab es nicht. In dem Raum, der früher mal eines gewesen war, schlief Fritzi. Im Schlafzimmer ihrer Eltern wohnte das Ehepaar Koppitz, und Edith selbst hatte Fritzis ehemaliges Mädchenzimmer erwischt.

Fritzi war eine tolerante Vermieterin, was Männerbesuche anlangte. Sie bekam selbst welche und räumte Edith dasselbe Recht ein. Das Ehepaar Koppitz nahm es hin. Fritzis einzige Bedingung war, dass die Besucher diskret durch das Treppenhaus gingen, um den Nachbarn keinen Anlass zur Beschwerde zu geben oder eine Anzeige wegen Kuppelei zu riskieren.

»Ich habe dir etwas mitgebracht.«

Dies war ein Zaubersatz, dachte Edith, einer der Zaubersätze, die zum Repertoire ihres Vaters gehört hatten. »Ich habe dir etwas mitgebracht« – wie das Väter so tun, wenn sie auf Reisen gehen. Im Fall ihres Vaters waren die Reisen Fahrten zu Messen gewesen oder, großartige Höhepunkte im Jahr, die Reichsparteitage, zu denen er mit Begeisterung fuhr. Mitgebracht wurde dann ein Tuch, ein Täschchen, irgendetwas kleines Hübsches, das ihr Freude machte. Sie schob den Gedanken beiseite.

Tristan begann in dem Rucksack zu seinen Füßen zu wühlen. Triumphierend holte er ein Päckchen hervor und schwenkte es mit ausgestrecktem Arm.

»Riechst du ihn schon?«, fragte er und raschelte mit dem Einwickelpapier.

»Nein.«

Er legte das Päckchen auf den Tisch und schälte zwei Lagen Pergamentpapier ab. Ein Duft breitete sich in der Küche aus.

»Räucherschinken«, sagte Edith.

»Genau.«

Tristan war hochzufrieden.

»Westfälischer Schinken. Ein Geschenk von Frau Wiesner. Aber das ist nicht alles.«

Tristan beugte sich hinab, um erneut in seinem Rucksack zu kramen. Er tauchte mit einem weiteren Päckchen auf.

»Westfälischer Pumpernickel.«

Eine weitere gute Gabe von Frau Wiesner, nahm sie an.

»Und« – Tristan ging wieder auf Tauchstation und kehrte mit einer kleinen, brauen Steinzeugflasche an die Oberfläche zurück – »Steinhäger.«

»Das sieht mir fast nach einem westfälischen Gelage aus.«

»Genau, meine Dame. Frau Wiesner war von meinem Spiel angetan. Sie hat mich gestern Abend zu sich eingeladen, um mir, wie sie sagte, für meine Kunst zu danken.«

Tristan hob die Handflächen zum Himmel und lachte fröhlich.

»Und dafür gab es dann einen Fresskorb.«

»Was macht die Kunst? Sie geht nach Brot«, rezitierte Edith.

»Richtig. So lassen wir uns das gefallen. Pumpernickel für die Kunst.«

Frau Wiesner war eine begeisterte Theatergängerin und eine von Tristans treuesten Verehrerinnen. Soweit Edith wusste, war es gestern ihr dritter Besuch der Vorstellung von Hebbels »Judith« gewesen. Tristan musste sehr lange bei Frau Wiesner geblieben sein, in der Theaterbar war er am gestrigen Abend nicht mehr erschienen. Doch Edith und er stellten derartige Fragen einander nicht: Wo bist du gewesen? Was hast du getan? Was ist das mit Frau Wiesner?

Edith holte zwei Teller und Besteck. Als die Hälfte des Brots und ein guter Teil des Schinkens gegessen waren, lehnte sich Tristan zurück und wiederholte: »Was macht die Kunst? Sie geht nach Brot.«

Etwas in seiner Stimme ließ sie aufhorchen: ein Anflug von Verbitterung. Sie streifte ihn mit einem schnellen Blick, während sie die Teller zusammenräumte. In seinem Gesicht lagen statt satter Zufriedenheit andere Gefühle: Bitterkeit und Selbstverachtung. Sobald er jedoch merkte, dass sie ihn ansah, lachte er wieder und klopfte sich demonstrativ auf den wohlgefüllten Bauch. Tristan wollte nicht reden, und Edith schluckte ihre Frage hinunter. Rasch begann er, von den Proben zu einem neuen Stück zu erzählen.

»Des Teufels General« hieß es und lief in zahlreichen Theatern. Edith hatte davon gelesen. Es war die Geschichte von Harras, einem Fliegergeneral, der sich um seiner Flugleidenschaft willen mit den Nationalsozialisten einließ, obgleich er sie verachtete. Die Dinge spitzten sich zu, als es in seinem Verantwortungsbereich zu Sabotage kam. Diese stellte sich in der Folge als Akt des Widerstands heraus. Harras wechselte die Seiten, deckte den Saboteur und ging freiwillig in den Tod.

»Ein Knaller«, sagte Tristan. »Wir sind das siebte Theater, das das Stück in diese Spielzeit bringt. Die Leute strömen nur so in die Vorstellungen. Eine großartige Geschichte.« Danach setzte er ihr haarklein auseinander, wer welche Rolle spielen würde.

Edith beäugte ihn. Tristan war wieder bestens gelaunt. Er sprach lebhaft, jedoch ging ihr der Ausdruck von Bitterkeit und Selbstverachtung nicht aus dem Kopf.

Erst als sie von den Fotos, der gestohlenen Kamera und ihrem Besuch bei der Polizei berichtete, dachte sie nicht mehr daran. Tristan hörte zu, warf ab und an einen Kommentar ein und nippte an seinem Glas.

»Wie schade, dann kannst du ja nicht mehr fotografieren!«

Sie musste wohl sehr traurig ausgesehen haben, denn Tristan warf sich in Pose und sagte mit Verve und herausgestreckter Brust: »Was für ein Verlust!«

Tristan spielte den Clown für sie. Sie lachte dankbar.

Dienstag, 22. Juni 1948

32

Helmut Garthner war glücklich, als er am frühen Morgen erwachte.

Glücklich trotz allem, dachte er, ein verborgenes Glück, verborgen in den Falten des gestrigen Tages. Ich werde poetisch, sagte er belustigt zu sich selbst. Aber so war es: ein heimliches Glück, von dem niemand erfahren durfte, ein paar gestohlene Stunden in einer Mansarde, dem Alltag abgerungen, sozusagen im toten Winkel der Welt, ein paar Stunden, in denen er das Gefühl hatte, ganz er selbst zu sein, auf eine einzigartige, nahezu berauschende Weise.

Es war ein zerbrechliches und gefährliches Glück, für das er gegebenenfalls einen hohen Preis zahlen würde, falls man ihn entdeckte. Überfallen oder verprügelt zu werden war noch harmlos, weitaus übler waren gesellschaftliche Ächtung, eine öffentliche Verurteilung und im schlimmsten Fall eine Haftstrafe. Doch war er es seit vielen Jahren gewohnt, Vorkehrungen zu treffen. Er war auf der Hut: nie in der eigenen Stadt unterwegs. Er war immer nach Essen oder Dortmund gefahren, wo ihn kaum jemand kannte.

Früher hatte es dort auch Bars und Kneipen gegeben, die die Nazis mit großem Getöse geschlossen hatten: »Reinhaltung des Volkskörpers«, »Fortpflanzung der Sippe« hatten sie getönt. Also galt es, die Fassade zu wahren, gegebenenfalls laut mitzugrölen. Das Wichtigste war es allerdings, auf der Hut zu sein, die Gefahr zu wittern und im kritischen Moment davonzuschlüpfen. Und das galt immer noch. Die Briten ließen ihn wegen seiner Parteimitgliedschaft und seiner Aktivitäten in der Gauwirtschaftskammer inzwischen in Ruhe. Diese Angelegenheit war ausgestanden. Was die andere Sache anging, so hatte sich nicht viel verändert. Gut, er lief nicht mehr Gefahr, im Lager zu landen, von der schillernden Freizügigkeit der zwanziger Jahre waren sie dennoch meilenweit entfernt.

Was Konrads Tod anging, so waren die Kriminalbeamten offenbar davon abgekommen, ihn als ihren Verdächtigen Nummer eins zu betrachten. Zumindest hatten sie ihn Fotos vom Tatort anschauen lassen und ihn eher als Zeugen denn als Verbrecher behandelt. Das war im Grunde genommen ein gutes Zeichen.

Vielleicht war es jedoch eine Finte, die darauf abzielte, ihn in Sicherheit zu wiegen und dann darauf zu lauern, dass er sich verriet und irgendwelche Fehler machte. Er würde keine Fehler machen, er war auf der Hut.

Natürlich hatte er die Geschwister Winterstein auf dem Foto erkannt. Die Situation war glasklar: Max stritt sich mit der Fricke, die immer noch eine gute Kundin war. Sein sechster Sinn hatte ihm geraten, den Kripobeamten nicht zu erzählen, dass er die Geschwister Winterstein wiedererkannt hatte. Inzwischen fragte er sich allerdings, ob sein sechster Sinn ihn nicht trog. Das gehörte zur Vorsicht: sich immer wieder zu fragen, ob man nicht einem Trugbild, einer falschen Sicherheit oder einer bösen Täuschung aufsaß.

Mit Charlotte hatte er später über die beiden gesprochen. Auch in diesem Punkt waren sie einer Meinung. Charlotte war ruhig und gelassen geblieben, in dem Gespräch hatte sie auf ihre abschätzigen Seitenblicke verzichtet. Sie hatte ihm aufmerksam zugehört und ihm zugestimmt. Es galt vorsichtig zu sein, das Terrain zu sondieren, nichts zu überstürzen, vor allem: auf keinen Fall voreilig zu zahlen.

Danach hatte sie von Konrads geheimnisvollem Besucher berichtet, der vor vier Wochen unbedingt mit seinem Bruder hatte sprechen wollen, aber von Charlotte abgewiesen worden war. Ein Kriegsheimkehrer mit einem Tick.

»Eine von Konrads alten Geschichten vermutlich«, hatte sie gesagt. »Ich habe ihm mit harschen Worten klargemacht, dass er sich hier nicht mehr blicken lassen soll.« Anscheinend war es ihr gelungen, ihn einzuschüchtern, soweit sie wusste, hatte der Mann keinen Versuch unternommen, Konrad erneut zu Hause aufzusuchen.

Garthner hatte sich ein wenig gewundert, wie energisch sie gehandelt hatte. Außerdem war er konsterniert, dass sie ihm nichts von dem Besucher erzählt hatte. Auf eine entsprechende Bemerkung hin hatte Charlotte nur überrascht ihre feinen hellbraunen Augenbrauen gehoben und erklärt, dass sie dem Besuch keine große Bedeutung beigemessen habe.

Ihm war klar, was während seiner Abwesenheit geschehen war. Charlotte hatte das Geschäft mehr oder weniger allein geführt, und Konrad hatte getan, was er sein Leben lang getan hatte: Er hatte sich gefügt, wenn er jemand Weitsichtigeren neben sich hatte. Charlotte war ohne Zweifel weitsichtiger.

Allerdings hatte Konrad vor Kurzem damit aufgehört, sich zu fügen, dachte Garthner. Was seinen Bruder dazu gebracht hatte, konnte Garthner sich nicht erklären. Vielleicht waren es die veränderten Umstände gewesen – der Krieg, seine eigene Abwesenheit, das Arrangement mit Charlotte.

Wie auch immer, Charlotte hatte den Besucher in der Warteschlange wiedererkannt und der Polizei davon erzählt. Auch das war eine kluge Entscheidung. Sie war eine kluge Frau, seine Frau und Gefährtin. Sie beide waren immer noch ein gutes gemischtes Doppel.

Und wie er bei den beiden Wintersteins und ihren Forderungen vorgehen wollte, wusste er auch schon.

33

Krusmann lebte in einem der beiden Häuser, die in der Rosenstraße noch standen. Sie hatten ihn ohne Schwierigkeiten gefunden. Die Buchführung in der Geldausgabe war tatsächlich korrekt gewesen. Fein säuberlich hat der Beamte notiert, wer zwei Warteplätze nach Konrad Garthner sein Geld erhalten hatte: Krusmann, Anton, wohnhaft in der Rosenstraße 9.

Krusmann öffnete Dietrichs und Kleinert in Strickjacke und Hosenträgern die Tür, warf einen kurzen, verängstigten Blick auf ihre Polizeimarken und ließ sie eintreten. Als sie in dem schmalen, mit allerlei Gerätschaften wie Angelruten, Netzen, Spaten und Schaufeln vollgestopften Flur standen, ertönte aus einem der Zimmer eine Stimme.

»Anton, wer ist da gekommen? Ich bin noch nicht ganz angekleidet!«

»Besuch für mich, Mutter«, rief Krusmann zurück.

»Ich bin noch nicht ganz angekleidet.«

Die Stimme war volltönend und kräftig, auch wenn sie einer alten Frau zu gehören schien.

»Besuch für mich«, wiederholte Krusmann. Sein Auge zuckte.

Die Frau ließ zum dritten Mal »Ich bin noch nicht ganz angekleidet« durch die Wohnung klingen. Anton Krusmann erklärte erneut ohne Zeichen der Ungeduld, dass der Besuch ihm allein gelte.

Er lotste sie in eine kleine Wohnküche und schloss die Tür. Dietrichs meinte, die Frauenstimme hinter dem Türblatt noch ein viertes Mal zu hören.

Am Küchentisch legte Krusmann die Hände nebeneinander auf die Platte und schien auf eine Erklärung für ihren Besuch zu warten.

Kleinert begann. Allerdings erklärte er nichts.

»Kennen Sie Konrad Garthner?«

»Nein.«

»Nein? Warum haben Sie ihn dann aufgesucht und sprechen wollen?«

Dietrichs hatte sich eingeschaltet und war scharf geworden. Krusmanns Auge zuckte, aber er hatte eine Antwort parat.

»Weil ich ihn kennenlernen wollte.«

»Warum wollten Sie ihn kennenlernen?«

»Ich musste etwas mit ihm bereden.«

Sendepause. Krusmann betrachtete eingehend seine Hände auf der Tischplatte. Dietrichs wechselte mit Kleinert einen Blick. Sie warteten.

»Was wollten Sie denn bereden?«, fragte Kleinert schließlich. Sein Ton machte klar, dass die Frage eigentlich überflüssig war und Kleinert sie nur stellte, weil er viel Geduld hatte.

Krusmann zögerte.

»Ein Kriegskamerad hat mir seine Adresse gegeben. Garthner hätte vielleicht Arbeit für mich.«

Dietrichs fragte sich, ob Krusmann log. Über sein Gesicht zog wieder das Zucken, doch da Krusmann ständig zuckte, hatte das wahrscheinlich nichts zu bedeuten.

»Und hatte er Arbeit?«

»Nein, besser gesagt: Das habe ich nicht herausgefunden. Er war nicht da. Inzwischen habe ich woanders Arbeit gefunden.«

Die Tür zur Küche öffnete sich, und herein kam eine Frau Ende sechzig in einem grauen, schimmernden Kleid. Sie war ordentlich frisiert, um ihren Hals lag eine Perlenkette, kleine Perlen steckten auch in ihren Ohrläppchen. Mit ihrem Aussehen passte sie in die enge Wohnküche wie ein Rennpferd vor einen Brauereiwagen.

»Guten Tag, die Herren«, sagte sie mit ihrer wohlklingenden Stimme. »Ich freue mich, Sie zu sehen.«

Sie nickte ihnen beiden zu.

»Willst du mich nicht vorstellen, Anton?«

Seinem Gesicht nach zu urteilen wollte Anton Krusmann nicht, aber er tat es trotzdem.

»Das ist meine Mutter, Therese Krusmann. Die Herren sind von der Kriminalpolizei. Kleinert und Dietrichs.«

»Sehr erfreut.«

Sie reichte ihnen majestätisch die Hand. Die Hand steckte in einem seidenen Handschuh, der Handrücken zeigte nach oben. Dietrichs fragte sich einen Augenblick lang, ob sie einen Handkuss erwartete, dann drückte er vorsichtig die Hand vor seiner Brust.

»Du könntest den Herren etwas zu trinken anbieten.« Sie wandte sich an Kleinert. »Kaffee? Oder ein Gläschen Champagner?«

Anton Krusmann stand auf.

»Mutter, wir haben keinen Champagner. Und auch keinen Kaffee.«

Er legte ihr einen Arm um die Schultern.

»Wir haben etwas Geschäftliches zu besprechen. Würdest du uns bitte allein lassen?«

»Aber nein«, erklärte Kleinert lautstark. Vor Dietrichs innerem Auge tauchten einen Augenblick lang die Vorstellung auf, dass Kleinert fragen würde, ob sich nicht doch ein Gläschen Champagner für ihn finden ließe. Kleinert hatte vermutlich noch nie Champagner getrunken, genauso wenig wie er selbst. Was ihn betraf, so würde er nicht bei einer Zeugenbefragung damit anfangen. Aber der Auftritt von Therese Krusmann in ihrem eleganten Aufzug und mit ihren ausgesuchten Manieren schien für einen kurzen Moment alles denkbar werden zu lassen.

»Vielleicht kann uns ja Ihre Mutter weiterhelfen«, sagte Kleinert.

»Gerne.«

Therese Krusmann war die Zuvorkommenheit in Person. Sie wandte sich an ihren Sohn.

»Anton, könntest du mich den Herren nicht vorstellen?«

»Die Herren sind von der Kriminalpolizei.«

»Ah?« Therese Krusmann hörte den Satz scheinbar zum ersten Mal.

»Sehr erfreut. Therese Krusmann.«

Vermutlich hatte es keinen Sinn, die Frau irgendetwas zu fragen. Kleinert tat es trotzdem.

»Sagt Ihnen der Name Konrad Garthner etwas?« Sein Kollege schob im letzten Moment ein »Gnädige Frau« hinterher.

Zu seiner Überraschung antwortete Therese Krusmann: »Aber ja.« Sie nickte ihnen wohlwollend zu. »Ich habe Geschäfte mit ihm gemacht.«

»Tatsächlich? Könnten Sie uns sagen, um welche Art von Geschäften es sich handelt?« Kleinert sprach mit ausgesuchter Höflichkeit.

Krusmann sah seine Mutter finster an und schwieg.

»Geschäfte.«

Sie wedelte mit ihrer behandschuhten Hand in der Küche herum, als wolle sie ein paar lästige Fliegen vertreiben.

Dietrichs schaltete sich ein. »Gnädige Frau, es wäre für uns sehr wichtig zu wissen, um welche Art von Geschäften es sich handelt.«

»Geschäfte eben«, war die unwillige Antwort.

Sie wandte sich an ihren Sohn.

»Anton, möchtest du mich den Herren nicht vorstellen?«

»Mutter«, sagte Krusmann, »die Herren sind von der Kriminalpolizei. Wir werden weiter über Geschäfte reden. Vielleicht möchtest du dich zurückziehen?«

Er machte Anstalten, sie aus dem Raum zu bugsieren.

»Einen Moment.« Kleinert unternahm einen neuen Versuch. »Was für Geschäfte haben Sie mit Garthner gemacht? Sie würden uns wirklich weiterhelfen, wenn Sie es uns mitteilen würden.«

Die Frau zögerte. Dann fuhr sie mit ihrem Handschuh ein weiteres Mal durch die Luft und sagte: »Da müssen Sie den Notar fragen.«

Sie nickte ihnen noch einmal huldvoll zu und verließ die Küche.

34

Dietrichs wandte sich an Krusmann.

»Was war das für ein Geschäft?«

Krusmann zögerte. Dietrichs hatte den Eindruck, dass sein Auge in schnellerem Takt zuckte.

Er fuhr ihn an. »Reden Sie, Mann. Wir werden es ohnehin herausfinden.«

Der Befehlston wirkte Wunder, Krusmann reagierte prompt.

»Es ging um ein Grundstück. Bongardstraße, Ecke Pariser Straße. Es gehörte meinem Vater, er hat es ihr vererbt. Nach ihrem Tod sollte ich es bekommen. Doch sie hat es verkauft. Weil Konrad Garthner ihr eingeredet hat, dass es nichts wert sei. Weil ja kein Haus mehr darauf stand.«

Dietrichs kannte die Straßenecke. Es war ein Trümmergrundstück, eines von vielen mitten in der Stadt.

»Er hat es ihr Anfang Mai abgeknöpft. Als schon längst klar war, dass der Tag X kommen würde.«

Der Zorn in Krusmanns Stimme war nicht zu überhören.

»Als alle Welt herumlief und versuchte, in Wertbeständiges zu investieren, weil jeder begriffen hatte, dass die Reichsmark keinen Pfifferling mehr wert sein würde. Da hat sie ihm das Grundstück verkauft, gegen einen Koffer voller Geld. Einen Koffer voller Papiergeld.«

Er atmete aus.

»Das Geld sollte für mich sein. Für meine Zukunft. So ein Humbug! Was soll ich mit einem Haufen Papiergeld kurz vor der Währungsreform?«

Ohne Frage, Krusmann hatte allen Grund, auf Garthner sauer zu sein.

»Warum haben Sie ihn aufgesucht?«

»Er hat meine Mutter über den Tisch gezogen. Sie haben ja gesehen, wie sie ist. Ich wollte mit ihm sprechen! Ihm sagen, dass der Kauf Betrug war, und ihn rückgängig machen. Aber er war nicht da. Die Frau, die mir geöffnet hat, hat mich zum Teufel geschickt.«

»Haben Sie ihn noch ein weiteres Mal besucht?«

»Nein.«

»Warum nicht?«

»Ich war danach beim Notar, der den Kauf mit meiner Mutter abgewickelt hat. Er hat gesagt, dass alles mit rechten Dingen zugegangen sei. Dass meine Mutter bei klarem Verstand war, als sie das Grundstück verkauft hat.« Bitter fügte er hinzu: »Bei klarem Verstand, von wegen. Ich habe es dem Notar gesagt, und er hat mich rauskomplimentiert. Da habe ich begriffen, dass ich auf verlorenem Posten stand.«

Er schaute auf die Wand hinter Dietrichs, als stünde da der Weisheit letzter Schluss, die Lösung all seiner Probleme.

»Sie sind mit Garthner persönlich zusammengetroffen«, sagte Kleinert.

Krusmann fuhr auf.

»Nein. Ich sagte doch, dass ich die Sache verloren gegeben habe.«

Krusmann sah ihn ärgerlich an.

»Sie standen in der Schlange an der Post hinter ihm«, sagte Kleinert. »Und haben ihn erkannt.«

Krusmann zögerte, dann sagte er: »Das stimmt. Da habe ich ihn zum ersten Mal gesehen. Ich habe ihn erkannt, als der Schalterbeamte seinen Namen gerufen hat. Konrad Garthner hatte seinen Schirm vergessen. Aber ich habe nicht mit ihm gesprochen.«

Krusmann gab an, dass er direkt nach Hause gelaufen sei. Angeblich hatte er niemanden getroffen, der seine Aussage hätte bestätigen können. Zu Hause habe ihn seine Mutter gesehen. Während er das sagte, schaute er unglücklich aus der Wäsche. Dass seine Mutter keine verlässliche Zeugin war, hatte er ihnen vor fünf Minuten erklärt.

»Sie meinen doch nicht im Ernst, dass ich ihn vor die Straßenbahn gestoßen habe?«

Krusmanns Auge hatte aufgehört zu zucken.

»Warum sollte ich das tun? Das bringt mir mein Grundstück auch nicht zurück.«

»Das nicht. Aber das war Ihnen vielleicht egal. Sie haben ihn an der Bordsteinkante stehen sehen und wollten es ihm einfach nur heimzahlen.«

»Das ist doch nicht Ihr Ernst«, sagte Krusmann wieder.

Es war ihr Ernst, und sie nahmen Krusmann mit aufs Präsidium.

35

Die Junisonne schien warm, ein lauer Wind strich durch die Straßen. Es war einer von diesen Tagen, an denen alles leicht und alles möglich erschien, und Edith dachte: Fragen kostet nichts.

Sie beschloss, in ihrer Pause am Nachmittag ihr Glück zu versuchen.

Sie überquerte den Platz mit den gesprungenen Pflastersteinen vor dem Redaktionsgebäude, kreuzte eine Straße und nahm den Weg an den Trümmergrundstücken vorbei.

Auf dem Terrain hatten sich längst Pflanzen niedergelassen: die unvermeidlichen Brennnesseln, zähe Erlen, zartrosa blühende Heckenrosen, die sogar die größten Mauerblöcke überwuchert hatten. Gräser, die sich im Wind wiegten, langstielige Weidenröschen und Birkenschösslinge, drei oder vier Jahre alt und schon längst mannshoch.

Unwillkürlich tauchte ein Foto vor ihrem inneren Auge auf. Das helle Grün, die raschelnde Kühle, die silbrige Unterseite der Blätter, die aufblitzte, wenn der Wind durch das Laub fuhr – dies würde nicht auf dem Foto erscheinen, sehr wohl aber die Helle der Sonnenflecken, die lichten Schatten der Blätter und das tiefe Schwarz auf den schattigen Seiten der Trümmerblöcke. Es wäre ein gutes Bild, aber Edith blieb nicht stehen, denn nichts zog an ihrer Schulter, kein Riemen drückte, hinabgezogen vom Gewicht der Kamera in ihrer Tasche.

»Die Natur holt sich alles zurück«, sagten die Leute. Doch das war Unsinn, dachte Edith. Sie wich den Zweigen einer Trauerweide aus.

Die Natur hatte keinen Plan und war keine Macht, die irgendetwas wieder ins Gleichgewicht brachte. Die Pflanzen hatten einfach getan, was sie selbst auch getan hatte: Sie hatten ein Plätzchen gefunden, krallten sich mit ein paar Wurzeln fest und sahen zu, dass sie halbwegs gerade nach oben wuchsen.

Die überwucherten Trümmergrundstücke hörten auf, stattdessen säumte eine Häuserzeile die Straße.

Edith vermied es, allzu nah an den Hofeinfahrten und den düsteren Hauseingängen vorbeizugehen. Dort konnte immer jemand herausschnellen, um ihr rasch die Tasche zu entreißen.

Am Samstag hatte sie nicht aufgepasst, weil sie mit ihren Fotos beschäftigt gewesen war. Sie hatte jahrelange Routine außer Acht gelassen – die Straße vor ihr nach Gefahren absuchen, die Ohren spitzen, ab und an ein Schulterblick, um zu sehen, ob sich von hinten jemand näherte.

Sie drehte sich um. Weit hinten in der schnurgeraden Straße ging ein Mann, in großer Entfernung. Als sie sich das nächste Mal umwandte, hatte der Mann aufgeholt. Vermutlich hatte er es einfach eilig und deshalb seinen Schritt beschleunigt, dachte sie. Sie ging rasch weiter, drehte sich nach einigen Metern wieder um. Niemand schien ihr zu folgen.

Schließlich stand sie da, wo sie hinwollte: vor Lehmanns Geschäft.

Fragen kostet nichts, dachte sie wieder.

Sie musterte die Auslage des Ladens. Auch Lehmann Fotobedarf hatte das Schaufensterwunder ereilt. Wo am Samstag noch Ödnis und Leere geherrscht hatten, lagen nun Belichtungsmesser, zwei Stative und verschiedene Objektive auf schwarzem Samt. Lehmann hatte sogar zwei Kameras ausgestellt, eine Ising Puck, die neu aussah, und eine gebrauchte Rolleiflex.

Die Ladenglocke schlug an, als sie die Tür aufzog, und sorgte dafür, dass Lehmann umgehend aus seinem Fotoatelier hervortrat und sich hinter seinem Ladentisch, einer halbhohen, gläsernen Vitrine postierte.

»Was kann ich für Sie tun, Fräulein Marheinecke?«

Ihr wurde ein geschäftstüchtiges Lächeln zuteil.

»Neue Filme, weil die vom Freitag schon voll sind?«

Das waren sie wohl nicht. Es sei denn, der Dieb hatte weiterfotografiert.

»Nein, danke, noch benötige ich keine.«

Lehmann ließ die Gelegenheit nicht ungenutzt verstreichen.

»Nun, für die nächste Woche wurde uns eine neue Lieferung ange-kündigt. Falls Sie dann Bedarf haben sollten, kann ich Ihnen gerne welche zurücklegen.«

Edith bedankte sich für die Nachricht und erklärte: »Ich brauche eine neue Kamera.«

Einen winzigen Augenblick lang schaute der Ladeninhaber sie verdutzt an. Kameras waren nichts, was sich mit dem Kopfgeld vom letzten Sonntag erstehen ließ, und ihm musste klar sein, dass Edith zwar eine treue, wenngleich nicht sonderlich wohlhabende Kundin war.

Da sie schon einmal dabei war, konnte sie ganz oben ansetzen, dachte Edith. Auch wenn unweigerlich dabei herauskommen würde, dass ihre Wunschkamera unerschwinglich war. Aber es galt: wenn schon, denn schon. Deshalb erkundigte sie sich nicht nach der Kleinbildkamera aus dem Schaufenster, sie fragte auch nicht nach der gebrauchten schweren Rolleiflex daneben, die gut und gern ihre zwanzig Jahre auf dem Buckel hatte und behäbig aus ihren zwei übereinanderstehenden Kameraaugen in die Welt glotzte.

»Eine Kamera mit aufschraubbarem Objektiv«, sagte sie.

Der Wunsch trug ihr erneut einen neugierigen Blick von Lehmann ein. Der Fotohändler wusste, dass sie ein solches Exemplar besaß, und wunderte sich vermutlich, dass sie eine weitere erstehen wollte. Edith setzte ein ausdrucksloses Gesicht auf, und Lehmann begriff, dass sie auf Nachfragen nicht erpicht war. Er machte ihr ein Angebot.

»Ich habe eine gebrauchte Zeiss Ikon Contax. Ein Kunde hat sie unlängst in Zahlung gegeben.«

Das Modell klang nach Wunschkamera und nach unerschwinglich.

»Ja, bitte zeigen Sie sie mir.«

Fragen kostet nichts.

Lehmann eilte in sein Hinterzimmer und kehrte mit dem Apparat zurück, den er behutsam auf dem dunkelgrünen Filz seines Tresens ablegte.

Edith nahm ihn vorsichtig auf. Die Kamera lag schwer in ihrer Hand. Sie schaute durch den Sucher, ließ den Blick über die Regale hinter dem Ladentresen schweifen. Zwischen gebrauchten Geräten waren dort auch zwei oder drei fabrikneue Objektive zu erkennen. Sie drehte an den Reglerknöpfen, mit denen sich Entfernung, Blende und Belichtungszeit einstellen ließen. Sie hob die Kamera abermals hoch. Das Gerät war ein wenig massiger als ihr altes, aber ebenso leicht zu handhaben.

Die Ladenglocke ertönte. Einen Augenblick später sagte eine bekannte Stimme in ihrem Rücken: »Guten Tag.«

Edith drehte sich um, die Kamera noch erhoben. Im Sucher erschien ein schmales Gesicht, zarte Fältchen um grüngraue Augen, ein halb verschämtes, halb verschmitztes Lächeln. Als Leo Mantler gewahr wurde, dass sie ihn mit der Kamera fixierte, wurde sein Lächeln breiter, und er neigte den Kopf gemessen nach vorn wie ein Monarch, der sein Volk grüßte. Edith ließ die Kamera sinken, und Leo Mantler schloss höflich die Tür hinter sich. Die Glocke bimmelte ein weiteres Mal.

»Ich wollte dich von der Arbeit abholen«, sagte er. »Ich war jedoch etwas spät dran und habe dich nur noch aus der Redaktion eilen sehen. Deshalb bin ich dir hinterhergelaufen.«

Er lächelte entschuldigend.

Also war Leo Mantler derjenige gewesen, den sie aus weiter Ferne gesehen hatte. Ein Verfolger, zweifelsohne. Doch war er sicher auf etwas anderes aus als auf ihre Kamera. Worauf Leo es abgesehen hatte, ob es ihr gefiel oder nicht, dass er hier hereinschneite – über all das konnte sie später nachdenken. Edith erwiderte Gruß und Lächeln und wandte sich wieder Lehmann und der Kamera zu. Sie umschloss das Objektiv mit der hohlen Hand und drehte es, um es abzuschrauben. Nach einem kurzen Ruck löste es sich.

»Bajonettverschluss«, erklärte Lehmann, zufrieden mit ihrem Erstaunen. »Das Wechseln geht damit rascher.«

Sie setzte das lange Fernobjektiv an und befestigte es mit einem kurzen Dreh am Gehäuse. Lehmann hatte recht, es ging schneller. Sie löste es wieder, wandte sich um und schaute durch das Objektiv wie durch ein Fernrohr aus dem Laden hinaus. Die Scharten im Putz der gegenüberliegenden Fassade traten gestochen scharf hervor.

»Beste Qualität«, sagte Lehmann hinter seiner Theke.

Sie legte das Objektiv wieder auf den Filz. Mantler hatte sich an die Ladentheke gelehnt und sah ihr zu.

Sie fragte nach dem Preis. Die Antwort gab nicht gerade Anlass zu Freude und Hoffnung. Zweihundertfünfzig Mark, weit mehr als ihr monatliches Fixum bei der Zeitung.

Lehmann musste ihr die Enttäuschung angesehen haben, denn er langte unter den Ladentisch und legte einen weiteren Fotoapparat auf den dunkelgrünen Filz.

»Eine Schraubleica. Gebraucht.«

Dasselbe Modell wie ihre. Sie nahm sie in die Hand. Die Kamera wies sogar dieselben Abnutzungsspuren am Auslöser wie ihre auf, ebenso am Rückspulrad. Ein Film war nicht eingelegt. Nachdenklich blickte sie durch den Sucher.

»Gerade gestern ist sie reingekommen«, sagte Lehmann. Edith wusste, wie die unausgesprochene Fortsetzung lautete: Und kann genauso schnell wieder fort sein.

»Hat sie auch ein Kunde in Zahlung gegeben?«, fragte sie hinter der Kamera hervor, froh darüber, dass der Apparat einen Teil ihres Gesichts verbarg.

Die Antwort kam umgehend.

»Ja.«

Was sollte er auch anderes sagen? Eine zwielichtige Gestalt hat sie mir verkauft? Nachdem sie sie einer Journalistin fortgerissen hat?

Edith legte die Kamera ab.

»Gibt es Objektive dazu?«, fragte sie, um Zeit zu gewinnen

Es gab ein Fernobjektiv und ein Weitwinkelobjektiv, die häufig auf die Kamera aufgeschraubt worden waren. Doch die lagen bei ihr zu Hause in der Kameratasche.

»Ich könnte Ihnen welche besorgen«, lautete Lehmanns Antwort.

Edith nahm den Fotohändler fest in den Blick.

»Es ist meine Kamera.«

Lehmann runzelte die Stirn und lächelte verwirrt.

»Sie nehmen sie also, wollen Sie sagen?«

Sie hatte nicht einmal nach dem Preis gefragt.

»Nein. Es tut mir leid, Herr Lehmann. Sie gehört mir. Sie ist mir vorgestern gestohlen worden.«

Lehmanns Lächeln zerrann, sein Körper in dem grauen Kittel versteifte sich hinter der Theke.

»Das kann nicht sein. Ich handle nicht mit Diebesgut.«

»Ich erkenne sie wieder. Hier, dieselben abgenutzten Stellen.«

Lehmann gab sich nicht geschlagen.

»Kameras weisen nun einmal an denselben Stellen Gebrauchspuren auf.«

»Die Seriennummer ist dieselbe.«

Lehmanns Adamsapfel bewegte sich einmal hinauf und einmal hinunter.

»Ich habe Anzeige wegen Diebstahls erstattet«, fügte Edith hinzu.

Lehmann schluckte erneut. Sein Blick glitt zu Mantler.

Dann tat Lehmann etwas, mit dem sie nicht gerechnet hatte. Er brach in lautes Lachen aus, eine Folge von dunklen und freudlosen Hohos.

»Ihr seid mir ein sauberes Pärchen«, sagte er nach dem letzten Hoho. »Sie glauben doch nicht im Ernst, ich packe Ihnen die Kamera ein, sage: ›Bitte sehr, hier haben Sie Ihr Eigentum zurück und einen schönen Tag noch‹, weil ich Angst davor habe, dass Sie mich wegen Hehlerei anzeigen. Den jungen Mann haben Sie sich als Zeugen mitgebracht. Sehr raffiniert, aber nicht mit mir!«

Sie hatte gern bei Lehmann ihre Filme gekauft. Der Händler war zumeist liebenswürdig und entgegenkommend gewesen, sie hatten manchmal ein bisschen gefachsimpelt und den einen oder anderen Scherz gemacht. Nun suchte er nach einer Erklärung, um nicht das Offensichtliche erkennen zu müssen: Er hatte ihr Diebesgut zum Kauf angeboten, und sie hatte es entdeckt.

»Nein, das wird nicht gehen«, sagte sie zu Lehmann. »Ich glaube keinesfalls, dass Sie mir die Kamera einpacken können und die Sache damit erledigt ist.«

Sie warf einen Seitenblick zu Leo Mantler. Der hatte sich gestreckt und hörte aufmerksam zu. Sie wusste immer noch nicht, was sie von seiner Anwesenheit halten sollte. Eines war ihr jedoch klar: Bei der Wendung, die das Gespräch genommen hatte, war es gut, dass er neben ihr stand und einen möglichen Zeugen abgab.

»Verlassen Sie sofort meinen Laden!«

Lehmann wies mit gestrecktem Zeigefinger zur Tür.

»Herr Lehmann«, setzte Edith an.

»Raus!«

»Herr Lehmann«, begann Edith erneut.

»Verschwinden Sie!«

Edith nickte. Die Ladenglocke bimmelte abermals, als sie mit Leo Mantler auf die Straße trat.

Fragen kostet nichts, dachte sie. Fragen bringt Überraschungen.

36

An diesem Dienstagnachmittag geschahen zwei Dinge, mit denen Dietrichs nicht gerechnet hatte. Krusmann half ihnen bei der Lösung eines Falles, und die Marheinecke rief an und hatte brauchbare Neuigkeiten.

Den widerstrebenden Krusmann hatten sie aufs Präsidium gebracht, ihn fotografiert und Fingerabdrücke genommen. Jürgens von der Spurensicherung versprach, die Fotos schnellstens zu entwickeln, damit sie sie den Zeugen zeigen konnten. Sie hatten zwei Schupos herbeigeholt, die am Sonntagmorgen an der Drehschreibe Dienst gehabt hatten. Die beiden hatten ihn wiedererkannt.

Krusmann behauptete steif und fest, dass er die Haltestelle nicht passiert habe, sondern nach seinem Besuch in der Post gleich nach rechts, in die Viktoriastraße, abgebogen sei. Vor der Hauptpost war er tatsächlich gesehen worden. Für seinen weiteren Weg allerdings gab es unter den Schutzpolizisten keine Zeugen.

»Ich war überhaupt nicht in der Nähe dieser verdammten Haltestelle«, sagte er immer wieder, so oft, dass Stratmann, der mit Dietrichs am Verhörtisch saß, ungeduldig mit dem Knie wippte. Kleinert musste vor Gericht eine Zeugenaussage machen, Stratmann hatte sich angeboten, sogar fast gedrängt, dass er bei dem Verhör dabei sein konnte.

Krusmann war einer von den Zeugen, die meinten, mit einer folgerichtigen, zwingenden und über jeden Zweifel erhabenen Geschichte ihre Unschuld beweisen zu können, und die, wenn das nicht beim ersten Mal klappte, diese Geschichte bis zum Umfallen wiederholten.

Wieder sagte Krusmann: »Ich habe mich mit der Sache abgefunden, verstehen Sie? Ich habe am Samstag das Geld zur Bank getragen und eingezahlt, in bar. Es gab ja keine andere Möglichkeit mehr. Keiner wollte mir etwas verkaufen, das noch irgendwie wertvoll gewesen wäre. Noch nicht einmal annähernd so wertvoll wie das Grundstück, das wir losgeworden sind.«

Das seine Mutter losgeworden war, korrigierte Dietrichs ihn in Gedanken. Aber was seiner Mutter gehörte, gehörte wahrscheinlich genauso gut ihm.

Krusmann versuchte es mit einer neuen Erklärung.

»Selbst die Schwarzmarkthändler haben sich weggedreht, als ich mit den Reichsmark kam. Sie haben geguckt, als ob ich ihnen schimmeliges Brot anbieten würde.«

Stratmann merkte auf.

»Und deshalb waren Sie wütend«, sagte Dietrichs. »Um nicht zu sagen: fuchsteufelswild.«

Krusmann stöhnte.

»Natürlich war ich wütend auf ihn, die ganze Zeit. Auch als ich diesen Garthner in der Post erkannt habe. Jedoch nicht wütend genug, um ihn unter eine Straßenbahn zu stoßen.«

Er sah ihn verzweifelt an.

»Das können Sie mir nicht anhängen.«

»Wir hängen hier niemandem etwas an«, sagte Dietrichs.

Die Frage, die Stratmann als nächste stellte, wäre weder Dietrichs noch Kleinert eingefallen, aber es war die Frage, die sie ein gutes Stück weiterbrachte.

»Wem haben Sie denn die Scheine angeboten, bevor Sie sie auf die Bank gebracht haben?«

In Krusmanns Augen trat ein Hoffnungsschimmer. Er beantwortete die Frage eilends und willig.

»Ich habe es zuerst an der Marienkirche versucht. Da habe ich mit ...« Er überlegte kurz. »Mit vier Händlern gesprochen.«

Eifrig beschrieb er Stratmann die Männer, Stratmann notierte genauso eifrig.

»Einen habe ich sogar zu Hause aufgesucht. In der Feldsieper Straße. Er hieß ...«

»Hüttner«, sagte Dietrichs.

Am liebsten hätte Dietrichs sich mit der Hand gegen seinen dösigen Kopf geschlagen. Hier hatten sie ihn: den Mann mit dem Koffer, den sie tagelang gesucht hatten. Der einäugige Besitzer der Seltersbude hatte sogar von dem Tick geredet, den der Koffermann hatte: ein unablässiges Zucken des Auges. Er hätte schon daran denken müssen, als Charlotte Garthner Krusmann beschrieben hatte. Dösig.

»Wann waren Sie bei ihm?«, fragte Dietrichs.

Krusmann musste nicht lange überlegen.

»Vorletzte Woche Samstag, nachmittags. Es war mein letzter Versuch. Aber selbst Hüttner wollte es nicht kaufen. Er und sein Kompagnon haben mich ausgelacht. Hüttner hat mir ein Angebot gemacht, das schlicht ein Witz war. Ein kleines Goldringlein. Der andere wollte mir noch nicht einmal das geben.«

Dietrich erhielt eine Beschreibung des Kompagnons, die eine ziemlich genaue Beschreibung von Cordsen war. Cordsen hatte gelogen: Er war Hüttners Geschäftspartner und hatte dessen Gespräch mit Krusmann nicht belauscht, sondern war selbst dabei gewesen.

»Hüttner hat ihn richtig in den Senkel gestellt und gesagt, dass er auf ihn in Zukunft verzichten könne. Aber das war mir egal. Ich wollte ja nur mein Geld halbwegs günstig eintauschen.«

»Waren Sie am Abend noch einmal da?«

»Am Abend? Nein, wieso sollte ich? Die Sache war gelaufen.«

Am Abend hatte ihn niemand gesehen, das hatten die Zeugenbefragungen in der Nachbarschaft erbracht. Dietrichs war sich sicher, dass Krusmann die Wahrheit sagte. Er hatte ohne Not begonnen, von den Schwarzmarkthändlern zu reden, und hatte von seinem Besuch bei dem toten Hüttner berichtet.

Sie hatten ihn, ihren Koffermann, und er war offenkundig unschuldig, was den Mord an Hüttner anging.

Was Hüttner anging, waren sie nun auf der sicheren Seite. Kein windiger Verteidiger konnte ins Feld führen, dass es ja noch einen geheimnisvollen Besucher gegeben hätte. Und noch besser, Krusmanns lieferte ihnen einen Beweggrund für den Mord: Die beiden waren nicht nur Mieter und Vermieter gewesen, sondern hatten miteinander gearbeitet, und Hüttner hatte an dieser Zusammenarbeit kein Interesse mehr gehabt.

Sie konnten die Akte Cordsen schließen. Cordsen war und blieb in Haft.

Was jedoch den toten Konrad Garthner anging, blieb Krusmann ihr Hauptverdächtiger. Dietrichs ließ Krusmann in die Zelle zurückbringen.

Kurz danach kündigte Adelheid Beckmann, seine Sekretärin, ihm den Anruf von der Marheinecke an. Dietrichs' Begeisterung hielt sich in Grenzen. Wahrscheinlich wollte die Journalistin sich wieder nach ihrer Kamera erkundigen. Deswegen hatte sie gestern bereits angerufen, zweimal. Dass ihm die Anrufe lästig waren, hatte er sie spüren lassen, aber es hatte ihr nichts ausgemacht. Sie hatte seinen Missmut einfach ignoriert.

Es knackte in der Leitung, und die kühle Stimme der Journalistin drang an sein Ohr.

Sie kam ohne Umschweife zur Sache.

»Gibt es Neuigkeiten zum Fall? Etwas, was wir in der nächsten Ausgabe veröffentlichen können?«

»Keine, über die Sie schreiben können.«

»Sie haben also neue Erkenntnisse.«

»Wenn Sie so wollen. Aber nichts, was ich Ihnen mitteilen könnte. Deswegen hätten Sie mich nicht aus einer Gastwirtschaft anrufen müssen.«

Die Geräusche im Hintergrund waren unverkennbar Kneipengeräusche. Gläserklirren, das Gewirr zahlreicher Stimmen, manche schon vom Alkohol dumpf und verwaschen. Kein Ort für eine junge Frau, dachte Dietrichs. Ihm fiel seine Frau Emma ein, die gern mit ihm ausgegangen war, nicht nur in Restaurants, sondern auch in Kneipen. Dort hatte sie sich gerade wie eine Eins an den Tresen gestellt, den Kopf mit dem Bubikopf in den Nacken gelegt, um ihr Pils zu trinken. Aber das war vor zwanzig Jahren gewesen, als sie beide jung waren, jung, wie die Republik, die es längst nicht mehr gab.

Er wartete, dass sie ihn nach der Kamera fragte. Stattdessen sagte sie: »Ich hingegen habe Neuigkeiten für Sie, die Sie verwenden können. Meine Kamera ist wieder aufgetaucht.«

Sie berichtete, wie und wo sie sie wiedergefunden hatte.

Dietrichs hörte ihr mit mäßigem Interesse zu. Die Marheinecke schien zu denken, dass Diebstahl und Mord zusammenhingen. Doch die Kamera konnte jeder x-beliebige Strauchdieb gestohlen haben.

»Der Film, der in der Kamera war, ist der auch wieder aufgetaucht?«

»Nein, leider nicht.«

Die Marheinecke hatte noch etwas auf dem Herzen, zumindest hörte er sie am Telefon tief Luft holen.

»Ich hätte gerne meine Kamera zurück. Sie ist noch bei dem Fotohändler.«

Dietrichs brummte. Kameradiebstahl fiel nun wirklich nicht in sein Aufgabengebiet, das hatte er ihr schon gestern erklärt.

»Oder ist es besser, wenn ich die Kollegen vom Diebstahldezernat anrufe? Ich meine, es geht ja um ein Eigentumsdelikt.«

Die Kollegen Runge und Hackfeld würden mit Begeisterung zu dem Fotohändler stiefeln. Dietrichs sah das Bild klar vor sich. Sie würden ihn energisch befragen und vermutlich sogar den Dieb oder den Zwischenhändler finden. Ob sie jedoch ihre Ergebnisse mit ihm teilen würden, war eine andere Frage. Eher nicht, vermutete er, Runge war ihm schon in manche Ermittlung gegrätscht.

»Lassen Sie das«, beschied er der Marheinecke. »Ich kümmere mich selbst drum.«

Er lauschte in den Hörer und hatte das Gefühl, ein leises Kichern zu hören. Aber vielleicht war das auch nur das Surren der Amtsleitung.

37

Der Wind fuhr durch Selmas Haar. Unter ihnen lag die zerstörte Stadt. Sie waren die vielen Stufen zum Bismarckturm hinaufgeklettert, einem trutzigen Turm aus dicken Steinquadern.

Im Westen ragten die Schlote in den Himmel, über den Kühltürmen ballten sich weiße Wolken. In der Stadt wurde wieder gearbeitet.

Sie wandte den Blick ab und zeigte hinunter auf einen Hang.

»Hier sind wir früher Schlitten gefahren, du und ich und Vater. Ich saß immer vorn, weil ich die Kleinste war.«

Ein aufgeregtes Ziehen in der Magengrube, in ihrem Rücken der große, breite Körper ihres Vaters, es war ein glückliches Sausen den Hang hinunter gewesen, der jetzt weit weniger steil und viel kürzer als früher wirkte. Erinnern fiel von dieser hohen Warte aus leicht, weit über der Stadt.

»Weißt du noch?«

Max schwieg. Deshalb redete sie weiter.

»Und der Gondelteich. Kannst du dich noch an unser Schlittschuh-fahren erinnern?«

Zögernde Schritte über das Eis, sie und Ingeborg, Hand in Hand, beide die Finger in Fäustlingen, die an einem Band hingen, damit sie nicht verloren gingen, wenn sie sie auszog. Max reagierte nicht, sondern starrte weiterhin in die Ferne.

Sie nahm einen neuen Anlauf.

»Und an Ingeborg, erinnerst du dich an die?«

Max wandte sich zu ihr. Der Wind blies ihm die Haare ins Gesicht.

»An die dünne Hippe? Die meinte, sie hätte einen Bandwurm, weil sie vom Essen nicht genug bekommen konnte?«

Er grinste. Froh darüber, dass Max aus seinem düsteren Schweigen aufgetaucht war, stimmte sie ihm zu.

»Richtig, das war ihre große Sorge. Du hast uns geärgert, hast ihr Juckpulver hinten in den Kragen gesteckt.«

Sie kicherte wieder, als sie daran dachte, wie ihre Freundin sich gewunden hatte und sie schließlich zu zweit die Hagebuttenkerne aus ihrem Hemd geklaubt hatten.

»Ich weiß gar nicht, ob die Kerne wirklich gejuckt haben. Oder ob es nur daran lag, dass du um uns herumgesprungen bist und wie ein Wahnsinniger ›Juckpulver, Juckpulver‹ gebrüllt hast.«

»Natürlich war es das Pulver«, sagte Max. »Bestes Pulver. Ich habe es mit viel Mühe aus den Hagebutten gepult.«

Max lachte, und Selma war glücklich, dass seine finstere Laune für einen Augenblick verschwunden war. Als hätte der Wind hier oben sie weggeblasen.

In England hatten sie nie über ihr altes Zuhause geredet. Sie waren zuerst in Heimen in unterschiedlichen Städten untergebracht gewesen, so dass sie sich einmal im Jahr treffen konnten, wenn Max aus London fortkonnte und sie in Manchester besuchte. Sie hatten über ihr Leben in den Heimen gesprochen, über den Krieg, über die beunruhigenden Nachrichten, die aus Deutschland kamen und im Radio verbreitet wurden. Meist hatten sie in einer stillen Ecke gesessen, irgendwo in einem Park, weit entfernt von den übrigen Passanten, damit niemand daran Anstoß nehmen konnte, dass sie Deutsch miteinander sprachen.

»Oder die Schauergeschichten, die du uns erzählt hast. Vom Bullemann, der im Keller wohnt und nach uns greift, wenn wir die Kohlen hochholen.«

Max sprach wie früher mit tiefer Stimme, drehte sich von der Balustrade weg und baute sich drohend vor ihr auf.

»Da kommt der Bullemann. Der holt dich, wenn du nicht artig bist.«

Max' Grimasse war tatsächlich furchterregend, er fletschte die Zähne und kniff das linke Auge zusammen, Selma kicherte. Dann hörte sie abrupt damit auf.

»Irgendwann ist sie nicht mehr gekommen«, sagte sie. »Ingeborg, meine ich.«

»Aber nicht wegen meines Juckpulvers. Das fand sie prima.«

Max grinste immer noch.

»Nein. Weil ihre Eltern es ihr verboten hatten.«

Die Freude war aus Max' Gesicht fortgewischt.

»Weil sie mit den Judenblagen nicht mehr spielen sollte, nehme ich an«, sagte er trocken.

»Ja, so war es. Wir haben fürchterlich geweint, Ingeborg und ich. Ein paarmal ist sie noch ausgebüxt, doch das war nach ein paar Wochen vorbei.«

Ihre Mutter hatte versucht, es schönzureden. Sie habe diese Ingeborg nie gemocht. »Ein zappeliges Geschöpf, das außer ›Guten Tag‹ und ›Auf Wiedersehen‹ kaum redet. Was willst du mit der?«, hatte sie gesagt. »Sei froh, dass du sie los bist.« Danach hatte sie ihr helles, nervöses Lachen gelacht. Allerdings hatte sie es bald aufgegeben, die Dinge schönzureden: Den Ausschluss aus dem Schwimmverein konnte sie noch abtun – »Dir hat das doch nie wirklich gefallen in dem kalten Wasser, gehst du eben in die Mädchenturngruppe beim Bund jüdischer Frontsoldaten« – anderes nicht mehr: die Freunde, die insgesamt weniger wurden, den Rauswurf von Max aus dem Schachklub, die Tatsache, dass sie bei dem Festumzug des Junggesellenvereins nicht mehr mitlaufen sollten, die Kündigung des Hausmädchens, das nicht mehr bei Juden arbeiten durfte, den Ausschluss des Vaters aus der Vereinigten Kaufmannschaft. Die Beschönigungen hörten auf und machten blanker Angst Platz.

Ida war zur selben Zeit mit ihr in die Turngruppe gegangen, sie waren richtig gut gewesen, ihre Riege hatte sogar bei einem Wettbewerb den zweiten Platz geholt. Sie hatten sich zusammengetan, saßen in der Schule nebeneinander und hatten Halma bis zum Abwinken gespielt.

Dann hatte Selma ihren Koffer gepackt und war mit Max nach England gefahren war. Ida war in Bochum geblieben.

»Lass uns gehen«, sagte sie zu ihrem Bruder. Sie stiegen die zahlreichen Treppenstufen wieder hinunter.

»Wollen wir etwas wegen des Ladens unternehmen?«, fragte Max, als sie wieder vor dem Turm standen.

Selma wunderte sich, dass Max fragte. Normalerweise hatte er seine Ansichten und scherte sich nicht darum, was andere, sie eingeschlossen, sagten. Sie hakte sich bei ihm unter, zusammen machten sie ein paar Schritte den Kiesweg entlang.

»Vater hat den Laden gezwungenermaßen und unter Preis verkauft. Zudem hat Garthner ihn nicht komplett bezahlt. Er hat ihn sozusagen für 'nen Appl und 'n Ei bekommen. Andererseits hat er ihn weitergeführt und die Eltern unterstützt. Er hat Mutter Medikamente ins Judenhaus gebracht, auch wenn ein paar Medikamente keine Gegenleistung für ein gut gehendes Geschäft sind«, sagte Selma.

Ich mache eine Liste auf, dachte sie. Soll und Haben. Was hatte Garthner genommen, was hatte er gegeben?

»Der gute Garthner«, sagte Max. Er ließ den Satz in der Frühsommerluft hängen.

Selma erwiderte: »Moralisch hast du vielleicht sogar recht, weil er schlimmer hätte handeln können.«

Andererseits hatte er sie nicht gesucht, hatte sich nicht nach den Eltern erkundigt, hatte keine Anstalten gemacht, seine Schulden zu begleichen. Selma fragte sich, ob solche Rechnungen einen Sinn hatten.

Einfacher waren die Rechnungen mit Zahlen, die für Geldbeträge standen. Diese Rechnungen sprachen eine klare Sprache. Die andere war moralisch und weniger klar.

»Es war Vaters Laden«, sagte Max. »Garthner hat von den Umständen profitiert.«

Sie blieb stehen.

»Wir sollten einen Antrag auf Restitution stellen. Es war nicht richtig, dass wir ihn abgeben mussten. Ungerechtfertigte Entziehung von Eigentum, wie du Garthner gesagt hast. Wenn wir ihn wiederbekommen, stellen wir das Richtige wieder her. Zumindest in einem kleinen Rahmen.«

Max blieb ebenfalls stehen.

»So vieles war nicht richtig. Was willst du mit dem Laden?«

»Ihn wiederhaben. Ich will nicht, dass sie sich daran bereichern. Ich will nicht, dass Onkel Helmut darin sitzt, Zukunftspläne schmiedet und mit den Grundlagen, die Vater gelegt hat, munter Geld verdient.«

»Du glaubst doch nicht im Ernst, dass Helmut Garthner dir das Geschäft überlässt.«

»Sicher nicht freiwillig.«

»Du meinst, die deutschen Behörden geben es uns zurück?«

»Sie geben uns den Laden sicher nicht zurück, wenn wir es nicht versuchen. Aber du hast es ihm doch gesagt. Es gibt da dieses Gesetz in der amerikanischen Zone.«

»Und – hast du von jemandem gehört, dass er sein Eigentum wiederbekommen hat?«

»Nein«, sagte Selma, »bislang nicht. Doch einen Versuch wäre es wert.«

»Einen Wäscheladen in Deutschland, wer will denn so etwas?«

»Ich«, sagte Selma.

»In diesem Land?«, fragte er. »Das kann nicht dein Ernst sein. Vergiss es.«

»Ich würde wieder ein Schild aufhängen. Miederwaren Winterstein. Und sie könnten es alle lesen. Der Laden gehört wieder uns. Der Name wäre nicht hinter irgendeinem Kaufhof, Hertie oder Kortum verschwunden, sondern jeder sieht: Der Laden hat Wintersteins gehört, und jetzt gehört er ihnen wieder.«

»Das würde bedeuten, dass du hier bleibst, oder? Um dein Schild aufzuhängen, meine ich. Und um es jeden Tag zu putzen und dafür zu sorgen, dass es hängen bleibt. In diesem Land. Oder?«

Max kickte einen Kiesel ins Gras.

In diesem Land, wiederholte Selma in Gedanken. Das war der springende Punkt. Mit dem Aufhängen des Schildes wäre es nicht getan. Sie würde es vielleicht jeden Tag wieder gerade rücken müssen, das Schild, vielleicht würde sie es auch putzen müssen, wegen der Schmierereien.

»Vergiss es«, sagte Max wieder. »Ohne mich.«

Er zog die Schultern hoch und stapfte davon.

38

Leo Mantler stand am Tresen und wartete auf sie. Während ihres Telefongesprächs mit Dietrichs hatte er Edith den Rücken zugewandt, ein paar Schritte Abstand gehalten – ich bin ein Muster der Diskretion, sagte seine gesamte Körperhaltung. Genauso diskret und vorsichtig fragte er, ob er sie bis nach Hause begleiten dürfe.

Edith bejahte. Seite an Seite gingen sie durch den Frühsommerabend. Leo plauderte. Er erzählte von seiner Arbeit in Frankfurt, von den Vorbereitungen der Währungsreform, von der Geheimhaltung, die doch nicht funktionierte, weil sich auf einmal zahlreiche einschlägig bekannte Figuren um das Gebäude der Reichsbankhauptstelle an der Taunusanlage herumdrückten, wo das neue Geld eingelagert war. Wenn man ihm zuhörte, war eines sofort klar: Wo Leo Mantler war, ereigneten sich wichtige Dinge. Die Amerikaner stellten in ihrem Hauptquartier die Weichen für die zukünftige Entwicklung der westlichen Zonen. Der Wirtschaftsrat tagte, Erhard, der Dicke mit der Zigarre, wie der Politikredakteur ihn nannte, traf weitreichende Entscheidungen.

»Zumindest tut er so«, sagte Leo. »In Wirklichkeit sind es die Amerikaner, die den ganzen Plan mit der Währungsreform ausgeheckt haben. Da kann er mit wichtiger Geste seine Zigarren so viel schwenken, wie er will.« Er lachte. »Er qualmt übrigens wie die Schlote im Ruhrgebiet.«

»Vielleicht soll es so sein. Seht her, die Hochöfen brennen wieder – wir spucken alle in die Hände, und es geht aufwärts.«

»Und möglicherweise wird Frankfurt ja mal deutsche Hauptstadt«, erklärte Leo Mantler.

»Von welchem Deutschland?«, widersprach Edith. »Die Sowjets werden das nie zulassen.«

»Das werden wir sehen.«

»Da gibt es nichts zu sehen. Sie beteiligen sich doch jetzt schon nicht an der Währungsreform, sondern machen ihre eigene. Sie kleben Papierstückchen auf ihre alten Reichsmarkscheine, damit sie zu neuem Geld werden.«

Sie redeten, und einen Moment lang fühlte sich Edith wieder wie im Winter vor anderthalb Jahren, als sie mit ihm durch die kältestarre Stadt gelaufen war, mit ihm diskutiert, gelacht und gescherzt hatte. Doch der Winter war vorbei. Leo Mantler war damals unvermittelt verschwunden, ebenso unvermittelt wieder aufgetaucht und hatte erklärt, dass er von nun an in Frankfurt arbeiten werde. Er hatte zweimal von dort geschrieben, sie hatte ihm nicht geantwortet. Und nun war er wieder da, wie ein Geist aus der Flasche.

Edith erzählte von ihren Fotos, von Westhoff, dem Pressefotografen, von der Kamera, die sie auf dem Schwarzmarkt gegen Zigaretten eingetauscht hatte und die ihr nun gestohlen worden war.

»Du hast gerade die Polizei informiert, oder?«, fragte er.

»Ja.«

»Was haben sie gesagt?«

»Dass sie sich darum kümmern wollen«, sagte Edith.

»Gibt es etwas Neues von diesem Toten unter der Straßenbahn? Ich habe deinen Artikel gelesen. Gut gemacht, übrigens.«

Edith nahm das Kompliment mit einem Nicken entgegen.

»Sie ermitteln«, antwortete sie. »Es gibt wohl einige Spuren, doch darüber schweigen sie sich aus.«

Sie sagte nichts von den Aufnahmen, die sie am Sonntagmorgen gemacht hatte, von dem Unfall, der kein Unfall gewesen war, von den Versuchen der Kripo, mit ihren Fotos den Hergang zu rekonstruieren und daran Beteiligte zu finden. Es war gut, mit Leo Mantler zu plaudern, aber es war weit weniger gut, ihm Exklusivmaterial frei Haus zu liefern.

»Warum bist du hier?«, fragte Edith ihn.

»In Bochum? Ich schaue nach meiner Mutter. Sie braucht meine Hilfe bei dem Geld- und Umtauschkram. Viel Papier, ich helfe ihr. Ich verbinde das mit einer Reportage über die Demontagen in der Schwerindustrie.«

Ein Teil der Stahlwerke wurde abgebaut, noch in diesem Frühjahr war eine riesige, fast neue Radreifenpresse in Höntrop zerlegt und nach England gebracht worden. Edith hatte selbst darüber berichtet.

»Oder ist ›hier‹ im engeren Sinne gemeint?«, fragte Leo Mantler spitzbübisch.

»Nein, so eine unhöfliche Frage würde ich nie stellen. Ich würde einfach wohlerzogen und geduldig darauf warten, dass sich mir der Grund für dein Erscheinen offenbart.«

»Ich wollte dich sehen und hören, wie es dir geht.«

Sie fragte sich, ob dies der einzige Grund war. Bei ihren letzten Begegnungen hatte Leo immer noch einen weiteren Plan im Kopf gehabt, wenn er sich mit ihr traf. Sie zugebenermaßen allerdings auch.

»Es geht mir gut«, sagte sie. Sie fragte nach seiner Frau.

»Sie lebt nicht mehr. Sie ist nicht mehr wach geworden«, antwortete er. Seine Frau hatte lange in einer Klinik gelegen, nachdem sie nach einem Bombenangriff drei Tage unter den Trümmern verschüttet gewesen war. Sie war in eine Art Starre verfallen und hatte Jahre in diesem Zustand verbracht.

Sie schwiegen, dann fragte er: »Wie läuft es in der Redaktion?«

Die Arbeit in der Redaktion verdankte sie Leo. Bevor er im letzten Frühjahr nach Frankfurt gegangen war, hatte er ihr die Nummer des Chefredakteurs in die Hand gedrückt. »Probier doch mal, die suchen einen Volontär. Ich leg' ein gutes Wort für dich ein.«

Was Sachs veranlasst hatte, sie einzustellen – Mantlers gutes Wort, ihre eigenen Worte, als Sachs sie eine Meldung hatte schreiben lassen, oder die Tatsache, dass sie dringend einen Ersatz für den ausscheidenden Mantler brauchten –, wusste sie nicht. Jedenfalls hatte sie die Stelle bekommen.

Die Arbeit in der Redaktion war kein heikles Terrain, und so erzählte sie von ihren Artikeln, von Sachs, von den Kollegen. Er kannte die meisten von ihnen und machte scharfzüngige Bemerkungen.

Inzwischen waren sie vor dem Haus in der Friederikastraße angelangt. Der Garten grünte und blühte, hier hatte allerdings, anders als auf den Trümmergrundstücken, ein Blumenliebhaber gesät, gepflanzt und geordnet. Rosa Rosen neigten sich über den Zaun.

»Hübsche Gegend.«

»Ja, ich hatte Glück«, sagte Edith. Die Wohnung war weit besser als die in der Hofsteder Straße. Dort war Leo Mantler nie gewesen, er hätte auch schwerlich in das schmale Bett in ihrer Kammer gepasst.

»Geht die Polizei eigentlich davon aus, dass dir der Mörder die Kamera gestohlen hat?«, fragte er.

Edith ließ die Klinke der Gartenpforte los. Leo schien bis zum letzten Augenblick gewartet zu haben, bevor er ihr die Frage stellte.

»Ich weiß es nicht.«

»Es wäre gut möglich, dass du den Mörder fotografiert hast.«

Er war besorgt, zumindest klang er so.

»Ja«, sagte Edith knapp.

Leo Mantler ließ sich durch die kurze Antwort nicht vom Thema abbringen.

»Der Täter müsste gesehen haben, dass du ihn aufgenommen hast.«

»Sicher, sonst hätte er mir ja die Kamera nicht gestohlen.«

Sie hörte, wie gereizt sie klang.

»Aber der Täter weiß, dass du ihn gesehen hast.«

»Möchtest du mir jetzt zart und gefühlvoll andeuten, dass er nicht nur einen Film stehlen möchte, sondern auch die Zeugin aus dem Weg räumen will?«

»Immerhin wäre es möglich, oder?«

Natürlich wäre es möglich. Und natürlich sagte ihr Leo Mantler nichts Neues. Sie drehte sich nicht umsonst auf der Straße um, hielt Ausschau nach schlanken Gestalten im Trenchcoat. Wer ihr die Kamera wegriss, war vielleicht auch auf ihre Augen erpicht. Andererseits hatte er sich mit der Kamera begnügt. Bislang wenigstens, dachte sie.

Sie schluckte und versuchte den Gedanken zu vertreiben. Es war sinnlos, Ängste und Sorgen groß werden zu lassen. Sie hinderten sie daran, zu handeln, und es war noch sinnloser, sie als fette Schlagzeilen anderen mitzuteilen. Seht her, ich mache mir Sorgen. Seht her, ich habe Angst.

Sie schluckte noch einmal und sagte ruhig zu Leo: »Dann hätte er mich besser bei der ersten Gelegenheit aus dem Weg geräumt, oder? Als er mir die Kamera gestohlen hat.«

»Wahrscheinlich hast du recht. Wenn dich jemand als Zeugin hätte beseitigen wollen, hätte er es schon längst tun können.«

Sie kam nicht mehr dazu, ihm eine Antwort zu geben, denn Tristan eilte auf sie zu.

Er begrüßte sie gut gelaunt, Leo Mantler wurde eine neugierige Musterung zuteil. Edith übernahm die Vorstellung.

»Leo Mantler, ein alter Freund«, sagte sie zu Tristan.

Tristan stellt sich selbst vor. »Tristan Wegener.« Auf weitere Erläuterungen verzichtete er.

Mantler machte Anstalten, sich zu verabschieden.

»Aber nein«, rief Tristan. »Bleiben Sie doch!«

Er stieß das Gartentor auf.

»Kommen Sie noch mit hoch. Ich möchte Sie keinesfalls vertreiben.«

Tristan machte klar, dass er sich auf angestammtem Terrain bewegte und es durchaus im Bereich seiner Möglichkeiten lag, einen Eindringling zu vertreiben.

Leo Mantler betrachtete ihn genauso neugierig, wie Tristan ihn angesehen hatte.

Er schüttelte den Kopf.

»Tut mir leid, ich bin heute Abend noch verabredet.«

Tristan nickte verständnisvoll.

»Natürlich. Vielleicht ein andermal.«

»Gerne.«

Leo musterte Tristan ein letztes Mal, bevor er sich mit einer angedeuteten Verbeugung verabschiedete.

39

Es waren ausschließlich Frauen, die sich zwischen den Tischen und den Vitrinen tummelten; Frauen, die die ausliegenden Hemden an dünnen Trägern hochhielten und begutachteten, verstohlen den Stoff eines Morgenmantels prüften, sich Büstenhalter und Korsagen in den Vitrinen ansahen und einander fachkundige Kommentare zumurmelten.

Der einzige Mann außer ihm und Kleinert hielt eine Verkäuferin auf Trab, sie brachte ihm zarte Nachthemden heran, die mehr preisgaben, als sie verhüllten.

»Als ob der ganze Kram nötig wäre«, sagte Kleinert zu Dietrichs. »Es gibt immer noch massenweise unterernährte Kinder – was braucht man da dieses Luxuszeug!«

Dietrichs zuckte nur die Schultern. Kleinerts Reden gegen die bürgerliche Dekadenz kannte er. Was ihn selbst anging, so hatte er viel eher das Gefühl, an einem Ort zu sein, an den er nicht gehörte. Woher Frauen all diese Dinge bekamen, die sie besonders hübsch und begehrenswert machten, wollte er gar nicht so genau wissen.

Er fragte eine der Verkäuferinnen nach Helmut Garthner.

Garthner hatte sie angerufen und ihnen erklärt, er müsse sie dringend sprechen. Ihm sei noch etwas eingefallen, was unter Umständen ein neues Licht auf den Fall werfen würde.

Wenige Augenblicke später kam Helmut Garthner auf sie zu.

»Meine Herren, bitte folgen Sie mir doch.«

Garthner führte sie zu seinem Büro und schloss die Tür hinter ihnen.

»Gut, dass Sie so rasch gekommen sind. Sonst wäre ich zu Ihnen gekommen.«

Dietrichs ließ ihm keine Zeit, zu erklären, warum er sie aufsuchen wollte. Er sagte: »Ihr Bruder hat vor einigen Wochen ein Grundstück gekauft, von einer Therese Krusmann.«

Garthner blinzelte leicht.

»Ich weiß.«

»Dürfen wir erfahren, warum Sie uns das nicht mitgeteilt haben?«

»Ich habe angenommen, dass es bedeutungslos sei, ich meine, bedeutungslos für Ihre Ermittlungen.«

»Was wollte er mit dem Grundstück?«

»Er hat es für eine gute Wertanlage gehalten, denke ich. Das Angebot war wohl günstig. Mein Bruder hat das Grundstück gekauft, als ich in Esterwegen war. Ich weiß nichts darüber. Sicher ist alles mit rechten Dingen zugegangen. Der Kaufvertrag dürfte notariell beglaubigt sein.«

Das war er. Und der Notar hatte ihnen versichert, dass die alte Frau Krusmann sehr wohl im vollen Besitz ihrer geistigen Kräfte gewesen sei. Das mit dem »vollen Besitz« hatte er mehrmals gesagt; vermutlich, damit es wahrer wurde, hatte Dietrichs gedacht. Aber gleichgültig, wie verwirrt oder wie klar Frau Krusmann an dem Tag des Verkaufs gewirkt hatte, der Handel war erst einmal rechtsgültig. Es würde schwer sein, ihn anzufechten.

»Sie sagten, Sie wollten uns etwas mitteilen, Herr Garthner.«

»Ja, natürlich.« Er zögerte. »Aber ich weiß nicht, ob es wichtig ist.«

»Das können Sie getrost uns überlassen.« Kleinert wurde spitz.

»Nun gut.« Garthner schien sich einen Stoß zu geben. »Ich habe doch jemanden auf einem Foto erkannt. Selma und Max Winterstein.«

Garthner tat so, als ob ihnen die Namen etwas sagen sollten. Als sie nicht reagierten, fügte er erklärend hinzu: »Die beiden jungen Leute, die auf der Straße in diesen Streit geraten sind.«

Garthner machte eine kleine Pause.

»Ihr Vater hat mir den Laden hier verkauft, bevor er in den Osten gebracht wurde. Nun sind sie wieder hier und haben mich aufgesucht. Sie wollten wissen, was aus ihren Eltern geworden ist.«

Nichts Gutes, dachte Dietrichs, nichts Gutes ist aus ihnen geworden. Dietrichs rechnete damit, dass Kleinert nachfragte. Kleinert blieb still. Garthner redete weiter.

»Ich habe sie auf dem Foto nicht erkannt, weil sie Kinder waren, als ich sie das letzte Mal gesehen habe.«

»Und, was hat das mit Ihrem Bruder zu tun?«

»Konrad« – Garthner machte wieder eine Pause – »war in der SA. Er war in der Kristallnacht in Wintersteins Wohnung.«

Dietrichs rechnete damit, dass er etwas sagte wie »Da ging es rau zu« oder »Er war nicht gerade zimperlich«.

Aber Garthner hatte es heute offenbar nicht mit beschönigenden Wendungen.

»Er hat den kleinen Max gequält.«

»Und?«, fragte Dietrichs.

»Nun ja«, sagte Garthner widerstrebend. »Selma und Max Winterstein waren vor Ort. Max hat ihn womöglich erkannt.«

Dietrichs überlegte. Max Winterstein könnte tatsächlich Konrad Garthner an dem Morgen getroffen haben. Sie hatten vor dem Postamt gestanden, als Garthner es verlassen hatte. Möglicherweise war er ihm nachgegangen und hatte ihn gestoßen. Falls es stimmte, was Garthner sagte, galt für Max Winterstein, was auch für Krusmann galt: Er hatte guten Grund, auf Konrad Garthner wütend zu sein und sich zu rächen.

Dietrichs unterdrückte einen Seufzer. Das hatte ihm nun wirklich gefehlt: ein Jude, der an seinem Peiniger Vergeltung übt.

»Warum haben Sie uns diese Information vorenthalten?«

»Ich war mir nicht sicher, als Sie mir das Foto gezeigt haben. Die beiden waren Halbwüchsige, als ich sie zum letzten Mal gesehen habe. Gestern waren sie bei mir, erst da ist mir klar geworden, dass Max und Selma auf dem Foto zu sehen sind.«

Dietrichs fragte sich, ob Garthner die Wahrheit sagte. Die Marheinecke hatte ausgesagt, dass sie Selma Winterstein am Samstag in Garthners Geschäft gesehen hatte.

»Wo kann ich Winterstein finden?«, fragte er barsch.

Garthner zögerte wieder und schien sich zu winden. Schließlich sagte er: »Im Hotel Handelshof.«

40

Edith wachte langsam und zäh aus ihrem ohnehin nicht tiefen Schlaf auf.

Tristan war nach seiner Vorstellung nicht mehr wiedergekommen. Sie vermisste seinen warmen Körper und sein leises Atmen. Beides sagte ihr gewöhnlich, dass es eine Welt und dass es Leben gab, wenn sie nachts aus unruhigen Träumen hochfuhr, weil die Bilder wiederkamen: der eingebrochene Krankenwagen, das Kreuz auf seinem Dach schimmerte rot durch frostiges Wasser und treibende Eisschollen, ein Verwundeter hatte es halb durch das Fenster geschafft und war dann doch stecken geblieben, die Bandage seines Kopfverbands hatte sich gelöst und schlängelte sich als rot geschecktes Band in den Fluten. Der Nacken ihres Vaters, Hautwülste, von einem Seil zusammengeschoben, das oben am Balken endete. Das schwere Gewicht auf ihrem Körper, Atem, der nach Schnaps und Kautabak stank. Das Messer, das den Büstenhalter durchtrennte und ein Paar praller, heller Brüste freilegte. Der Rettungsring, der zwischen den Eisschollen im Hafen von Pillau dümpelte.

Etwas Neues hatte sich dazugesellt: Eine gesichtslose Gestalt tauchte auf, sie wollte nicht nur den Film aus der Kamera, sondern machte auch Anstalten, ihr die Augen aus dem Gesicht zu reißen, dabei murmelte sie: »Schöne Augen, schöne Augen.«

Der Traum löste sich auf. Schließlich war sie vollkommen wach und setzte sich auf. Erleichtert trank sie einen Schluck Wasser und genoss die Kühle in ihrem Mund.

Über den Glasrand sah sie, wie die Türklinke ihres Zimmers sich bewegte, auf dem Messing brach sich der Schein der Straßenlaterne vor ihrem Fenster.

Die Klinke senkte sich langsam, der Eindringling schien jedes Geräusch vermeiden zu wollen.

Edith setzte sich auf, zog die Beine zur Brust und griff nach einem dicken Wälzer auf ihrem Schreibtisch. »Krieg und Frieden« würde sicher ein Messer abhalten. Ob ein Schlag auf den Kopf mit Tolstois Roman Erfolg hätte, war zweifelhaft. *Wenn ein Buch und ein Kopf zusammenstoßen und es klingt hohl, ist das allemal das Buch?*, fiel ihr ein. Doch das war im Moment nicht die Frage.

Die Klinke hatte ihren tiefsten Punkt erreicht, und das Türblatt schwang langsam in ihr Zimmer, ein dunkler Spalt klaffte auf und wurde größer. War es Tristan, der nach seiner Vorstellung kam? Tristan liebte Überraschungen, aber bislang war er noch nicht in ihre Wohnung eingestiegen.

Edith holte tief Luft und brüllte: »Hilfe! Einbrecher!«

Die Tür flog auf.

»Ich hab mich so angestrengt, leise zu sein. Damit ich niemanden wecke. Aber du brüllst das ganze Haus zusammen.«

Die Stimme kannte sie, sie gehörte jedoch nicht Tristan, sondern Hella, und Hella war empört.

»Du hast mir einen wahnsinnigen Schrecken eingejagt«, gab Edith zurück. »Was denkst du dir dabei, dich einfach reinzuschleichen.«

»Ich wollte dich und die anderen nicht wecken. Ich habe gedacht, ich mache dich vorsichtig wach, damit du nicht erschrickst.«

»Das ist dir nicht sonderlich gut gelungen.«

Hella trat ins Zimmer. Ihre Bluse schimmerte hell. Auf ihrem Rücken hing ihr Rucksack, mit dem sie seit Jahren alles Mögliche transportierte.

»Wie bist du überhaupt in die Wohnung gekommen?«

»Durchs Badezimmer. Kann ich mich setzen?«

Da Edith nicht antwortete, ließ sie sich auf den Sessel gegenüber von Ediths Bett fallen.

»Wieso durchs Badezimmer?«

»Weil ich nicht klingeln wollte. Weil ich nicht alle aufwecken wollte. Da bin ich das Spalier hoch und dann durchs Badezimmerfenster. Es stand offen.«

Natürlich stand es offen. Über der Badewanne hingen Fritzis Strümpfe und Herrn Koppitz' Leibwäsche zum Trocknen.

»Hat dir niemand erklärt, dass es keine besonders kluge Idee ist, nachts in Wohnungen einzusteigen, um Leute zu besuchen?«

Das Mädchen hob die Schultern.

»Das Spalier ist hinter dem Haus. Von der Straßenseite aus konnte mich niemand sehen.«

Die Überlegung war treffend und hätte einem professionellen Einbrecher alle Ehre gemacht.

»Großartig, aber das hilft denjenigen wenig, denen du einen Besuch abstattest und einen Riesenschrecken einjagst.«

Das Mädchen schob die Unterlippe vor. Edith wartete darauf, dass Hella ihr erklärte, wie sie zu der Ehre eines nächtlichen Besuchs kam. Ein Stoßseufzer, dann folgte eine Erklärung, besser gesagt: der Ansatz zu einer Erklärung.

»Ich bin abgehauen.«

So sah es aus.

»Sie ist so gemein. Abgrundtief gemein«, stieß das Mädchen hervor.

»Sie« konnte eigentlich nur eine Person sein: Hellas Mutter Martha.

»Ich hätte nie gedacht, dass sie das tun würde. Dass sie so gemein sein kann.«

Edith wartete auf die nächste Erklärung. Ob sie Hella geschlagen hatte? Martha prügelte nicht systematisch, sie verabreichte ihrer Tochter keine Prügelstrafen, manchmal rutschte ihr im Jähzorn die Hand aus, wie sie es selbst nannte.

»Nein, nicht was du denkst«, ließ Hella sich vernehmen. »Sie hat mich nicht gehauen. Viel schlimmer.«

In ihrem Gesicht stand die blanke Empörung.

»Sie hat sie ins Klo geschüttet. Kannst du dir das vorstellen?«

Das konnte Edith nicht, weil sie nicht wusste, wer oder was »sie« waren. Sie fragte und bekam zur Antwort: »Die Stichlinge.«

Hellas Haustiere. Ein Schwarm Stichlinge, die in einem großen Einmachglas herumschwammen und Nachwuchs erwarteten, wie Hella ihr an der Drehscheibe erzählt hatte.

»Sie sind sicher alle tot. Und sie können überhaupt nichts dafür. Aber sie hat genau gewusst, dass mir das mit den Stichlingen am meisten ausmacht.«

Hellas Stimme zitterte vor Zorn.

»Sie hat einfach das Glas genommen, ist die halbe Treppe tiefer runter zum Klo. Dann hat sie das Glas ausgekippt und die Spülung gezogen.«

Sie fixierte Edith und sagte langsam und eindringlich: »Die konnten nichts dafür. Das waren nur Fische.«

»Wofür?«, fragte Edith vorsichtig. »Wofür konnten sie nichts?«

Hella schüttelte den Kopf, nicht gewillt, die Frage zu beantworten.

»Es sind bloß Fische. Die hatten überhaupt nichts damit zu tun.«

»Womit?«, fragte Edith noch einmal.

Hella schüttelte wieder den Kopf.

»Kann ich hierbleiben? Über Nacht, meine ich?«

Edith seufzte laut. Eine rebellierende Halbwüchsige nachts um halb zwei war nun nicht das, was sie brauchte.

»Weiß deine Mutter, wo du bist?«, fragte sie Hella.

»Nein.«

»Sie wird sich Sorgen machen, wenn du nicht nach Hause kommst.«

»Nein, wird sie nicht. Sie hat Nachtschicht.«

Seit Edith Hella kannte, trug sie den Wohnungsschlüssel um den Hals, weil ihre Mutter mit ihren wechselnden Schichten häufig nicht zu Hause war.

»Wenn sie nach Hause kommt, wird sie denken, ich wär' bei Roswitha und würde da übernachten, weil wir zusammen lernen. Das machen wir manchmal. Vielleicht wird sie was ahnen, aber sie wird bestimmt nicht hingehen und fragen. Das ist ihr zu peinlich.«

Edith verbiss sich ein Lachen. Ganz falsch lag Hella nicht. Martha war stolz. Bevor sie sich vor fremden Leuten die Blöße gab, nicht zu wissen, wo ihre Tochter steckte, würde sie sich das Nachfragen erst einmal verkneifen. Doch ich würde mich nicht darauf verlassen, dachte Edith. Martha war nicht zu unterschätzen.

»Lässt du mich hier schlafen?«

Sie konnte Hella wohl kaum auffordern, das Spalier wieder hinabzuklettern und sich irgendwo anders eine Bleibe zu suchen.

Sie seufzte noch einmal.

»Nur wenn du mir morgen erklärst, weshalb sie deine Fische ins Klo geschüttet hat.«

Hella zögerte, dann sagte sie: »In Ordnung.«

»Wenn du dich auf den dicken Teppich da drüben legst, hast du es halbwegs weich. Eine Decke und ein Kissen findest du im Schrank«, sagte sie und streckte sich wieder im Bett aus.

Mittwoch, 23. Juni 1948

41

Hella stippte die Brotkante in die Tasse.

Ediths Arbeitstag in der Redaktion begann erst am späten Vormittag. Alle anderen Bewohner hatten das Haus schon längst verlassen, so dass sie die Küche für sich hatten.

»Also«, sagte Edith nach dem ersten Schluck.

Hella schaute in ihre Tasse, als sei unter dem Blümchenmuster die Antwort verborgen.

»Also«, sagte Edith noch einmal.

»Sie war stinksauer.«

Edith brauchte nicht nachzufragen, wen sie meinte. Dass Hellas Mutter stinksauer gewesen war, war jedoch keine Neuigkeit.

»Weil dieser Brief gekommen ist.«

Sie schnitt eine Grimasse. »Von Fräulein Röttgen. In dem Brief stand, dass ich meine Hausaufgaben nicht mache und ein paarmal nicht in der Schule war.«

Edith wartete ab. Weitere Erklärungen folgten.

»Ich habe Geschäfte gemacht. Die Wochenkarten zum alten Preis gekauft. Und sie am Montag wieder verkauft. Das habe ich ihr aber nicht unter die Nase gerieben. Sie versteht es ohnehin nicht.«

Edith konnte sich gut vorstellen, dass Hellas Mutter Martha dafür kein Verständnis aufbrachte. Martha befehligte in einem Krankenhaus eine Putzkolonne. Jede Mark, die sie in der Lohntüte hatte, war hart erarbeitet. Sie hoffte, dass ihre einzige Tochter es einmal besser hätte als sie: kein krummer Rücken vom jahrelangen Schrubben und Wischen, keine rissigen Hände vom Putzwasser, keine kaputten Gelenke vom Knien auf kalten Bodenfliesen. Der Weg, der aus dieser Misere herausführte, stand Martha klar vor Augen: »Lernst du was, dann wirst du was.«

Deshalb sorgte sie hartnäckig und verbissen dafür, dass Hella alles hatte, was sie für die Schule brauchte. Was immer es war – Stifte, Papier, ein Zirkelkasten –, alles wurde auf irgendeinem Weg aufgetrieben. Und wenn es dann nur dünne Suppe zum Abendessen gab, war ihr das gleichgültig.

In den zwei Jahren, die Edith bei ihnen gewohnt hatte, war ihr die Rolle eines leuchtenden Beispiels zugefallen. Edith hatte Abitur gemacht, Edith hatte sogar ein paar Semester studiert. Deswegen erledigte Edith feine Arbeiten, ging mit Nylonstrümpfen und schicker Bluse ins Büro, verdiente gutes Geld und machte sich Rücken und Hände nicht kaputt.

Edith war sich nicht sicher, ob sie in jeder Hinsicht ein leuchtendes Beispiel abgab, dem ein junges Mädchen nacheifern sollte. Martha wurde es jedoch nicht müde, immer wieder zu sagen: »Siehst du, Edith hat was gelernt. Dafür hat sie jetzt einen feinen Beruf und muss sich nicht krumm und lahm schuften.«

Hella hatte bei diesen Gelegenheiten ein nichtssagendes Gesicht aufgesetzt, und wenn ihre Mutter nicht hinsah, hatte sie die Augen verdreht. Was sie dachte, war offensichtlich gewesen: Das Gerede ihrer Mutter galt heute nicht mehr. Hella war in Trümmern unterwegs gewesen, um Holz zu sammeln, sie war in Eisenbahnwaggons gekrabbelt, um Kohlen zu stehlen, und war zu dem Schluss gelangt, dass Erwachsene an ihre Grenzen gelangt waren und nicht mehr ein noch aus wussten.

Und nun hatte sie offenbar gegen Marthas Bildungspläne rebelliert.

Edith wusste, dass Martha auf Rebellion mit gerechtem Zorn reagierte. Sie konnte sie förmlich vor sich sehen, eine kleine Frau mit breiten Schultern, wie sie die Treppe hinunterging, wutentflammt, das Glas mit den Fischen in der Hand, denen sie in der Toilettenschüssel ein rasches Ende bereitete.

»Sie will, dass ich die mittlere Reife mache. Abitur lohnt sich nicht, sagt sie, weil wir uns sowieso kein Studium leisten können. Ich soll irgendwas Anständiges werden. Bürofräulein.«

Bürofräulein klang verächtlich.

»Deshalb gehe ich auf die höhere Schule, zu diesen glatt gekämmten Hühnern. Als ob man da etwas Gescheites lernt.«

Edith legte den Kopf schief. Sie fragte sich, wie viel sie auf ihrem Gymnasium in Allenstein gelernt hatte. Manches war interessant gewesen, manches überflüssig, anderes furchtbar. Genutzt hatten ihr nach dem Krieg ihre Englischkenntnisse und damenhafte Manieren, wie sie Leute hatten, die zu den besseren Kreisen gehörten. Ansonsten war ihr Lernstoff ein buntes Sammelsurium gewesen.

»Bist du zur Schule gegangen, weil deine Eltern das wollten?«, fragte Hella sie.

»Weil ich das wollte«, antwortete Edith.

Weil das Lernen ihr keine Schwierigkeiten bereitete und die Lehrer sie meist in Ruhe ließen. Weil sie den größten Teil ihrer Schulzeit damit verbracht hatte, sich irgendwohin zu phantasieren.

»Wie schön für dich«, sagte Hella.

Ihr Vater hatte seine schützende Hand über sie gehalten. Es hatte Ärger gegeben, weil sie zu wenig Engagement für die große nationale Sache zeigte, manche Nachmittage im Bund Deutscher Mädel geschwänzt hatte. Er hatte sie dafür gescholten, aber er hatte die Scharführerin umgarnt und ihr erklärt, dass Edith andere Aufgaben hatte. Was für die anderen galt, hatte für sie nicht gegolten, weil sie sein Augapfel war, das einzige Kind, lange ersehnt und spät geboren, seine Prinzessin, die nicht den Regeln unterworfen war, denen andere folgen mussten.

Ihre Mutter hatte seine Zuneigung Affenliebe genannt. Das war es tatsächlich: eine Affenliebe, die sich jeder vernünftigen Begründung entzog, die quer zu allem stand, was er sonst dachte und fühlte. Später hatte sie in Berlin studiert, er hatte sie gehen lassen. Sie hatte noch nicht einmal Pharmazie studiert, wie er es sich gewünscht hatte, sondern Sprachen. Den Widerstand ihrer Mutter hatte er gebrochen. Er liebte sie, wie sie war, und liebte die Person, zu der sie werden würde. Und weil er so war, wie er war, war sie blind gewesen. Stockblind.

Hellas Stimme riss sie aus ihren Gedanken.

»Großartig. Du hattest richtig Glück mit deinen Eltern. So einen Vater hätte ich auch gern.«

»Er war ein Nazi.«

Georg Marheinecke, alter Kämpfer, frühes NSDAP-Mitglied.

»Oh.«

Was verachtenswerte Gestalten anging, kamen Nazis im Weltbild von Hellas Mutter noch vor Faulpelzen. Seit Martha wählen durfte, hatte sie die Sozis gewählt. Als sie nicht mehr wählen konnte, weil es keine Wahlen mehr gab, hatte sie die Nazis stillschweigend verachtet, soweit Edith wusste. Um die Nazis im Viertel machte sie einen Bogen, so gut es ging, und hütete sich vor ihnen. Das hatte sie auch Hella eingebläut.

»Vielleicht war er ja kein schlimmer Nazi. Oder sie waren insgesamt nicht so schlimm.«

»Doch, war er. Einer, der richtig tief überzeugt war.«

Und einer, der dafür gesorgt hatte, dass andere abgeholt und umgebracht wurden, dachte sie. Sie dachte an ihren Vater, der unverbrüchlich an den Führer und die Bewegung, wie er es nannte, geglaubt hatte und bis zum letzten Moment auf eine Wunderwaffe gehofft hatte. Als sie klein gewesen war, war ihr Vater bei den Aufmärschen mitgelaufen, die Stiefel blank gewichst, die SA-Uniform gebügelt und ohne ein Stäubchen. »Wir sind wieder wer und werden uns gegen den Schandvertrag von Versailles wehren.« Später hing die braune Uniform im Schrank, und Georg Marheinecke saß in seinem besten Anzug bei den Aufmärschen auf der Tribüne, im Revers das Parteiabzeichen. Je älter sie wurde, umso mehr taten sich Risse auf: die falschen Klänge aus dem Radio, die Reden, die so bombastisch klangen, aber im Grunde hohl waren, das Stehen, das Jubeln, die blinde Begeisterung. Die Mitschülerinnen, die nicht mehr zur Schule kommen durften und mit denen plötzlich niemand mehr befreundet sein wollte.

Und dann schließlich der Tag in der Apotheke, im Januar 1945. Vater über den Ladentisch gebeugt, ganz Ohr, lässt sich etwas erzählen, was niemand hören soll, nickt anschließend wichtig: »Ich kümmere mich darum. Ich leite es weiter. Wo kämen wir sonst hin?«

Wo sie hingekommen waren, hatte sie zwei Tage später begriffen. Kurt, der siebzehnjährige Bruder einer Freundin, hing aufgeknüpft am Baum. »Wenn er eingezogen ist, soll er auch kämpfen.«

Der Junge war von den Feldjägern erwischt worden, weil er desertieren wollte. Und Edith wusste nur allzu gut, wer den Feldjägern den Tipp gegeben hatte. Sie hatte das Gefühl, jahrelang nur in Kulissen gelebt zu haben. Der Schein trog. Nahestehende Menschen trogen ebenso. Ihr Vater hatte sich zwei Wochen später erhängt, als ihm klar wurde, dass die Rote Armee nicht weit vor Allenstein stand.

Hella nestelte an der Tischdecke herum, dann spielte sie mit einem der Serviettenringe. Sie schob ihn über Daumen und Zeigefinger, schob ihn wieder zurück.

»Magdalena Guttmann« war auf der Innenseite eingraviert, Magdalena war Fritzis Mutter gewesen, der versilberte Serviettenring ein Stück ihrer Aussteuer. Edith und sie schoben sie über ihre Leinenservietten. Nicht, dass sie viel Gebrauch von ihnen machten, es gab keinen alten Rotwein, den sie sich anmutig mit dem Leinen von den Lippen hätten tupfen können, keine Bratensoße, vor deren Fettflecken sie ihre Kleidung schützen mussten. Meist Rübenkraut und Brot.

Der Ring kreiselte auf dem Tisch, wurde langsamer, kreiselte flacher, schließlich lag er still da. Hella gab ihm einen Stups.

»Kann ich hierbleiben?«, fragte sie.

»Nein.«

Edith war kategorisch. Hella gehörte zu ihrer Mutter, deren Zorn sich sicher längst aufgelöst hatte und die bald anfangen würde, sich Sorgen um ihr Kind zu machen.

»Habe ich mir gedacht«, sagte Hella.

»Richtig gedacht.«

»Noch eine Nacht.«

Edith schüttelte den Kopf.

»Du gehst heute zurück.«

»Heute Nachmittag.«

Hella handelte.

»Meinetwegen«, sagte Edith. »Dann gehst du.«

»In Ordnung.« Wohlerzogen fügte sie hinzu: »Danke.«

Edith wurde den Verdacht nicht los, dass sie die Nacht bloß gefordert hatte, um den Tag zu bekommen.

42

»Ich hatte Glück«, sagte Willy Löwenthal.

Sie trafen sich in Siebenmanns Wohnzimmer. Siebenmann hatte jemanden gefunden, der Max und Selma Winterstein Auskunft über das Schicksal ihrer Eltern erteilen konnte. Der Vorsitzende der jüdischen Gemeinde stellte sie einander vor, sorgte dafür, dass dampfende Teetassen vor ihnen standen, und ließ sie dann allein.

Selma hatte einen Moment gebraucht, bis sie sich an Willy Löwenthal erinnerte. Willy war ein zierlicher Junge mit sommersprossigem Gesicht gewesen, der Zweitkleinste in der Klasse, ein Jahr älter als sie. Sommersprossig war er noch immer, von zierlich konnte jedoch keine Rede mehr sein. Er überragte sie um einen Kopf. Sein Vater hatte eine Praxis in der Viktoriastraße gehabt. Willy war mit ihr in die jüdische Volksschule gegangen, danach hatten sich ihre Wege getrennt: Sie hatte die Freiherr-vom-Stein-Schule besucht und Willy das staatliche Gymnasium, bis es nach der Pogromnacht endgültig hieß, dass jüdische Schüler auf deutschen Schulen nichts zu suchen hatten. Sie hatten die Löwenthals manchmal in der Synagoge gesehen. Ihr Vater ging am Sabbat mit ihnen dorthin, nicht weil er besonders gläubig war, sondern weil es dazu gehörte und gut fürs Geschäft war.

Willy Löwenthal hatte also überlebt. Genau wie sie, dachte Selma. Aber sie lächelte nicht wie Willy, wenn sie daran dachte, weil sie sich fragte, warum gerade sie. Die Antwort lag auf der Hand: weil ihre Eltern sie mit einem Kindertransport im Januar 39 fortgeschickt hatten, ins sichere England.

Ihre Mutter hatte so getan, als ginge es in ein Ferienlager mit noch nicht feststehendem Schlusstermin, war herumgeflattert, damit sie auch alles Wichtige einpackten, hatte den Kofferinhalt zigmal gerichtet und hatte ihr helles, etwas nervöses Lachen gelacht.

»Und vergiss nicht zu schreiben!«, »Zieh dich warm an«, »Sobald es kühler wird, das warme Leibchen.«

Nicht ganz ferienlagerhaft war gewesen, dass sie Kleidung für Sommer und Winter eingepackt hatten, genauso wenig wie das Goldkettchen, das sie ihr in den Saum ihrer Bluse eingenäht hatte. »Nimm's mit«, hatte die Mutter geflüstert. Und auch die Umarmung zum Abschied war zu lang und zu fest für ein Ferienlager gewesen.

Auf den Bahnsteig durften die Eltern nicht mitkommen. »Damit es keinen Tumult gibt«, hatte Max gebrummt. Wortlos hatten sie im Zug nebeneinandergesessen, als der Zug die Stadt verließ. Dass sie füreinander das Letzte waren, was von ihrem alten Leben übrig geblieben war, hatte Selma erst später begriffen.

Willy Löwenthal war allerdings nicht mit einem Kindertransport weggeschickt geworden. Willy war in die andere Himmelsrichtung gefahren, nach Osten.

»Wir sind nach Riga deportiert worden. Es war …« Er brach ab und setzte neu an. »Es war keine besonders schöne Reise.« Er machte wieder eine Pause.

»Ich habe deine Eltern bei der Ankunft gesehen. Ich kannte sie, weil meine Mutter bei euch eingekauft hat. Sie sind beide lebendig aus dem Zug gestiegen.«

Selma hörte heraus, was Willy nicht sagte: lebendig ausgestiegen im Gegensatz zu manchen anderen. Man erzählte sich, wie es in den Zügen aussah: Güterwagen, ungeheizt, ohne Toiletten, nur stinkende Kübel, kaum Wasser, keine Nahrung. Die Ersten starben schon auf der Reise in den Osten. Aber Willy zufolge hatten ihre Eltern die erste Etappe überlebt.

»Wir sind durch den Schnee zum Ghetto gestapft, ein ziemlich langer Marsch. Wir waren furchtbar viele. Deine Eltern sind im Ghetto angekommen.«

Das war die zweite Etappe gewesen, der Weg zum Ghetto. Angekommen, nicht unterwegs vor Entkräftung zusammengebrochen und erfroren. Überlebt.

»Sie haben uns alle zusammen in einen Häuserblock gesteckt. Das haben sie so organisiert. Wer aus einer Stadt kam, kam in denselben Häuserblock. Wir haben mit den Menzels und den Goldbergs in einer Wohnung gewohnt. Gehaust, sollte ich wohl besser sagen.«

»Mit Margot Menzel?«, hörte sie sich fragen.

Willy nickte.

»Ida hat in der Volksschule neben mir gesessen. Ein Mädchen mit dunkelbraunen Locken, klug und witzig. Und ihr Bruder groß und bärenstark. Alle anderen hatten Angst vor ihm«, sagte sie.

»Otto«, sagte Max.

»Otto Menzel. Der war auch dabei. Und Fritz Goldberg. Der war drei Klassen über uns.«

Einen Wimpernschlag lang erinnerte sie das Ganze an ein Klassentreffen. Was war aus wem geworden? Wer war verheiratet? Wer hatte Arbeit? Wer hatte schon ein Kind bekommen? Allerdings waren die Fragen andere.

»Leben sie noch?«, fragte Selma.

»Ich glaube nicht. Auschwitz. Alle drei. Das Fräulein Hirsch auch«, sagte Willy.

Fräulein Hirsch war Lehrerin an der jüdischen Schule gewesen und hatte die Kindertransporte organisiert, die ihnen vermutlich das Leben gerettet hatten. Sie war bei den Eltern zu Hause gewesen, hatte ihre Personalien aufgenommen, um sie in eine Liste einzutragen, hatte erklärt, wie und wo die Reisepässe zu beantragen waren, hatte sie über das, was sie mitnehmen durften, in Kenntnis gesetzt. Am Ende hatte sie auf dem Bahnsteig gestanden, dem Zug nachgeschaut und war immer kleiner geworden.

»Und unsere Eltern?«, fragte sie leise.

»Im Ghetto habe ich deine Eltern ein paarmal gesehen«, sagte Willy.

Die Ankunft überlebt, sogar die ersten Wochen, wenn Willy sie mehrere Male gesehen hatte.

»Deine Mutter ist im November dreiundvierzig nach Auschwitz geschickt worden. Zusammen mit meiner«, sagte Willy. »Und vielen anderen.«

Mechanisch fragte Selma: »Wie viele?«

»Tausend Leute waren es.«

Selma stellte die nächste Frage. »Und dann?«

»Selektion an der Rampe«, sagte Willy knapp. »Wer als arbeitsunfähig galt, kam ins Gas. Wer als arbeitsfähig galt, sollte arbeiten.«

Und kam später ins Gas, dachte Selma. Schlechte Chancen für ihre Mütter. Besser: keine Chance für ihre Mütter. Willy griff nach ihrer Hand.

»Es waren ältere Frauen, die zudem anderthalb Jahre Ghetto hinter sich hatten«, sagte er leise.

»Gas also«, dachte Selma. Meine Mutter mit ihrem hellen Lachen und ihren weichen Händen war in einer der Gaskammern in Auschwitz getötet worden.

Max starrte ins Leere. Als er bemerkte, dass sie ihn ansah, holte er ein Taschentuch hervor, drückte es ihr in die Hand und schaute weiter ins Nirgendwo.

43

Sie hatten Anton Krusmann über Nacht im Präsidium behalten, auch wenn ihn niemand in der Nähe der Haltestelle gesehen hatte. Max Winterstein hingegen war wie vom Erdboden verschluckt. Der Portier im Handelshof hatte Dietrichs versichert, dass sie ausgegangen seien. Er wisse nicht wohin, nein, er wisse auch nicht, wann sie zurückkommen würden, nein, abgereist seien sie nicht, ja, selbstverständlich würde er den Herrn Oberinspektor sofort benachrichtigen, sobald sie wieder ins Hotel zurückkehren würden.

Deshalb war Dietrichs zu dem Fotoladen gegangen, den die Marheinecke ihm genannt hatte. Er ging nach wie vor davon aus, dass irgendein Dieb ihr die Kamera gestohlen hatte. Aber es war dösig, die Dinge nicht gründlich zu machen. Sie kamen zurück, die Dinge, und flogen einem um die Ohren. Aus diesem Grund stand er nun vor der Verkaufstheke in Lehmanns Fotoatelier und nahm den Händler aufs Korn.

Er atmete hörbar aus, damit der Mann mitbekam, dass er mit seiner Geduld am Ende war.

»Noch einmal: Woher haben Sie die Kamera?«

Der Händler richtete die Krawatte, die aus dem Kragen seines grauen Kittels hervorschaute, und wiederholte wie ein aufgezogenes Spielzeug: »Gekauft. Von einem Kunden.«

»Und Sie haben keinen Namen, keinen Beleg«, stellte Dietrichs fest.

Der Mann schüttelte den Kopf.

»Für keine Ihrer gebrauchten Kameras, gehe ich mal von aus«, sagte Dietrichs. »Das wird die Kollegen vom Diebstahl interessieren. Eigentlich ein Grund, Sie gleich ins Präsidium mitzunehmen.«

Das Wort »eigentlich« sorgte dafür, dass in den Augen des Händlers Erleichterung und eine leise Hoffnung aufblitzten.

Dietrichs fuhr fort: »Mich interessiert, wer die Kamera verkauft hat.«

Der Fotohändler starrte einen Augenblick auf den grünen Filz, dann knickte er ein.

»Kalli«, sagte er. »Nachnamen weiß ich nicht.«

Dietrichs wartete.

»Er sitzt meistens am Neumarkt, Ecke Bruderstraße, und bettelt.«

»Ein Bettler, der Ihnen Kameras verkauft?«

Dietrichs hätte am liebsten laut gelacht. Kein Wunder, dass Lehmann keinen Beleg hatte.

»Wollen Sie mich verscheißern?«

Lehmann fuhr zusammen.

»Es tut mir leid, ich weiß nicht, woher er sie hat. Glauben Sie mir.«

Dietrichs schürzte die Lippen.

»Aber trotzdem haben Sie sie gekauft. War ja ein gutes Geschäft.«

Der Händler wand sich.

»Wie gesagt, Sie finden ihn wahrscheinlich am Neumarkt.«

Die Geschichte konnte sogar stimmen. Vielleicht machte der Bettler irgendwelche Botengänge für die Diebe und brachte die Kamera an den Mann.

»Jetzt die Kamera. Wo ist sie?«

Der Fotohändler schaute unglücklich aus der Wäsche. Er saß eindeutig am kürzeren Hebel, und er wusste es.

»Hier.« Lehmann beugte sich unter seine Theke.

»Halt«, sagte Dietrichs schnell. »Nicht mit den Fingern anfassen. Packen Sie sie mir in die Tüte hier.«

Dietrichs fingerte eine seiner Papiertüten aus der Manteltasche.

Wortlos drehte der Händler sich um und verschwand in seinem Hinterzimmer. Einen Augenblick später war er mit einem Paar weißer Stoffhandschuhe zurück.

»Brauche ich für die Abzüge.«

Er fuhr in die Handschuhe und versenkte die Kamera in Dietrichs Papiertüte. Dann holte er einen Block hervor und notierte etwas.

»Wenn Sie mir den Empfang quittieren wollen. Damit alles seine Ordnung hat.«

»Seit wann legen Sie Wert auf Belege? Heute Nachmittag kommen Sie aufs Präsidium und melden sich bei Inspektor Kleinert.«

Der Mann erschrak.

»Wieso? Ich dachte …«

Er blickte auf Dietrichs Hände, die den oberen Rand der Tüte zusammenfalteten. Wieder zeigten sich Hoffnung und Erleichterung auf seinem Gesicht.

»Ah – wegen der Fingerabdrücke.«

Dietrichs überging seine Bemerkung. Stattdessen fragte er: »Was haben Sie für die Kamera bezahlt?«

Nach einigem Zögern antwortete der Händler. Dietrichs lachte laut.

»Wenn das mal kein gutes Geschäft war«, sagte er.

»Dünamünde«, sagte Willy Löwenthal.

Er hatte sie einen Moment lang allein gelassen. Jetzt saß er wieder bei ihnen und berichtete weiter.

»Dünamünde«, wiederholte er. »Oder besser: der Wald von Bikernieki.«

Die Namen sagten Selma nichts. Während Max auf den Wörtern herumkaute, die auf einmal eine bittere Bedeutung hatten, warf Willy mit unbekannten Ortsnamen um sich, hinter denen sich nichts anderes als der Tod verbarg.

»Was meinst du mit Dünamünde?«

»Dünamünde ist ein Stadtteil von Riga, er liegt direkt an der Ostseeküste. Dort gab es eine Fischfabrik. Oder besser gesagt: Es soll eine gegeben haben.«

Was hatte eine Fischfabrik mit ihrem Vater zu tun?

»Wir sollten alle arbeiten, hieß es, damit wir uns nützlich machen konnten. Und für die, die nicht mehr ganz so gut arbeiten konnten, weil sie alt und schwach waren, gab es die Konservenfabrik. Eine leichte Arbeit, sagten sie, Fische ausnehmen oder Konservendosen zuschweißen. So was in der Art. Eine leichte Arbeit, extra für die Alten und Gebrechlichen.«

Max verzog den Mund, und Willy nickte.

»Genau das haben sie verbreitet, kurz nachdem der Transport angekommen war. Ein Onkel von mir hat sich gemeldet. Dein Vater auch, er war auch nicht mehr der Jüngste. Ich habe ihn gesehen, als ich meinen Onkel zum Laster gebracht habe. Ganz früh los sind sie morgens. Die Leute haben sich in die Laster gedrängt. Denn wer gebraucht wird, der ist nützlich. Wer nützlich ist, der wird nicht umgebracht. Der Laster war also proppenvoll. Weg waren sie. Und nach zwanzig Minuten waren die Laster wieder zurück, um die nächsten zu holen.«

Er sah sie eindringlich an, als ob hinter seinen letzten Worten irgendeine Pointe stünde, die Max und Selma vor lauter Begriffsstutzigkeit nicht verstünden.

Auf ihre ratlosen Blicke hin seufzte er leise und fuhr fort: »Drauf gebracht haben uns die Letten. Es gab noch einige wenige, die in einem Extrateil des Ghettos wohnten. Die SS hatte sie am Leben gelassen, weil es Facharbeiter und so waren. Tja – einer von ihnen hat dann erzählt, dass Dünamünde weit weg vom Ghetto lag. Fahrzeit eine halbe Stunde. Einfache Strecke«, sagte Willy.

Wieder schaute Willy sie eindringlich und erwartungsvoll an. Selma begriff zweierlei: Die Fahrt ging nicht zur Fischfabrik. Und: Während sie nach Zahlen fragte, um das Grauen irgendwie zu fassen, setzte Willy Pointen.

»Wohin sind die Laster dann gefahren?«

»Bikernieki. In den Wald von Bikernieki. Der war sozusagen gerade um die Ecke. Weit genug weg, dass man die Schüsse nicht hören konnte. Nah genug, um den Weg hin und zurück in zwanzig Minuten zu schaffen. Sie haben sie da auch vergraben.«

Selma schloss die Augen. Ihr Vater war erschossen worden. Getäuscht, erschossen und verscharrt. Sie sah den Wald vor sich, einen Wald mit kahlen Bäumen, grauen Stämmen im Winterlicht und mit unendlich vielen Gruben, viel zu viele zum Zählen.

45

Als Edith die Redaktion für einen schnellen Mittagsimbiss verließ, stieß sie auf der Treppe fast mit Leo Mantler zusammen. Mantler trat mit einer schwungvollen Bewegung zurück, so dass die Schöße seines hellen Sommermantels durch die staubige Luft des Treppenhauses flogen.

»Edith«, rief er. »Wie schön, dich zu sehen!«

Er strahlte sie an, die feinen Fältchen um seine Augen vertieften sich.

»Wie geht es dir?«

Er bekam ein nichtssagendes »Gut« zur Antwort. Mit einer weiteren Frage brachte er in Erfahrung, dass sie ihr Brot im Schatten einer mächtigen Kastanie auf einem Trümmergrundstück verspeisen wollte, und fragte schließlich, ob er sie begleiten dürfe.

»Sicher, warum nicht?«

»Fein.« Er strahlte erneut.

Edith stellte fest, dass sie sich freute, Leo Mantler zu sehen, und fragte sich gleichzeitig, was er wohl in der Redaktion gewollt hatte.

Sie ließen sich auf eine vergessene Gartenbank sinken.

»Wie läuft es mit der Kamera? Hast du sie inzwischen wieder bekommen?«

Zwei Fragen und ein interessierter Blick.

»Bislang noch nicht.«

Dietrichs hatte »Sie können sie bald abholen« gebrummt, nachdem sie zum dritten Mal nachgehakt hatte. Diesmal erntete sie einen mitfühlenden Blick.

»War eigentlich ein Film darin, als sie dir gestohlen wurde?«

Leo war nicht nur mitfühlend, er war auch neugierig.

»Ja«, sagte sie kurz. Er schien noch eine weitere Frage stellen zu wollen, doch dann wechselte er das Thema.

Er erzählte von seiner Reportage über die Demontagen.

»Neuerdings heißt es, dass die Engländer die Stahlproduktion wieder voranbringen wollen und sich bei den Alliierten für höhere Produktionsquoten einsetzen«, sagte Edith.

»Weil sie vermutlich keine Lust haben, uns ewig durchzufüttern«, kommentierte Leo.

»Oder sie haben keine Lust, es mit einem Heer von unberechenbaren Hungerleidern zu tun zu haben.«

»Stimmt. Und wenn sich die Hungerleider dann auch noch auf die Seite der Russen …«

Sie waren rasch in einer Diskussion über die Verhältnisse in Deutschland, über die Sowjets, die begannen, die Grenzen zu ihrer Zone zu schließen.

Mantler sagte: »Ohne das Ruhrgebiet wird in den nächsten Jahren nichts laufen. Es ist das Herz Deutschlands.«

Edith lächelte. Sie erinnerte sich an eine ihrer ersten Unterhaltungen. In einem Wochenmagazin hatte gestanden: »Das Ruhrgebiet ist das Herz Deutschlands«, und sie hatten sich darüber lustig gemacht.

»Hast du eigentlich am Sonntag noch mehr Aufnahmen gemacht? Abgesehen von dem Foto von der Schlange, an der die beiden Jungen vorbeiflitzen?«

Leo Mantler las nicht nur ihre Artikel, er betrachtete auch ihre Fotos.

»Hat mir gut gefallen«, sagte Leo Mantler. Sie fixierte ihn mit gesenkten Wimpern. Ihren Erfahrungen nach hatte Mantler meist eine zweite Agenda.

»Die beiden Jungen bringen Dynamik in das Bild, dadurch kam mir die Schlange noch träger vor«, sagte er. Sie freute sich, es war Lob für das Richtige; Lob für etwas, auf das sie selbst stolz war.

Dann teilte sie ihr Mittagsbrot, Mantler nahm seine Hälfte nach einigem Zögern und gegen das Versprechen an, sie bald einmal zum Abendessen einladen zu dürfen.

Edith lehnte sich zurück, sie kauten einträchtig. Die Junisonne schien warm in ihre Gesichter. In die behagliche Stille hinein hörte sie Leo Mantler sagen: »Weißt du, manchmal kommt es mir vor, als würden wir alle in einem deiner Schwarz-Weiß-Fotos leben. Du siehst ein paar helle Lichtflecken, einige beleuchtete und scharfe Gegenstände, aber viele Grauzonen, in denen sich die Tiefenschärfe verliert, und viele tiefe Schatten. Was in den Schatten liegt, weiß keiner vom anderen.«

Edith öffnete die Augen und setzte sich auf. Was das Schwarz in ihrem eigenen Schatten anlangte, so wusste sie, wie tief es war. Ziemlich tief, fand sie.

Sie fragte sich, wie es um das Schwarz auf Leo Mantlers Foto bestellt war, was es verbarg. Doch er schien nicht weiter über Schatten reden zu wollen.

»Schöner Platz hier«, sagte er.

Das traf zu, der Ort war tatsächlich schön. Edith hatte ihn per Zufall gefunden, es war der Garten eines zerstörten Hauses.

»Gibt es etwas Neues bei den Ermittlungen?«

»Offenbar hat die Polizei Verdächtige. Sie haben mir am Montag ein Foto gezeigt. Ich sollte sagen, ob ich den Mann darauf am Sonntagmorgen gesehen habe.«

Dass es sich bei dem Mann um Helmut Garthner gehandelt hatte, verschwieg sie. Sie hatte nicht vor, Leo Mantler über die Details der Ermittlung zu informieren.

»Aber anscheinend gibt es noch keine Verhaftung«, sagte Leo Mantler.

Er schaute sie erwartungsvoll an. Es war klar, was er wollte: Sie sollte bestätigen oder, falls es nichts zu bestätigen gab, seine Aussage korrigieren und weitere Informationen liefern.

Sie sagte nichts und fragte sich wieder, was Mantler im Sinn hatte.

»Und« – er zögerte – »bei dir ist auch niemand aufgetaucht, weil er dich für eine Zeugin hielt, oder?«

»Die es zu beseitigen gilt?«, fragte sie. »Nein, es gab nur eine Fassadenkletterin, die mich in der vergangenen Nacht heimgesucht hat.«

Sie erzählte ihm von Hella und schloss mit den Worten: »Bislang hat er also keinen Versuch unternommen, mich zu beseitigen, wie du siehst. Und ich glaube auch nicht, dass er es tun wird.«

»Was für ein Glück!«

Er grinste. Edith grinste zurück.

»Du hast mir gefehlt«, sagte Leo leise.

Du mir auch, dachte Edith. Aber das reicht nicht. Du bist derjenige, der gegangen ist. Und derjenige, der mich getäuscht hat, nichts von der starren Ehefrau gesagt hat, die stocksteif vor Entsetzen Jahre in einem Bett gelegen hatte.

Sie sah auf die Uhr und stand auf. Es war Zeit, in die Redaktion zurückzugehen.

46

Dietrichs fand Kalli an der Stelle, die ihm der Fotohändler genannt hatte. Der Bettler saß auf einer alten Decke, den Rücken an eine Hauswand gelehnt. Das eine Bein, das er noch hatte, hatte er auf dem Pflaster ausgestreckt. Wo das zweite Bein hingehört hätte, stand ein Tellerchen. »Kriegsveteran (Verdun) bittet um eine milde Gabe« informierte ein Pappschild daneben. Dietrichs schaute auf den Teller. Leer bis auf einen Fünfzig-Pfennig-Schein.

Daneben, ebenfalls in Reichweite der nicht allzu sauberen Hände, lagen zwei Krücken. Kalli war sicher nicht derjenige, der der Marheinecke die Kamera entrissen und flink in die Trümmer getürmt war.

»Kriminalpolizei«, sagte Dietrichs.

»Dachte ich mir.«

Helle Augen blickten aus einem zerfurchten Gesicht, graue Haare klebten an einem schmalen Schädel, eine wulstige Narbe verlief darüber.

»Du hast kürzlich eine Kamera verkauft.«

Kalli sah ihn misstrauisch an. Vermutlich dachte er, was die meisten dachten, wenn er aufkreuzte und Fragen stellte: ob sie was ausgefressen hatten, falls ja, ob man ihnen auf die Schliche kommen würde, falls nein, ob man ihnen etwas anhängen könnte, und in jedem Fall: ob es nicht überhaupt klüger wäre, den Mund zu halten, oder ob man nicht darum herumkäme zu reden.

»Ja«, sagte Kalli vorsichtig.

»Woher hattest du die?«

Der Mann wiegte seinen Schädel.

»Gefunden.«

Gefunden war die übliche Antwort. Dietrichs hatte sie in seiner Zeit im Diebstahldezernat tausendfach gehört. Ein glückliches Schicksal, wahrscheinlich die Glücksgöttin höchstselbst, latschte mit ihrem Füllhorn durch die Straßen und verstreute Taschenuhren, Brieftaschen, Schmuckstücke und 48-teilige Silberbestecke, damit alle, die der Polizei in die Hände gerieten, sagen konnten: »Gefunden.«

»Ährlich, Herr Oberkommissar, ährlich. Gefunden.«

Kalli beteuerte mit der Inbrunst derjenigen, die kaum hofften, dass man ihnen glaubte.

»In einem von meinen Mülleimern. Ich klapper' die abends immer ab. Die Kamera lag obendrauf. Ich hab se eingesteckt. Irgendjemand hat se weggeschmissen. Is ja kein Verbrechen.«

Nein, das war es wohl nicht, dachte Dietrichs.

»Wie viel hat der Fotohändler dir gezahlt?«

»Drei Mark. Neuet Geld.«

Dasselbe hatte der Fotohändler gesagt. Der Preis war ein Witz, Kalli hatte keinen blassen Schimmer vom Wert des Apparats und hatte auf eigene Faust gehandelt.

»Zeig mir die Mülltonne doch mal.«

Kalli rappelte sich hoch, stützte sich auf seine Krücken und humpelte neben Dietrichs ein paar Hundert Meter weiter zu einer Einfahrt, nicht weit von der Stelle, an der Edith Marheinecke die Kamera gestohlen worden war.

»Hier.«

Er zeigte auf die erste von zwei Mülltonnen.

»Sonntags gucke ich da immer.«

Viel würde er da nicht finden, die Lebensmittel waren immer noch rationiert. Aber was viel und was wenig war, war eine Frage des Standpunkts, dachte Dietrichs.

»Ja, die lag ganz oben auf. Ich hab se eingesteckt.«

Dietrichs öffnete die Mülltonne, sie war leer.

»Heute brauchen Se da nich' reinzugucken. Die werden Mittwochmorgen immer geleert.«

Dietrichs ließ den Deckel wieder fallen.

»Man tut, wat man kann«, sagte Kalli. »Ich hatte gezz Verdienstausfall.«

Dietrichs seufzte und drückte ihm zwei von den Zigaretten in die Hand. Er hatte immer welche in petto, um etwas zu kaufen oder einen Informanten zu belohnen.

»Kippen?« Kalli beäugte die zwei Overstolz auf seinem Handteller. »Dat is ja nun nich' mehr die aktuelle Währung.«

»Aber was Reelles, Kalli«, sagte Dietrichs. »Was Reelles.«

Kalli nickte zustimmend, schob die eine in die Tasche und steckte die andere hinters Ohr.

Dietrichs machte sich auf den Weg zurück ins Präsidium. Edith Marheinecke würde noch einmal kommen müssen. Die Information von Kalli war die zwei Zigaretten allemal wert.

47

»Nein, er ist zu groß.«

»Sind Sie sicher?«

»Ganz sicher.«

Dietrichs brummte etwas. Die gute Laune, mit der er Edith in Empfang genommen hatte, war verflogen. Vor einer Stunde hatte er in der Redaktion angerufen und sie ins Präsidium beordert. »So schnell wie möglich.«

Nun saß Edith hinter einer Glasscheibe und blickte in einen Raum. Dort bewegte sich ein baumlanger und spilleriger Kerl in einem hellen Trenchcoat. Er strebte von ihr weg, so dass sie ihn nur von hinten sah. Als er sich umdrehte, erkannte sie ihn wieder: Es war der Mann, der kurz hinter dem toten Garthner in der Warteschlange gestanden hatte. Sein Auge zuckte, als er den Spiegel fixierte.

Edith fühlte sich unbehaglich, obgleich sie wusste, dass er sie durch die Scheibe nicht sehen konnte. Vermutlich war er Verdächtiger Nummer eins. Ihr Dieb war er jedoch nicht.

Dietrichs ließ nicht locker. Er ordnete an, dass der Mann noch einmal laufen sollte.

Edith schüttelte erneut den Kopf.

»Ich habe den Dieb nicht lange sehen können. Aber er war in den Schultern schmaler und längst nicht so groß. Der hier war es nicht. Tut mir leid, dass ich Ihnen nicht weiterhelfen konnte.«

Dietrichs bedankte sich knapp und ging zur Tür.

»Kommen Sie mit.«

Weitere Verdächtige, die sie identifizieren sollte, gab es augenscheinlich nicht.

Dietrichs ging zur Tür.

»Sie haben mit dem Fotohändler gesprochen, oder?«

Sie blieb auf ihrem Stuhl sitzen. Dietrichs überhörte die Frage.

»Haben Sie meine Kamera?«, fragte sie weiter.

»Ja«, sagte er geistesabwesend und trat auf den Flur.

»Wann bekomme ich sie zurück?«

»Das kann ich Ihnen noch nicht sagen«, brummte er über die Schulter.

Er lief den langen Gang entlang. Edith stand auf und folgte ihm.

»Das ist ausgesprochen unglücklich.« Sie hatte ihn eingeholt.

Eine der Formulierungen ihrer Mutter war ihr wieder eingefallen. »Ausgesprochen unglücklich« stand auf der Skala der Unmutsäußerungen ganz oben und hieß: der letzte Mist.

»Ich brauche den Fotoapparat für meine Arbeit«, sagte sie laut, lauter als eigentlich nötig gewesen wäre. Ein Polizist, der ihnen entgegenkam, blieb stehen.

»Geh weiter, Hackfeld«, sagte Dietrichs. Besagter Hackfeld warf ihnen einen neugierigen Blick zu und setzte sich dann wieder in Bewegung.

Zu ihr sagte er: »Wir brauchen den Apparat noch.«

»Davon gehe ich aus«, sagte sie kühl. »Sonst würden Sie ihn mir ja zurückgeben.«

Sie liefen weiter durch die langen Flure des Präsidiums. Schließlich öffnete Dietrichs die Tür zu einem Raum, aus dem es penetrant nach Stempelfarbe roch.

»Darf ich bitten?«, sagte Dietrichs und wies auf einen abgenutzten Stuhl vor einem Tisch. Auf dem Tisch lag ein Stempelkissen, dahinter saß ein Beamter. Erwartungsvoll sah er ihnen entgegen.

Edith begriff, wofür Dietrichs die Kamera noch benötigte, und ließ sich nieder, damit der Polizist am Tisch jeden ihrer Finger greifen und in eine Art Stempelkissen drücken konnte.

»Die Kamera ist durch viele Hände gegangen«, bemerkte sie. Dietrichs überhörte auch diese Bemerkung.

Anschließend schmückten zehn hübsche, gerillte Ovale einen Papierbogen.

◆◆◆

Wenig später saß Dietrichs mit Kleinert in seinem Dienstzimmer. Er ärgerte sich. Die Marheinecke hatte Krusmann nicht identifiziert, ganz im Gegenteil: Sie hatte ihn als Dieb kategorisch ausgeschlossen.

Theoretisch bestand die Möglichkeit, dass Diebstahl und Mord nichts miteinander zu tun hatten. Aber Kallis Geschichte sprach dagegen. Dem Dieb war es nicht um die Kamera gegangen, sondern um den Film darin, sonst hätte er wohl kaum die Kamera in einem Mülleimer versenkt. Das alles hatte er gerade mit Kleinert durchgekaut.

»Geld«, sagte Kleinert. »Geld zirkuliert.«

Dietrichs hörte nur mit halbem Ohr zu und dachte weiter an Krusmann. Zudem hatte niemand Krusmann an der Haltestelle gesehen. Sie konnten ihn wohl getrost von ihrer Liste streichen. Blieb Max Winterstein, der vor Ort gewesen war und Garthner zufolge ein Motiv hatte. Doch Winterstein war verschwunden und hatte sich immer noch nicht im Hotel blicken lassen.

»Geld zirkuliert«, sagte Kleinert wieder. Was wollte Kleinert? Mit Geld, das seinen Besitzer wechselte, hatte das alles nichts zu tun.

»Ja, und?«, blaffte er Kleinert an.

»Geld zirkuliert. In unserem Fall in einem Koffer.«

Gut, dachte Dietrichs, kein Vortrag zur politischen Ökonomie, nichts über Gebrauchs- und Tauschwert oder was-auch-immer, nichts, was in der Bibel der Roten stand. Sondern es ging um den Koffer.

»Zuerst bringt Konrad Garthner das Geld zu Krusmanns Mutter und bezahlt damit das Grundstück in der Innenstadt. Beste Lage. Therese Krusmann bewahrt es zu Hause auf und überreicht es ihrem Sohn, als der aus der Kriegsgefangenschaft heimkehrt. Anton Krusmann erkennt, dass seine Mutter betrogen wurde.«

Dietrichs stimmte knurrend zu. So weit, so gut. Auch das hatten sie durchgekaut.

»Krusmann versucht, den Kauf rückgängig zu machen, und beißt auf Granit. Vertrag ist Vertrag. Der Notar beharrt darauf, dass es alles seine Richtigkeit hat. Krusmann fügt sich in sein Schicksal und beschließt, das Beste daraus zu machen. Er versucht etwas zu kaufen, was nach der Währungsreform mehr Wert hat als die zehn Prozent, die er beim Umtausch eines Sparguthabens bekommt. Deshalb geht er zu den Schwarzmarkthändlern, unter anderem zu Hüttner, der später am selben Tag von seinem Kompagnon, von Cordsen, ermordet wird. Krusmann trägt das Geld im Koffer hin, um sofort bezahlen zu können. Das haben uns die Nachbarn bestätigt.«

Und von dem Kioskbesitzer, der ebenfalls Krusmann mit dem Koffer gesehen hatte, dachte Dietrichs.

»Als das fruchtlos ist, zahlt er das Geld schließlich auf der Bank ein, um wenigstens die zehn Prozent davon zu retten.«

Dietrichs nickte.

»Das alles wissen wir«, sagte er.

»Richtig, das alles wissen wir«, wiederholte Kleinert. »Was wir nicht wissen, ist, woher das Geld gekommen ist.«

Dietrichs seufzte. Das wussten sie tatsächlich nicht. Aber das mussten sie auch nicht wissen. Im Grunde war es Jacke wie Hose, woher Konrad Garthner das Geld für den Hauskauf hatte.

»Konrad Garthner lebte im Haus seines Bruders und hat mit seiner Schwägerin das Geschäft geführt, während Helmut Garthner im Internierungslager saß. Reichtümer konnte er dabei wohl nicht anhäufen«, sagte Kleinert.

Dietrichs seufzte erneut.

Sein Kollege bedachte ihn mit einem seiner schrägen Blicke, die für gewöhnlich sagten: Es stimmt nicht, die Welt ist krumm und schief, so schief wie mein Blick. Das wissen wir beide, aber du willst es manchmal vergessen.

Kleinert würde keine Ruhe geben. Oder er würde vorerst Ruhe geben, aber am Ende ohne Dietrichs Wissen die Dinge in die Hand nehmen.

»Tu, was du nicht lassen kannst«, sagte Dietrichs. »Finde heraus, ob Konrad Garthner irgendwo ein Konto hatte.«

»Geht klar«, sagte Kleinert und grinste.

48

Edith hatte Besuch. Der Besuch saß auf den Stufen zur Haustür und warf einen langen braunen Zopf über die Schulter, als sie das Gartentor öffnete.

»Gut, dass du endlich kommst. Ich sitze hier schon seit einer Stunde«, sagte Hella. Das Mädchen griff nach seinem schlaffen Rucksack, streckte seine langen Beine und stand auf.

»Wolltest du nicht längst zu Hause sein?«, fragte Edith und schloss die Haustür auf.

»Ich muss noch meine Sachen holen«, erklärte Hella mit Würde. »Ich habe nicht damit gerechnet, dass du so spät kommst.«

Sie folgte ihr in die Wohnung hinauf.

Es dauerte nicht lange, bis Hella ihre Habseligkeiten zusammengesucht und ihren Rucksack wieder gefüllt hatte.

»Ich gehe jetzt«, verkündete sie. »Ohne mich kommt sie ja ohnehin nicht zurecht.«

Sie blieb in der Küchentür stehen und blickte Edith an, die mit einem Glas Wasser in der Hand am Spülstein stand.

»Mmmh«, sagte Edith freundlich und vage. Sie bezweifelte, dass Martha ohne ihre Tochter nicht zurechtkam. Martha kam gewöhnlich mit allem Möglichen zurecht.

Hella trat von einem Bein aufs andere, dann trat sie in die Küche und ließ ihren Rucksack auf den Boden sinken. Sie griff wieder nach einem der versilberten Serviettenringe auf dem Küchentisch.

»Ganz schön umständlich«, sagte Hella. »Du ziehst vor jedem Essen den Ring ab, breitest die Servietten aus, nach dem Essen faltest du sie zusammen, drehst sie, damit sie durch den Ring passen. Da liegen sie dann rum, bis du zum nächsten Mal isst. Dann müssen sie gewaschen werden. Und gebügelt.«

»So ist es«, sagte Edith. Worauf wollte das Mädchen hinaus?

»Ihr macht das, weil ihr feine Leute seid, du und Fritzi.«

Das Mädchen hatte recht. Sie brauchten die versilberten Ringe nicht, aber sie benutzten sie, weil sie es jahrelang getan hatten. »Wir sind ja nicht bei den Hottentotten«, war der stete Kommentar ihrer Mutter dazu gewesen. Um sich täglich dessen zu versichern, hatten sie zu Hause in der hübschen Wohnung über der Apotheke die Servietten benutzt. Hier tat sie es wieder, weil es sich vertraut anfühlte.

»Meine Mutter und ich, wir sind keine feinen Leute.«

»Nein«, bestätigte Edith. »Nicht im Sinne von Serviettenring-fein.«

Hella nickte düster und sagte: »Auch nicht im Sinne von ›Sitz-gerade-beim-Essen-und-press-die Ellenbogen-an-deinen-Körper‹-fein. Nicht im Sinne von ›Spül-das-Seifenstück-wenn-du-es-gebraucht-hast‹-fein.«

Martha achtete darauf, dass ihre Tochter keine Schimpfwörter benutzte, sie achtete darauf, dass sie sauber war, ordentlich geflochtene Zöpfe hatte und ihre Blusen gebügelt waren. Serviettenringe und Servietten gab es bei ihr nicht, auch keine Suppenschüsseln, aus denen die Suppe mit einer Silberkelle geschöpft und mit zartem Klirren auf den Teller gegeben wurde. Und wie krumm oder wie gerade ihre Tochter am Tisch saß, war ihr ebenfalls herzlich egal.

»Findest du das schlimm?«

»Nein.«

»Warum nicht? Wenn du doch immer deine Lippen abtupfst, damit die Gläser nicht schmierig werden?«

»Weil es Wichtigeres gibt als Spuren auf den Gläsern, oder?«

»Hmm.« Hella knurrte, nicht ganz überzeugt. Zu Recht, dachte Edith. Wenn du allerdings der Einzige in einer Runde bist, in der alle die Ellenbogen an die Rippen drücken und ihre Lippen betupfen, ist es nicht gleichgültig.

»Diese verdammten Glattgekämmten«, murmelte Hella.

»Sind das die, die immer gerade dasitzen? Und die Seife abspülen, wenn sie sie benutzt haben?«, fragte Edith.

»Ja.«

Hella starrte finster vor sich hin.

»Sie tun, als ob ich der letzte Dreck wäre. Kürzlich wollten sie wissen, welche Stimmlage ich habe. Ich habe gedacht, sie meinen eine Stimmgabel, und habe gesagt, ich hätte keine. Sie haben mich ausgelacht und gesagt, ich sei doof wie sonst was.«

»Dumme Puten.«

»Ja.« Hella lächelte kurz. »Ich habe einer eine geklebt, daraufhin gab es Ärger.«

»Schlechte Strategie«, kommentierte Edith.

Hella zuckte mit den Schultern.

»Tischmanieren und Stimmgabeln haben nichts mit Klugheit zu tun«, sagte Edith.

»Eben.«

»Ich würde mal vermuten, dass die Sache mit den Ellenbogen und der Seife nicht zu den allerwichtigsten Dingen zählt.«

Während ihrer Flucht war das völlig egal gewesen. Gute Manieren waren das Letzte gewesen, was ihr weitergeholfen hätte. Es war eher das Gegenteil von guten Manieren, das ihr geholfen hatte, dachte sie bitter. Vielleicht sah es nun wieder anders aus. Wenn man richtig sprach, wusste, wie man Messer und Gabel zu halten hatte und freundlich plaudern konnte, war das in manchen Kreisen ein Geheimzeichen: Ich gehöre dazu, ich bin keiner von den Banausen, ich bin hier richtig, ich gehöre hierher und bin nicht fehl am Platz.

»Nein. Ich kann besser rechnen als viele von ihnen, und ich habe gute Ideen. Zum Beispiel die mit dem Fahrkartenverkauf. Da ist keine von glatt gekämmten Puten draufgekommen. Die sind meist nicht besonders auf Zack.«

Hella war fraglos auf Zack und hatte vermutlich den meisten Glattgekämmten in puncto Findigkeit einiges voraus.

»Aber das läuft nicht mehr. Die Leute müssen die Fahrkarten jetzt am Schalter kaufen.« Nachdenklich fügte sie hinzu: »Viele Sachen, die es früher nur am Schwarzmarkt gab, liegen jetzt in den Geschäften.«

Vermutlich brachen nun schlechte Zeiten für Schwarzmarktgeschäfte an. Sicher, das eine oder andere würde man immer noch eintauschen können, vieles jedoch gab es nun vollkommen regulär zu kaufen. Findigkeit in Sachen krumme Geschäfte war nun weniger gefragt, zumindest was die Findigkeit und die Mittel betraf, die ein vierzehnjähriges Mädchen aufbringen konnte.

»Ich würde mir von den Glattgekämmten nicht die Schule vermiesen lassen«, sagte Edith vorsichtig.

Hella stöhnte. »Du musst sie ja auch nicht tagtäglich ertragen.«

»Nein.«

»Und es waren auch nicht deine Stichlinge, die sie in die Toilette gekippt hat.«

»Nein.«

»Du sprichst wie ein Papagei.«

»Ja.«

Hella grinste sie an und legte den Serviettenring weg. Sie erhob sich und griff nach ihrem Rucksack.

»Wie gesagt, ich geh' nach Hause zurück.«

»Wahrscheinlich wird sie sehr froh sein, dass du wieder da bist.«

»Mal sehen. Vermutlich gibt es erst mal Ärger. Eine Menge Ärger: Hausarrest und eine Standpauke. Wahrscheinlich auch eins hinter die Löffel.«

Hella machte eine kurze Pause und fuhr dann fort: »Nicht wie in dieser Geschichte aus der Bibel. Die, in der dem verlorenen Sohn ein Kaninchen gebraten wird.«

Ein Zicklein, korrigierte Edith in Gedanken. Doch das Mädchen hatte recht. Es würde bei Martha weder ein Kaninchen noch ein Zicklein zum Willkommen geben. Aber froh würde Martha trotzdem sein.

»Bekloppte Glattgekämmte«, sagte Hella und ging.

49

»Bitte nehmen Sie doch Platz.«

Tristan setzte sein bestes Lächeln auf und winkte Leo Mantler an ihren Tisch. Mantler zögerte, Tristan insistierte und war die Liebenswürdigkeit in Person.

»Kommen Sie, ich freue mich, Ediths Freunde kennenzulernen.«

Leo warf Edith einen fragenden Blick zu.

Edith ahnte, was Tristan vorhatte. Wenn irgendwo ein Rivale auftauchte, verfiel man nicht in Schockstarre und hoffte feige darauf, dass er einfach wieder von der Bildfläche verschwand, sondern man stellte ihn und vertrieb ihn für immer. Oder machte ihm den Garaus. Etwas flügellahm sagte sie: »Tristan und ich, wir haben eigentlich einen Grund für eine kleine Feier.«

»Aber nein, Herr Mantler kann uns Gesellschaft leisten.«

Leo versuchte es mit einer Ausrede, die Tristan nicht gelten ließ. Dann machte er eine Kehrtwende und nahm die Einladung an. Edith meinte, ein leises Funkeln in seinen Augen zu erkennen.

Tristan ließ den Kellner ein weiteres Glas bringen und schenkte Leo ein.

Sachs hatte ihr das Honorar für das Bild ausgezahlt, sie hatte es in eine Flasche Wein und zwei Rollfilme investiert.

Leo Mantler hob sein Glas, sie stießen an.

Tristan begann, von seiner neuen Rolle zu erzählen, dem Hartmann in Zuckmayers »Des Teufels General«, einem jungen, enthusiastischen Nationalsozialisten. Tristan pries seinen Idealismus: »Eine verführte deutsche Jugend, die den Opfertod auf dem Schlachtfeld verherrlicht und nicht weiß, welchen Verbrechern sie auf den Leim geht.«

Leo Mantler zog die Augenbrauen hoch.

»Ah, die Verführten. Unschuldig und rein, vom Idealismus getrieben«, sagte er.

Tristan strahlte über das gesamte Gesicht. Edith wusste, was ihn frohlocken ließ: Leo Mantler hatte ihm widersprochen und ihm gewissermaßen den Fehdehandschuh hingeworfen. Tristan legte die Lanze an.

»Sicher, wieso nicht? Man appelliert an das Beste im Menschen und missbraucht es.«

»An das Beste? Glauben Sie mir, ich habe das Schlechteste gesehen.«

Edith fragte sich, was Mantler gesehen haben mochte. Ihr fiel Leos Vergleich mit der Schwarz-Weiß-Aufnahme ein. Sie wusste von ihm lediglich, dass er im Krieg an der Ostfront gewesen war, irgendwo in der Ukraine. Sie hatten nie darüber gesprochen, was er dort erlebt hatte.

Tristan hingegen hatte wenig Interesse daran, was Mantler gesehen oder nicht gesehen hatte. Er sprach weiter über seine Figur.

»Sehen Sie, Hartmann ist mutig, er ist bereit, zu sterben. Er hat Ideale und merkt nicht, mit welch karrieresüchtigen Gestalten er es zu tun hat. Er läuft den falschen Göttern hinterher. Erst Harras öffnet ihm die Augen.«

»Die Rede über die Völkermühle.« Leo konnte sich nicht verkneifen, seine Textkenntnis unter Beweis zu stellen. »Das Rheinland als Schmelztiegel, römische Feldhauptmänner, blonde Mädchen, jüdische Gewürzhändler, Kelten, Griechen – das ist die Ahnenreihe der Rheinländer.«

Aber Tristan konnte die Passage auswendig und übernahm: »Es waren die Besten, mein Lieber! Die Besten der Welt! Und warum? Weil sich die Völker dort vermischt haben. Vermischt – wie die Wasser aus Quellen und Bächen und Flüssen, damit sie zu einem großen, lebendigen Strom zusammenrinnen.«

Die lautstarke Rezitation brachte ihm vom Nebentisch einen vorwurfsvollen Blick ein. Halblaut sagte jemand: »Mischlinge sind Mist. Bei Hunden, bei Pferden, bei Menschen.«

Leo Mantler setzte sich auf.

»Ich halte die Geschichte von der Reinheit der missbrauchten deutschen Jugend für eine Mär. Für eine bequeme Mär, die lediglich von Unschuld und Verführung redet.«

Edith pflichtete ihm stillschweigend bei. Sie wäre nie auf die Idee gekommen, sich als unschuldig und verführt zu beschreiben, eher als blind oder – schlimmer noch – als ein Vogel Strauß, der den Kopf in den sprichwörtlichen Sand gesteckt hat.

»Vielleicht sieht man das so, wenn man älter ist. Wenn man die Dinge in einem Alter erlebt hat, in dem die Urteilskraft weiter entwickelt gewesen ist.«

Tristan hatte eine Spitze gesetzt. Mantler war in seinen frühen Dreißigern, sieben oder acht Jahre älter als Tristan. Da Mantler nicht reagierte, fuhr er fort: »Kaum jemand von den Älteren hatte Harras' Mut und Weitsicht.«

»Ach, General Harras. Mut ja, den können wir ihm zugestehen. Aber Weitsicht? Dieser General hat sich von den Nazis in den Dienst nehmen lassen, um seiner Leidenschaft fürs Fliegen zu frönen. Von Weitsicht kann da nicht die Rede sein, ganz im Gegenteil.«

»Zumindest steht er für seine Fehler ein. Wer tut das schon aus dieser Generation?«

Tristan schickte einen kampflustigen Blick in Richtung Leo Mantler.

Edith wartete darauf, dass Tristan Leo fragen würde, welche Fehler er begangen habe und ob er für sie einstehe. Doch derartige Fragen stellte zurzeit niemand, selbst Tristan nicht. Und Leo fragte ebenso wenig, ob Tristan ein idealistischer Anhänger der Bewegung gewesen war, der ihre Lehre nachgebetet hatte und den falschen Göttern hinterhergelaufen war. Er wiederholte lediglich Tristans Frage.

»Tja, wer tut das schon?«

Sie schwiegen. Der Satz hing über ihnen.

Schließlich fragte Mantler nach Fortschritten bei der Mordermittlung.

»Es gibt nichts Neues, nichts, was sie mir mitgeteilt hätten«, antwortete Edith. »Das heißt jedoch nicht, dass sie bei der Suche nach Garthners Mörder nicht weitergekommen sind.«

»Garthner? Das Opfer heißt Garthner?«

Tristan war erstaunt. Der Name hatte zwar in ihrem Zeitungsartikel gestanden, doch Tristan las ihre Artikel nicht.

Leo hob nur amüsiert die Mundwinkel und schien kommentarlos einen Punkt auf seinem Konto zu verbuchen.

»Wieso? Kennst du ihn?«, fragte Edith.

»Sicher kenne ich Helmut Garthner.«

Edith klärte ihn darüber auf, dass nicht Helmut, sondern sein Bruder tot war, und fragte neugierig, woher er Helmut Garthner kenne.

»Garthner war ein eifriger Theaterbesucher. Er hatte ein Abonnement und hat keine Vorstellung versäumt, bis er plötzlich in irgendeinem Internierungslager verschwand. Jetzt soll er ja wieder zurück sein. Ich habe ihn jedoch noch nicht gesehen.«

Tristan schob sich seine dunklen Haare aus der Stirn.

»Er war oft in der Theaterbar. Er kam her, saß mit uns herum, plauschte.«

»Ein Theaterliebhaber«, sagte Leo. Edith warf ihm einen scharfen Blick zu. Sie ärgerte sich darüber, Tristan nach Garthner in Leo Mantlers Anwesenheit gefragt zu haben. Leo Mantler war nicht schlecht darin, nach Informationen zu angeln. Jetzt angelte er eindeutig. Ein Theaterliebhaber, erzähl mir mehr.

»Ja, das ist er. Außerdem heißt es, dass er das Theater früher unterstützt hat, wenn es um Stoffe für Kostüme und Ähnliches ging.«

»Wie gut, dass es solche Unterstützer gibt.«

Tristan argwöhnte Ironie, aber Mantler lächelte nur freundlich. Erzähl mir mehr.

»Weißt du noch etwas über ihn?«, fragte Edith. Wenn Tristan schon ausgefragt wurde, sollte er es zumindest mitbekommen.

Tristan zögerte und schüttelte dann den Kopf.

»Wahrscheinlich wäre es für die Morduntersuchung ohnehin nicht von Belang«, sagte Leo. Edith beobachtete ihn unter halb geschlossenen Wimpern. Das war keine abschließende Bemerkung, sondern Leo Mantler hatte ebenso wie sie gespürt, dass Tristan etwas im Kopf herumging, und machte nun einen Versuch, es hervorzulocken.

»Ich denke nicht«, sagte sie rasch.

Für einen kurzen Augenblick hatte Leo verärgert die Augenbrauen zusammengezogen, sie war ihm offensichtlich in die Parade gefahren. Es waren nun nicht mehr Leo und Tristan, die wie zwei Kampfhähne aufeinander einhackten, sondern sie stritt mit Mantler um Tristan. Sie verkniff sich ein Lächeln und fand, dass es Zeit war, dem Gespräch eine andere Richtung zu geben.

»Wie sieht es mit dem Kartenvorverkauf aus?«

»Schlecht«, sagte Tristan lapidar. »Die Leute geben ihr Geld vorerst lieber für etwas anderes aus.«

»Da fehlt es natürlich an Mäzenen wie Garthner.« Leo Mantler ließ nicht locker.

»Gewiss. Aber vermutlich wird er uns bald wieder unterstützen. Er und andere, wenn ihre Geschäfte gut laufen. Dann wird es ihnen wieder einfallen, wie schön es ist, ins Theater zu gehen, den Herrn Generaldirektor und den Herrn Chefarzt nebst Gattinnen zu treffen. Oder später mit uns hier zu sitzen und sich einen Abend lang ein bisschen bohèmehaft zu fühlen.«

Bevor Leo Mantler fragen konnte, wie bohèmehaft sich denn Helmut Garthner gefühlt habe, sagte Edith: »So ist es. Am Sonntag nach der Hebbel-Aufführung war es recht voll, die Sehnsucht nach Künstlerbohème ist offenbar ungebrochen.« Sie lachte.

Tristan lachte mit, auch wenn er an dem betreffenden Abend nicht dabei gewesen war.

Sie plauderten noch eine Weile, alle drei bemüht, dem Abend einen friedlichen und geselligen Ausklang zu geben. Dann löste sich ihre kleine Versammlung auf, und Edith und Tristan kehrten in Ediths Wohnung zurück.

Donnerstag, 24. Juni 1948

50

Die Geschwister Winterstein waren wieder im Hotel erschienen. Der Portier hatte am späten Abend auf dem Präsidium angerufen und Bescheid gegeben. Da die beiden die Nacht im Hotel verbrachten und keine Anstalten machten, das Weite zu suchen, hatte Dietrichs die Befragung auf den nächsten Morgen verschoben.

Das Hotel Handelshof lag an einem Platz zwischen zwei Straßen, die aus der Innenstadt Richtung Bahnhof führten. Seine Front erstreckte sich über die gesamte Länge zwischen den beiden Straßeneinmündungen.

Für ihre Befragung hatte der Hotelier ihnen den Festsaal des Gebäudes zur Verfügung gestellt, einen großen und düsteren Raum. Die Tische waren bereits für den Abend hergerichtet. Die Vorhänge vor den großflächigen Fenstern, die auf den Platz hinausgingen, waren zugezogen, und der Hotelier hatte für sie eine nicht allzu helle Hängelampe über einem Sechsertisch angeschaltet.

Die Geschwister fielen ohne jeden Zweifel in die Kategorie rohes Ei, dachte Dietrichs, als er zusammen mit Kleinert Max Winterstein gegenübersaß. Beide hatten britische Pässe, was bedeutete, dass sich im Handumdrehen der Stadtkommandant oder der britische Konsul einmischen konnte. Außerdem war der junge Mann Angehöriger des britischen Militärs, strenggenommen fiel seine Befragung nicht in seine Zuständigkeit. Dietrichs unterdrückte ein Seufzen. Ein besonders rohes Ei.

Kleinert begann und erklärte Winterstein, dass sie Zeugen suchten, die am Sonntagmorgen in der Innenstadt vor der Post gewesen seien. Auf seine Frage, was es zu bezeugen gebe, gab Kleinert Max Winterstein eine nichtssagende Antwort, in der das Wort »Routine« einmal und die

Formulierung »Unterstützung der Polizei« zweimal vorkamen. Als Winterstein noch einmal fragte, wobei denn die deutsche Polizei seine Hilfe benötige, legte Kleinert das Foto, das die Marheinecke gemacht hatte, auf die gestärkte Tischdecke.

Winterstein hob es auf.

»Ein gutes Foto. Wer hat es aufgenommen? Der Polizeifotograf?«

Kleinert verneinte. Winterstein blickte immer noch auf das Foto.

»Hat sie mich angezeigt?«

Er deutete auf die ältere der beiden Frauen, die eine Art Marinekostüm zu tragen schien. Bevor Kleinert ihn darüber aufklären konnte, dass sie keineswegs wegen einer Anzeige hier waren, fragte Dietrichs: »Worum ging es bei dem Streit?«.

»Wir haben über früher geredet. Die Frau war eine Nachbarin von uns. Eine ehemalige Nachbarin.«

Max Winterstein hatte das Gesicht von jemandem, der sich auf dem Sprungbrett überlegte, ob er losspringen sollte oder nicht. Max Winterstein sprang.

»Wir haben über alte Zeiten geplaudert. Sie stand in der Kristallnacht hinter der Gardine und hat zugesehen, wie der Mob uns die Schaufensterscheibe eingeschlagen hat.«

Er lauerte auf ihre Reaktion. Dietrichs ließ sein Gesicht versteinern und warf Kleinert einen schnellen Blick zu. Bei Kleinert zeigte sich einen Augenblick lang Mitgefühl, das er schnell in Ausdruckslosigkeit verwandelte.

»Wo waren Sie da eigentlich?«, fragte Max.

Dietrichs wusste, wo er gewesen war: zu Hause. Er hatte mit Emma, seiner verstorbenen Frau, ein oder zwei Gläser Wein getrunken, und beide hatten sich über den unerwarteten freien Abend gefreut, denn Dietrichs Nachtschicht war kurzfristig abgesagt worden. Als ein Trupp SA-Leute an ihrem Haus vorbeimarschiert war, war es mit Emmas Freude über den freien Abend vorbei gewesen. Sie hatte angefangen, sich Sorgen um die Rosenbaums aus dem ersten Stock zu machen, und hätte sie am liebsten für diese Nacht in ihre Wohnung gebeten. Dietrichs hatte sein Veto eingelegt, weil er Beamter war und keinen Ärger wollte. Also hatten die Rosenbaums nach Emmas Warnung die Nacht in ihrem Keller verbracht. Dies hatte zumindest Fritz Rosenbaum vor einem Aufenthalt in einem Lager bewahrt, denn in den frühen Morgenstunden waren sechs SA-Leute in das Haus eingedrungen. Emma hatte ihnen erzählt, dass die Familie bei Verwandten in Düsseldorf zu Besuch sei. Er hatte seine Marke gezückt und erklärt, dass Plünderer hier nichts zu suchen hätten und er als Polizeibeamter einschreiten würde. Einer von ihnen hatte frech gesagt: »Plündern dürfen wir nicht, aber kaputtmachen, das dürfen wir.« Kurz darauf hatte die Anrichte der Rosenbaums mit all ihrem Geschirr dran glauben müssen. Später am Vormittag hatte er herausgefunden, dass die SA-Männer recht hatten: Es hatte tatsächlich von ihrer aller Chef, dem Reichsführer SS und Führer der Reichspolizei eine entsprechende Anweisung gegeben. Und er hatte unrecht, er hätte sich gar nicht einschalten sollen. Die Polizeibeamten waren aufgerufen, sich beim Schutz von jüdischem Eigentum und jüdischen Menschen zurückzuhalten. Trotzdem war er bei der Polizei geblieben.

Kleinert, der im November 38 längst nicht mehr im Dienst gewesen war, fragte weiter: »Und der Mann hier?«

»Ein deutscher Held, würde ich mal sagen. Er hat sich zum Verteidiger der marineblauen Frau aufgeworfen. Ein Ritter ohne Furcht und Tadel.«

Kleinert legte das nächste Foto auf die Tischdecke.

Max Winterstein hielt lange inne, bis er schließlich sagte: »Konrad Garthner. Er ist eine Kanaille.«

War, korrigierte Dietrichs in Gedanken, war eine Kanaille.

»Was meinen Sie damit?«, fragte Kleinert.

»Eine Kanaille. Ah, im Deutschen Reich versteht man keine Fremdwörter. Doch Sie sitzen ja inzwischen in der britischen Besatzungszone. Manches ändert sich aber trotzdem nie, nicht wahr?«

Max Winterstein bleckte die Zähne. Doch, dachte Dietrichs, es hat sich etwas geändert. Aber darüber reden wir jetzt nicht.

»Was haben Sie gegen Konrad Garthner?«

»Wer sagt, dass ich etwas gegen ihn haben könnte?«

»Kanaille ist nicht gerade ein freundliches Wort. Was hat Konrad Garthner Ihnen getan?«

Winterstein legte den Kopf schief.

»Ah, Onkel Helmut. Onkel Helmut hat aus dem Nähkästchen geplaudert. Seine Erinnerungen aufgefrischt. Zumindest diesen Teil seiner Erinnerungen.«

»Was hat Konrad Garthner Ihnen getan?«

Kleinert blieb beharrlich. Erfolg hatte er damit nicht.

»Ihr Interesse kommt ein wenig spät, meine Herren.«

Der junge Mann saß da, schlank, dunkelhaarig, selbstgewiss und zornig. Dietrichs betrachtete ihn kühl. Sein Zorn kam ihm zupass, denn wer zornig wurde, verlor leichter die Kontrolle.

Kleinert fragte weiter.

»Hat er Sie verprügelt? Zusammengeschlagen?«

»Klar. Natürlich hat er mich zusammengeschlagen. Konrad Garthner war in der SA, ich war ein Judenjunge.«

Er hielt einen Augenblick inne und besann sich.

»Aber warum möchten Sie das wissen? Wollen Sie Konrad Garthner vor Gericht bringen?«

»Nein«, sagte Kleinert, und Dietrichs meinte einen Hauch von Bedauern bei Kleinert zu spüren. »Er ist tot.«

Dietrichs beobachtete Max Winterstein. Der junge Mann hob leicht das Kinn, dann nickte er. Dietrichs hätte nicht sagen können, ob die Nachricht von Garthners Tod wirklich für ihn eine Neuigkeit war.

»Deshalb reden Sie mit mir? Weil Onkel Helmut Ihnen erzählt hat, dass sein Bruder mich gequält hat?«

Er betrachtete sie mit kalter Wut.

»Sie denken, dass ich ihn aus Rache umgebracht habe? Keine schlechte Idee. Allerdings gibt es bei jemandem wie Konrad Garthner eine Menge Leute, die Grund dazu hätten, seine Reise ins Jenseits zu beschleunigen.«

Er lachte auf.

»Was für ein hübscher Einfall! Der jüdische Rächer bringt die alten Nazis um. Meine Herren, das dürfte eine Sisyphosaufgabe sein. Viel zu viel Arbeit für einen jüdischen Rächer allein.«

Er hielt einen Moment inne. Dann fragte er: »Ist er der Tote unter der Straßenbahn? Hat man ihm den entscheidenden Stoß verpasst?«

»Woher wissen Sie von dem Toten?« Dietrichs sprach schnell und scharf.

»Sicher nicht, weil ich ihn persönlich gestoßen habe.«

Max Winterstein riss sich zusammen.

»Aus der Zeitung«, sagte er nun ruhiger. »Ich habe davon in der Zeitung gelesen. Es stand darin, dass es vermutlich kein Unglücksfall war.«

»Wohin sind Sie nach dieser Begegnung gegangen?«

Max Winterstein stutzte, bevor er antwortete: »Die Alleestraße hinunter, Richtung Westbahnhof.«

Weg von der Drehscheibe, weg von dem Platz, an dem Konrad Garthner getötet wurde.

»War Ihre Schwester noch bei Ihnen?«

Max Winterstein bejahte.

Winterstein konnte genauso gut in die andere Richtung gelaufen sein, dachte Dietrichs. Selbst wenn seine Schwester seine Aussage bestätigen würde, würde das nicht viel Gewicht haben.

Winterstein legte den Kopf wieder schief.

»Bin ich der jüdische Sündenbock? Ich dachte, ich sei ein Zeuge. Inzwischen komme ich mir vor wie ein Verdächtiger. In diesem Fall ist die britische Militärpolizei zuständig.«

Winterstein hatte recht. Am besten wäre es allerdings, mit ihm dieselbe Prozedur wie mit Krusmann durchzuführen: ihn von Zeugen identifizieren lassen, seine Fingerabdrücke nehmen, ihn der Marheinecke zu präsentieren, damit sie ihnen sagen konnte, ob er als Kameradieb infrage kam.

»Wir müssen Sie bitten, uns aufs Präsidium zu begleiten«, sagte Dietrichs. »Wir holen jemanden von der britischen Militärpolizei.«

Kleinert hob für einen kurzen Augenblick erstaunt die Brauen. Korrekt war Dietrichs' Vorgehen nicht. Ich jongliere mit einem rohen Ei, dachte Dietrichs.

Max Winterstein starrte sie an. Dann stand er mit ihnen vom Tisch auf.

Später sagte sich Dietrichs, dass er es in dem Moment schon hätte begreifen müssen. Aber er war einfach nur erleichtert gewesen, dass Winterstein sozusagen lammfromm mit ihnen kam.

Es passierte, als sie von dem Festraum in einen Korridor traten. Winterstein ging folgsam ein paar Schritte mit ihnen, dann bog er plötzlich in einen langen Flur ab und rannte wie ein geölter Blitz auf die Hinterseite des Gebäudes zu.

Kleinert setzte ihm nach. Kleinert war schnell, Dietrichs erinnerte sich dunkel daran, dass er vor seiner Entlassung der beste Sprinter in der Polizeisportvereinigung gewesen war. Er hätte den um einiges jüngeren Winterstein vielleicht eingeholt, wenn da nicht der Eimer mit dem Schrubber gewesen wäre. Winterstein flitzte daran vorbei, griff jedoch im letzten Moment nach dem Schrubberstiel und stieß damit den Eimer um. Kleinert schaffte es noch, einen großen Satz über Schrubber und Eimer zu machen. Bei seiner Landung glitt er im Putzwasser aus, strauchelte. Winterstein war nicht mehr zu sehen.

Dietrichs hastete hinaus. Er war längst nicht so schnell wie Kleinert.

Vor dem Hotel wandte Dietrichs sich nach rechts und bog im Eilschritt in die Straße seitlich des Hotels ein. An die Seitenwand des Hotels schloss kein weiteres Haus an, stattdessen klaffte dort in der Bebauung die Lücke eines Trümmergrundstücks. Dort tauchte nun Winterstein auf, offensichtlich wollte er durch die Baulücke den Hinterhof verlassen. Sobald er Dietrichs sah, machte er kehrt und nahm Kurs auf ein Baugerüst an der Rückseite der gegenüberliegenden Häuserfront.

In einem Affenzahn erklomm er eine Leiter. Kleinert hatte Winterstein gesichtet und rannte auf Leiter und Gerüst zu. Winterstein erreichte die oberste Ebene des Baugerüsts.

Er schnappte sich ein herumliegendes Brett und schob es gegen die obersten Leitersprossen. Kleinert hatte inzwischen die Füße auf die untersten Sprossen gesetzt. Winterstein drückte mit seinem Brett gegen die Leiter. Das obere Leiterende löste sich von den Gerüstplanken. Einen Augenblick lang ragte die Leiter, scheinbar allen Gesetzen der Schwerkraft zum Trotz, senkrecht in die Luft. Dann gelang es Winterstein, sie mit einem kräftigen Stoß mit dem Brett in die andere Richtung kippen zu lassen, weg von dem Gerüst.

Kleinert sprang hinunter und fluchte. Die Leiter fiel und schlug auf einem Stapel säuberlich geschichteter Steine auf.

Winterstein eilte weit oben, auf der Höhe des dritten Stockwerks, über die Planken des Gerüsts am Gebäude entlang. Schließlich kletterte er durch ein offen stehendes Fenster ins Haus. Kleinert lief auf die Hintertür des Hauses zu, in dem Winterstein verschwunden war. Er rüttelte an der Klinke.

Dietrichs setzte sich in Bewegung. Kleinert würde dafür sorgen, dass Winterstein das Haus nicht durch den Hintereingang verlassen konnte. Blieb also noch die Vorderseite. Dietrichs nahm den Weg, den er gekommen war, ließ den Hoteleingang rechts liegen und bog an der Ecke in die linke Seitenstraße ein. Dietrichs konzentrierte sich, suchte und fand das Haus, in das Winterstein geklettert war. Einen Augenblick später stellte er fest, dass er richtiglag: Winterstein kam aus der Haustür und wandte sich nach links. Er lief geradewegs auf Dietrichs zu. Nach ein paar Schritten erkannte er seinen Fehler und machte kehrt.

In diesem Moment kam Kleinert aus der noch offen stehenden Haustür. Winterstein hielt an, er stand jetzt zwischen ihnen. Sie hatten ihn in der Zange.

Was Winterstein rettete, war die Straßenbahn, die gerade klingelnd von der Haltestelle losrumpelte. Max Winterstein rannte über die Straße, schwang sich im letzten Moment auf ein Trittbrett und fuhr davon.

51

Edith saß allein in Fritzis Küche, alle waren sie fort. Fritzi und die Koppitz hatten frühzeitig das Haus verlassen, Hella war zu ihrer Mutter zurückgekehrt, und Tristan hatte die Tür gerade hinter sich zurückgezogen.

Sie dachte an den vergangenen Abend, an Tristan und Leo Mantler, der sich bei den Diskussionen lebhaft und höchst interessiert an dem Fall Garthner zeigte. Sie fragte sich, woher sein Interesse kam. Ob er die Geschichte an eine Zeitung verkaufen wollte? Allerdings war es kein besonders spektakulärer Mordfall. Oder wusste Mantler mehr, als er sagte? Sie sah ihn wieder vor sich, seine lebhaften Bewegungen, den neugierigen Blick aus grünen Augen, hörte seine flinken Reden und lächelte unwillkürlich in sich hinein. Immer noch lächelnd räumte sie den Tisch ab. Meine Gedanken kleben an Leo Mantler wie Fliegen an einem Stück Fliegenpapier, dachte sie, und ließ Teller, Topf und Tasse ins Spülbecken sinken.

Sie sah sich in der Küche nach weiterem Geschirr oder Besteck um.

Auf der Anrichte lag ein Taschenmesser, das sie noch nie gesehen hatte. Sie griff danach. Es war ein schlichtes Utensil, mit einem geriffelten Kunststoffgriff. Es gehörte wahrscheinlich Koppitz, das Messer gab es sicher in tausendfacher Ausführung. Sie wog es in der Hand. Die Bilder kamen, sie war wieder in der Kirche in Pillau.

Das Kirchenschiff war rappelvoll mit Flüchtlingen, Menschen, die mit Sack und Pack darauf warteten, einen Platz auf einem der Schiffe in den Westen zu erwischen, weg aus Ostpreußen, weg von der Front, die immer näher kam. Über Land gab es kein Durchkommen mehr, weil die Rote Armee weiter westlich schon an der Ostsee stand. Sie mussten weg, weil die Russen Barbaren seien, wie ihr eine Frau in der überfüllten Kirche erklärte, oder weil sie sich rächen würden, wie der alte Mann neben ihr gemurmelt hatte. Die Flüchtlinge hatten sich überall niedergelassen, wo es nur den Hauch von Platz gab. Immer wieder wurde gestoßen und gedrängelt. Wer schwach war, musste abgeben, was er mitgebracht oder mühselig ergattert hatte: das Brotstück, das er unvorsichtigerweise gezeigt hatte, das warme Kleidungsstück, das er einen Moment lang unbeaufsichtigt gelassen hatte, den Platz in einem Seitenschiff, wo der eisige Wind nicht hinströmte und der weit von den Kübeln mit den Fäkalien entfernt war.

Edith saß auf einer Kirchenbank. Ihren Wintermantel fest um sich gezogen, lehnte sie an dem Rucksack mit ihren Habseligkeiten. Falls jemand auf die Idee kommen sollte, ihr das Gepäckstück zu stehlen, während sie schlief, würde sie zumindest wach werden, wenn er sich daran zu schaffen machte. Ob sie es verteidigen konnte, wäre ein andere Frage. Sie dämmerte weg.

Zwei Stunden später erwachte sie, weil zwei Frauen, allem Anschein nach Mutter und Tochter, in ihrer Nähe tuschelten. Was sie aufgeweckt hatte, war weniger die Lautstärke als vielmehr der scharfe Tonfall.

»Los, mach«, sagte die Ältere der beiden, während sie einen wimmernden Säugling gegen ihre Schulter drückte. »Sie ist tot, genauso wie das Kleine.«

Die jüngere protestierte matt, dann wandte sie sich einer dritten zu, die reglos auf dem Kirchenboden lag. Sie nahm ihr das Kind aus dem Arm und legte es vorsichtig beiseite. Der Säugling gab keinen Laut von sich. Das Gesichtchen blieb starr, so starr, wie es den ganzen gestrigen Tag über gewesen war, dachte Edith. Kein Weinen, kein Mucks, wenn es die Mutter kraftlos in ihren Armen gewiegt hatte.

Die jüngere Frau knöpfte der Toten den Mantel auf und schlug ihn zur Seite. Danach war die Bluse an der Reihe. Klamme Finger kämpften mit feinen Knöpfen, bis ein zartrosa Büstenhalter erschien. Edith konnte nicht anders, sie sah fasziniert zu. Die ältere Frau warf ihr einen drohenden Blick zu. Da Edith sich nicht rührte, wendete sie sich wieder zu ihrer Tochter hin. Diese schob das Messer in der Mitte zwischen den beiden Körbchen unter den Büstenhalter und zertrennte das Gewebe. Vorsichtig schälte sie zwei pralle Brüste heraus. Sie blickte kurz zu Edith. Edith blieb weiterhin still und bewegte sich nicht. Die Frau legte ihren eigenen Säugling der Toten an die Brust. Das Kind trank, erst schwächlich, dann gewann das Saugen an Kraft. Die jüngere Frau blickte abermals zu Edith.

»Bei mir kommt nichts mehr. Kein Tropfen«, sagte sie.

Edith hatte den Eindruck, dass hier eine Absolution gefragt war, und nickte.

»Und ihr tut es nicht mehr weh«, fügte die Frau hinzu.

So war es wohl, dachte Edith. Im Grunde war die Sache mit dem Messer und dem Büstenhalter nicht das Schlimmste, was sie gesehen hatte. Jemand hatte da eine gute Lösung gefunden, die keinem wehtat.

Edith erwachte aus ihrer Starre. Sie machte einen Schritt von der Anrichte weg und wog Herrn Koppitz' Messer noch einmal in der Hand.

Es war vorbei. Pillau war weit weg.

Sie legte es auf die Anrichte zurück und machte sich auf den Weg zur Arbeit.

52

Selma saß auf dem Bett in ihrem Hotelzimmer und folgte dem Muster auf den Tapeten mit ihren Blicken. Breite hellgrüne Streifen neben schmaleren dunkelgrünen Streifen, beide Streifensorten stürzten von der Decke in Richtung Fußboden.

Max war weg. Verschwunden, fortgelaufen.

Den Grund dafür hatte sie begriffen, als die Polizisten sie befragt hatten. Max stand unter Mordverdacht. Die Fragen waren eindeutig gewesen: »Sagt Ihnen der Name Konrad Garthner etwas?«, »Wie war das Verhältnis von Konrad Garthner und Ihrem Bruder?«, »Wo war Ihr Bruder am Sonntagvormittag?«, »Wohin ist er nach der Begegnung mit Ihrer ehemaligen Nachbarin gegangen?«.

Selma hatte die Fragen ausnahmslos beantwortet, die meisten von ihnen wahrheitsgetreu – so, dass sie Max mit ihren Antworten nicht schadete.

Sie suchten Max, und sie würden keine Ruhe geben, bis sie ihn gefunden hatten. Gefunden und eingesperrt. Selma biss sich auf die Unterlippe.

Die schlichte Wahrheit war: Max hatte Garthner nicht getötet.

Die deutsche Kripo würde sich jedoch davon schwerlich überzeugen lassen. Es auf einen Versuch ankommen zu lassen, war zu riskant. Max würde sicher noch nicht einmal einen Versuch in Erwägung ziehen. Sie meinte fast, seine Stimme zu hören: »Der Polizei über den Weg trauen? In diesem Land?«

Sie überlegte weiter. Auf die Briten beziehungsweise ihre Militärpolizei wollte sie sich ebenfalls nicht verlassen. Die Briten würden eigene Nachforschungen anstellen, doch das bedeutete nicht, dass sie am Ende die Unschuld von Max beweisen konnten. So wie sie Max kannte, würde er sich auch nicht an die britische Militärpolizei wenden.

Sie hörte wieder sein trockenes Schluchzen, fast zehn Jahre her, trockenes Schluchzen unter der Bettdecke. Max war mit zerschlagenem Gesicht nach Hause gekommen, ohne ein Wort hatte er sich ins Bett verkrochen. Ihr Vater war zwei Tage zuvor aus dem KZ Sachsenhausen zurückgekehrt, wohin ihn die SA-Leute nach der Pogromnacht verschleppt hatten. Sie hatte die Eltern im Wohnzimmer lange reden hören, danach hatten sie sich an die jüdische Gemeinde wegen des Kindertransports gewandt. Später in der Nacht hatte Selma aus seinem Gerede einen Namen herausgehört, außerdem eine wirre Geschichte über einen Stock. Was es mit Letzterem auf sich hatte, hatte sie erst Jahre später verstanden, als sie das blutige Bettlaken unter seinem Po mit dem Traumgerede in Verbindung bringen konnte. Den Eltern hatte Max nichts gesagt, sondern nur am Morgen das Laken gewaschen und ihr die wüstesten Strafen angedroht, falls sie nicht den Mund hielte. »Ich will nicht, dass sie sich Sorgen machen.« Sie hatte den Mund gehalten.

Ihre Gedanken kehrten ins Hier und Jetzt zurück. Max brauchte Hilfe. Er hatte kein Geld bei sich, ebenso keine Papiere. Sein Pass würde ihm nichts nützen, wenn ihn die Polizei zur Fahndung ausgeschrieben hatte und die Grenzen überwachte. Geld dagegen war hilfreich. Mit Geld konnte er Fahrkarten kaufen, vielleicht sogar falsche Papiere. Geld war hilfreich, und sie besaßen welches.

Selma erhob sich und kletterte auf das Kopfende des Bettes. Sie löste das Gitter des Lüftungsrohres und holte ihr Geld und ihre Dokumente hervor, die die Polizisten gestern erfolglos in ihrem Zimmer gesucht hatten.

Sie ließ sich wieder im Schneidersitz auf dem Bett nieder und dachte nach.

Frage Nummer eins war, ob er Hilfe bei ihr suchen würde oder ob er die Sache allein ausfechten wollte, um niemanden mit seinen Problemen zu behelligen. Getreu dem Familienmotto: »Sorge dich nicht.«

Dagegen sprach, dass er auf Unterstützung angewiesen war. Wenn er nicht anfing, sich das Geld für die Flucht zusammenzustehlen, blieben ihm kaum andere Möglichkeiten: Zu Siebenmann würde er nicht gehen, zu Helmut Garthner noch weniger. Willy kam eher infrage, doch Willy hatte sicher nicht mehr als sein Kopfgeld.

Blieben sie und ihre gemeinsame Reisekasse. Sie wog das Bündel von Dollarnoten in der Hand. Die Scheine waren in diesem Land heiß begehrt und würden bei einer Flucht sehr nützlich sein.

Wenn sie also davon ausging, dass Max sich bei ihr Hilfe holen würde, stellte sich Frage Nummer zwei: Wie gelangte er an das Geld? Ins Hotel konnte er nicht zurückkehren. Das musste auch Max klar sein. Ihrerseits hatte sie keine Ahnung, wo sie ihren Bruder finden konnte.

Was würde er also tun, falls er ihre Hilfe in Anspruch nehmen wollte? Ihr eine Nachricht zukommen lassen? Es gab eine einfache, aber unwahrscheinliche Möglichkeit, die sie sofort überprüfen konnte.

Selma stand auf, schlüpfte in ihre Schuhe und stieg die Treppen zur Rezeption hinunter.

Hinter dem Tresen stand der Tagesportier, ein älterer, hohlwangiger Mann mit schütterem Haar und langsamen Bewegungen.

Sie fragte ihn, ob eine Nachricht für sie eingetroffen sei. Mit gemessenen Bewegungen wandte er sich um und inspizierte eines der Fächer hinter dem Tresen.

»Nein, Fräulein Winterstein, keine Nachricht für Zimmer zweihundertvier«, sagte er, lauter als eigentlich nötig gewesen.

Er schaute an ihr vorbei zum Hoteleingang. Unwillkürlich wandte sie sich um und erwartete, einen Gast durch den Eingang ins Hotel treten zu sehen. Doch niemand schritt durch die Halle auf die Rezeption zu, nur in einem Sessel unweit des Eingangs saß ein Mann und las Zeitung.

Selma bedankte sich. Die Möglichkeit konnte sie streichen. Keine Nachricht von Max, die er vielleicht einem der zerlumpten Kinder in die Hand gedrückt hatte, damit es sie ins Hotel brachte.

Sie schickte sich an, die Stufen zu ihrem Zimmer wieder hochzusteigen. In ihrem Rücken schrillte eine Telefonklingel zweimal und verstummte dann. Der Portier meldete sich.

Einen Augenblick später rief er: »Für Sie, Fräulein Winterstein!«

Er wies auf eine der beiden der Kabinen an der linken Seite der Halle.

»Sie können den Anruf dort entgegennehmen.«

Selma betrat die Kabine und presste den Hörer des Wandtelefons an ihr Ohr. Max, dachte sie mit klopfendem Herzen, Max ruft an.

In der Leitung knackte es. Anschließend war nur noch ein Rauschen zu hören. Selma rief zweimal »Hallo« in das Rauschen, dann klopfte sie an die Glasscheibe der Kabine. Sie hob die linke Hand zu einer fragenden Geste, um dem Portier klarzumachen, dass die Verbindung unterbrochen war.

Wie der Portier reagierte, konnte sie nicht sehen, denn der Zeitungsleser schob sich für einen Moment in ihr Blickfeld. Es war ein Mann mit eng beieinanderstehenden Augen, eilig verschwand er in einem Raum hinter der Rezeption.

Der hob die Hand. »Einen Moment«, schien er zu sagen. Er beugte sich hinter den Tresen, schien sich dort an der Telefonanlage zu schaffen zu machen und hob schließlich den nach oben gestreckten Daumen.

An ihrem Ohr knackte es noch einmal, dann vernahm sie Max' Stimme, fast so klar, als ob er neben ihr stünde.

»Selma, hörst du mich?«, rief er durch die Leitung.

Sie wollte schon glücklich »Ja, ja« zurückrufen, als sie den neugierigen Blick des Portiers einfing. Plötzlich verstand sie.

Noch bevor Max etwas sagen konnte, rief sie: »Falsch verbunden.«

Entschlossen drückte sie die Gabel hinunter und hörte mit Erleichterung, dass es in der Leitung erneut knackte und daraufhin Totenstille folgte.

Die Verbindung war unterbrochen. Der Mann mit den eng beieinanderstehenden Augen im Zimmer hinter der Rezeption hatte nichts mehr zum Lauschen.

Selma atmete aus und ließ sich auf die mit grünem Samt bespannte Bank in der Kabine sinken.

Sie wickelte eine Haarsträhne um den Finger und dachte nach. Ein Polizist bewachte das Hotel. Er konnte ihre Telefongespräche belauschen, er würde auch Nachrichten abfangen, die sie von Max bekam. Sie musste ihren Bruder suchen gehen.

Sie verließ die Kabine. Ihr Blick fiel auf den Sessel nahe dem Eingang, auf einem Tischchen daneben lag die Zeitung, aus der der Mann vor ein paar Minuten noch gelesen hatte.

Sie konnte sich selbst nicht auf die Suche machen. Der Mann würde ihr folgen. Sobald sie Max gefunden hätte, hätte ihn auch die Polizei. Sie war gewissermaßen eine rote Signalleuchte, die die Polizei verlässlich dahin leitete, wo Max war.

Max hatte sie hoffentlich verstanden. Für jemanden, der auf Worten so herumkaute wie Max, musste »Falsch verbunden« so deutlich sein wie ein Menetekel an der Wand. Er müsste begriffen haben, dass sie nicht über das Hotel in Verbindung treten konnten.

Was also würde er unternehmen?

Selma stand auf.

Falls er ihre Hilfe suchte, musste er zu ihr Kontakt aufnehmen.

Vielleicht würde er ihr irgendwo eine Nachricht hinterlassen. An einem Ort, den nur sie beide kannten und an dem sie, ohne den Verdacht möglicher Verfolger zu wecken, vorbeigehen konnte. Für diesen Fall musste sie bereitstehen.

53

Später am Tag, nach dem Gespräch mit Leo Mantler, dachte Edith: Ich habe mich geirrt, nichts ist weit weg.

Mantler hatte mit einem Blumenstrauß vor der Redaktion gestanden, als Edith gerade Mittagspause machen wollte, und sie hatten gemeinsam Kurs auf das grün überwucherte Trümmergrundstück genommen, auf dem sie gewöhnlich im Schatten einer Kastanie ihr Mittagsbrot vertilgte.

Leo ging es nach einigem freundlichen Hin und Her wieder um den Mordfall: Was weißt du? Was hat die Polizei ermittelt?

Edith wich aus, schließlich fragte sie ihn rundheraus, warum er sich so sehr für den Fall interessiere und ob er Helmut Garthner kenne, nach dem er sich bei Tristan so angelegentlich erkundigt hatte.

»Nein, ich kenne Helmut Garthner nicht«, sagte Leo Mantler. Als er den Namen »Helmut« aussprach, stieg seine Stimme leicht an. Edith hakte nach.

»Und Konrad?«

Mantler zögerte.

»Konrad«, sagte er. Die Worte tröpfelten langsam aus seinem Mund. »Ja, Konrad kannte ich.«

Das klang wie der Anfang einer Erzählung. Doch Leo Mantler wollte nicht erzählen. Rasch sagte er: »Also gut, eine Frage du, eine Frage ich. Einverstanden?«

Da saßen sie nun, zwischen jungen Birken, wuchernden Heckenrosen und den unvermeidlichen Brennnesseln und einigten sich wie Kinder auf ein Frage-Antwort-Spiel. Edith war alles andere als sicher, dass Mantler fair spielen würde. Aber Fragen verraten auch eine Menge, dachte sie, vielleicht manchmal mehr als Antworten.

Sie bekundete mit einem Nicken Zustimmung.

»Deine Frage habe ich dir beantwortet«, fuhr Leo Mantler fort. »Ja, ich kannte Konrad. Jetzt bist du dran. Hat die Polizei einen Verdächtigen?«

»Ich weiß es nicht. Ich sollte verschiedene Leute identifizieren, sagen, ob ich sie am Vormittag an der Drehscheibe bemerkt habe oder ob sie eventuell der Kameradieb sein könnten. Ich habe jedoch niemanden erkannt.«

Sie überlegte und formulierte ihre Frage sorgfältig.

»Was verbindet dich mit Konrad Garthner?«

Mantler lachte bitter.

»Chapeau, Madame, die Frage ist gut gewählt und treffend.«

»Dann wird sie sicher gleich beantwortet.«

»Was mich mit ihm verbindet? Leider eine ganze Menge.«

Leo Mantler sah in die Ferne, wo eine hagere Frau Pflanzen aus einem Beet zupfte.

»Er hat mir das Leben gerettet. Ohne ihn wäre ich irgendwo auf einem Acker am Dnjepr verblutet. Ich wurde von einem Schrapnell an der linken Seite getroffen. Konrad Garthner hat mich gepackt und zu den Sanitätern geschleppt, das Ganze unter Beschuss. Die mutige Tat hat ihm einen Orden eingebracht.«

Edith erinnerte sich an die Narbe, ein langer, wulstiger Streifen, der von Mantlers unteren Rippenbögen bis zu seiner Hüfte reichte. Damals hatte sie vorsichtig darüber gestrichen, ihre Fingerspitzen erinnerten sich an die verhärtete, leicht erhabene Haut.

»Ich bin wieder an der Reihe«, sagte Leo Mantler. »War auf den Fotos etwas zu sehen, das der Kripo geholfen hat?«

»Das haben sie mir nicht gesagt. Ich hatte den Eindruck, dass sie auf den Aufnahmen nach Helmut Garthner Ausschau gehalten haben. Allerdings war er auf keinem der Fotos zu erkennen.«

Mantler nickte, und sie stellte ihre nächste Frage.

»Also interessiert dich der Mord, weil du wissen möchtest, wer deinen Lebensretter auf dem Gewissen hat?«

Schon während ihr die Frage über die Lippen kam, merkte sie, dass es eine schlechte Frage war, weil sie einfach das Naheliegende formulierte. Mantlers Antwort jedoch fiel anders aus als erwartet.

»Nein. Konrad war ein Kotzbrocken.«

»Warum dann?«

»Nicht deine Frage. Ich bin dran«, sagte Mantler. »Was wusste Tristan über Helmut Garthner, den Liebhaber der Künste?«

»Er war auch Liebhaber der Künstler. Weniger der Künstlerinnen«, antwortete Edith. Tristan hatte ihr später am Abend davon erzählt.

Mantler grinste traurig.

»Das dürfte Konrad nicht gefallen haben. Konrad war einer von denen, die ihre Männlichkeit wie einen Schild vor sich her tragen. Hundertfünfundsiebziger standen auf der Liste seiner persönlichen Abneigungen ziemlich weit oben. Andererseits hat Konrad von seinem Bruder geschwärmt, in den höchsten Tönen. Wie klug er war, wie besonnen, wie weitsichtig, wie geschickt.«

Edith fragte sich einen Augenblick lang, ob Konrad seinen Bruder erpresst haben mochte, doch das Wichtige waren nun Leo Mantler und ihre nächste Frage. Sie konzentrierte sich.

»Warum willst du wissen, wie weit die Polizei mit ihren Ermittlungen ist?«

Offene Frage, gute Frage, dachte sie.

Mantler trommelte mit den Fingern auf die Bank. Dann hielt er inne und legte die Hand auf sein Knie.

»Wie gesagt, Konrad Garthner war ein überaus unangenehmer Zeitgenosse.«

Er lächelte gallig.

»Auch wenn er mein Lebensretter war. Garthner hat gern Leute erschossen. Man konnte sich zu solchen Einsätzen melden, Partisanen erschießen, Frauen und Kinder. Er hat sich eifrig gemeldet. Mich hat er gerettet für Führer, Volk und Vaterland, dabei hat er selbst riskiert, getötet zu werden. Ich war ihm dankbar, natürlich. Er hatte einen Narren an mir gefressen. War stets an meiner Seite. ›Ich muss auf dich achten, Leo‹, hat er immer gesagt.«

Ein treuer Gefolgsmann also, dachte Edith. Ihre Frage hatte Mantler jedoch immer noch nicht beantwortet.

Sie wiederholte sie leise, denn Mantler schien seinen Erinnerungen nachzuhängen.

Er blickte auf.

»Nachdem er aus der Kriegsgefangenschaft zurückgekommen war, hat er herausgefunden, dass ich in Frankfurt bei der Zeitung arbeite, und mir Briefe geschrieben. Er sei mein Freund und wolle mich gerne finden. Als ich nicht geantwortet habe, wurden seine Briefe drängender. Er sei mein Freund, schrieb er wieder, und er gehe davon aus, dass auch ich sein Freund sei. Ausrufezeichen. Außerdem werde das Leben besser für ihn werden. Er habe große Pläne und könne nun auf eigenen Füßen stehen. Das Leben meine es gut mit ihm.«

Mantler hörte auf zu reden. Edith betrachtete ihn. Er hatte die Augen geschlossen.

Warum hatte er es nicht dabei belassen? Briefe kann man in den Müll oder ins Herdfeuer werfen. Und jemanden, der einige hundert Kilometer entfernt in einer anderen Zone lebte, konnte man getrost vergessen. Doch Mantler hatte offenbar Gründe, das anders zu handhaben.

Er hob die Lider und blickte sie an. Es gibt solche Blicke, dachte Edith. Du schaust jemanden an und legst ihm dein Inneres auf den Tisch, deine Gefühlsinnereien sozusagen. In Leo Mantlers Fall waren es Zuneigung, Hilflosigkeit und Scham, die da ausgebreitet vor ihr lagen.

»Du hast Angst, dass du ins Visier der Polizei rückst«, sagte Edith.

»Wenn das eine Frage ist: ja«, sagte Leo.

»Und hast mich deshalb ausgehorcht.«

»Ja. Es tut mir leid, Edith. Ich konnte dir davon nicht erzählen.«

»Nein, stattdessen konntest du etwas anderes: bei mir auftauchen und ein wenig Süßholz raspeln. Mir Blumen mitbringen, um mir die Würmer aus der Nase zu ziehen.«

»Erstens hast du mir kaum etwas erzählt. Zweitens habe ich mich gern mit dir unterhalten. Ich wollte das Feld räumen und dich in Ruhe lassen, als ich gesehen habe, dass du mit diesem Schönling zusammen bist. Mein Gott, ein wunderschönes Riesenbaby mit seiner Milchhaut.«

»Das sogenannte Riesenbaby hat mehr Feingefühl und Anstand als du«, gab sie zurück. »Er läuft zumindest nicht herum und hat immer einen zweiten Plan in der Tasche.«

»Was erwartest du denn? Dass ich dir sage – ich kenne das Mordopfer, es hat versucht, sich mir aufzudrängen, und ich bin hergekommen, um es zu beschwichtigen? Damit du dir überlegen kannst, ob du damit zur Polizei gehst?«

»Denkst du, ich hätte unverzüglich der Kripo davon erzählt? Der Mörder bist du ja wohl nicht.«

»Nein, natürlich nicht.«

Wäre sie zur Polizei gelaufen? Sicher nicht. Auf der anderen Seite trog der Schein häufig. Wer konnte schon sagen, was der andere verbarg?

»Du bist ja erst am Sonntag gekommen, oder?«

»Oder?« Leo Mantler wurde zornig. »Oder vielleicht doch schon am Samstagabend, um Garthner am folgenden Vormittag vor die Straßenbahn zu stoßen? Das möchtest du doch sagen. Wahrscheinlich habe ich gut daran getan, dich nicht ins Vertrauen zu ziehen.«

»Du bist um mich herumgeschlichen. Hast mir Blumen mitgebracht. Flötest mir ins Ohr und fragst, was es Neues gibst.«

»Es macht mir Spaß, dir etwas ins Ohr zu flöten, wenn du es genau wissen willst. Aus genau demselben Grunde sitze ich hier und rede mit dir.«

Leo hatte die Stimme erhoben und funkelte sie wütend an. Die Wut war echt, genauso echt wie ihre.

»Könnte es sein, dass du noch etwas in Erfahrung bringen möchtest?«

»Selbstverständlich. Das werde ich dir bestimmt nicht auf die Nase binden.«

Nein, bestimmt nicht, dachte Edith, weil Fragen Antworten beinhalten.

Sie schwiegen. Edith kramte eine ihrer Zigaretten hervor und zündete sie an. Sie drehte sich von Mantler weg und rauchte.

Niemand mag es, wenn jemand ihm vorgaukelt, es ginge um die eigene kostbare Person, und dabei lediglich seine Ziele verfolgt, dachte Edith. Wir reagieren gekränkt, weil jemand unserem kostbaren Ich auf den Schlips getreten ist. Aber noch schlimmer ist es, wenn der andere uns immer Kulissen vorschiebt und du nicht ahnst, was sich dahinter verbirgt. Und hinter den Kulissen konnte sich eine ganze Menge Furchtbares verbergen.

Sie drehte sich zu Mantler und sagte kühl: »Warst du am Samstag schon in der Stadt?«

»Du meinst, ob ich die Möglichkeit hatte, Konrad zu beseitigen?«

»Ja. Einen Grund hattest du ja. Er hat dich unter Druck gesetzt.«

»Das hat er. Aber ich habe ihn nicht getötet. Das ist es ja, was du wissen willst.«

Mantler stand auf.

»Es ist besser, wenn ich jetzt gehe.«

Mantler drehte sich um. Er schritt davon. Die Schöße seines hellen Sommermantels wehten hinter ihm her.

Edith zog an ihrer Zigarette und sah ihm nach.

Mantler war auf jeden Fall nicht derjenige, der ihre Kamera gestohlen hatte. Sie atmete tief durch. Mantler war mit Garthner wegen einer alten Kriegsgeschichte verbandelt, irgendetwas hatte Garthner vermutlich gegen ihn in der Hand.

54

Stratmann ärgerte sich. Die Überwachung von Selma Winterstein lief nicht wie geplant.

Dummerweise hatte sie ihn gesehen, als er auf dem Weg ins Hinterzimmer des Portiers war, um ihren Anruf mitzuhören. Dummerweise hatte sie mitbekommen, dass sie überwacht wurde. Dummerweise war auch seine Ablösung nicht aufgetaucht.

Deshalb hatte er in einer Nische Stellung bezogen, von der aus er den Ausgang im Blick hatte, selbst jedoch kaum gesehen werden konnte.

Nun erschien die Winterstein auch noch im Eingang und schickte sich an, das Hotel zu verlassen. Stratmann spähte durch eines der Fenster auf den Platz vor dem Hotel. Die Winterstein stand vor dem Hotel, nach kurzem Zögern wandte sie sich nach links.

Stratmann stand auf und folgte ihr. Ohne sich umzusehen, bog sie nach links in die nächste Straße ein. Stratmann sah zu, dass ein großer Abstand zwischen ihnen lag, und hoffte, dass sie ihn nicht bemerken würde. In der belebten Einkaufsstraße war das kein Problem.

Zahlreiche Passanten begutachteten das Warenangebot in den Schaufenstern. Selma begutachtete ebenfalls, stellte Stratmann fest. Sie blieb stehen, schaute, ging weiter, drehte sich um, schaute erneut. Er folgte ihr und achtete darauf, dass auch sein Spiegelbild nicht in einem der Schaufenster zu sehen war. Es kam darauf an, es nicht zu vermasseln.

Selma Winterstein stellte sich in die Schlange einer Bäckerei. Stratmann sog den verführerischen Duft von frischem Brot ein und war versucht, sich ebenfalls anzustellen. Dort wäre er alles andere als unsichtbar, daher verschwand er im Laden eines Herrenausstatters und blickte durch die Auslagen auf die Straße.

Zehn Minuten später kam Selma Winterstein aus der Bäckerei, in der Hand eine Tüte. Weiter ging es durch die Einkaufsstraße, schließlich betrat sie Garthners Geschäft.

Stratmann stellte sich vor das Schaufenster. Ausgestellt war hier Damenwäsche, auf einem Podest lagen Hemden, zwei Schaufensterpuppen trugen Morgenmäntel. Stratmann spähte an ihnen vorbei in den Laden und hoffte, dass Selma Winterstein nicht auf die Idee kam, durch das Schaufenster auf die Straße zu schauen. Doch die Winterstein hatte anderes vor. Sie ging an den Tischen mit den Waren vorbei und verschwand im hinteren Teil des Ladens aus seinem Blickfeld.

Stratmann fluchte. Der Laden gehörte Helmut Garthner. Was tat sie da? Sprach sie mit ihm? Steckte Garthner vielleicht sogar mit ihr unter einer Decke und half Winterstein bei seiner Flucht? Oder hatte sie mit Garthner noch eine Rechnung offen?

Es half nichts: In dem Laden würde er auffallen wie ein bunter Hund, aber er musste sehen, was sie dort trieb.

Stratmann öffnete die Ladentür und verfluchte die Türglocke, die hell anschlug.

Von der Winterstein war im Laden nichts zu sehen.

Ein Wäscheladen, dachte Stratmann. Das hatte ihm gerade noch gefehlt. Ihm fielen zwei Gründe ein, weshalb Männer solche Kleidungsstücke kauften. Grund eins kannte er aus seiner Zeit bei der Sitte, und der kam nicht infrage. Grund zwei stand genau genommen ebenso wenig zur Debatte, war aber weit weniger ehrenrührig als Grund eins. Also machte er sich kurzentschlossen an einem Tisch mit Nachthemden zu schaffen.

Er entdeckte die Winterstein. Sie ließ sich im hinteren Teil des Ladens von einer Verkäuferin ein paar Hemden geben und verschwand in einer der Kabinen. Ihn hatte sie offenbar nicht bemerkt, dachte er erleichtert. Er warf sich kühn in das Gespräch mit einer Verkäuferin. Diese tat so, als ob es das Normalste von der Welt wäre, dass er für eine Dame ein Nachthemd zu kaufen wünschte. Sie erkundigte sich nach der Größe der

Betreffenden, und Stratmann beschrieb ihr Hedwig, mit der er bis vor sechs Wochen ausgegangen war. Größen wusste er nicht zu nennen, aber er deutete die Schulterbreite und die Körpergröße mit den Händen an und wusste auch, was er zu antworten hatte, als die Verkäuferin nach der Statur der Dame fragte.

Die Winterstein probierte derweil die Hemden an. Zumindest sah es so aus, ab und an tauchten ihre Hände über dem Vorhang der Kabine auf.

Danach betrachtete sie sich wahrscheinlich im Spiegel, denn die Bewegungen hörten auf, und lange waren von ihr nur die Füße zu sehen. Er dachte schon daran, den Vorhang aufzureißen, um herauszufinden, was sie in der Kabine trieb, als ihre Arme wieder oberhalb des Vorhangs erschienen. Sie verließ die Kabine just in dem Moment, in dem erneut die Verkäuferin an seiner Seite auftauchte, um zu fragen, ob der Herr schon eine Wahl getroffen habe. Der Herr werde darüber nachdenken, beschied er ihr. Die Winterstein gab ihre Hemden einer Verkäuferin zurück, ohne eines davon zu kaufen, streifte ihn mit einem Blick und nickte ihm zu. Dann verließ sie den Laden.

Stratmann steuerte auf die Kabine zu und hielt der erstaunten Verkäuferin seine Polizeimarke unter die Nase, als sie ihn am Betreten der Umkleide hindern wollte.

Den feinen Staub am Boden der Kabine bemerkte er sofort. Und woher er kam, war auch unschwer auszumachen: aus einem Kleiderhaken an der Wand, der im Verhältnis zu seinem Nachbarn ein wenig, kaum merklich, schief in der Wand saß.

Stratmann zog daran, weiterer Putz rieselte. Hinter dem Haken gab es eine kleine Höhlung. Er fuhr mit dem Finger hinein. Die Höhlung war leer. Stratmann gab jede Zurückhaltung auf und stürzte aus dem Laden. Er blickte nach rechts und nach links. Ein gutes Stück die Einkaufsstraße hinauf entdeckte er Selma Winterstein in ihrem hellen Sommermantel. Er beschleunigte den Schritt.

55

Kurze Zeit später stand Leo Mantler wieder vor Edith. Sie hatte nicht damit gerechnet, dass er zurückkommen würde, und sie stellte fest, dass sie sich darüber freute.

»Es fehlt noch die Fortsetzung«, sagte er grimmig. »Wenn wir schon dabei sind.«

Er ließ sich neben ihr auf die Bank unter der Kastanie fallen.

»Ich habe jemanden getötet, im Krieg.«

Im Krieg tötet man, dachte Edith.

Er musste das Erstaunen in ihrem Gesicht gelesen haben, denn er erklärte: »Ich habe einige getötet, aber der eine war ein deutscher Unteroffizier.«

Sie hob den Kopf und fragte sich einen Augenblick lang, ob sie weiterhin spielten, ob Leo ihr die Geschichte zum Tausch anbot, im Tausch gegen weitere Informationen über die Nachforschungen. Doch Leo redete einfach weiter.

»Konrad hatte etwas besorgt, Kartoffelschnaps und Brot, von einem russischen Gehöft. ›Für uns beide‹, hat er gesagt.« Leo schnitt eine Grimasse. »Freiwillig haben sie es ihm sicher nicht gegeben.«

Edith vermutete, dass »sie« die Bauern waren, und mochte sich nicht vorstellen, wie Konrad Garthner an die Lebensmittel gekommen war.

»Wir haben uns in eine Hütte geschlichen, das Brot gegessen und den Schnaps hinuntergekippt. Alles nicht sehr ruhmreich.«

Er zog die Mundwinkel nach unten.

»Weder ruhmreich noch klug«, sagte er. »Nach einiger Zeit ist Garthner hinausgegangen. Als ich das nächste Mal aufgeschaut habe, stand der

Feldwebel da. Ein großer Mann, der seine Waffe auf mich richtete. Wir waren nicht da, wo wir hätten sein sollen, und wir taten etwas, was wir nicht hätten tun sollten. ›Name, Kompanie, Dienstgrad‹, sagte er. Plünderungen waren strengstens verboten. Nicht weil wir die Russen nicht bestehlen sollten, ganz im Gegenteil. Aber die Beute sollte abgeliefert werden. Wir hatten also Beutegut unterschlagen, darauf standen drastische Strafen.«

Leo machte eine Pause und verzog wieder das Gesicht.

»Weder ruhmreich noch klug«, sagte er wieder. »Garthner tauchte im Rücken des Feldwebels auf und schlug ihm einen Stein auf den Kopf. Der Mann sackte zusammen. Wir beugten uns über ihn und stellten fest, dass er noch atmete. ›Los, mach der Sache ein Ende. Damit er uns nicht meldet‹, hat Garthner gesagt.«

Leo Mantler schaute ins Grüne des überwucherten Gartens und blickte dann Edith ins Gesicht.

»Das habe ich dann auch getan. Ich habe der Sache ein Ende gemacht. Mit einer Mistgabel, die in der Hütte lag. Anschließend haben wir ihn weggeschafft, in eine Schlucht geworfen, und er ist nie gefunden worden. Danach hatten wir ein gemeinsames Geheimnis, Garthner und ich. Ein hässliches, gemeinsames Geheimnis.«

Er richtete den Blick auf die Wiese zu seinen Füßen.

»Wenn er uns gemeldet hätte, wären wir bestraft worden. Strafbataillon oder irgendein Himmelfahrtskommando. Wir wären vermutlich nicht mehr lebend rausgekommen. Das macht das Ganze jedoch nicht besser.«

Edith betrachtete ihn. Wie viele Menschen Mantler wohl getötet hatte? Was er dabei gesehen und empfunden hatte? Zahlreiche, dachte sie, vielleicht stumpfte man da ab. Töten ist alltägliches Handwerk.

»Ein Toter mehr oder weniger«, murmelte sie.

»Einer, der bewusstlos vor dir liegt. Einer, der gerade nicht die Waffe auf dich gerichtet hat und dem du den Zinken einer Mistgabel in die Halsschlagader jagst. Nicht sehr schön.«

Er blickte auf.

»Und um dessentwillen sie dich drankriegen konnten. Wir sind nicht belangt worden. Niemand hat ihn gefunden.«

»Nur Garthner hätte als Zeuge aussagen können.«

»Aber das ist ja nun endgültig vorbei«, sagte Leo Mantler. »Garthner liegt in der Leichenhalle. Aus und vorbei.«

Aus und vorbei. Edith zweifelte daran. Erinnerungen hielten sich nicht an ein solches Diktum. Sie kamen und gingen, wie es ihnen passte. Sie blieben, als dunkle Flecken, als Schatten auf der Schwarz-Weiß-Fotografie, als Bilder, die immer wieder hochstiegen.

»Dunkle Flecken«, sagte Edith. »Sie bleiben, denke ich.«

Natürlich blieben sie, die Flecken. Sie sah wieder den Kai in Pillau vor sich, die Mutter, ihren kleinen Jungen hatte sie an der Hand, ein halbwüchsiges Mädchen stand daneben. Sie warteten am Kai hinter einer Absperrung, zusammen mit vielen anderen, die gegen die vereisten Eisenstäbe drückten und von der Feldgendarmerie mit Pistolen im Anschlag zurückgehalten wurden. Das Schiff in den Westen, nach Stettin, war voll, überall drängten sich die Passagiere, irgendwo in einem Lagerraum stand der Sarg von Hindenburg, der ebenfalls aus Ostpreußen evakuiert worden war.

Die kleine Familie hatte am Vortag ein paar Positionen vor Edith in der Warteschlange gestanden, als der Maat, der die Schiffskarte ausstellte, rief: »Es gibt keine Passagen mehr, auch nicht für Frauen und Kinder.« Köpfe hatten sich enttäuscht gesenkt, Füße im Schnee gescharrt. Der Maat war an ihr vorbeigestrichen und hatte gesagt: »Nur noch für Schwangere. Und für solche, die es werden wollen.«

Edith hatte aufs zugefrorene Haff hinausgeblickt, auf dem sich die lange Reihe der Trecks weiter auf den Ostseehafen zubewegte. Dann hatte sie den Maat angeschaut. Kurz entschlossen war sie aus der Schlange ausgeschert, um ihm zu folgen. Danach ein fremder Körper auf ihrem, fremder Atem in ihrem Gesicht, Geruch von Alkohol und Kautabak. Metallknöpfe, die ihr Bauch und Brust zerkratzen. Nach einer

Viertelstunde war es vorbei, der Maat hatte von ihr abgelassen und melancholisch gesagt: »Zu Hause habe ich eine Verlobte.«

Edith hatte sich einen Kommentar gespart, sich angezogen und die Hand ausgestreckt, nach kurzem Zögern hatte er die Schiffskarte dort hineingelegt.

Sie schaute wieder auf die kleine Familie am Kai. Die drei mussten hierbleiben, sie würde davonfahren. Die Menge drängte von hinten, die in der ersten Reihe Stehenden wurden gegen das Eisen gepresst, der Junge kletterte durch die Stäbe, vielleicht um nicht zerdrückt zu werden, vielleicht um einen Weg zur Gangway zu finden. Was auch immer er vorhatte, gelang ihm nicht. Er glitt aus und fiel ins Wasser, verschwand zwischen treibenden Eisschollen. Jemand warf ihm einen Rettungsring zu. Der Ring schwamm auf den Fluten, ohne dass der Junge ihn ergriff. Lange Zeit trieb er im Hafenbecken herum, ein einsamer rot-weißer Rettungsring, er trudelte auch noch zwischen Eisschollen und Abfällen herum, als das Schiff ablegte. Der Junge tauchte nicht mehr auf. Sie wurde gerettet.

»Aus und vorbei«, sagte sie.

Leo Mantler nickte verbissen. Er sah in die Ferne.

»Ich gehe dann mal.«

Er stand auf.

Freitag, 25. Juni 1948

56

Selma stand am Fenster des Hotelzimmers und spähte auf den Platz hinunter. Da war sie, die Litfaßsäule. Bislang machte sich daran noch niemand zu schaffen. Doch bald mussten sie kommen, die Plakatkleber.

Sie holte den Brief ihres Bruders aus der Manteltasche, den sie hinter dem Haken in der Kabine gefunden hatte, ein Versteck aus Kindertagen. Helmut Garthner, der sich auf seine Tüchtigkeit und Umsicht so viel einbildete, hatte es nicht gefunden, hatte keinen Mörtel aufgebracht, um den Haken ordentlich in die Wand zu setzen.

Sie las Max' Brief ein weiteres Mal. Ihr Bruder bat um Hilfe.

Liebe Selma,

zuerst einmal: Ich bin wohlauf, mach dir bitte keine Sorgen um mich. Aber verlasse dieses Land.

Selma lächelte. Er schrieb nicht: dieses beschissene Land. Max fluchte beim Schreiben nicht.

Und rede dir nicht ein, dass du mich nicht im Stich lassen darfst. Ich komme bestens allein zurecht.

Das war sie wieder, die Familientradition, dachte sie grimmig und blickte zum Bahnhof hinüber. Verlasse dieses Land und bringe dich in Sicherheit, wir halten es hier aus, ohne dich. Sorge dich nicht.

Ich benötige nur noch einmal deine Hilfe, ich brauche Geld und meinen Pass. Willys Vetter hat eine Firma, die die Werbefläche auf Litfaßsäulen vermietet und Plakate anbringt. Am Freitagvormittag gegen elf bekommt die Säule vor dem Handelshof zwei neue Plakate. Die Plakatkleber, einer von ihnen ist Willy, rücken mit einem Handwagen an. Bitte packe alles in eine Tüte und stecke sie unauffällig in Willys Handwagen. (Das gelingt dir sicherlich, wenn du dir Mühe gibst.)

Natürlich würde ihr das gelingen. Sie musste lächeln, weil sie durchschaute, was Max hier trieb. Er piesackte sie ein wenig, weil Ärger besser war als Angst oder Verzweiflung.

Dein Bruder Max

Sie blickte auf und sah den stämmigen Polizisten mit den kurzgeschorenen Haaren über den Platz streben. Ihr Magen verwandelte sich in einen Eisklumpen. Der Mann wollte sicherlich zu ihr, und er kam zur Unzeit. Sie hatte noch eine halbe Stunde Zeit, bis sie die braune Papiertüte mit dem Geld übergeben konnte. Hoffentlich würde dieser Kripobeamte nicht allzu lange mit ihr reden wollen. Es würde schon schwer genug sein, den Bewacher, den sie sicher wieder für sie abgestellt hatten, zu täuschen.

Sie stopfte Brief und Tüte in ihre Handtasche, schlüpfte aus dem Zimmer und wandte sich nach rechts.

Wenn sie sich sputete, konnte sie durch die Hintertür entwischen. Allzu weit konnte sie sich jedoch nicht vom Hotel entfernen.

Rasch stieg sie die Stufen hinunter und bog in einen Flur ein. Niemand stellte sich ihr in den Weg, nur ein Zimmermädchen holte Bettwäsche aus einem schwerbepackten Wagen. Sie erreichte die Hintertür und stieß sie auf und gelangte in den Hinterhof. Sie blickte sich nach einem Ausgang um, über den sie die nächste Straße erreichen konnte. Den Ausgang sah sie, Trümmergrundstück rechts von ihr. Was sie jedoch auch sah, war der Kriminalbeamte mit den eng beieinanderstehenden Augen. Sie war ihm geradewegs in die Arme gelaufen.

»Da sind Sie ja,«, sagte er. »Schön hier geblieben. Der Oberinspektor Dietrichs möchte Sie sprechen.«

Dann griff er ihren Arm und führte sie zu seinem Chef, dem stämmigen Polizisten, den sie über den Platz hatte eilen sehen. Er wartete in der Hotelhalle auf sie.

»Ich muss Sie leider bitten, mich aufs Präsidium zu begleiten. Wenn Sie möchten, können Sie von dort einen Anwalt oder den Konsul anrufen«, sagte er.

Selma merkte, wie ihre Knie nachgaben. Sie gab sich alle Mühe, sich den Schreck nicht anmerken zu lassen.

»Warum?«, fragte sie kühl und war froh, dass ihre Stimme ruhig und beherrscht klang.

»Weil das Ihr gutes Recht ist.«

Das war nicht die Antwort auf ihre Frage.

»Wozu brauche ich einen Anwalt?«, fragte sie noch einmal.

Der Polizist schob sich den Hut aus der Stirn.

»Weil Sie unter Mordverdacht stehen.«

Selma schüttelte wortlos den Kopf.

◆◆◆

Die Sache war im Grunde ganz einfach gewesen. Dietrichs hatte das Alibi überprüfen wollen, das Selma Winterstein ihrem Bruder gegeben hatte. Deshalb hatte er der Dame im marineblauen Kostüm einen Besuch abgestattet. Zunächst hatte die Frau angenommen, dass er wegen des Streits mit den Wintersteins gekommen sei, und hatte die Tüchtigkeit der deutschen Polizei gelobt.

»Wie gut, dass sie der Sache nachgehen. Wo kämen wir sonst hin!«

Dietrichs hatte darauf hingewiesen, dass die deutsche Polizei auf die Mithilfe der Bürger angewiesen sei, die Mithilfe der Bürger war prompt erfolgt: »Sie beiden sind weitergegangen. In Richtung Westbahnhof. Weg von der Drehscheibe.«

Genauso hatte es Max Winterstein beschrieben. Das Nächste, was sie sagte, deckte sich allerdings nicht mit Wintersteins Aussage.

»Aber dann haben sie sich getrennt. Er ist weitergegangen, und sie hat kehrtgemacht. Sie ist noch mal an mir vorbeigelaufen. Hat mich behandelt wie Luft.«

Dietrichs hatte sich gedacht, dass eine kräftige Frau es möglicherweise schaffte, Konrad Garthner mit einem starken Stoß ins Taumeln zu bringen.

Aus diesem Grund stand er nun in der Hotelhalle und verhaftete Selma Winterstein.

Die junge Frau hatte die Augen weit aufgerissen und starrte ihn an, als wäre er der Leibhaftige persönlich.

»Bitte kommen Sie«, sagte er ruhig.

Sie blinzelte kurz und bat darum, ihren Mantel aus ihrem Zimmer holen zu dürfen.

Dietrichs war einverstanden und begleitete sie nach oben. Dort stellte er fest, dass es nicht nur um den Mantel ging. Sie schloss ihren Koffer sorgfältig, legte sich ihren Mantel über den Arm und griff nach dem Koffer, als ob sie sich auf einen längeren Aufenthalt im Präsidium einstellte.

Sie schleppte ihren Koffer die Stufen hinunter. In der Halle fasste Dietrichs sie am Arm und hielt sie auch auf dem Weg nach draußen fest.

Vor dem Eingang blieb sie stehen wie ein störrischer Esel und blickte zu einer Litfaßsäule auf dem Platz hinüber, an der ein Plakatkleber mit einem dicken Quast den Leim verstrich.

Dietrichs zog sie weiter. Erst als Kleinert auf ihn zuhastete und etwas kurzatmig sagte: »Ich habe Neuigkeiten«, ließ er sie los und übergab sie an Stratmann.

57

»Du hattest keine sonderlich glückliche Hand in den letzten Wochen.«

Charlotte hob ihre eigene Hand zu ihren ondulierten Haaren, die in ihrem raffinierten Knoten mündeten, und tat, als müsse sie ihre Frisur richten, die ohnehin schon perfekt saß. Helmut kannte sie lange genug, um zu wissen, dass die Geste wohlkalkuliert war. Sie spiegelte Beiläufigkeit vor, wo Charlotte geradewegs zum Angriff rüstete.

Es galt, auf der Hut zu sein, wenngleich ihre Attacken bislang nie ihm, sondern unwilligen Angestellten, zahlungssäumigen Kunden oder unzuverlässigen Lieferanten gegolten hatten.

Er lächelte ihr über den Esstisch hinüber zu.

»Das mag sein. Bislang haben wir Schwierigkeiten immer gemeistert.« Sie nickte, stimmte ihm zu, wie sie ihm so häufig zugestimmt hatte.

»Ich habe mich um den Laden gekümmert, während du im Internierungslager gesessen hast«, sagte sie. »Es war nicht immer einfach.«

»Gewiss nicht. Aber du hast es großartig gemacht.«

Er hob sein Glas und prostete ihr zu. Sie hob das ihre und bedachte ihn mit einem kurzen Lächeln.

»Wir haben viel erreicht«, sagte sie. »In all den Jahren. Vor dem Lager und auch, während du weg warst.«

Das klang durchaus friedlich, dachte Garthner. Womöglich hatte er sich geirrt, und Charlotte führte nichts im Schilde.

»Du hast den Ton angegeben, und wir waren recht erfolgreich«, redete sie weiter.

Er horchte auf. Zwei Dinge missfielen ihm: dass sie eine Selbstverständlichkeit herausstrich – natürlich hatte er den Ton angegeben – und dass sie von ihrem Erfolg in der Vergangenheit redete.

»Ich denke, wir sind immer noch erfolgreich«, erwiderte er.

»Mag sein. Ich habe getan, was ich konnte. Es war nicht immer einfach, aber ich habe dazugelernt.«

Von mir, dachte Garthner, von mir hast du dazugelernt. Ich habe dir gezeigt, wie man ein Geschäft leitet. Laut sagte er: »Du hast gute Arbeit geleistet, Charlotte.«

Über ihr Gesicht zog ein feines Lächeln, Garthner meinte, darin eine Spur von Spott zu erkennen.

»Ich habe gern den Laden geführt.«

Bei jemand anderem hätte die Bemerkung als Bescheidenheit, als ein Ach-das-habe-ich-doch-gern-getan durchgehen können. Nicht bei Charlotte. Charlotte meinte etwas anderes: Es hat mir gefallen, den Ton anzugeben.

Sie fuhr fort: »Es war keine kluge Idee, Konrad als Strohmann für diesen Grundstückskauf zu verwenden.«

Damit hatte sie nicht unrecht. Er hatte gefürchtet, dass die Briten beginnen würden, in seinen Vermögensverhältnissen herumzuschnüffeln, wenn seine Ehefrau auf einmal eine beträchtliche Summe für einen Grundstückskauf auf den Tisch legte. Deshalb hatte er bei einem ihrer Besuche im Lager darauf beharrt, seinen Bruder Konrad mit dem Kauf des Grundstücks zu betrauen.

»Ich hätte nicht auf dich hören sollen«, sagte Charlotte. »Ich hätte den Grundstückskauf selbst in die Hand nehmen sollen.«

»Ich hätte dies tun sollen, ich hätte jenes tun sollen.« Charlotte tat so, als ob sie die Fäden in der Hand gehabt hätte.

»Schnee von gestern«, sagte er und fand selbst, dass er recht lahm klang.

Charlotte ignorierte seinen Kommentar.

»Die Angelegenheit ist Konrad zu Kopf gestiegen, und er hat geglaubt, dass er sich davonmachen kann«, sagte sie.

»Das konnten wir nicht voraussehen.«

Charlotte bedachte ihn mit einem ihrer abschätzigen Blicke.

»Ich kenne Konrad. Im Unterschied zu dir habe ich die letzten Jahre mit ihm verbracht. Konrad hatte es satt, immer in deinem Schatten zu stehen.«

»Gut, wir haben uns geirrt«, sagte er begütigend.

Charlotte lächelte wieder ihr spöttisches Lächeln.

»Du – du hast dich geirrt. Mein Fehler war es, dass ich dir wider besseres Wissen gefolgt bin.«

Worauf wollte sie hinaus? Sie kündigte ihm das Wir auf, das war mehr als deutlich. Und sie war ganz offensichtlich der Ansicht, dass sie ohne ihn bessere Entscheidungen traf. Würden sie eine Verhandlung führen, würde er sagen, dass sie gerade das Terrain absteckte: Hier stehe ich, da stehst du.

»Wie gesagt, Schnee von gestern. Lass uns nach vorn schauen.«

Das Problem hatte sich in der Tat gelöst. Konrad war tot, und Helmut würde das Grundstück erben.

»Nach vorn schauen«, wiederholte sie. »Das sollten wir wirklich tun.«

Ihr Ton war wieder spöttisch, und Garthner verstand plötzlich, dass sie sich unter »vorn« etwas anderes vorstellte als er und sie gerade über dieses »Vorn« verhandelten.

»Was willst du, Charlotte?«

Charlotte tat wieder so, als hätte sie ihn nicht gehört.

»Was für ein Glücksfall, oder? Er ist gerade zur rechten Zeit unter die Straßenbahn gekommen, nicht wahr?«

Dasselbe hatte er gerade auch gedacht, aber er konnte nicht verstehen, was sie mit der Bemerkung bezweckte.

»Was willst du damit sagen?«

»Dass es ein richtiges Glück ist, oder?« Sie spitzte die Lippen, als sie »Glück« sagte.

»Soll ich mich freuen, dass mein Bruder tot ist?« Er runzelte die Stirn.

Charlotte lächelte schmallippig.

»Du meinst, ich werfe dir vor, dass du nicht das rechte Maß an Bruderliebe und Gefühl entwickelst? Aber nein.«

»Dann sei so gut, und sage mir, worum es geht.« Er hatte die Stimme gehoben.

»Sein Tod kam dir, wie gesagt, sehr gelegen und hat dir aus der Patsche geholfen.«

Dir, kein uns, registrierte Garthner erneut.

»Willst du etwa behaupten, ich hätte ihn vor die Bahn gestoßen?«, sagte er unwirsch.

»Nicht doch, das würdest du nie tun.«

Er lauschte ihrem Ton nach. Was war das? Ironie, Vertrauen in seine moralische Integrität? Oder hielt sie ihm vor, ein Schwächling zu sein?

»Die Frage ist, ob die Polizei das ebenfalls so sieht«, fuhr sie fort. Sie blickte ihm in die Augen. Garthner schaute zurück. Sie hatte gerade ihren Trumpf auf den Tisch gelegt.

»Der Polizei wird nichts anderes übrigbleiben, als festzustellen, dass ich mit dem Mord an Konrad nichts zu tun habe. Ich war nicht dort.«

Er war der Erste gewesen, den die Polizisten in Verdacht hatten; allerdings aus anderen Gründen. Der behäbige Polizist hatte eine Kain-und-Abel-Geschichte gewittert. Kain erschlägt Abel, weil Abel in Kains Abwesenheit dessen Frau verführt hat, auch wenn die eheliche Untreue als Beweggrund nicht ganz der Bibel entsprach.

»Richtig. Du warst woanders. Du kannst ihnen jedoch nicht sagen, wo.«

Auch damit hatte sie recht. Er war bei Werner gewesen, die Nacht über und den halben Vormittag, doch das konnte er wohl kaum zugeben. Täte er es, hätte er die Sittenpolizei an den Hacken. Es war das erste Mal, dass sie die Sache zur Sprache brachte. In all den Jahren hatten sie nie über seine Eskapaden gesprochen. Charlotte wusste Bescheid, und er wusste, dass sie es wusste. Aus diesem Grund war es nicht nötig, darüber zu reden.

Charlotte hatte ihm ein Alibi gegeben, als die Polizisten zum ersten Mal in ihrem Haus aufgekreuzt waren. Charlotte, seine Gefährtin, hatte er damals gedacht. Er betrachtete sie. Er hatte falsch gelegen, sie wollte nicht mehr seine Gefährtin sein. Die Frage war, was sie nun wollte.

»Was ist los, Charlotte? Worauf willst du hinaus?«

»Ich möchte das Geschäft haben.«

Damit hätte er nicht gerechnet. Er ließ sich seine Verblüffung nicht anmerken und atmete leise aus. Dann nahm er ihren Satz für das, was er war: eine Forderung. Er versuchte es zunächst mit einer kategorischen Ablehnung.

»Du bist verrückt. Der Laden gehört mir.«

»Wirklich? Meine Eltern haben uns Geld gegeben, als Vorgriff auf mein Erbe, ohne das hättest du den Laden nie von Winterstein kaufen können.«

»Ich bin der Eigentümer.«

»Richtig. Und ich will, dass du mir das Geschäft überlässt, genauer: dass du es mir überschreibst. Danach verschwindest du aus meinem Leben.«

Garthner lachte hell auf.

»Charlotte, das ist aberwitzig.«

Charlotte zuckte die Schultern.

»Ich habe kein Interesse mehr an unserem Arrangement.«

»Was ist in dich gefahren?«

»Wie gesagt, ich möchte nicht mehr zu unserem alten Leben zurückkehren.«

Sie machte eine kleine Pause und sah ihn an, wie sie ihn in ihren guten Momenten angesehen hatte.

»Ich möchte ein anderes Leben. Ohne dich«, sagte sie sanft.

Seit zwanzig Jahren waren sie verheiratet, dachte Garthner. Und er war blind gewesen. Er, der sich immer umsah und stets auf der Hut war, hatte übersehen, was mit dem Menschen an seiner Seite geschehen war. Er hatte sich auf Charlotte verlassen, auf ihre Zufriedenheit mit dem Haus, dem Status und dem Geld. Er war davon ausgegangen, dass ihr die Befreiung von den sogenannten ehelichen Pflichten recht war und sie alles in allem ein gutes Leben führte. Offenbar hatte er sich geirrt.

Der Moment ging vorüber, Charlotte richtete sich auf.

»Ich möchte, dass du mir das Geschäft überlässt.«

»Ich werde dir nichts überschreiben«, erwiderte Garthner.

»Dann werde ich dich anzeigen. Du warst nicht zu Hause, als Konrad starb.«

Er versuchte, seine Handlungsmöglichkeiten zu überblicken. Was hatte sie in der Hand, um ihn unter Druck zu setzen? Ein falsches Alibi, mehr nicht, soweit er sehen konnte.

»Ich werde sagen, dass du mich genötigt hast, dir ein Alibi zu geben.«

Wie er vorausgesehen hatte, führte sie das Alibi ins Feld. Er konterte gelassen: »Du würdest dich auf diese Weise der Falschaussage schuldig machen.«

Sie saß schlank und kerzengerade auf ihrem Stuhl, ihre Hände lagen in ihrem Schoß, an ihrer Bluse steckte die diskrete goldene Brosche, ein Erbstück ihrer Mutter. Helmut hatte genug Verhandlungen geführt, um zu wissen, dass er es mit jemandem zu tun hatte, der entschlossen war, bis aufs Letzte zu kämpfen.

Sie schlug den gravitätischen Ton an, in dem sie ihre Zeugenaussage machen würde.

»Ich habe mich entschlossen, die Wahrheit zu sagen, weil mir mein Gewissen keine andere Wahl lässt.«

58

Kleinert stand vor ihm. Sein sehniger Körper war angespannt wie ein Flitzebogen, sein Gesicht glänzte vor Zufriedenheit und Erwartung.

»Ich war bei der Sparkasse. Ich würde mal sagen, es hat sich gelohnt.«

Dietrichs fiel wieder ein, dass Kleinert vorgehabt hatte, die Quelle des Geldes auszumachen.

Kleinert entdeckte Selma Winterstein, die gerade ihren Koffer auf den Rücksitz eines Polizeiautos schob und anschließend selbst von Stratmann hineindirigiert wurde.

»Was ist das denn? Wieso nimmt Stratmann sie mit?«

Dietrichs erklärte ihm, was er herausgefunden hatte.

»Konrad Garthner hat ihren Bruder drangsaliert, vielleicht hat sie etwas davon mitbekommen und hat kurzerhand beschlossen, die Rechnung zu begleichen und ihn vor die Straßenbahn zu stoßen.«

»Noch eine«, sagte Kleiner. »Noch eine, die an diesem verdammten Sonntagmorgen an der Drehscheibe unterwegs war und ein Motiv hatte.«

Dietrichs nickte. So war es.

»Und?«, fragte er. »Was ist bei der Sparkasse herausgekommen?«

»Treffer.« Kleinert frohlockte.

»Konrad Garthner hatte kein Konto. Er konnte das Geld nicht überweisen lassen oder einen Scheck ausstellen, er musste es mit einem Koffer herumtragen und in bar bezahlen. Ich habe etwas Druck machen müssen. Höchstes staatliches Interesse, die Notwendigkeit, gerade im Hinblick auf den Erfolg der Währungsreform für die öffentliche Sicherheit zu arbeiten und so weiter. Dann durfte ich die Konten der Eheleute Garthner sehen.«

Kleinert holte Luft.

»Helmut Garthners privates Konto war gesperrt, solange er interniert war. Aber er hatte ein Geschäftskonto, das auf seinen und den Namen seiner Frau lief. Von diesem Konto stammt das Geld. Charlotte Garthner hat es abgehoben. Konrad Garthner hat am nächsten Tag das Grundstück für seinen Bruder gekauft.«

»Nicht unbedingt. Vielleicht war es eine Zahlung an Konrad.«

»Die Summe entsprach exakt dem Kaufpreis«, wandte Kleinert ein. »Auf den Pfennig genau. Das Geld wurde am vierten Mai geholt, der Kaufvertrag für das Grundstück ist auf den fünften Mai datiert.«

Der Einwand war nicht von der Hand zu weisen, Dietrichs knurrte zustimmend.

Kleinert redete weiter: »Sonderbar, dass die Garthners nichts von dem Grundstück gewusst haben wollten.«

»Sonderbar«, gab Dietrichs zu. Aber wie sonderbar das auch sein mochte, sie hatten eine andere Spur. Er sah zu Selma Winterstein, die im Fond des Polizeiautos saß, ihren Koffer auf den Knien. Der Wagen setzte sich in Bewegung.

59

»Ich war am Sonntagmorgen nicht an der Drehscheibe. Dafür habe ich
einen Zeugen«, sagte Helmut Garthner.

Die Antwort trug ihm ein spöttisches Lächeln seiner Frau ein.

»Tatsächlich?«, fragte Charlotte. In ihrem üblichen Plauderton fügte
sie hinzu: »Ich werde ihnen die ganze Geschichte mit dem Grundstückskauf erzählen. Konrad wollte abspringen. Er wollte sich das Grundstück,
das er von deinem Geld gekauft hat, unter den Nagel reißen. Das sollte
sein ganz persönlicher Neuanfang sein.«

Sie verzog angewidert das Gesicht. Dann nahm sie ihn ins Visier.

»Du hast ein Motiv und kein Alibi.«

Ein Motiv und kein Alibi. Kein Alibi und ein Motiv. Umgekehrt wurde
ein Schuh draus. Die Wahrheit brach über ihn herein.

»Ein Motiv und kein Alibi«, sagte er laut. »Wo warst du eigentlich am
Sonntagmorgen?«

Sie schwieg und hielt den Blick fest auf ihn gerichtet.

»Ich habe der Polizei gesagt, dass du zu Hause warst«, sagte Garthner langsam. Sie hatten beide den Kriminalbeamten versichert, dass sie
einander hier im Haus gesehen hätten. Sie hatten abermals agiert wie
eine eingespielte Mannschaft, das wunderbare gemischte Doppel aus
dem Tennisklub Rot-Weiß. Er war davon ausgegangen, dass sie ihn mit
ihrer Aussage deckte. Stattdessen hatte er sie gedeckt.

»Du hattest ebenfalls gute Gründe, Konrad zu töten.« Er lachte freud-
los. »Genau genommen mehr als ich. Der ältere Kripobeamte, der mit
dem kugeligen Rundkopf, war ja ohnehin davon überzeugt, dass du
mit Konrad angebändelt hast. Der gute Konrad hat uns nicht nur beim
Grundstückskauf hintergangen, sondern er hat dich verlassen. Konrad

hat dich sitzengelassen. Er hatte ja nun die Mittel, ein neues Leben zu beginnen.«

»Konrad und ich – niemals!«

Wahrscheinlich hatte sie damit recht. Soweit er die Dinge überblickte, war die schlanke Charlotte mit ihrem herzförmigen Gesicht nicht Konrads Typ, wenngleich er manchmal gedacht hatte, dass sie es gern gewesen wäre; ein zartes Streifen mit dem geschmeidigen Körper hier, ein paar gekonnte Augenaufschläge da. Auch darüber hatte er sich keine Gedanken gemacht.

»Die Kripo wird es gerne glauben. Du hast ihn gestoßen, nicht wahr? Weil er unseren Plan durchkreuzt hat und unser Geld genommen hat.«

»Mein Geld«, sagte Charlotte trocken. »Die Reste meines Erbes.«

»Du hast ihn gestoßen«, sagte Garthner wieder. »Weil du unseren Streit gehört hast. Wir waren ja laut genug. Ich habe im Haus eine Tür klappen hören. Du bist kurz hinein und wieder hinaus, du hattest etwas vergessen. Dein Portemonnaie, ich habe es erst auf der Kommode liegen sehen. Als Konrad zur Tür hinausgegangen ist, lag es nicht mehr dort.«

»Bravo, an dir ist ein Detektiv verloren gegangen.«

Charlotte hob die Hände, als wolle sie Beifall klatschen. »Niemand wird dir glauben.«

»Ich war nicht dort, und ich kann es beweisen«, sagte er weitaus überzeugter, als er tatsächlich war.

»Glaubst du?«

»Du hast ihn tatsächlich getötet, wegen eines Grundstückskaufs.«

Konrad, sein kleiner, dämlicher, aufgeblasener Bruder. »Als ob sich da kein anderer Weg gefunden hätte.«

Es gab meistens einen anderen Weg: verhandeln, Lösungen anbieten, wirkliche Lösungen, oder scheinbare Lösungen, die den Anschein von echten hatten.

»Ich wollte mit ihm am Sonntagmorgen sprechen, doch da war er schon auf dem Weg zum Umtausch. Ich habe gehofft, dass ich ihn noch umstimmen könnte. Einen anderen Weg finden, wie du gerade gesagt hast.« Sie lächelte flüchtig und fuhr fort: »In der Schlange vor dem Post-amt konnte ich mit ihm wegen der vielen Umstehenden nicht sprechen. Also bin ich ihm bis zur Haltestelle gefolgt. Ich wollte mich zu ihm durch-drängen. Als ich ihn da stehen sah, knapp an der Kante, ungeduldig auf den Fußzehen wippend, kurz vor Einfahrt der Bahn, wurde mir klar, dass sich das Problem auf weit einfachere Weise würde lösen lassen.«

Helmut betrachtete seine Frau, als sehe er sie zum ersten Mal. Char-lotte war entschlossen und mutig. Sie machte nicht viel Federlesens, wenn es ihr einen Vorteil brachte. Das hatte sie beide vorangebracht. Eine solche Kälte jedoch hatte er ihr nicht zugetraut. Vielleicht weil sie eine Frau war, überlegte er. Er hatte all die Jahre gedacht, dass er von ihnen beiden der Härtere war, derjenige, der mitleidlos oder skrupellos sein konnte, wenn es darauf ankam. Das war ein Irrtum gewesen.

»Mein Gott, schau nicht so. Ich habe etwas zustande gebracht, was dir nicht gelungen ist.«

»Du hast mir gerade einen Mord gestanden.«

Charlotte blies die Luft durch ihre feinen Nasenflügel.

»Willst du mich anzeigen?«

Natürlich würde er sie anzeigen. Unter den gegebenen Umständen hatte er keine Wahl.

»Mir bleibt nichts anderes übrig«, sagte er.

»Gewiss gibt es eine andere Möglichkeit! Du überschreibst mir das Geschäft und das Grundstück, danach verschwindest du. Du kannst dir irgendwo anders eine neue Existenz aufbauen.«

Und darauf warten, dass Charlotte ihre Drohung wahrmachte und ihn als Mörder brandmarkte. Seine Flucht würde ihn tatsächlich schul-dig aussehen lassen.

Er schüttelte den Kopf.

»Nein«, sagte er. »Auf keinen Fall.«

Charlotte nickte kurz und stand auf. Sie ging zum Kamin hinüber. Aus einem silbernen Schächtelchen fischte sie sich eine Zigarette und zündete sie an. Rauchend lehnte sie sich an das Bücherregal, das neben dem Kamin stand. Garthner wunderte sich über zwei Dinge: Merkur, der Götterbote und Schutzpatron der Händler, stand nun auf dem Kaminsims, und Charlotte rauchte, das hatte sie früher nie getan.

»Viele Möglichkeiten hast du nicht«, sagte sie. »Dein kleiner Freund wird dir sicher kein Alibi geben.«

Charlotte hieb zielsicher in die Kerbe.

»Meinst du, er wird sich für dich aus dem Fenster hängen? Eine Gefängnisstrafe wegen Unzucht riskieren?«

»Wenn für mich so viel auf dem Spiel steht«, sagte Garthner.

Charlotte lachte.

»Das glaubst du doch selbst nicht!«

In Garthners Brust zog sich ein Knoten schmerzhaft zusammen. Die Stunden, die sie miteinander verbrachten, waren glänzende Juwelen. Alles war echt, alles schimmerte, alles war nah. Aber ob das Ganze auch der rauen Realität außerhalb von Werners Mansarde standhielt, war eine andere Frage. Ob Werner tatsächlich für ihn aussagen würde, wenn es darum ging, ihn vor einer Mordanklage zu bewahren, war höchst unsicher.

Um seine innere Bewegung zu verbergen, stand er auf und stellte sich zu ihr an den Kamin.

Charlotte zog an ihrer Zigarette und sagte, als sei sie tief in Gedanken: »Wer bist du denn?«

Sie blies den Rauch aus und lieferte selbst die Antwort.

»Ein Würstchen, das irgendwann einem armen Juden den Laden abgeluchst hat.«

Sie legte es darauf an, ihn zu provozieren. Er unterdrückte seine Wut. Charlotte beobachtete ihn kühl.

»Der sich für einen cleveren Geschäftsmann hält und dumm genug ist, sich von den Engländern einsperren zu lassen.«

Sie blies zur nächsten Attacke.

»Schwülstige Liebesbriefe bekommt und vermutlich mit ebenso schwülstigen Brieflein darauf antwortet.« Sie wedelte mit einem Papier herum und drehte sich mit dem Papier vom Kamin weg.

Eine Stimme in seinem Hinterkopf warnte ihn: »Sie legt es darauf an. Reiß dich zusammen«, aber da war Garthner schon auf sie zugestürzt. Vor Zorn keuchend stand er vor ihr, das Bücherregal auf seiner rechten Seite. Er riss ihr das Papier aus der Hand und stopfte es in seine Hosentasche.

»Ein hergelaufener warmer Bruder, der für seine Liebschaften bezahlen muss«, höhnte sie weiter.

Dann tat sie etwas, mit dem er nicht gerechnet hatte. Sie zog an einem Stoffband, das aus dem Regal heraushing. Ein Dutzend Bände des Großen Brockhaus aus dem Regalbrett über seinem Kopf prasselten auf ihn nieder. Er taumelte und ging in die Knie.

Wie die Statue des Merkur in ihre Hand gekommen war, hatte er nicht gesehen. Aber nun hob Charlotte blitzschnell den Arm und ließ die schwere Figur auf seinen Kopf niedersausen. Sein Abwehrversuch kam zu spät.

Garthner sackte zusammen. Während er zu Boden ging, begriff er. Sie hatte den Schlag geplant. Die Figur hatte bislang nicht am Kamin gestanden. Sie hatte sie dort abgestellt, weil sie sie dort gebrauchen wollte.

Charlotte hatte wieder ein Problem gelöst. Sie wollte keine Scheidung, sie wollte keinen Skandal, sie wollte auch keine Mordanklage. Sie wollte nicht mehr seine Ehefrau sein, sie wollte seine Witwe werden.

Er sah, wie Charlotte die Bücher zusammenräumte. Sie achtete sorgfältig darauf, dass sie keine Blutspuren aufwiesen, und stellte sie ins Regal zurück. Das Band, an dem sie gezogen hatte und das wohl hinter der Reihe mit den Brockhausbänden verlaufen war, rollte sie zusammen und ließ es in einer Schublade verschwinden. Sie griff nach dem scharfen Brieföffner, der ebenfalls auf dem Kaminsims lag und dort nichts zu suchen hatte. Sie fuhr sich mit dem Öffner über den linken Unterarm, die Klinge schlitzte die Haut. Sie bückte sich und legte sorgfältig die Finger seiner rechten Hand um den Griff des Brieföffners. Dann wurde alles schwarz.

»Da sind Sie ja«, sagte Charlotte Garthner und kam über den Garten-
weg auf Kleinert und Dietrichs zu. »Gut, dass Sie so schnell gekommen
sind.«

Sie schwankte und hielt sich am Gartenzaun fest. Für ihre Verhältnisse sah sie nahezu wüst aus, ihre helle Sommerbluse war aus dem
Rockbund gerutscht, aus ihrem blonden Knoten hatten sich einige
Strähnen gelöst. Außerdem schien sie sich am Unterarm verletzt zu haben, zumindest deutete der halb verrutschte Verband an ihrem Unterarm darauf hin.

»Es ist etwas Furchtbares passiert. Kommen Sie!«

Sie sprach wie ein Automat. »Kommen Sie!«

Sie drehte sich um und trat durch die Haustür in den dämmerigen
Flur. Dietrichs und Kleinert folgten ihr.

»Kommen Sie!« Die Stimme schallte aus dem Wohnzimmer zu ihnen
herüber.

»Hier«, murmelte sie, als Dietrichs und Kleinert den Raum betraten.
Mehr brauchte sie nicht zu sagen.

Helmut Garthner lag vor dem Kamin ausgestreckt, um seinen Kopf
herum hatte sich eine Blutlache gebildet. Nicht weit davon entfernt lag
eine Bronzefigur. Dietrichs erinnerte sich daran, sie bei ihrem letzten
Besuch auf dem Fensterbrett gesehen zu haben. Merkur, der römische
Gott des Handels.

»Ich habe ihn erschlagen«, sagte Charlotte Garthner. Sie saß auf der
Lehne eines Sessels und hatte die Hände im Schoß gefaltet.

»Ich habe ihn erschlagen«, sagte sie leise zu sich selbst. »Dann habe ich
auf dem Präsidium angerufen.«

Die Kollegen hatten sie per Funk benachrichtigt. Vom Handelshof war es kein weiter Weg zu Garthners Haus.

Dietrichs trat vorsichtig an den Mann heran und beugte sich hinab. Atemzüge waren nicht mehr wahrzunehmen, kein Heben der Brust, keine Bewegung der Nasenflügel. Das Blut stammte aus einer Verletzung an Garthners Schläfe. Dietrichs tastete an der Halsschlagader nach dem Puls und fand ihn nicht.

»Ich hätte den Notarzt rufen sollen«, sagte Charlotte Garthner. »Ich habe nicht daran gedacht.«

Diesmal war es Dietrichs, der sagte: »Kommen Sie.«

Er führte sie vom Tatort weg in die Küche. Charlotte Garthner nahm an ihrem Küchentisch Platz, die Hände hielt sie wie ein braves Schulmädchen gefaltet.

»Was ist passiert?«, fragte Kleinert.

Charlotte Garthner holte tief Luft.

»Wir haben uns gestritten. Bitterböse gestritten. Schließlich ist er mit dem Brieföffner auf mich losgegangen … Ich …« Sie machte eine kleine Pause, als müsse sie für den nächsten Teil der Geschichte Kraft sammeln. »Ich habe gedacht, dass er mich töten will. Er war dermaßen außer sich. So habe ich ihn noch nie erlebt. Er war ein ganz anderer Mensch. Ich hatte Angst vor ihm, zum ersten Mal in meinem Leben. Ich habe nach der Statue gegriffen, weil ich seine Hand mit dem Brieföffner abwehren wollte. Dann habe ich ihn erschlagen. Ich habe ihn erschlagen.«

Sie schaute sie mit großen runden Augen an. Wieder dachte Dietrichs an ein Schulmädchen, diesmal ein verblüfftes Schulmädchen.

»Weil ich Angst hatte, dass er mich töten würde.«

Dietrichs machte sich Notizen.

»Soll ich …?« Sie griff nach dem Ende des Verbandstreifens an ihrem linken Arm. Unter dem Verband zeichnete sich ein roter Flecken ab. »Er hat mich am Arm erwischt.«

Nach kurzem Zögern fügte sie hinzu: »Er wollte auf mich einstechen.«

Sie nestelte wieder an dem Verband herum.

»Warten Sie, bis der Arzt kommt«, sagte Kleinert.

Dietrichs betrachtete sie. Charlotte Garthner war eine hochgewachsene Frau, nicht viel kleiner als ihr Mann. Den tödlichen Schlag an die Schläfe hätte sie ihm versetzen können, ebenso wie sie die vermutlich nicht allzu schwere Figur heben konnte. Was ihn jedoch verwunderte, war, dass Garthner den Schlag nicht abgefangen hatte.

»Worum ging es bei dem Streit?«, hörte er Kleinert fragen.

Kleinert bekam zunächst keine Antwort, stattdessen betrachtete Charlotte Garthner ihre gefalteten Hände auf der Tischplatte.

»Um Konrad«, sagte sie schließlich.

»Ich habe Sie angelogen.« Sie hob den Kopf und reckte energisch das Kinn vor. »Helmut war am Sonntagvormittag nicht hier. Er hat gegen acht das Haus verlassen.«

Sie schwieg, schien auf eine Zwischenfrage zu warten, aber Dietrichs ließ sie reden.

»Er hatte am Samstag mit Konrad einen Streit. Dabei ging es um das Grundstück, das Konrad gekauft hat.« Sie zögerte, nahm Anlauf. »Er hat es für das Geschäft gekauft. Helmut wollte eine Filiale eröffnen. Er war fest davon überzeugt, dass die Leute bald wieder ausreichend Geld zum Einkaufen haben würden. Und ein zarter Luxus wie Damenunterwäsche würde sicher gern gekauft werden, hat Helmut vermutet.«

Sie lächelte traurig. »Es ging darum, die günstige Gelegenheit zu nutzen. Deshalb hat Konrad das Grundstück für Helmut erworben, in bester Innenstadtlage.«

Sie hielt erneut inne.

Was sie sagte, klang plausibel. Wenn man an die plötzlich wieder gefüllten Schaufenster dachte, war es tatsächlich möglich, dass es bald wieder aufwärts gehen würde, dachte Dietrichs. Er korrigierte sich: Zumindest ein Geschäftsmann wie Garthner dachte daran und legte sich ins Zeug, um die Gunst der Stunde zu nutzen.

Was sie allerdings nicht sagte, war, dass sie selbst das Geld bereitgestellt und dafür gesorgt hatte, dass Konrad es durch die Stadt tragen und der alten Frau Krusmann überreichen konnte.

»Konrad hat sich am Abend vorher mit meinem Mann gestritten. Er wollte das Grundstück für sich behalten.«

»Waren Sie dabei?«, ließ Kleinert sich vernehmen.

»Nein«, sagte sie. »Helmut hat es mir heute gesagt. Die Schwierigkeit bestand darin, dass Konrad das Recht auf seiner Seite hatte. Der Grundbucheintrag lautete auf seinen Namen. Helmut hatte keine Handhabe gegen ihn.«

Ein erstklassiges Motiv. Nach Konrads Tod fiel das Grundstück an ihn, er bekam die Investition via Erbschaft wieder zurück.

»Ich …« Sie schien wieder einen Anlauf nehmen zu müssen. »Er hat sich bei mir bedankt, dass ich für ihn gelogen habe. Nun säßen wir beide im selben Boot. Eine eingeschworene Gemeinschaft, hat er gesagt, in der sich einer auf den anderen verlassen kann.«

Sie setzte sich auf.

»Mir ist dabei mulmig geworden. Ich war entsetzt. Ich habe gesagt, dass ich nicht mit einem Mörder unter einem Dach leben will. Verstehen Sie? Ich habe mich entschlossen, die Wahrheit zu sagen, weil mir mein Gewissen keine andere Wahl lässt.«

Sie blickte Kleinert an.

»Es war nicht besonders klug von mir, so offen zu ihm zu sein, denn deshalb hat er mich angegriffen. Und ich …« Sie schloss für einen Moment die Augen. »Ich weiß auch nicht, wie das geschehen konnte. Aber ich hatte Angst, so furchtbare Angst, und auf einmal habe ich Kräfte in mir gespürt, von denen ich gar nicht wusste, dass ich sie habe. Und da war die Statue.«

Dietrichs nickte. Sie würden den Tatort untersuchen lassen, aber alles deutete darauf hin, dass sie ihn aus Notwehr getötet hatte. Sie schienen am Ende ihrer Ermittlung angekommen zu sein. Der Mörder lag tot im Nebenraum.

Dietrichs lehnte sich zurück.

61

Bis auf drei Stühle und einen Tisch war der Raum im Präsidium leer. Selma wartete schon eine gute Weile. Der Polizist mit den eng beieinanderstehenden Augen hatte sie hineingeschoben und das Zimmer rasch wieder verlassen. Anschließend hatte sich ein Schlüssel im Schloss gedreht.

Sie saß auf einem der Holzstühle, den Koffer an ihr Bein gelehnt, die Berührung mit dem steifen Tuch war tröstlich.

Zuerst war sie verzweifelt gewesen, weil sie Max das Geld nicht hatte geben können. Doch dann fiel ihr ein, dass die Polizisten sie festgenommen hatten, weil sie in Verdacht geraten war. Das sprach dafür, dass sie Max in Ruhe ließen, weil sie ja eine neue Verdächtige hatten. Das Ganze hatte sie mit einer aberwitzigen Zufriedenheit erfüllt. Sie saß da, spürte den Koffer an ihrem Bein und dachte: Diesmal bin nicht ich diejenige, die wegfährt. Ich bin nicht diejenige, der man hinterherruft: »Sorge dich nicht, uns geht es gut.« Oder diejenige, der man solche Worte in einer Rot-Kreuz-Nachricht schrieb, während man die Koffer für die Deportation in den Osten packte. Diesmal war sie diejenige, die hinter einer verschlossenen Tür saß und blieb, während Max frei war. So blieb sie eine Zeit lang sitzen, den Kopf halbleer und auf merkwürdige Weise ruhig und zufrieden.

Irgendwann murmelte sie vor sich hin: »Sorge dich nicht.«

Die Worte tönten durch den stillen Raum. Selma lauschte ihnen nach.

Sie stellte ihren Koffer beiseite, stand auf und machte ein paar Schritte zum Fenster. Es war nicht vergittert, doch der Erdboden war vom zweiten Stock aus erschreckend weit entfernt. Sie wandte sich ab und ging zur Tür, rüttelte an der Klinke. Abgeschlossen.

Selma setzte sich wieder und begann, über ihre Lage nachzudenken.

Vermutlich hatten die Polizisten Zeugen gefunden, die ihre Anwesenheit an der Drehschreibe bestätigen konnten. Vielleicht gab es sogar Zeugen dafür, dass sie Konrad Garthner nachgegangen war, weil sie wissen wollte, was aus dem brutalen Schläger geworden war; beispielsweise den Mann mit der Schiebermütze und der Lederjacke, der aus einem Hauseingang gerannt und mit Garthner zusammengestoßen war. Oder den Passanten im hellen Trenchcoat, der einen Augenblick später fast auf Garthner aufgelaufen war.

Wofür es keine Zeugen geben konnte, war, dass sie Konrad Garthner vor die Bahn gestoßen hatte.

Vielleicht gab es jedoch welche, die sie gesehen hatten, als sie an der Ampel stand, zögerte und kehrtmachte, weil ihr ihr Unterfangen sinnlos erschienen war. Oder jemanden, der sie auf dem Rückweg ins Hotel gesehen hatte. Aber ob die Polizei sich die Mühe machte, nach ihnen zu suchen? Vermutlich nicht. Es sei denn, jemand verlangte es. Oder forderte es sogar.

Sie entschied, zunächst zu verlangen, dass sie das britische Konsulat oder zumindest den Stadtkommandanten verständigten. Ohne einen Vertreter der britischen Behörden würde sie nichts sagen.

Nach einer guten Stunde schwang die Tür auf, und der ältere Polizist trat ein.

»Sie können gehen«, beschied er ihr.

»Stehe ich nicht mehr unter Mordverdacht?«

»Nein«, brummte der Polizist.

»Und mein Bruder?«

Der Polizist bedachte sie mit einem langen Blick, bevor er sagte: »Der auch nicht.«

Selma stand auf. Offenbar hatten sie jemand anderen gefunden, dachte sie.

»Ich bringe Sie jetzt raus,« sagte der Polizist.

Selma griff nach ihrem Koffer und folgte ihm wortlos.

Samstag, 26. Juni 1948

62

Edith saß mit geschlossenen Augen in der Junisonne. Das Licht sickerte durch ihre Augenlider, vor ihren Pupillen breitete sich ein warmes Rot aus. Die Luft roch nach Sommer, ein Vogel zwitscherte, und unten im Ruhrtal ratterte ein Zug über die Gleise. Wenn man die Bögen der Kemnader Brücke unten im Tal ausblendete, die mitten über dem Fluss abbrachen und sich in die leere Luft über dem Wasser spannten, weil die Wehrmacht die Brücke in den letzten Kriegstagen in die Luft gesprengt hatte, waren Trümmer und Zerstörung meilenweit weg, ebenso die Stadt mit ihrem Lärm und ihrem Staub.

Tristan legte ihr den Arm um die Schulter, sie ließ den Kopf sinken und lehnte sich an ihn. Es war gut, auf der Picknickdecke auf der Anhöhe oberhalb der Ruhr zu sitzen, die Sonne im Gesicht, die Wärme von Tristans Körper neben sich und die angenehme Fülle in ihrem Bauch zu spüren.

Tristan küsste sie sanft.

»Was haben wir es gut«, murmelte er.

So war es.

»Müde, satt und warm«, sagte Edith und streckte sich auf der Decke aus. Tristan tat es ihr nach.

»Dank des Pumpernickels von Frau Wiesner. Ein Hoch auf Frau Wiesner«, sagte sie im Liegen.

Tristan schwieg.

Edith öffnete die Augen.

»Kein Hoch auf Frau Wiesner?«

»Doch. Wenn du möchtest. Ein Hoch auf ihr Pumpernickel und ihren Schinken.«

Sein Vivat klang etwas lahm.

Schon als sie den Mund öffnete, wusste Edith, dass sie den nächsten Satz besser hinunterschlucken sollte. Trotzdem sagte sie: »Nicht auf die edle Spenderin? Die Liebhaberin der schönen Künste?«

Tristan gab keine Antwort.

Edith dachte wieder daran, dass sie am Sonntagabend vergebens auf Tristan in der Theaterbar gewartet hatte, weil er lange bei Frau Wiesner geblieben war. Möglichweise die ganze Nacht. Nach solchen Dingen fragten sie einander für gewöhnlich nicht. Ob Tristan unterwegs zu einem Geständnis und anschließender Reue war? Sie hob Kopf und Oberkörper von der Decke und stützte sich auf ihren Ellenbogen ab.

Tristan blieb liegen. Mit geschlossenen Augen sagte er: »Nicht nur die Liebhaberin der schönen Künste. Sondern auch der Künstler.«

In demselben dumpfen Ton fuhr er fort: »Aber es hat sich gelohnt, nicht wahr? Es gab ordentlich was zu essen. Man nimmt, was man kriegen kann.«

Edith sah ihn an. Auf seinem Gesicht zeichnete sich weniger Reue als vielmehr Traurigkeit ab. Tristan war selten traurig. Für gewöhnlich nahm er das Leben leicht, als ginge er als Glückskind durch die Welt, jemand, der überzeugt davon war, mit einer Glückshaut auf der Nase geboren worden zu sein, und der immer ein vierblättriges Kleeblatt fand.

Sie hob die Hand und schob ihm sanft eine vorwitzige Locke aus der gekrausten Stirn.

»Was macht die Kunst? Sie geht nach Brot«, sagte er verbittert.

»Manchmal muss sie das wohl«, sagte sie leise.

»Ja, sieht so aus.«

Er öffnete die Augen und setzte sich auf.

»Was haben wir noch von unserem feinen Picknick? Erdbeeren?«

Er schob sich eine der roten Früchte in den Mund. Edith hatte sie auf der Straße bei einer Bauersfrau erstanden. Auch das war ein Teil des Wunders. Jahrelang waren die Leute zum Hamstern aufs Land gefahren, um auf den Höfen Kartoffeln, Äpfel oder im allergünstigsten Fall ein Stück Speck gegen Ringe, Armbänder und silberne Löffel einzutauschen. Nun aber kamen die Bauern in die Städte und boten an improvisierten Ständen ihre Ware feil.

»Köstlich«, sagte er.

Der Himmel war immer noch leuchtend blau, wie es sich für einen Sommerhimmel gehörte. Was jedoch Tristans Stimmung anging, konnte von einem leuchtenden Blau keine Rede mehr sein – eher von dunklen Wolken, die sich um seine Stirn ballten.

»Ich habe kein Talent zur Nummer zwei«, sagte er und schnippte den grünen Ansatz der Beere in die Wiese.

»Was meinst du damit? Gab's Ärger im Theater?«

Das Theater steckte in finanziellen Nöten, das wusste Edith. Sie verkauften wenig Eintrittskarten, seit es das neue Geld gab. In zwei Städten hatten die Theater sogar sämtliche Vorstellungen abgesagt. Die Schauspieler machten sich Sorgen um ihre Engagements und beäugten einander eifersüchtig, weil sie Kürzungen befürchteten. Vielleicht hatten sie sein Stück abgesetzt und ihm bei einem anderen eine Zweitbesetzung angeboten. Sie fragte nach.

»Ärger im Theater? Nein, ganz und gar nicht.«

Tristan zupfte an einem Grashalm herum, schließlich riss er ihn aus und fuchtelte damit vor seiner Nase herum.

»Zweitbesetzung bin ich wohl eher bei dir.«

Der Grashalm stach in ihre Richtung.

»Wie bitte?«

Tristan lachte auf, es war ein hartes, lautes Lachen, bei dem die beiden schwarzbunten Kühe auf der Weide nebenan ihren Kopf zu ihnen drehten.

»Du verstehst nichts. Du gehst blind durch die Welt und meinst, die anderen seien genauso blind wie du.«

Edith zuckte zusammen. Blind. Sie bildete sich viel darauf ein, zu beobachten, Dinge zu durchschauen und ihre eigenen Schlüsse zu ziehen.

Außerdem liebte sie es, mit ihrer Kamera neben dem Geschehen zu stehen, und war stolz darauf, die Welt mit ihrem Apparat zu erfassen.

»Wie kommst du darauf, dass ich blind bin? Weil ich mir keine Gedanken um Frau Wiesner mache?«

Tristan schüttelte den Kopf.

»Das ist es, was ich meine. Schon wieder falsch. Du verstehst nichts. Du kapierst nichts, weil du als Eisschrank unterwegs bist. Weil du dich hütest, irgendetwas zu empfinden. Und falls du doch mal etwas fühlst, klemmst du dir ein Objektiv vors Gesicht.«

Edith schluckte. Die Vorwürfe trafen sie.

»Dann sag du es mir«, erwiderte sie kühl.

»Du glotzt ihn an wie ein Mondkalb. Mit großen, runden Augen. Wie ein liebestolles Mondkalb.«

Ihren ersten Gedanken behielt sie für sich: Es gab keine liebestollen Mondkälber. Stattdessen sagte sie: »Du meinst Leo Mantler.«

»Wen sonst? Oder gibt es da noch jemanden?«

Launig wollte sie sagen: Nicht, dass ich wüsste, aber das ließ sie lieber bleiben. Tristan hatte im Augenblick keinen Sinn für Humor. Tristan war verletzt.

Sie schüttelte den Kopf.

Sie schaute Leo Mantler gewiss nicht an wie ein verliebtes Mondkalb, zumindest lag ihr jegliche Absicht in dieser Richtung fern. Sie dachte an ihn, wahrscheinlich häufiger, als sie sollte, unterhielt sich gern mit ihm. Und zugegebenermaßen knisterte die Luft, wenn Leo Mantler auftauchte. Vermaledeiter Mantler.

»Jetzt wieder. Wenn ich mit deiner blöden Kamera umgehen könnte, würde ich ein Foto von dir machen.«

Tristans Stimme bebte vor Wut.

»Das Foto nehmen wir für das Plakat des Weihnachtsmärchens. Peterchens Mondfahrt. Als Peterchen das Mondkalb trifft.«

»Soll das jetzt ein Angebot für eine Rolle sein?«, sagte Edith heiter. Als sie sein gekränktes Gesicht sah, verfluchte sie ihre Zunge.

Tristan stand auf, klopfte sich Grassamen von der Hose und griff nach seinem Sommermantel.

»Rutsch mir den Buckel runter.«

Er wandte sich um und ging mit langen Schritten davon. Seine Haare und der Mantel unter seinem Arm flatterten im Sommerwind, die Schultern waren heldenhaft gestreckt, jeder Schritt war eine Aussage, dachte Edith: Rutsch mir den Buckel runter.

Sie blickte ihm nach. Dann fing sie an zu weinen.

63

»Also doch Helmut Garthner«, sagte Dietrichs zu Kleinert, »weil er mit seinem Bruder Streit um das Grundstück hatte.«

Sie hatten keinen Grund, an den Aussagen von Charlotte Garthner zu zweifeln. Alles stimmte, alles passte. Sie waren die Szene im Wohnzimmer durchgegangen, hatten die Positionen vor dem Kamin nachgestellt. Und hatten zugeben müssen, dass Charlotte Garthner die Wahrheit gesagt hatte.

Kleinert saß in Dietrichs Büro, auf dem Stuhl vor seinem Schreibtisch, die Beine von sich gestreckt. Dietrichs rechnete damit, dass Kleinert mit einem seiner ewigen »Aber« um die Ecke kommen würde.

»Aber ob es wirklich so war?«, »Aber wir haben keinen einzigen Zeugen, nur ihre Aussage«, »Aber niemand hat Garthner am Tatort gesehen«.

Irgendetwas in der Art würde Kleinert gleich von sich geben

Nichts dergleichen geschah. Kleinert sagte bloß: »Ja, so sieht es aus. Wir können die Akte schließen.«

Dietrichs schürzte die Lippen.

»Aber warum hat Garthner nicht den Schlag abgewehrt?«

»Er hat vermutlich nicht damit gerechnet. Sie hat ihn sozusagen kalt erwischt.«

Kleinert lehnte sich in dem Stuhl zurück, mit seinen ausgestreckten Beinen sah er geradezu aus, als sitze er bei sich zu Hause im Sessel. Fehlt nur noch das Pülleken Bier, dachte Dietrichs verärgert.

»Aber niemand hat ihn an der Haltestelle gesehen. Wir haben sein Foto allen möglichen Zeugen gezeigt. Keiner von ihnen hat bestätigt, dass er dort war.«

»Fast alle haben ausgesagt, dass sie bei dem Gedränge kaum auf ihre Nebenleute geachtet haben«, gab Kleinert zurück.

Dietrichs trommelte mit den Fingern auf den Tisch.

In der Regel war es Kleinerts Sache, den Skeptiker zu geben, alles infrage zu stellen, was er selbst als gesichert betrachtete.

Kleinert hatte sich inzwischen wieder aufgerichtet und sich daran gemacht, die letzten Papiere in die Akte zu heften.

»Wenn es tatsächlich so ist, dass die Marheinecke den Mörder fotografiert hat, müsste sie Garthner doch wiedererkennen. Aber das hat sie nicht getan«, sagte Dietrichs.

Aber, dachte Dietrichs. Ich rede schon wie Kleinert, ich werde zum Skeptiker.

Kleinert hob die Augen von der Akte und betrachtete ihn mit einem seiner schrägen Blicke.

»Vermutlich hat sie ihn nicht erkannt, weil er irgendwo in der Menge stand und er auf ihrem Foto nur einer unter vielen war. Er hat jedoch geglaubt, dass das Foto ihn entlarven würde, und hat ihr die Kamera gestohlen.«

Was Kleinert sagte, klang vernünftig. Trotzdem stimmte etwas nicht. Es war wichtig, die Dinge gründlich zu machen, wenn man sie schon machte. Die Welt konnten sie nicht verändern, wie Kleinert immer herumtönte, aber sie konnten zumindest gründlich sein. Gründlich hieß in diesem Fall, dass sie zumindest einen Zeugen auftrieben, der bestätigte, dass Garthner am Tatort gewesen war. Und den hatten sie bislang nicht.

Dietrichs stand auf und klopfte Kleinert auf die Schulter.

»Komm, wir machen noch eine kleine Spritztour.«

Kleinert grinste.

64

In der Wohnung ging es zu wie im Taubenschlag, dachte Edith. Sie war mit der Straßenbahn von ihrem missglückten Picknick zurückgefahren. Am liebsten hätte sie sich in ihr Zimmer zurückgezogen und darüber nachgedacht, ob Tristan recht hatte, wie blind sie tatsächlich war und was das mit Leo Mantler auf sich hatte. Oder vielleicht noch besser: gar nicht mehr denken und schlafen.

Weder kam sie zum Schlafen noch zum Denken. Kaum war sie aus den Schuhen geschlüpft, klingelte es. Ihr erster Gedanke war Leo Mantler, ihr zweiter: Was bist du für ein dummes Schaf, der dritte: Mondkalb.

Sie öffnete die Tür.

»Hier.«

Hella strahlte sie an und streckte ihr ein Päckchen entgegen.

»Aus unserem Garten. Mit Grüßen von Mutter. Weil ich bei dir übernachtet und mich durchgefressen habe, sagt sie.«

Das Päckchen war ein rundes, unförmiges Ding, in Zeitungspapier gewickelt. Unten war das Papier dunkler, weil es feucht geworden war. Ernte von Marthas Gemüseparzelle hinter der Mietskaserne, vermutete Edith. Martha ließ sich ungern etwas schenken.

»Willst du nicht reinkommen?«

»Nur kurz«, sagte das Mädchen. »Ich muss noch was erledigen«

Erfreut trat Hella über die Türschwelle.

»War deine Mutter sehr sauer?«, fragte Edith und legte die Gabe auf dem Tisch ab.

»Ging so«, sagte Hella. »Ich glaube, sie war heilfroh, dass ich wiedergekommen bin. Auch wenn ich's nicht merken sollte. Und dass ich wieder zur Schule gehe, findet sie ganz grandios. Sagen tut sie aber nichts.«

Das klang nach Martha, und es klang gut, dachte Edith.

»Pack aus«, sagte das Mädchen nicht.

Edith wollte gerade das Papier entfernen, als erneut die Klingel ging. Edith verbot sich jede Spekulation über den nächsten Besucher. Mondkalb.

Vor der Tür standen zwei Herren mit Hut, den beide artig lüpften: Dietrichs und sein Kollege. Mit ihnen hatte sie am wenigsten gerechnet, geschweige denn hatte sie auf sie gewartet.

Wieder musste die Küche herhalten, dachte Edith beklommen, dieses Mal nicht als Esszimmer oder Salon, sondern womöglich als Verhörraum.

Auf dem Küchentisch lag inzwischen ein grün glänzender Salatkopf in seinem Bett aus Zeitungspapier. Von Hella hingegen war keine Spur zu sehen.

Als die beiden Platz genommen hatten, erschien Herr Koppitz im Türrahmen.

»Wir würden gerne mit der Zubereitung des Abendessens beginnen«, sagte er. Im Arm hielt er eine braune Tüte und eine Konservendose.

»Das geht im Moment nicht«, sagte Dietrichs unwirsch. »Kriminalpolizei.«

Koppitz reagierte prompt. Er wich einen Schritt zurück, warf Edith einen mitfühlenden Blick zu und trat den Rückzug an.

»Was kann ich für Sie tun, meine Herren?«, fragte Edith.

»Wir überprüfen derzeit Zeugenaussagen«, erklärte Dietrichs gemessen.

»Gibt es dafür einen besonderen Anlass?«

Wenn sie hier unvermittelt auftauchten, konnten die beiden ruhig auch über ihre Ermittlungsfortschritte berichten, fand Edith.

»Selbst wenn dem so wäre, könnten wir Ihnen darüber keine Auskunft erteilen.«

Es klang, als sei er der Hohepriester von Bürokratie und Dienstvorschrift persönlich.

Der andere – Kleinert hieß er – zog ein Foto hervor. Es zeigte das Ehepaar Garthner. Kleinert tippte auf den Mann, Helmut Garthner, den Bruder des Toten. Dasselbe Foto hatte er sie vor ein paar Tagen schon einmal anschauen lassen. Ob es wohl neue Verdachtsmomente gegen Helmut Garthner gab?

»Haben Sie ihn am Sonntag an der Drehschreibe gesehen?«

»Nein, das sagte ich Ihnen bereits. Aber es bedeutet nichts. An dem Morgen waren Hunderte von Menschen unterwegs.«

Auch das hatte sie schon einmal gesagt.

»Meine Fotos haben Sie vermutlich überprüft.« Jetzt, da Sie Garthner anscheinend wieder im Visier haben, setzte sie in Gedanken hinzu.

»Ja, wenn Sie jedoch so freundlich wären, selbst noch einmal zu schauen. Vielleicht entdecken Sie ihn auf einem der Bilder.«

Kleinert reichte ihr die Abzüge. Geduldig sah sie sich die Fotos an, sie holte sogar eine Lupe aus ihrem Zimmer und musterte die Gesichter in den Schlangen durch das Glas.

Garthner stand nicht in der Warteschlange, er war auch nicht auf den Fotos aus der Halle des Postamts zu erkennen. Möglicherweise hatte sie ihn aufgenommen, aber das Foto war auf dem Film gelandet, der ihr gestohlen worden war.

Sie schob die Abzüge zusammen und legte den kleinen Stapel vor Dietrichs ab.

Hella erschien im Türrahmen.

»Ich geh' dann mal«, sagte sie von der Türschwelle aus, ohne Anstalten zu machen, den Raum zu betreten. »Ist alles in Ordnung?«, fragte sie mit einem besorgten Blick auf die beiden Männer.

Edith rechnete ihr die Frage hoch an. Es war dem Mädchen anzusehen, dass es sich am liebsten aus dem Staub gemacht hätte, doch offenbar fand Hella, dass sie zunächst klären müsse, ob Edith vielleicht gegen die Kripobeamten ihre Hilfe benötigte.

Edith erklärte ihr, weshalb die beiden gekommen waren. Hella schien erleichtert. Es ging nicht um sie selbst, es ging auch nicht darum,

Edith zu verhaften, sondern um eine Sache, mit der sie nichts zu tun hatte.

Sie nahm ihren Rucksack ab und kam näher.

»Welcher Mann?«, fragte sie.

Hella war vorsichtig. Aber Hella war auch neugierig.

»Du warst doch auch am Sonntagmorgen an der Drehscheibe«, sagte Dietrichs und deutete mit dem Zeigefinger auf Hella. »Du hast bei Fräulein Marheinecke gestanden.«

Hella machte einen Schritt zurück. Es half ihr nichts.

»Komm mal her.«

Dietrichs beorderte sie mit gekrümmtem Finger an den Küchentisch. Hella folgte widerstrebend.

»Dich kenne ich doch. Muss jetzt zwei Jahre her sein. Du hast damals den Toten auf dem Zechengelände gefunden.«

Und ihm die Bezugsscheine für Butter aus der Tasche genommen, setzte Edith in Gedanken den Satz fort.

Hella sagte wohlerzogen: »Ja, Herr Oberinspektor.«

»Schau mal. Hast du den Mann hier gesehen?«

Dietrichs hielt das Foto von Garthner und seiner Frau ins Licht.

Er betrachtete sie gespannt, während sie das Foto in Augenschein nahm.

»Nein.«

Dietrichs schien enttäuscht und legte das Foto zu den anderen.

»Aber die Frau hier, die Frau neben ihm, die war dort.«

Dietrichs wandte ihr langsam das Gesicht zu.

»Ah.« Er wiegte seinen runden Kopf. »Wann und wo hast du sie denn gesehen?«

»An der Drehschreibe. Als ich dort mit Edith« – sie korrigierte sich – »mit Fräulein Marheinecke gesprochen habe.« Sie fügte hinzu: »Ich habe sie sogar fotografiert. Besser gesagt: Ich wollte sie fotografieren.«

»Wann?«, fragte Dietrichs kurz.

Hella überlegte.

»Ich habe Ediths Kamera ausprobiert. Ich sollte nicht knipsen. Ich habe trotzdem auf das Knöpfchen gedrückt. Sie hat mich kurz angeschaut und ist dann weiter Richtung Straßenbahnhaltestelle. Allerdings habe ich nicht wirklich ein Foto von ihr gemacht. Der Film war voll. Edith hat ihn herausgeholt und einen neuen eingelegt. Kurz danach ist der Mann verunglückt.«

Dietrichs verzog keine Miene. Er nickte nur, als habe ihm Hella ein unwesentliches Detail geschildert. Kleinert aber starrte das Mädchen wie elektrisiert an.

»Bist du sicher?«, fragte er.

»Ja.«

»Ganz sicher?«

»Ja.«

»Wie hast du sie fotografiert?«, fragte Kleinert. Er hatte sich wieder im Griff, zumindest war seiner Stimme keine Aufregung anzumerken.

»Erst habe ich nur ihren Rücken gesehen, dann hat sie sich umgedreht und stand plötzlich recht nah vor mir, sie trug einen hellen Sommermantel und lange Hosen. Ich habe auf den Knopf gedrückt. Edith hat das Geräusch gehört und war ärgerlich.« Neugierig fügte sie hinzu: »Ist sie eine Verbrecherin?«

Keiner der beiden Beamten machte Anstalten, Hellas Frage zu beantworten. Eilig standen sie auf.

Dietrichs wandte sich an Edith und blickte von seiner nicht unbeträchtlichen Höhe auf sie herab.

»Sie werden darüber selbstverständlich Stillschweigen wahren. Absolutes Stillschweigen.«

»Selbstverständlich«, erwiderte Edith.

65

Charlotte Garthner trug eine Art Morgenmantel, als sie ihnen die Tür öffnete, bodenlang und mit einem Gürtel um die schmale Taille. Der Stoff schimmerte in einem silbrigen Grau und wogte um sie herum, während sie die Polizisten ins Esszimmer führte.

Vor das große Fenster zum Garten hatte sie einen Sessel geschoben, auf einem Tischchen daneben standen ein halb geleertes Glas Sekt und ein Piccolofläschchen. Charlotte Garthner gönnte sich ganz offensichtlich eine kleine Feier, dachte Dietrichs.

Als ob sie Kleinert und ihn dazu einladen wollte, wies sie auf die Stühle am Esstisch. Aber daraus würde wohl nichts werden. Dietrichs und Kleinert blieben stehen. Charlotte Garthner hob erstaunt die Brauen.

»Nur ein kurzer Besuch?«, fragte sie.

»Ein sehr kurzer«, antwortete Dietrichs. »Wir müssen Sie bitten, uns aufs Präsidium zu begleiten.«

Sie legte den Kopf schief und betrachtete sie kühl.

»Umziehen darf ich mich vorher noch, oder?«

»Selbstverständlich«, sagte Dietrichs. »Allerdings können wir sie dabei nicht allein lassen.«

Charlotte Garthner kniff leicht die Augen zusammen.

»Das klingt, als müsse ich meinen Anwalt herbeiholen.«

»Vom Präsidium aus«, beschied ihr Dietrichs.

Die Garthner nahm es hin und stieg die Treppen in den ersten Stock hoch. Dietrichs folgte ihr und bezog im Rahmen der Schlafzimmertür Position. Er hörte Kleidung rascheln und blickte auf das Treppengeländer im Flur.

Einen Moment später stand sie mit ihrer Handtasche vor ihm.

»Ich bin so weit«, sagte sie. Das war das Letzte, was sie in den nächsten zwei Stunden zu ihnen sagen würde.

Als Kleinert unten im Flur den Garderobenschrank öffnete und dabei fragte: »Darf ich?«, nickte sie lediglich. In der Stille war allein das Klacken der Kleiderbügel zu hören, die gegeneinander schlugen, als Kleinert sie verschob. Er brauchte nicht lange zu suchen, dann hielt er den hellen Sommermantel in der Hand, von dem das Mädchen gesprochen hatte.

»Das ist der Mantel, den Sie am vergangenen Sonntag getragen haben, oder?«

Charlotte Garthner zuckte wortlos mit den Schultern.

◆◆◆

Im Präsidium telefonierte sie ihren Anwalt herbei. Bis dieser kam, saß sie schweigend auf ihrem Stuhl. Der Anwalt, ein kleiner, dünner Mann mit einer kreisrunden Brille und flinken Bewegungen, erschien nach einer guten Stunde.

In seiner Gegenwart erklärte Dietrichs, dass sie unter Verdacht stehe, ihren Schwager Konrad Garthner getötet zu haben.

Sie schüttelte lediglich den Kopf. Der Anwalt bat um ein Gespräch unter vier Augen mit seiner Mandantin. Danach sprach sie mit ihnen.

»Ja, es stimmt«, sagte sie. »Ich war dort. Ich hatte am frühen Morgen eine Auseinandersetzung mit Helmut. Ich bin ihm nachgegangen, um noch einmal mit ihm zu reden. Ich bin ihm bis zur Drehschreibe gefolgt.«

Sie strich mit der oberen Hand über die Finger der unteren.

»Und?«, fragte Dietrichs. »Haben Sie Ihren Mann dort getroffen?«

»Nein, ich habe ihn dort aus den Augen verloren.«

»Und Ihren Schwager? Haben Sie Konrad Garthner dort gesehen?«, fragte Dietrichs weiter.

»Nein.«

Dietrichs glaubte ihr nicht, sein Gefühl sagte ihm, dass sie log.

Er ließ sich von ihr ihren Weg beschreiben. Sie erklärte ihm, dass sie die Post außer Acht gelassen habe, da Helmut ja kein Geld abholen wollte. Sie habe die Straße überquert und sei auf die Seite gelangt, an der die Straßenbahnhaltestelle lag. Das konnte stimmen, dachte Dietrichs, dort hatte das Mädchen sie bemerkt und die Kamera gehoben. Sie habe Ausschau nach Helmut gehalten, ihn jedoch nicht finden können. Daraufhin sei sie nach Hause zurückgekehrt.

»Haben Sie den Unfall beobachtet?«

»Nein, da war ich schon wieder auf dem Rückweg. Ich habe die Schreie gehört, aber ich bin meiner Wege gegangen. Maulaffen feilzuhalten ist nicht meine Art. Ich konnte ja nicht ahnen, dass es Konrad war, der da unter die Straßenbahn geraten war.«

»Worum ging es bei der Auseinandersetzung mit Ihrem Mann?«, fragte Kleinert.

»Um Konrad.«

Charlotte blickte wieder auf ihre Hände.

»Mein Mann hatte am Vorabend Streit mit ihm. Er war außer sich. Ich habe versucht, ihn zu beruhigen. Schließlich hat er mir vorgeworfen, ich stünde auf Konrads Seite.«

»Was hat er damit gemeint?«

Dietrichs bohrte, sie wich aus:

»Er hat mir nicht gesagt, weswegen er sich mit Konrad gestritten hat. Ich habe ihm geraten, noch einmal mit seinem Bruder zu reden.«

»Wieso ist er auf den Gedanken gekommen, dass Sie sich auf Konrads Seite schlagen?«

»Ich habe ihm gesagt, dass sein Bruder durchaus zugänglich sei, wenn man ihn zu nehmen wisse.«

Ihre linke Hand strich über ihre rechte. Sie seufzte und blickte ihm ins Gesicht.

»Er ist ordinär geworden. Sinngemäß hat er gesagt, dass ich sicher wisse, wie mit Konrad umzugehen sei, weil ich ja engen, wenn nicht sehr engen Kontakt zu ihm gepflegt hätte.«

»Stimmt das? Waren Sie seine Geliebte?«

»Nein.«

Dietrichs glaubte ihr wieder nicht. Also doch: die klassische Variante der Heimkehrergeschichte. Der Ehemann kommt zurück, die Frau hat den Bruder zum Geliebten. Der Ehemann bringt den Geliebten um. Dietrichs sah wieder Charlotte Garthner neben ihrem Mann sitzen, die schmale Hand auf seinen Unterarm gelegt. Ein einträchtiges Gespann. Aber wer wusste schon, was unter der glatten Oberfläche brodelte?

Charlotte Garthner betrachtete ihn. Das Lächeln war kurz, aber es war eindeutig ein Lächeln, und zwar ein knappes, zufriedenes Lächeln, für das sie keinen Grund hatte.

Kleinert schaltete sich ein.

»Wenn Konrad Garthner Ihr Geliebter war, dürfte es Ihnen nicht gefallen haben, dass er sich mit dem Grundstück absetzen wollte. Das hätte wohl auch das Ende Ihrer Beziehung bedeutet.«

»Ich wusste nichts von seinem Plan. Also hatte ich auch keinen Grund, ihn vor die Bahn zu stoßen.«

Nein, dachte Dietrichs. Gründe hatte vor allem Helmut Garthner: Konrad Garthner wollte das Grundstück behalten und zudem hatte er ein Verhältnis mit Garthners Frau.

»Warum haben Sie uns nichts davon gesagt, dass Sie an dem Sonntagmorgen am Tatort waren?«

Sie schwieg und blickte wieder auf ihre Hände. Die schlanken Finger lagen immer noch locker übereinander. Dietrichs konnte sich denken, wie ihre Antwort ausfallen würde.

»Um meinen Mann ans Messer zu liefern? Ich habe gefürchtet, dass Helmut unter Mordverdacht gerät. Ich war sicher, dass er es nicht gewesen sein konnte.«

»Vielleicht wollten Sie auch sich selbst nicht ans Messer liefern«, sagte Kleinert ungerührt.

»Woher wussten Sie eigentlich, dass Ihr Mann Ihnen ein Alibi geben würde?«

»Gewusst habe ich es nicht«, antwortete sie. »Ich habe vermutet, dass er Ihnen nicht sagen würde, wo er gewesen war.«

Ihr Kalkül war anscheinend aufgegangen. Helmut Garthner hatte ohne Zögern angegeben, dass er und seine Frau zu Hause gewesen seien. Ein einträchtiges Gespann, dachte Dietrichs wieder, das sogar synchron agierte, ohne einander zu sehen.

Der Anwalt meldete sich zu Wort und sagte, was Dietrichs erwartet hatte.

»Meine Mandantin war zur Tatzeit vor Ort. Das hat sie mit Hunderten anderer Menschen gemeinsam. Es gibt mithin keinen Grund, sie länger hier festzuhalten.«

Dietrichs erklärte ihm, dass die wenigsten dieser Hunderte von Menschen ein Motiv hatten und kein Einziger von ihnen seine Anwesenheit am Tatort mit einer Falschaussage verschleiert hatte. Leider gebe es daher gute Gründe, seine Mandantin im Präsidium festzuhalten.

Charlotte Garthner ging aufrecht aus dem Befragungszimmer, jeder Zentimeter Überzeugung, dass sich am Ende ihre Unschuld herausstellen werde.

◆◆◆

Kleinert drehte sich grinsend zu Dietrichs um, sobald sie und ihr Anwalt den Raum verlassen hatten.

»Sie wollte dir deine Lieblingsgeschichte verkaufen, hast du gemerkt?«

Dietrichs knurrte. Natürlich hatte er es gemerkt.

Kleinert grinste immer noch.

Dietrichs ärgerte sich einen Augenblick. Er hatte tatsächlich angefangen, ihr zu glauben: die Geschichte von der Leidenschaft für ihren Schwager und der ebenfalls glühenden Eifersucht ihres Mannes, weil es eine Geschichte war, die er ohnehin im Kopf hatte. Sie hatte es ihm angesehen und gelächelt wie eine Katze, die gerade einen Kanarienvogel verspeist hatte.

»Vergiss es, Kleinert«, sagte er. Sie würden sich an die Fakten halten. Und bislang konnten sie festhalten, dass es zumindest eine Zeugin gab, die Charlotte Garthner in der Nähe des Tatorts gesehen hatte.

66

Diesmal war es tatsächlich Leo Mantler, der vor der Tür stand. Edith hoffte, dass sie ihn nicht anstarrte wie ein Mondkalb.

»Ich fahre wieder zurück. Ich bin gekommen, um mich zu verabschieden.«

Edith verspürte einen Stich. Mantler verließ also wieder die Stadt. Er war erschienen, er war ihr nahegekommen, und nun würde er wieder verschwinden.

»Komm rein«, sagte sie und hielt ihm die Tür auf. »Es gibt Neuigkeiten.«

Die Tür von Koppitz' Zimmer ging auf, Herr Koppitz marschierte mit einer braunen Tüte und einer Konservendose auf die Küche zu.

Die Küche würde also für die nächste Stunde besetzt sein.

Edith führte Mantler in ihr Zimmer und lotste ihn zu dem Sessel am Fenster. Sie selbst setzte sich auf ihr Bett.

»Die Kripo hat einen neuen Verdächtigen«, sagte sie.

Leo Mantler sah sie fragend an.

»Ich sollte wohl besser sagen, eine Verdächtige. Charlotte Garthner.«

Edith erzählte, was sie wusste. Leo Mantler hörte still zu und nickte ab und an. Er schien erleichtert.

»Nun, jetzt hast du die Geschichte«, sagte sie schließlich. »Nahezu exklusiv.«

Mantler grinste, die Fältchen um seine Augen vertieften sich, seine Augen blitzten.

»Du hast keine Sorge, dass ich dir zuvorkomme? Die Geschichte gleich nach Frankfurt durchgebe, damit sie am Montagmorgen erscheint?«

Edith grinste zurück.

»Und sie dann ohne irgendwelche Beweise in Druck geht? Eine Story, die nur auf dem Hörensagen basiert? Nie im Leben!«

»Die Beweise könnte ich mir holen«, gab Leo Mantler zurück.

»Bei der Polizei? Die werden sich sicher freuen, wenn du sie um Auskunft bittest!«

Leo Mantler hob die Hände und gab sich geschlagen.

»Ein Punkt für dich.«

Er lachte sie an. Dann wechselte er das Thema.

»Glaubst du, dass sie es war?«, fragte er.

»Warum nicht? Sie könnte auch durchaus diejenige sein, die mir die Kamera aus der Hand gerissen hat. Ich habe die Person kaum gesehen.«

Leo Mantler blieb skeptisch.

»Oder warst du es?«, fragte Edith ihn spöttisch.

Mantler ging auf ihren Ton ein. »Na klar, ich habe – «

Er brach ab und wurde ernst.

»Nein.«

Er blickte sie an. Es war ihm tatsächlich ernst, und anscheinend wollte er, dass sie ihm glaubte. Sie schwiegen sich an.

Schließlich sagte Leo Mantler: »Gut, dann gehe ich besser. Mein Zug geht in einer Dreiviertelstunde.«

Er stand auf und griff nach dem Koffer.

◆◆◆

Leo Mantler verpasste den Zug. Denn nachdem er sich aus dem Sessel erhoben hatte, machte sie einen Schritt auf ihn zu. Er stellte den Koffer wieder ab. Einen Moment lang stand er da. Dann breitete er die Arme aus, Edith machte den nächsten Schritt, ihre Arme schlossen sich um seinen Körper. Leo Mantler zog sie an sich. Sie vergrub ihre Nase in seiner Halsbeuge, es roch gut und vertraut. Einen Moment lang hatte sie das Gefühl, nach Hause zu kommen. Sie nahm sein Gesicht in beide Hände und küsste ihn. Leo küsste zurück.

Sonntag, 27. Juni 1948

67

Am nächsten Morgen warfen sie wieder die Maschinerie an: Sie holten Zeugen herbei, sofern sie ihrer am Sonntagmorgen habhaft werden konnten. Zwei der Schupos hatten Dienst. Einer von ihnen sagte tatsächlich aus, Charlotte Garthner an der Haltestelle gesehen zu haben. Sie holten Hella Schrader und Edith Marheinecke herbei, ebenso den Herrn, dem Lange die Brieftasche hatte stehlen wollen und der ihm damit ein Alibi geliefert hatte. Sie trieben Theo Lange auf und einige der Zeugen, die sie schon wegen Krusmann und Helmut Garthner befragt hatten.

Charlotte Garthner ließ alles gleichmütig über sich ergehen. Sie tat, was von ihr verlangt wurde: Stellte sich mit anderen Frauen in eine Reihe und ließ sich durch den Einwegspiegel anschauen.

Hella identifizierte Charlotte Garthner ohne Zögern, und auch Lange war sich sicher, sie nicht weit von der Haltestelle gesehen zu haben. Dem Taschendieb schien es zu gefallen, einmal auf der anderen Seite des Spiegels zu stehen. Er streckte den Kopf vor, zog ihn zurück und kontrollierte, wie gut die Sicht hinter dem Spiegel war.

Die Maschinerie schnurrte, und Dietrichs war zufrieden.

Danach überprüften sie, ob Edith Marheinecke in Charlotte Garthner den Kameradieb wiedererkannte.

Garthners Witwe wandte ihr den Rücken zu und machte in ihrem Sommermantel und mit ihrem raffinierten Knoten, der nahezu glatt auf ihrem Hinterkopf saß, ein paar eilige Schritte von ihr weg.

Die Marheinecke war sich nicht hundertprozentig sicher.

»Statur und Gang könnten passen. Der Dieb war nur mittelgroß. Allerdings hat er oder sie keine Nylonstrümpfe getragen, sondern eine weite Hose.«

Immerhin: Edith Marheinecke hatte Krusmann wegen seiner Körpergröße kategorisch ausgeschlossen, während sie Charlotte Garthner nun in Betracht zog.

Das Mädchen hatte davon gesprochen, dass Charlotte Garthner eine lange Hose getragen hatte. Stratmann bekam den Auftrag, im Haus danach zu suchen.

◆◆◆

Zwei Stunden später kehrte Stratmann von der Hausdurchsuchung zurück.

Er hatte tatsächlich im Haus der Garthners eine Damenhose gefunden, ein elegantes Kleidungsstück aus einem feinen Stoff mit weiten Beinen. Er legte es Kleinert und Dietrichs vor.

»Bei der Kamera ist nichts herausgekommen«, verkündete Stratmann. »Ihre Fingerabdrücke sind nicht darauf zu finden.«

Das wäre auch zu schön gewesen, dachte Dietrichs. Inzwischen war der Apparat durch eine Reihe weiterer Hände gegangen: durch die des Obdachlosen, der die Kamera im Müll gefunden hatte, die des Fotohändlers, und schließlich hatte die Marheinecke den Apparat erneut in der Hand gehabt, als sie ihn im Fotogeschäft begutachtete.

»Von allen sind Abdrücke darauf.«

Stratmann zählte die Personen auf, an die Dietrich gedacht hatte.

»Von Charlotte Garthner jedoch nicht. Jürgens von der Kriminaltechnik sagt, es sei eine ziemliche Tüftelei gewesen, alles zuzuordnen.«

Stratmann machte eine Pause. So wie Dietrichs ihn kannte, hatte der Kriminalassistent noch etwas in petto. Und richtig, Stratmann richtete sich auf und straffte die Schultern, um die nächste Information mit dem nötigen Aplomb hervorzubringen.

»Dann gibt es noch etwas: Irgendjemand hat Handschuhe getragen, jemand, der die Kamera vor dem Obdachlosen in den Fingern hatte. Jürgens hat sich alles noch mal ganz genau angeschaut und einen alten Abdruck von Edith Marheinecke gefunden, der verwischt war.«

Stratmann legte den Bericht auf den Tisch.

Gut, dachte Dietrichs, der Dieb oder, besser gesagt, die Diebin hatte Handschuhe getragen. Doch Stratmanns Miene nach konnte das noch nicht alles gewesen sein.

»Jürgens hat unter einem der Rädchen eine Stofffaser gefunden.«

Dietrichs horchte auf.

»Könnte von einem Sommerhandschuh stammen, meint er.«

Sommerhandschuhe. Frauen trugen so etwas, dachte Dietrichs, feine Damen.

Stratmann strahlte über beide Wangen.

»Wir haben die Handschuhe. Ein Paar dünne Baumwollhandschuhe, der Faden stammt von einem davon. Er hat sich wahrscheinlich verfangen, als sie ihr die Kamera wegerissen hat. Oder als sie die Kamera in die Manteltasche gesteckt hat.«

»Stratmann, sagst du uns: welche Handschuhe? Welche Manteltasche?«

»Ich nehme an, die Tasche des Sommermantels, den Kleinert in Garthners Haus sichergestellt hat. Aber das lässt sich nicht mit Sicherheit sagen. Die Handschuhe jedoch stammen aus der Garderobe im Flur. Sie lagen ganz oben in einer Schublade. Jürgens ist sich ganz sicher.«

Dietrichs sagte, was Stratmann erwartete: »Gute Arbeit, Stratmann.«

Montag, 28. Juni 1948

68

Montagnachmittag war die notdürftig hergerichtete Bahnhofshalle ein gutes Terrain, dachte Theo Lange. Nicht allererste Sahne, jedoch annehmbar.

Lange arbeitete allein. Heinz, sein Blocker, hatte sich am vorletzten Sonntag einfach aus dem Staub gemacht, weil ihm zu viel Polente auf dem Rathausplatz und auf der Drehscheibe unterwegs gewesen war. Auf Langes Vorwurf, dass ihm Heinz' Verschwinden zwei Nächte in einer Zelle eingebracht habe, wusste der nur zu sagen: »Siehst du, die Situation war echt brenzlig.« Lange hatte seinen Partner in die Wüste geschickt.

Er sah sich um.

Es gab Publikumsverkehr, nicht so viel wie vor dem Währungsschnitt, aber was sollte man auch erwarten. Der Vorteil war, dass die Passanten beschäftigt waren, weil sie mit ihrem Gepäck zu den Bahnsteigen hasteten, weil sie in letzter Minute hektisch nach der Fahrkarte suchten, weil sie sich wortreich voneinander verabschiedeten oder – wie die Großfamilie neben ihm – lebhaft diskutierten, ob sie die abreisenden Großeltern zu siebt auf den Bahnsteig begleiten wollten, um ihnen tüchtig zu winken. Was auch immer sie taten – sie waren beschäftigt, und dann schlug seine Stunde. Ein kurzer Rempler und ein anschließend reuevoll gemurmeltes »Entschuldigung« blieben in dieser Situation unbeachtet, genauso wie Langes Hand, die sich in der Folge rasch in eine Handtasche, einen Mantel oder eine Aktentasche schob.

Beschäftigt waren auch die beiden Paare. Eine junge Frau nicht weit von ihm redete leise mit ihrem Begleiter. Es schien um etwas Ernstes zu gehen, sie schaute ihn mit weit geöffneten Augen an und bekam kein Lächeln ins Gesicht. Die beiden kamen weniger infrage, auch wenn sie gut gekleidet waren und über entsprechend gut gefüllte Brieftaschen und Portemonnaies verfügen dürften. Allerdings sondierten sie ihre Umgebung und blickten vor allem häufig auf die beiden Schupos am Eingang, als ob sie von ihnen etwas Übles erwarteten. Doch die Polizeibeamten hatten der Halle den Rücken zugedreht, weil sie das Treiben auf dem Vorplatz beobachteten.

Das andere Paar war vielversprechender. Die junge Frau mit der Baskenmütze sah einem hochgewachsenen, ziemlich schlaksigen Kerl in die Augen. Der legte ihr liebevoll die Hände links und rechts an die Wangen, so dass er ihr Gesicht hielt wie eine wertvolle Schale. Als er dann noch sein eigenes Gesicht ihrem näherte und sie küsste, entschied Theo Lange, dass es an der Zeit war, zuzuschlagen.

Er überprüfte mit einem letzten schnellen Blick das Geschehen in der Halle. Die zwei Schupos schauten immer noch nach draußen, Zivilbullen waren nicht auszumachen. Die Blumenverkäuferin, die in den letzten zehn Minuten gelangweilt in die Halle gestarrt hatte, hatte inzwischen einen Kunden. Und der Zigarettenverkäufer mit seinem Bauchladen, ein baumlanger Kriegsheimkehrer mit einem ständig zuckenden Auge, der ebenfalls ständig auf der Suche nach Käufern durch die Halle spähte, hatte sich nach vorn gebeugt, um einen Kunden zu bedienen, von dem lediglich der Rücken zu sehen war.

Lange setzte sich in Bewegung und marschierte im Eilschritt auf das zweite Paar zu, bereit einen Stolperer zu markieren und die Frau dabei anzustoßen. Doch die machte just in diesem Moment einen Schritt zurück. Sie drehte kurz den Kopf zur Seite, ihr Blick streifte ihn. Lange drehte ab.

◆◆◆

Edith wendete ihr Gesicht wieder Leo Mantler zu. Die Bewegung am Rande ihres Blickfelds hatte sie abgelenkt. Sie hatte den Eindruck, dass der hagere Mann im Trenchcoat direkt auf sie zusteuern wollte. Sie täuschte sich jedoch, denn er ging in einem weiten Bogen an ihnen vorbei. Ich sehe schon Gespenster, sagte sie sich und blickte Leo wieder ins Gesicht. Leo schaute sie unverwandt an. Sie reckte sich und küsste ihn. Ziemlich lange, so lange, wie es an einem Ort wie diesem gerade noch zu vertreten war. Es war Leo Mantler, der sich löste.

»Komm doch mit. Steig in den Zug!«, sagte er.

Edith lachte.

»Ich habe noch nicht einmal eine Bahnsteigkarte, geschweige denn eine Fahrkarte«, antwortete sie.

»Daran soll es nicht scheitern«, erklärte Mantler und deutete mit großer Geste auf die beiden geöffneten Schalter.

Sie schüttelte den Kopf. Das Ganze war lediglich ein federleichtes Spiel. Wenn Leo Mantler tatsächlich wollte, dass sie mit ihm käme, würde er nicht bis zur allerletzten Minute warten, um sie darum zu bitten.

Sie machte einen Schritt zurück.

◆◆◆

Dietrichs blickte dem Zigarettenverkäufer ins Gesicht. Er war auf dem Heimweg und war aus alter Gewohnheit an den Verkäufer mit seinem Bauchladen herangetreten. Gab es irgendwo Zigaretten, galt es zuzugreifen. Die Glimmstängel waren bislang eine verlässliche Währung gewesen, mit der sich Informationen einkaufen ließen.

Das linke Auge des Verkäufers zuckte. Anton Krusmann verkaufte Zigaretten am Bahnhof.

»Was kann ich für Sie tun, Herr Oberinspektor?«

Krusmann hatte ihn ebenfalls erkannt. Dietrichs betrachtete die Auslage.

»Ich habe gehört, Sie haben den Mörder von diesem Garthner geschnappt«, sagte Krusmann.

Dietrichs hatte der Marheinecke erlaubt, einen Artikel darüber zu schreiben, nachdem sie Charlotte Garthner überführt hatten. Dieser war am Morgen erschienen, ohne allerdings den Namen der mutmaßlichen Täterin zu nennen.

»Meinen Glückwunsch, Herr Oberinspektor«, fügte Krusmann hinzu und verzog keine Miene. Dietrichs fragte sich einen Moment lang, ob Krusmann sich über ihn lustig machte, schließlich hatte der Mann als Verdächtiger eine Nacht im Präsidium verbracht. Doch in seinem Gesicht war von Spott oder Ironie keine Spur zu entdecken, lediglich geschäftsmäßige Freundlichkeit und Respekt der Obrigkeit gegenüber.

Dass sie Charlotte Garthner gefasst hatten, machte Krusmanns Lage erst einmal nicht besser. Das Grundstück, das Konrad Garthner für seinen Bruder Krusmanns verwirrter Mutter abgekauft hatte, stand nach Konrad Garthners Tod zunächst seinem Bruder zu. Nach dessen Tod würde es vermutlich die Witwe erben.

»Overstolz«, sagte Dietrichs.

»Einzeln oder eine ganze Packung?«, fragte Krusmann.

Dietrichs orderte eine Packung.

Krusmann reichte ihm die Zigaretten und rückte die übrigen Päckchen in seinem Bauchladen zurecht, so dass die Lücke verschwand, die die gerade verkauften Zigaretten hinterlassen hatte.

»Tja«, sagte Krusmann »Ich hätte mir auch was anderes gewünscht. Aber was willste machen?«

Er strich mit der Hand über die plane Oberfläche der Päckchen.

»Muss ja«, sagte er.

Da hatte er wohl recht. Muss ja.

»Mal sehen«, sagte Krusmann. »Wenn das Geld auf den Konten freigegeben wird, kann ich mir eventuell einen Stand leisten. Tabakwaren und Zeitungen.«

Dietrichs brummte: »Na schön.« Er hatte keine Ahnung, wie viel so ein Stand in der Bahnhofshalle kostete und wie realistisch Krusmanns Plan war. Bescheiden genug, um realistisch zu sein, war der Plan ja. Im Grunde ging es Krusmann wie den meisten: jeden Tag einen Fuß vor den anderen setzen und weitergehen. Muss ja. Denn was konnte man schon anderes tun?

Kleinert würde allerdings sagen: »Na ja, es kommt schon auf die Richtung an, in die du gehst.« Womöglich hatte er recht.

Dietrichs steckte die Zigaretten ein.

◆◆◆

Max ließ seinen Blick durch die Bahnhofshalle wandern, deren Dach mit Wellblech notdürftig geflickt war.

»Gleich ist es so weit, der Zug müsste bald kommen«, sagte er.

Selma nickte. Was redet man in den letzten Minuten? Wann der Zug kommt, wohin er fährt, dass man hofft, die Anschlüsse pünktlich zu erreichen.

»Hast du alles eingepackt?«, fragte sie.

»Jawohl«, antwortete er. »Alles.«

Er beäugte den Koffer zu seinen Füßen, als ob er durch das Kunstleder schauen könnte, um das Inventar zu überprüfen.

»Soll ich es aufzählen?«

Selma schüttelte den Kopf.

Da stand sie nun auf dem Bahnhof und verabschiedete sich von dem Menschen, der ihr am nächsten war. Max fuhr nach Paderborn zurück, wo er stationiert war. Sie würde ihn einmal im Jahr sehen, wenn er Urlaub hatte, wie auch in den Jahren zuvor.

»Wie viel ist es?«

Max begriff nicht.

»Wie viele Stücke, meine ich«, erklärte sie.

Max wurde ungeduldig.

»Ich habe nichts gezählt, als ich gepackt habe, weißt du.« Max klang ruppig.

Er schwieg einen Augenblick.

»Selma, hör auf, über Kofferinhalte zu reden. Ich fahre jetzt, und wenn ich Urlaub habe, komme ich zu dir nach Manchester und besuche dich dort.«

Max wollte noch etwas sagen, doch der Lautsprecher unterbrach ihn.

◆◆◆

Durch die Halle tönte eine Durchsage.

»Aufgrund eines Defekts im Stellwerk Langendreer verzögert sich die Abfahrt folgender Züge um eine Stunde.«

Die Gespräche in der Bahnhofshalle brachen ab. Die Reisenden blickten zu dem Lautsprecher hoch, als würden sie auf diese Weise die metallisch dröhnende Stimme besser verstehen, die nun die betroffenen Züge aufzählte.

Theo Lange sah, wie die Reisenden nickten, wenn ihr Zug aufgerufen wurde: Der große, schlaksige Kerl, der die blonde Frau mit der Baskenmütze geküsst hatte, fuhr nach Frankfurt, der junge, ernsthafte Mann wollte den Zug Richtung Münster nehmen, ebenso wie die Großeltern mit ihrer zahlreichen Begleitung.

◆◆◆

Eine Stunde geschenkt, dachte Selma. Was fing man mit einer geschenkten Stunde am Bahnhof an?

»Lass uns rausgehen«, schlug sie vor.

Max griff seinen Koffer, und sie verließen die Halle mit anderen Wartenden, mit ihnen kam auch die blonde Frau und ihr Begleiter.

Selma suchte sich eine Bank.

Sie nahm den Faden ihres Gesprächs wieder auf.

»Vielleicht wohne ich dann gar nicht mehr in Manchester.«

»Weil du einen Wäscheladen in dieser Stadt betreibst? In diesem Land?«

Selma wartete darauf, dass er sagte: »In diesem beschissenen Land«, doch Max schwieg.

Was macht man mit einer geschenkten Stunde? Man redet über das, was einen ohnehin die ganze Zeit umtreibt. Sie hatte ihm an die fünfmal erklärt, warum sie die Restitution des Geschäfts erwirken wollte: weil es nicht richtig war, dass ihr Vater es hatte verkaufen müssen, wie auch alles andere nicht richtig gewesen war. Was den Laden anging, bot sich die Möglichkeit, etwas zu verändern, etwas geradezurücken.

Die Chancen, ihn zurückzubekommen, standen gar nicht mal schlecht. Helmut Garthner war tot, seine Frau hatte die Polizei wegen Mordes an Konrad Garthner mitgenommen. Vermutlich würde sie aus dem Gefängnis heraus nicht alle Register ziehen können, um die Rückgabe zu verhindern.

Selma würde noch ein paar Tage bleiben, einen Anwalt konsultieren und schauen, wie sich die Sache in die Wege leiten ließ.

Max ging es nicht um die Erfolgsaussichten. Dieses Land. Die Frage war, ob sie hier leben wollte, mit den Erinnerungen, mit den Leuten, die hinter ihren Gardinen gestanden hatten, um sie zu beäugen. Manche von ihnen würden sie vermutlich wieder beschimpfen, andere sich wegdrehen.

Was treibt mich an?, fragte Selma sich. Der Zorn, dachte sie. Der zornige Wunsch, zu sagen: Ich bin wieder da. Ob Zorn ein ausreichender Grund war?

»Ich will ihn nicht unbedingt selbst betreiben«, erklärte sie Max. »Ich muss nicht hierbleiben.«

»Trotzdem wirst du dich erst einmal mit ihnen herumschlagen müssen. Wahrscheinlich hat die Ehefrau den Laden geerbt, und du wirst das Vergnügen haben, dich vor einem deutschen Gericht mit ihr zu streiten.«

Max sagte, was er schon viele Male gesagt hatte. Er saß wieder da, die Hand auf den Holzbrettern der Bank abgestützt, das Gewicht auf dem Handgelenk und die Hand auf vertraute Weise verdreht, so dass die Handfläche nach oben zeigte.

»Und ein Vergnügen wird es nicht sein, ich weiß«, fuhr sie an seiner Stelle fort.

Max nickte. Er sah den Tauben zu, die auf dem Vorplatz herumflatterten. Sie schlugen mit ihren grauen Flügeln, suchten in den Grasbüscheln in den Lücken des zersprungenen Pflasters nach Essbarem.

»Aber du hast die Wahl«, sagte Max.

Richtig, sie hatte die Wahl. Sie konnte entscheiden. Sie konnte eine richtige Entscheidung treffen oder eine, die sich später als falsch herausstellen würde. Aber sie hatte die Wahl.

Max griff nach dem Flachmann in seiner Brusttasche und streckte seine langen Beine aus. Er nahm einen Schluck.

Er wandte ihr sein Gesicht zu. Nach einem kurzen Moment des Schweigens sagte er: »Ich denke, du wirst die richtige treffen. Die, die für dich richtig ist.«

Er legte die Hand auf ihren Arm. Selma zögerte einen Augenblick, dann lehnte sie sich an ihn.

◆◆◆

Was macht man mit einer geschenkten Stunde?, dachte Edith. Sie schaute Leo Mantler an, der neben ihr auf der Bank saß.

Man küsst sich bis zur Besinnungslosigkeit, dachte sie, gewissermaßen auf Vorrat, der lange reichen musste, so lange, bis Leo irgendwann wiederkommen würde, dachte sie. Oder auch nicht wiederkommen würde.

Leo hatte anscheinend etwas anderes vor als langes Küssen.

»Edith, ganz im Ernst«, sagte er. »Komm doch mit nach Frankfurt. Ich würde mich freuen.«

Sie blickte ihn erstaunt an. Ihr lag auf der Zunge: Ein interessanter Beitrag zur Konversation, um eine Stunde Wartezeit zu überbrücken. Sie schluckte es hinunter.

»Ich wollte es dir schon in der Halle sagen. Komm mit mir nach Frankfurt.«

Sie war verblüfft.

»Als was, Leo?«, fragte sie.

»Als meine Geliebte, als meine Frau – egal.«

Sie lachte prustend.

»Leo, ich habe bei meiner gutbürgerlichen Erziehung gelernt, dass Heiratsanträge anders aussehen.«

Sie lachte immer noch. Heiratsanträge waren das Lieblingsthema ihrer Mutter gewesen, unverzichtbarer Bestandteil war die formvollendete Formulierung durch den Prätendenten, auf den beim ersten Mal ein stilsicheres, vorläufiges Ausweichen der Braut zu erfolgen hatte. Das Ja-Wort galt es dann beim zweiten Mal, geflüstert und errötend vorzubringen.

»Willst du, dass ich vor dir auf die Knie sinke und meine Hand aufs Herz lege?«

Mantler machte Anstalten von der Bank herunterzurutschen.

»Hör auf.«

Sie hielt ihn fest. Er blieb sitzen.

»Du hast mir gefehlt, und du wirst mir weiter fehlen«, sagte Leo Mantler. »Es wäre schön, wenn du mitkämst.«

Was hielt sie hier? Eine Arbeit, die ihr Freude machte. Für die sie Anerkennung bekam, Sachs, der Chefredakteur, hatte sie kurz und knapp für ihren Artikel gelobt, der heute Morgen erschienen war. Bei Sachs hieß das eine Menge. Ein Zimmer. Ein paar Freunde. Nicht viel, aber immerhin, es war ihr Leben.

Und Leo Mantler kam in einer Stunde Zugverzögerung um die Ecke und fand, dass dies die Gelegenheit für einen Heiratsantrag war. Sie dachte kurz daran, dass es darum ging, die Gelegenheiten beim Schopf zu packen, wie sie auf den letzten Zug aufgesprungen war, der Allenstein in Ostpreußen verlassen hatte, wie sie erst die Arbeit bei Pollmann und später die in der Redaktion gefunden hatte. Womöglich war auch das hier eine Gelegenheit.

Sie ließ den Blick über den Platz schweifen, auf der Suche nach einem

Motiv für eine Aufnahme, das sich in angemessener Distanz in ein Bild fassen ließ.

Auf der anderen Bank saßen der junge Mann und die Frau, die sie vor einer Woche vor der Hauptpost fotografiert hatte. Sie redeten miteinander, der junge Mann sagte etwas, was der Frau offenbar gefiel, denn sie nickte und lächelte. Dann legte er seine Hand auf ihren Unterarm, und sie lehnten sich aneinander. So saßen sie da und gaben in ihrer Verbundenheit ein prächtiges Motiv ab. Doch ihre Kamera steckte in ihrem Futteral, und Leo Mantler saß neben ihr und beanspruchte, Wirklichkeit zu sein, die wahrgenommen und nicht fotografiert werden wollte.

Sie wandte sich ihm wieder zu.

»Oder du kommst hierher«, sagte sie zu ihm. »Hier schlägt das Herz Deutschlands.«

Mit einer großzügigen Geste umfing sie den Platz, die Gleise, die halbzerstörte Bahnhofshalle und die Trümmer.

»Herz vielleicht, aber die Schaltzentrale ist es bestimmt nicht.«

Leo Mantler betrachtete mit theatralisch hochgezogenen Brauen den Platz. Dann sah er sie an.

»Es ist mir ernst. Bitte überleg es dir.«

»Mir auch«, sagte sie leise. Leo Mantler nickte.

Sie blickten auf den Platz.

»Herz Deutschlands. Kann ja noch werden.« Edith lachte leise.

»Kann ja noch werden.«

Mantler hatte ihre Worte im Flug eingefangen und wiederholte sie.

Er blickte sie an und sagte: »Auch in anderer Hinsicht, oder? Kann ja noch werden.«

Edith grinste zurück.

Sie dachte einen kurzen Moment daran, Mantler zu fotografieren, wie er mit all seiner Aufmerksamkeit auf der Bank saß, doch dann schob sie ihre Hand in seine Manteltasche und umschloss damit seine Finger.

Nachwort und Dank

Die im Roman auftretenden Figuren sind allesamt fiktiv, der historische Kontext, in dem sie auftreten und agieren, ist es nicht, auch wenn ich das eine oder andere lokale Detail verändert habe.

Für die Geschichte der Geschwister Winterstein habe ich auf die Biografien der jüdischen Bochumerinnen und Bochumer zurückgegriffen, die im Rahmen des Projekts »Stolpersteine in Bochum« erstellt wurden. Bei diesem Projekt, einem lebendigen Denkmal für die verfolgten und ermordeten jüdischen Bochumerinnen und Bochumer, finanzieren Pat:innen nicht nur die Kosten für den von ihnen betreuten Stein, sondern recherchieren auch den Lebensweg derjenigen, die die Gedenksteine erinnern, und erstellen seine Biografie.

Zwei dieser Biografien haben besonders Eingang in den Roman gefunden: die von Else Hirsch, die in Bochum die Kindertransporte ins sichere England organisiert hat, und die von Ferdinand und Ella Sternberg. Aus Letzterer stammt auch die in Kapitel 23 zitierte Nachricht.

Eine zwangsweise Beteiligung der jüdischen Gemeinde an der Erstellung der Deportationslisten ist für Bochum nicht belegt, jedoch für Gelsenkirchen und Dortmund. Ich habe sie hier aufgenommen, weil mir die besondere Perfidie der Täter, die Opfer an ihren Taten zu beteiligen, erzählwürdig schien.

Was die lokalen Details angeht, so ist auch die zentrale Ausgabestelle in der Bochumer Hauptpost nicht faktentreu, hier habe ich Essener Verhältnisse auf Bochum übertragen.

Bei der Entstehung des Romans hat mir eine Reihe von Personen geholfen. Dr. Karin Hopfe hat das Schreiben von Beginn an mit Gesprächen und kritischer Lektüre begleitet. Daniela Robischon, Frank Obrath und Angelica Stietz haben mit ihren hellsichtigen Kommentare den Text zu einem besseren gemacht. Dr. Ingrid Wölk und ihrem Vortrag im Bochumer Nordbahnhof verdanke ich Hinweise auf die Geschichte der jüdischen Bochumer:innen zwischen 1933 und 1939 sowie einen Einblick in das Projekt der Stolpersteine. Horst-Dieter Radke hat geduldig meine Fragen zum Fotografieren mit einer alten Leica beantwortet.

Martin Rieker hat mich mit der Kamera bei meinen Recherchen unterstützt und stand in allen Höhen und Tiefen des Schreibprozesses fest an meiner Seite.

Ihnen allen sei an dieser Stelle herzlich gedankt, sämtliche Fehler gehen allein auf mein Konto.